dtv

Italien 1944: Kurz vor Kriegsende fällt in San Vito in der Toskana ein amerikanischer Soldat vom Himmel. Mit seinem Fallschirm landet er mitten in einem malerischen Renaissancegarten, ausgerechnet unter dem Fenster der englischen Gouvernante, die ihn vor den deutschen Besatzern versteckt.
Das ist die Geschichte von Mortimer und Miss Molly, eine Liebesgeschichte. Jedenfalls der Anfang davon, wie sie eines schönen Abends knapp dreißig Jahre später ein alter Amerikaner erzählt, als er Julia und Marco kennenlernt, die es nach San Vito verschlagen hat. Aber am nächsten Morgen ist er verschwunden und lässt die beiden mit der Frage zurück: wie könnte es weitergegangen sein mit Mortimer und Miss Molly? Und so beginnen Julia und Marco, die Geschichte der beiden für sich selbst fortzuspinnen. Mit großer Fabulierlust erzählt Peter Henisch eine doppelte Liebesgeschichte und davon, wie man der Liebe vielleicht Dauer verleiht: indem man ihr eine Geschichte gibt und nicht aufhört, sie weiter und weiter zu erzählen.

Peter Henisch, 1943 in Wien geboren, studierte Germanistik, Philosophie, Geschichte und Psychologie. Er ist Mitbegründer der Zeitschrift ›Wespennest‹ und der Musikgruppe ›Wiener Fleisch und Blut‹. Er wurde vielfach ausgezeichnet, unter anderem mit dem Rauriser Sonderpreis für Literatur, dem Anton-Wildgans-Preis und zuletzt mit dem Literaturpreis der Stadt Wien. Seine Romane ›Die schwangere Madonna‹ und ›Eine sehr kleine Frau‹ waren für den Deutschen Buchpreis nominiert. Zuletzt erschienen seine Romane ›Großes Finale für Novak‹ und ›Mortimer und Miss Molly‹.

Peter Henisch

Mortimer & Miss Molly

Roman

dtv

Ausführliche Informationen über
unsere Autoren und Bücher
www.dtv.de

Von Peter Henisch sind bei dtv außerdem erschienen:
Morrisons Versteck (12918)
Die schwangere Madonna (13591)
Die kleine Figur meines Vaters (13673)
Eine sehr kleine Frau (13866)
Schwarzer Peter (13975)
Der verirrte Messias (14111)

Jede Ähnlichkeit der in diesem Roman
vorkommenden Figuren mit real existierenden Personen
ist zufällig und in keiner Weise beabsichtigt.

2015 dtv Verlagsgesellschaft mbH & Co. KG, München
Lizenzausgabe mit Genehmigung des Verlages Deuticke, Wien
© Deuticke im Paul Zsolnay Verlag Wien 2013
Umschlagkonzept: Balk & Brumshagen
Umschlaggestaltung: Susanne Böhme
unter Verwendung eines Fotos von akg-images
Druck und Bindung: Druckerei C.H.Beck, Nördlingen
Gedruckt auf säurefreiem, chlorfrei gebleichtem Papier
Printed in Germany · ISBN 978-3-423-14431-5

*Für Eva, ohne die dieses Buch
nicht entstanden wäre*

Eins

1

Die Geschichte könnte damit beginnen, dass Mortimer vom Himmel fällt. Ein Fallschirmspringer, der im Zentrum des Renaissancegartens landet. Dieser Renaissancegarten ist geometrisch gestaltet, sechs von Hecken gesäumte Trapeze umgeben ein kreisförmiges Zentrum. Radius: nicht mehr als fünf Meter. In diesem Zentrum landet Mortimer.

Steht Miss Molly am Fenster? Zweifellos wäre das eine schöne Szene. Für einen Film, den ein Fellini hätte drehen können. Miss Molly steht am Fenster, sie hat den weißen Vorhang ein wenig beiseite geschoben. Und sieht Mortimer, einen soeben mit dem Fallschirm gelandeten, amerikanischen Soldaten.

Das heißt: Sie sieht ihn noch *nicht* – er ist ja vorerst vom Fallschirm bedeckt. Oben Miss Molly, die den Vorhang ein wenig beiseite gezogen hat, unten Mortimer, der unter der Fallschirmseide hervor muss. Das soll möglichst rasch gehen, aber es ist nicht so einfach. Verwicklungen kommen vor, bei aller Routine.

Miss Molly wartet, bis sich der Mann entpuppt. Gewiss, eine schöne Filmszene, sagte Julia.

Fellini hat diesen Film nicht gedreht, Gott sei Dank. Denn vielleicht werde ich ihn eines Tages drehen, sagte Marco.

Die Maschine ist tief geflogen, über Miss Mollys Kopf haben die Dachziegel gezittert. Ein Jagdbomber P-40 (*Tomahawk*) oder P-47 (*Thunderbolt*). Es ist ein Tag im Frühling 1944. Die alliierten Truppen sind vom Süden heraufgekommen.

Ist der amerikanische Soldat zielgenau gelandet? Nein, das ist Unsinn. Mortimer hat dieses Ziel nicht anvisiert. Er hat *aussteigen* müssen, die Maschine war von der deutschen Flak getroffen. Irgendwo jenseits der Stadtmauer ist sie explodiert.

Dass der Kreis, in dem er vorläufig noch mit dem Fallschirm kämpft, beinahe so aussieht wie das Zentrum einer Zielscheibe, kommt ihm erst später zu Bewusstsein. Reiner Zufall, dass er darin gelandet ist – oder war es am Ende doch Fügung? Auf jeden Fall, so wird er später erzählen, ist er in diesem Kreis gelandet. Unter den Augen oder zu Füßen von Miss Molly.

2

Der alte Amerikaner im *Albergo Fantini*. Als Marco und Julia das erste Mal dort hinkamen, war er außer ihnen der einzige Gast. Er bewohnte das Zimmer 9 im zweiten Stock, sie bewohnten das Zimmer 11. Von beiden Zimmern sah man hinüber in den *giardino*.

Aus Zimmer 9 sah man mehr vom Garten als aus Zimmer 11. Aus dem Fenster des Zimmers, in dem Marco und Julia wohnten, sah man ja eigentlich nur das Tor. Aus dem Fenster von Zimmer 9 hatte man, was den Garten betraf, den besseren Blickwinkel. Von dort aus sah man etwas von der Geometrie der Beete, und vor allem sah man das schmale Haus in der Stadtmauer.

Sie hatten ihn gar nicht von Beginn an bemerkt. Die ersten paar Tage, die sie in diesem etwas ramponierten, aber sympathischen kleinen Hotel verbrachten, hatten sie geglaubt, sie wären allein. Zumindest dort oben im zweiten Stock. Das war ihnen sehr recht. Da benahmen sie sich sehr unbefangen.

Manchmal liefen sie nackt aus ihrem Zimmer zum Etagenbad, wo sie in der großen, mitten im Raum stehenden Blechwanne miteinander badeten. Und dann liefen sie, nur in Handtücher gewickelt, zurück in ihr Zimmer, in dem sie meist gleich wieder ins Bett fielen. Auch was Geräusche betraf, taten sie sich keinen Zwang an. Vor allem lachten sie viel, denn sie hatten es lustig miteinander.

Den alten Amerikaner bemerkten sie erst nach etwa einer Woche. Schon eigenartig, dass er ihnen nicht früher aufgefallen war. Es war gegen Abend, sie kamen vom Fluss zurück, an dem sie einen heißen Nachmittag verbracht hatten, auf einem der großen, flachen Steine, auf denen sie so gern lagen. Ihre Haut glühte noch nach. Sie überquerten die Piazza. Und da sahen sie ihn zum ersten Mal dort oben am Fenster stehen.

Schau, sagte Julia. Der alte Mann dort oben.

Che tipo, sagte Marco. Sieht ein bisschen aus wie der alte Hemingway.

Das sagte Marco allerdings auf Französisch, nicht auf Italienisch und sicher nicht auf Deutsch. Französisch war die Sprache, in der sie sich anfangs am besten verständigen konnten.

3

Marco war aus Turin, Julia aus Wien. Kennengelernt hatten sie einander in Siena. Dort hatte Julia einen Italienischkurs begonnen. Marco hatte an einem Seminar über französischen Film teilgenommen.

Alle Filme in Originalfassung, ohne Untertitel. Aber Französisch konnte er offenbar gut. Sie konnte es weniger gut, obwohl sie es in der Oberstufe des Realgymnasiums gelernt hatte. Ihr Französisch, sagte sie mit dem Charme, der sich manchmal daraus ergibt, dass man in einer nicht perfekt beherrschten Sprache nach Wörtern sucht, ihr Französisch sei ein bisschen eingeschlafen, aber durch den Umgang mit Marco werde es wieder erweckt.

Der alte Mann am Fenster war also für sie zuerst einmal *Le vieux Hemingway*. Tatsächlich sah er Hemingway irgendwie ähnlich. Der weiße Bart, die hohe Stirn, die, soweit man das von unten, von der Piazza aus, sehen konnte, kräftige, aber schon etwas korpulente Statur.

Ein neuer Gast?, fragte Marco den *padrone*, der wie meist um diese Zeit auf einem Klappsessel vor dem Portal saß. – Der da oben? Ach was! Der ist doch schon lang da.

Seltsam, tatsächlich, dass sie ihn nicht eher bemerkt hatten. Wohnte er doch, wie ihnen nun bewusst wurde, nur wenige Meter von ihnen entfernt. Das war ihnen jetzt beinahe ein bisschen peinlich. Aber Mortimer war ein dezenter Nachbar.

Signore Mortimer. *Un americano*. Stammgast in diesem Hotel seit vielen Jahren. Die einzigen Gäste waren sie also nicht. Doch so viel ist wahr, dass das *Albergo Fantini*, dessen Name auf der abgeblätterten Fassade kaum mehr zu lesen war, nicht zu den besuchtesten gehörte – der Ort, in dem es ihnen von Tag zu Tag besser gefiel, war vom Tourismus noch so gut wie unentdeckt.

Ein Ort in der Südtoskana, mit teilweise noch sehr gut erhaltener Stadtmauer. Obwohl die Deutschen vor ihrem Rückzug einiges gesprengt hatten. Die Porta Romana im Südosten zum Beispiel. Und den Turm im oberen Teil des Gartens, der ausgesehen hat wie die Türme auf den Bildern des Malers de Chirico.

Anderswo, etwa in San Gimignano, gab es mehr von dieser Sorte. Hier hatte es nur diesen einen gegeben. Kein besonders schönes Exemplar, aber immerhin fast vierzig Meter hoch. Ein Turm ist ein Turm. Aber dann war da nur mehr ein Trümmerhaufen.

Im Süden und Osten ist die Parkmauer identisch mit der Stadtmauer. Im unteren Teil des Gartens ist ein schmales Haus in die Mauer eingepasst. Das Dach gedeckt mit blassroten, von der Zeit etwas grau gewordenen Ziegeln. So sieht man es auf den Fotos, die sie heute vom Hubschrauber aus schießen, so wird es auch Mortimer bei seinem Absprung gesehen haben.

Aber nur kurz, in den paar Augenblicken zwischen Absprung und Landung. Bei solchen Einsätzen geht alles viel schneller, als man glaubt. Kaum hat sich der Fallschirm geöffnet, bist du auch schon unten. Und dann hast du andere Sorgen, als die Geometrie der Gartenanlage zu bewundern – seitlich abrollen, Fallschirm einziehen, möglichst rasch Deckung suchen.

Und was bietet sich dazu besser an als das Gewölbe unter dem Haus in der Mauer? Das Gewölbe, auf dessen immer wieder vergebens geweißte Wände die *ragazzi* von heute, respekt- und pietätlos, wie sie sind, ihre Zoten schreiben. Just unter dem Fenster, aus dem Miss Molly geschaut hat, den Vorhang bloß einen Spaltbreit beiseite ziehend oder schiebend, wird Mortimer Deckung suchen. Und nur bei dem Krach, den der Absturz des Flugzeugs verursacht hat, da draußen irgendwo in den *crete*, nur bei der Detonation hat sie kurz die Augen geschlossen.

Von dem Punkt, an dem Mortimer gelandet ist, bis zu diesem Gewölbe sind es vielleicht zwanzig Meter. Für einen gut trainierten Soldaten kaum mehr als zwölf Schritte, das heißt eher Sprünge. Und das muss schnell gehen, verdammt schnell, das dauert nicht mehr als ein paar Sekunden. Danach ist der soeben Aufgetauchte fürs Erste schon wieder aus Miss Mollys Blickfeld verschwunden.

Miss Molly ist also am Fenster gestanden, obwohl sie eigentlich im Luftschutzkeller hätte sein sollen, denn gewiss haben die Sirenen geheult. Aber um in den großen Keller unter der

Casa del Popolo zu kommen, hätte sie nicht nur zwei Treppen aus dem Obergeschoß des Mauerhauses hinunterlaufen müssen, sondern danach noch schätzungsweise hundert Meter durch den Park bis zum Tor. Und das Tor, das immer verschlossen ist – denn zu diesem Zeitpunkt ist der *giardino* noch kein öffentlicher Garten –, das Tor mit dem schweren Schloss hätte sie aufsperren müssen. Und dann quer über die Piazza laufen – aber das hat sie, seit es in diesem Städtchen Bombenalarm gibt, nur einmal getan und danach nie wieder.

Während sie über den Platz gelaufen ist, hat sie Sünden abgebüßt, die sie nie begangen hat. Und im Keller der Casa del Popolo hat sie erst recht nichts als Angst ausgestanden. Erst Platzangst, dann Raumangst. Traumangst. Denn von so etwas hat sie vielleicht schon als Kind geträumt. Träume, aus denen sie stets mit schwerer Atemnot erwacht ist.

So könnte es gewesen sein. Als junges Mädchen hat sie Asthmaanfälle gehabt. Miss Molly, die englische Gouvernante der Familie Bianchi. Das war vielleicht der Grund, warum sie nach Italien gegangen ist. Ins bessere Wetter. Aber das ist zu dem Zeitpunkt, als ihre Geschichte mit Mortimer beginnt, schon ungefähr zwanzig Jahre her.

4

Die Geschichte von Mortimer und Miss Molly. Sie beginnt im Mai 1944, als Mortimer mit dem Fallschirm dort oben im Garten landet. Aber da ist auch die Geschichte von Marco und Julia. Die beginnt fast vierzig Jahre später, als die beiden zum ersten Mal im *Albergo Fantini* wohnen.

Oder nein, sie begann schon ein bisschen früher. Als die beiden einander in Siena über den Weg liefen. Julia und ihre

Freundinnen Susanne und Marianne besuchten dort einen Italienischkurs. Sie lernten den Basiswortschatz und ein paar Grundbegriffe der italienischen Grammatik, sie begannen den *Pinocchio* zu lesen, aber nachdem Julia Marco kennengelernt hatte, fing sie an, den Kurs zu schwänzen.

Das lag einerseits daran, dass Marco ihr gesagt hatte, mit ihm lerne sie sicher besser Italienisch. Anderseits lag es daran, dass in den Stunden, in denen Susanne und Marianne an der Uni saßen, die Wohnung in der Via del Giglio, in der sich die drei Mädchen einquartiert hatten, frei war. *Sturmfreie Bude*, sagte Julia, Marco versuchte das nachzusprechen. Damals bestand noch die Möglichkeit, dass nicht nur sie von ihm Italienisch lernte, sondern auch er von ihr ein bisschen Deutsch.

Damals bestanden noch viele Möglichkeiten. Und sie verstanden einander auch ohne Worte. Vor allem in Liebesdingen, die gar nicht so viele Worte brauchten. In der Dreizimmerwohnung in der Via del Giglio gab es zwar keine Betten, sondern nur Matratzen, aber als Unterlage waren diese Matratzen ganz in Ordnung.

Wenn Marco und Julia nach ihren erfreulichen Umarmungen auf dem Rücken nebeneinander lagen, wirkte der ohnehin hohe Raum mit dem stuckverzierten Plafond noch um einiges höher. Durch die grünen Läden an den hohen Fenstern fiel ein schönes Licht, draußen, wo auf dem kleinen Platz vor der Kirche ein grüner Baum stand, zwitscherten vormittags die Spatzen, die auf Italienisch *passeri* hießen, und nachmittags sangen die Amseln, die Marco *merli* nannte. So lernte Julia wirklich ein wenig Italienisch, insbesondere die Bezeichnungen für diverse Körperpartien, vom Kopf bis zur Zehe, mit allem dazwischen. Einige von den Worten, die ihr Marco zärtlich beibrachte, hätte sie im Italienischkurs wahrscheinlich nicht gelernt.

Doch auf die Dauer war das kein haltbarer Zustand. Die

Freundinnen waren nicht prüde, aber irgendwie gehörte sich das denn doch nicht. Sie hatten den Kurs gemeinsam gebucht, sie hatten sich ihre Dreiweiberwohngemeinschaft in Siena so schön ausgemalt. Und nun wurde ihre Dreisamkeit durch diesen Mann gestört.

Der war zwar ganz nett, o doch, das fanden sie auch. An zwei oder drei Abenden saßen sie zu viert auf dem Campo und aßen Pizza. Da war er (so Marianne) ganz amüsant, ja sogar (so Susanne) ganz charmant. Aber dass er seine virile Aufmerksamkeit hauptsächlich Julia schenkte und ihnen, bei allem scherzhaften Geplänkel, doch nur nebenbei, verstimmte sie.

Erst recht, wenn die beiden sich dann bald wieder absetzten. Einmal um Mitternacht, nachdem Julia sich nach einem sehr romantischen Spaziergang unter einem erstaunlich gelben Mond von Marco verabschiedet hatte, erwarteten sie die zwei Freundinnen zu einem klärenden Gespräch. Dass ihnen die ständige Anwesenheit dieses *Mannsbilds*, so nannten sie den amüsanten, ja charmanten Marco auf einmal, in ihrer Abwesenheit nicht recht sei. Und dass sie es leid seien, seine Barthaare in der Waschmuschel vorzufinden und die Klobrille in der falschen (frauenfeindlichen) Position.

Am nächsten Tag begann Julia ihre Sachen zu packen. Und am übernächsten fuhr sie mit Marco nach Süden. Es traf sich, dass das Seminar über französischen Film beinahe zu Ende war. So hatte alles begonnen. Und so kamen sie nach San Vito.

5

Aus Siena waren sie gegen zehn aufgebrochen. Mit dem Citroën 2 CV, *Le Canard*, der Ente, die so gut zu Marco passte. Marco mit seiner Baskenmütze, Marco mit seiner auch bei sommerlichen Temperaturen selten abgelegten Windjacke. Er sah damals tatsächlich ein bisschen aus wie der Regisseur, der er gern geworden wäre.

Vorläufig war er beinahe *medico*. Wenn Julia ihn richtig verstanden hatte, hatte er sein Medizinstudium im Mai abgeschlossen. Im September sollte er ein Turnusjahr antreten. An irgendeinem Krankenhaus in einer Stadt in der Region Piemont.

Er machte allerdings nicht den Eindruck, dass er das wirklich wollte. Seine Mutter wollte es. Und das war offenbar sein Problem. Er hatte zuerst etwas anderes studiert (Vergleichende Literaturwissenschaften oder so etwas Ähnliches), doch seiner Mutter zuliebe habe er umgesattelt, und das hatte er nun davon.

Er hatte die Abschlussprüfungen, die er als Mediziner machen musste, möglichst lang hinausgezögert. Doch jetzt war es so weit, es gab keine Ausreden mehr. Und wenn nicht ein Wunder geschah ... na ja, Arzt war ja kein schlechter Beruf ... Bloß war es nicht der, zu dem er sich berufen fühlte.

C'est comme ça, sagte er, aber lassen wir das. Davon wollte er nicht mehr reden an einem so schönen Tag wie diesem. *Carpe diem*, sagte er, heute ist heute. Und was morgen ist, werden wir schon sehen, hab ich nicht Recht?

Oui, sagte Julia. Was sollte sie sonst sagen? Sie saß auf dem Beifahrersitz neben ihm, sie fühlte sich wohl. Wenn sie zu ihm hinüberschaute, sah sie sein Profil. Es erinnerte sie an irgendjemanden, aber sie wusste noch nicht, an wen.

Sie fuhren auf der Via Cassia, die, wie die meisten alten italienischen Staatsstraßen, nach einem altrömischen Senator benannt war, nach Süden. Sie hatten kein konkretes Ziel, sie fuhren ins Blaue. Das heißt: Der Himmel war blau – die Landschaft darunter war ocker, gelb und grün. Die Landschaft lag offen vor ihnen. Ein Hügel hinter dem anderen. Eine verführerische Landschaft. Sie verführte erstens dazu, immer wieder von der Hauptstraße abzuzweigen. Auf Sandstraßen, die meist vielversprechend begannen, aber dann oft im Nichts endeten. Sie verführte zweitens dazu, immer wieder auszusteigen und zu fotografieren. Und das tat Marco, der seine *Minolta* dabeihatte, leidenschaftlich gern.

Die Landschaft brachte einen drittens auf schöne Gedanken. Jedenfalls einen wie Marco, der auf poetische Weise von ihr schwärmte. Wie es sich hebt und senkt, dieses Land, sagte er, erotisch. Vom Wind gekämmt und vom Wind zerzaust.

Auf Französisch klang das womöglich noch besser. Oder sagte er es auf Italienisch?

Jedenfalls klang es ein wenig wie ein Gedicht.

Stimmt, sagte Marco. Das habe er irgendwo gelesen.

Natürlich fotografierte er nicht nur die Landschaft, sondern auch Julia. Zum Beispiel am Rand eines alten Brunnens, auf dessen Grund sie ihr Spiegelbild suchte. Oder inmitten einer Herde von Schafen, deren Wolle sie zupfte. Oder laufend, mit fliegenden Haaren, in einer von Pinien gesäumten Allee.

Das war hübsch, und die Komplimente, die er ihr zwischendurch machte, brachten sie immer wieder zum Lachen. Doch auf die Dauer war es auch etwas strapaziös. Schluss jetzt, *basta*, sagte sie und ließ sich in den Schatten einer Steineiche fallen. Und das fotografierte er zwar auch noch, wie sie dalag mit ausgebreiteten Armen und geschlossenen Augen, aber dann hängte er die Kamera an einen Ast und legte sich zu ihr.

La belle au bois dormant, sagte er – nun ja, das war wohl etwas übertrieben. Nicht nur was Julias Schönheit betraf, die sie bis dahin eher realistisch eingeschätzt hatte. Weit und breit kein Wald, sondern eben nur diese Steineiche. Die allerdings vibrierte vom Chor der Zikaden in ihrer Krone.

Und Marco küsste Julia, er küsste sie von oben bis unten. Er war ein begabter und fantasievoller Liebhaber. Ganz anders als der, mit dem sie sich die letzten zwei Jahre geplagt hatte. Ein Mann namens Hans, auf den sie aus irgendeinem Grund, den sie selbst nicht nennen hätte können, fixiert gewesen war, aber das hatte auch nichts genützt, eher im Gegenteil, und jetzt war sie auf dem besten Weg, diese Fixierung loszuwerden.

Das tat gut, aber danach hatten sie Hunger und Durst. Sie hatten Lust auf eine kleine *merenda*. Aber es war schon viel später, als sie dachten. Sie hätten geschätzt, es sei Viertel vor zwölf, doch es war schon halb drei.

Dass ihnen die Zeit miteinander so schnell verging, war ja schön. Nun aber hatten sie ein kleines Problem. Ihre Mägen knurrten. Und ihre Kehlen waren trocken. Doch es war die Zeit der Nachmittagsruhe, die damals in der Gegend südlich von Siena noch streng eingehalten wurde.

Das merkten sie, sobald sie auf die Via Cassia zurückgefunden hatten. Wozu sie übrigens auch noch ein Weilchen brauchten. Es muss dann schon gegen drei gewesen sein. Kilometer um Kilometer kein offenes Lokal.

Keine Pizzeria, keine Bar, kein *Alimentari*-Laden. Nicht einmal eine Imbissstube an einer Tankstelle. Und je weiter die beiden nach Süden kamen, desto häufiger waren die Hügel links und rechts der Straße schon abgemäht. Wie Dünen sahen die aus. Sie kamen sich vor wie in der Wüste.

Doch dann erschien rechter Hand auf einer kleinen Anhöhe die Oase. Von der Straße aus sah man vorerst den Kirchturm und ein Stück Mauer. Man sah auch die mit viel Sinn für ästhetische Wirkung gesetzten Zypressen. San Vito Nuovo mit seinen an Lego-Spielzeug erinnernden Reihenhäusern gab es noch nicht.

Bei diesem Anblick schöpften sie wieder Hoffnung. Vielleicht gab es ja da drin eine kleine Osteria. Es sah danach aus, es machte auf sie diesen Eindruck. So fuhren sie also von der Via Cassia ab und hielten an der Porta Pellegrini.

In den späteren Jahren, in denen Julia und Marco *noch immer* und dann (nach einer mehrjährigen Abstinenz, die sie beide, jeder für sich, nur schwer ertragen hatten) *wieder* nach San Vito kamen, versuchten sie immer aufs Neue, sich diesen ersten Tag, an dem sie hier eingetroffen waren, zu vergegenwärtigen. Von der ersten Stunde an, von den ersten Schritten, die sie in den Ort hineingingen. Sie kamen also durch die Porta Pellegrini, das nördliche Stadttor. So benannt, weil San Vito nicht nur an der Via Cassia, sondern auch an der Via Francigena, der mittelalterlichen Pilgerstraße, lag, und weil die von Norden kommenden Pilger durch dieses Tor die Stadt betreten hatten.

Sie tauchten kurz durch die Kühle des Stadttors, die Straße, auf der sie auf der anderen Seite herauskamen, zitterte vor Hitze. Nur ein schmaler Streifen Schatten fiel auf die alten Pflastersteine. Kein Mensch war zu sehen, nur ein paar blinzelnde Katzen, sagte Julia. War nicht auch ein Hund dabei? Also gut, ein paar blinzelnde Katzen und ein auf einem Fußabstreifer lungernder Hund.

Eventuell auch eine Ratte im Rinnsal?

Nein, sagte Julia, das war erst am Abend.

Aber die Tauben natürlich, die zwischen den Sandsteinfiguren der alten Kirche saßen. Und im Schlaf oder im Traum gurrten. Falls Tauben träumen.

Aber natürlich träumen Tauben, sagte Marco.

Und was träumen sie deiner Ansicht nach?

Flugträume, sagte Marco. Wunderschöne Flugträume. Gerade, wenn sie schon alt und hässlich sind und kaum mehr fliegen können.

Hatte er das schon damals gesagt, oder sagte er es erst Jahre später? Die Erinnerung, sagte Marco, ist eine immer wieder aufgenommene Montage. Wie ein Film, den man immer aufs Neue schneidet. Manche Szenen nimmt man vielleicht heraus, andere dreht man nach und fügt sie hinzu.

Sie waren also zuerst bis zu der Kirche gekommen, der in den ältesten Bauteilen tausend Jahre alten Collegiata. Und Marco hatte die *Minolta* gezückt. Zuerst einmal angesichts der zwei Figuren von Pisano. Oder aus der Schule des Pisano – die Kunsthistoriker waren diesbezüglich vorsichtig. Wie dem auch sei, sie flankierten das Südportal der Kirche. Zwar hatte die Zeit ihre Gesichter verwischt und die Falten ihrer Gewänder. Aber die Anmut ihrer Haltung wurde dadurch vielleicht noch deutlicher. *Che grazia*, sagte Marco, *che bellezza!*

Das hätte er gern fotografisch festgehalten. Mit oder ohne träumende Tauben im Bild. Aber das Licht war um diese Stunde noch schlecht. Absolut knallig. Es gab fast keine Kontraste.

Das betraf leider auch das Westportal. Mit seinen kaum weniger interessanten Motiven. Zwei vom Zahn der Zeit beharrlich abgenagte Löwen, die nichtsdestoweniger immer noch die verknoteten Säulen trugen, die man, auf ihre steinerne Geduld vertrauend, auf ihre Rücken gestellt hatte. Und die Relieffiguren über dem Architrav – einander lasziv bezüngelnde Ungeheuer, die bei aller beabsichtigten Grausigkeit etwas Witziges hatten, zumindest aus der Gegenwart betrachtet: ein romanischer Comicstrip.

Aber die Sonne war einfach ein Desaster. Jedenfalls vom fotografischen Standpunkt aus. Es nützte nichts, das wurde jetzt einfach nichts Gutes. Vielleicht später, sagte Marco, wenn wir uns gestärkt haben.

Denn das hatten sie ja nicht aus dem Sinn verloren. Dass sie etwas essen und trinken wollten. Ganz im Gegenteil. Nur wo, war die Frage. Womöglich wurde die Nachmittagsruhe in diesem Städtchen noch strenger eingehalten als draußen.

Alles schlief. Oder schien zumindest zu schlafen. Fensterläden geschlossen, Rollläden dicht. Auch in der Via Dante – und die sah immerhin aus wie die Hauptstraße. Die Hoffnung, die sie zuvor, noch im Auto, in diesen von außen gesehen so sympathischen Ort gesetzt hatten, die Hoffnung auf eine kleine, offene Osteria, war drauf und dran, in Enttäuschung umzuschlagen.

Dachten sie später daran, so mussten sie lächeln. In diesem Ort, der ihnen mit der Zeit so vertraut werden sollte, kannten sie sich schlicht und einfach noch nicht aus. Das war logisch und trotzdem, aus der Distanz betrachtet, komisch. Sie hatten noch keine Ahnung von den örtlichen Verhältnissen.

Das *Caffè Italiano*, in dessen kleinem Hinterhof sie später so gern saßen, hielten sie für geschlossen. Obwohl Pietro und Bruna, die beiden alten Leute, die in den folgenden Tagen und Wochen so nett zu ihnen waren, bestimmt da drinnen unter dem Ventilator dösten. Die *Bar Centrale* auf der Piazza hatte tatsächlich zu. Doch es war Mittwoch, und das war dort der traditionelle Ruhetag. Bis zur *Bar Osenna* im unteren Teil der Via Dante drangen sie gar nicht vor. Stattdessen bogen sie links ab und verliefen sich in den Seitengassen. Sie gingen im Kreis und kamen genau an der Stelle, wo sie abgebogen waren, wieder heraus. Dort gab es damals noch die kleine *Coop*-Filiale neben der Casa del Popolo, aber die sperrte erst um halb sechs wieder auf.

Schon waren sie entschlossen, zum Auto zurückzukehren, in dem in einer noch in Siena gekauften Plastikflasche ein Rest Mineralwasser sein musste. Schön warm von der Sonne, aber – darüber waren sie sich einig – besser als nichts. Sie mussten was trinken, und nach dem ersten, rettenden Schluck konnten sie ja weiterfahren. Etwa nach Pienza oder Montepulciano, wo die Mittagsruhe vielleicht nicht ganz so lang dauerte.

Wären sie weitergefahren, so hätten sie nie die geringste Ahnung davon gehabt, was ihnen in (oder an) San Vito entgangen wäre. Es wäre für sie ein Ort geblieben, in dem sie eine kurze Pause gemacht, einige Tiere, aber keinen Menschen getroffen und kein Lokal gefunden hatten. Ein Ort, der weiter nichts für sie bedeutet hätte, ein Ort, dessen Name ihnen entfallen wäre. Und bestimmt hätten sie dann nie etwas von der Geschichte von Mortimer und Molly gehört.

6

War der Hotelier Fantini wirklich der erste Mensch, den sie in San Vito zu Gesicht bekamen? Ja, sie konnten sich an keinen anderen erinnern. In der Erinnerung an diesen Nachmittag tauchte kein anderer auf. Es war ihnen keiner über den Weg gelaufen.

Der Hotelier Fantini – das klingt reichlich hochtrabend. Wenn man das hört (oder liest), bekommt man einen völlig falschen Eindruck von ihm. Fantini betrieb schlicht und einfach das Albergo. Und das hatte schon etwas hergemacht, damals, in der Zeit nach dem Ersten Weltkrieg, als noch sein Vater der

Chef und ein *richtiger* Hotelier war. Ein korpulenter Mann mit einer Uhrkette am Bauch. Die Daumen in den Hosenbund gesteckt, steht er vor dem Hotel, an dessen Fassade damals noch alle Buchstaben prangten. Vielleicht sogar golden, noch kein einziger abgestürzt. So sah man ihn, den alten Fantini, auf alten Fotos, aber das war einmal gewesen.

All'epoca, wie man sagt, in der guten, alten Zeit. Schon wahr, da hatten sich die Faschisten wichtig gemacht, und die hatten nach 1945 keine gute Nachrede. Doch damals, in den Dreißigerjahren, war auch hier etwas los gewesen. Hohe Besuche. Zwei oder drei Mal war sogar der Graf Ciano da.

Vielleicht war Fantini senior gar kein Faschist. Jedenfalls kein glühender. Aber er war ein Hotelier. Da kann es schon sein, dass einer bereitwillig den Arm zum römischen Gruß erhebt. In der Hotelbranche verdient man sein Geld nicht mit der Faust in der Tasche.

Na ja, und nach dem Krieg war halt alles anders. Da war San Vito eine rote Gemeinde. Das hat dem Hotel nicht unbedingt gutgetan. Zwar konnte der Sohn nichts für den Opportunismus seines Vaters, aber er war sein Erbe, das war sein Pech. In den Fünfzigerjahren, als er das Hotel übernommen hatte, ging es noch einigermaßen. Da fuhr noch die *Mille Miglia* durch den Ort, die berühmte Auto-Rallye. Und der *Giro d'Italia* kam hier vorbei, mit legendären Radstars wie Bartali und Coppi. Aber dann, als die Straße, die Cassia, nach draußen verlegt wurde und an San Vito vorbeiführte, kamen die mageren Jahre, da war nichts zu machen.

Manchmal erschien dem Sohn der Vater im Traum. Du bist ein schlechter Sohn, sagte er, du hast das Hotel heruntergewirtschaftet. Aber Papa, sagte er dann, das war nicht nur ich. Die Zeit, die Verhältnisse ... Aber der alte Fantini wollte ihm nicht zuhören.

Das war ein Traum, den der Sohn leider öfter träumte. Ein Traum mit einer fatalen Tendenz zur detailgetreuen Wiederholung. Möglich, dass er ihn gerade wieder geträumt hatte, als Marco und Julia zum ersten Mal bei ihm auftauchten. Möglich, dass er ganz froh war, dass ihn die beiden aus dem Nachmittagsschlaf weckten.

Buongiorno, rief eine Stimme, *c'è qualcuno?* Das war Marcos Stimme. Und das kam so: Marco und Julia hatten, wie gesagt, schon zum Auto zurückgehen wollen. Aber da hatten sie die offene Tür gesehen.

Das heißt, eigentlich war es nur eine halboffene Tür. Gegenüber der Casa del Popolo. Eine halboffene Tür, gerahmt von einem, wenn man genauer hinsah, recht schönen Portal aus Travertin. Aber in dieser Situation sahen Marco und Julia noch nicht genauer hin.

Auch die fast elegant geschliffenen Milchglasscheiben in den Türflügeln aus schwarz lackiertem Holz beachteten sie kaum. Es ging ihnen darum festzustellen, ob da jemand war. Jemand, den man nach einem Lokal fragen konnte. Denn vielleicht – dieser Funke Hoffnung glomm nun wieder auf – vielleicht gab es ja doch eines in diesem Ort, und sie hatten es nur nicht gefunden.

Diese kleine Chance wollten sie einfach noch wahrnehmen. Denn auch der Gedanke, zum Auto zurückzugehen, war bei der Hitze, die immer noch herrschte, alles andere als verlockend. Sie hatten Durst. Sie hatten Hunger (auch wenn ihnen der schon fast vergangen war). Und ehrlich gestanden waren sie inzwischen auch recht müde.

C'è qualcuno?, rief Marco also. Ist da jemand? Und hatte die halboffene Tür schon etwas weiter geöffnet. *Buongiorno!*, rief er. Oder (vielleicht war das dem fortgeschrittenen Nachmittag schon angemessener): *Buona sera!* Von drinnen wehte ihnen ein kühler Hauch und ein dezenter Duft von Naphthalin entgegen.

Dass sie soeben die Schwelle des Hotels übertreten hatten, in dem sie dann nicht nur die nächsten zwei Wochen, sondern in der Folge noch ungeahnt viel mehr Zeit verbringen sollten, wussten sie in diesem Moment natürlich noch nicht. Sie begriffen ja noch nicht einmal richtig, dass sie im Flur eines Hotels standen. Von außen hatten sie das Gebäude nicht als Hotel erkannt. Die kleine Tafel am linken Türflügel (*Albergo & Affittacamere* stand da), diese kleine Messingtafel am linken Türflügel hatten sie glatt übersehen.

Und eigentlich wollte Marco ja nur etwas fragen.

Solo una domanda, sagte er zu dem Mann, der die Treppe herunterkam, auf dem Kopf einen Strumpf statt einem Haarnetz – der Mensch sah ein bisschen aus wie ein verschlafener Pirat. Kann man hier irgendwo etwas zu trinken bekommen? Wir sind am Verdursten. Und finden kein offenes Lokal.

Etwas zu trinken?, sagte Fantini junior. *Il giovane Fantini* hatte man ihn im Ort lange Zeit genannt, aber inzwischen war er schon längst nicht mehr jung. Er war auch nicht wirklich alt, auch wenn ihm schon einige Zähne fehlten. Die waren nach und nach ausgefallen, wie die Buchstaben an der Fassade abgefallen waren.

Die paar Goldkronen, die jetzt aufblitzten, hatte man ihm schon früher verpasst. Aber so etwas konnte er sich schon seit längerem nicht mehr leisten.

Ich habe *Acqua minerale* und *Tè freddo* im Eisschrank, sagte er. Das hier ist keine *Osteria*, sondern ein Hotel, aber verdursten lassen werde ich Sie nicht.

Ein Hotel?, sagte Marco.

Ma certo, un albergo.

Und? ... Marco sah sich nach Julia um ... Hätten Sie ein Zimmer frei?

Con letto matrimoniale?

Sì. Con letto matrimoniale.

Sollen wir?, fragte Marco.

Ja, sagte Julia. Ich glaube schon.

Und das war's dann. Das Bett hing zwar ziemlich durch. Aber sie waren froh, dass es für sie da war. Später legte ihnen Fantini ein Brett unter die Matratze. Aber an diesem Nachmittag, an dem sie vorerst sofort einschliefen, und an diesem Abend, an dem sie dann umso munterer wach waren, genügte das Bett, wie es war, durchaus ihren Ansprüchen.

7

Den Garten entdeckten sie erst am nächsten Morgen. Das heißt, es war schon am späteren Vormittag. Sie hatten (natürlich) etwas länger geschlafen. In der Nacht war das Treiben unter ihrem Fenster lang nicht zur Ruhe gekommen – ganz im Gegensatz zu dem Eindruck, den sie um die Stunde ihrer Ankunft gehabt hatten, war dieser Ort offenbar von jeder Menge lebendiger Menschen bewohnt, die sich bei gutem Wetter auf der Piazza trafen und sich alle gleichzeitig zu unterhalten schienen.

Es war also möglicherweise schon gegen elf. Es kam ihnen allerdings früher vor, weil sich die Sonne an diesem Tag vorerst nicht sehen ließ. Wolken zogen vorbei, es blies ein frischer Wind. Ein Wind, der auch die Bäume dort drüben bewegte.

Stimmt schon, vom Fenster des Zimmers Nummer 11 sah man vor allem das Tor zum *giardino*. Und je ein Stück Mauer links und rechts davon. Aber im Hintergrund sah man auch einige Bäume. Das waren die *lecce*, die Steineichen, die den unteren Teil des Gartens vom oberen trennten.

Die Gebärdensprache dieser Bäume! Die sollten sie später noch wiederholt bewundern. Manchmal machten diese Steineichen wirklich den Eindruck, als wollten sie etwas sagen. Oder zumindest – ihren Artikulationsmöglichkeiten entsprechend – etwas andeuten.

In ihren Bewegungen lag etwas Suggestives. Etwas Verlockendes, etwas, das Ahnungen evozierte. Und das kam denn auch auf der Stelle zur Wirkung. Beide, Marco und Julia, hatten sofort das Bedürfnis, diesen Garten oder Park oder was es war, in Augenschein zu nehmen.

Glaubst du, ist er privat, oder ist er frei zugänglich?, fragte Julia.

Das werden wir ja gleich sehen, sagte Marco, wir brauchen nur über den Platz zu gehen.

Und wenn er privat ist, dieser Garten, was dann?

Das werden wir auch sehen, sagte Marco. Vielleicht klettern wir irgendwo über die Mauer.

Das hatten die Kinder hier früher tatsächlich getan. Solang der *giardino* noch im Besitz der Familie Bianchi war. Die ihn partout nicht für alle öffnen wollte. Aber das erfuhren Marco und Julia erst später.

Was sie betraf, so mussten sie jedenfalls nicht über die Mauer klettern. Der Garten war offen. *Aperto dall'alba al tramonto* stand auf einem Schild neben dem Tor. Das war eine Formulierung, die sich Marco auf der Zunge zergehen ließ. Geöffnet von der Morgendämmerung bis zum Sonnenuntergang.

Wie Marco und Julia dann den Garten betraten. Den Garten oder genau genommen: *die Gärten*. Es gab ja zwei Ebenen, die untere und die obere. Unten ein französischer Garten, oben ein englischer.

In ihrer Erinnerung an diese Szene ist es sehr still. Der Wind, der zuvor die Steineichen bewegt hat, hat nachgelassen. Und sie sind an diesem Vormittag die einzigen Besucher. Der Garten ist öffentlich zugänglich, aber die Ortsansässigen kommen erst am Abend.

Touristen? Nein, Touristen gibt es noch nicht. Nur sie beide. Die sie vorerst in den unteren Garten hineingehen. Schritt für Schritt. Und unwillkürlich dämpfen sie ihre Stimmen. Als ob es gälte, den Genius Loci nicht zu verscheuchen.

Ma guarda, sagt Marco, *come è fatto bello!* Wie schön das gemacht ist! *Così bello e così semplice. Così semplice e così raffinato.* So schön und so einfach. So einfach und raffiniert.

Das Areal des unteren Gartens hat etwa die Form eines gleichschenkeligen Dreiecks. Oder eher die eines Deltoids? Die Form eines Dreiecks oder eines Deltoids, aus dessen spitzem Winkel man kommt. Und Schritt für Schritt öffnet sich die Perspektive.

Deltoid oder Dreieck – in sich ist diese geometrische Figur jedenfalls unterteilt in von Buchsbäumen begrenzte Felder. Marco und Julia zählen. Es sind zwölf. Sechs dreieckförmige Felder außen, sechs trapezförmige Felder innen. Und in der Mitte ein Sechseck, beinahe ein Kreis.

Der Kreis, in dem Mortimer gelandet ist. Mortimer, dessen Geschichte sie nachhaltig beeindrucken wird. Aber an diesem Vormittag wissen sie noch nichts davon. Und der Mann, den sie ein paar Tage später am Fenster seines Zimmers im Albergo stehen sehen werden, der alte Amerikaner, der ein bisschen aussieht wie der alte Hemingway, existiert für sie noch nicht.

Obwohl er vielleicht auch jetzt schon am Fenster steht. Und in den Garten hinunterschaut, denn das tut er meistens. Vielleicht beobachtet er die beiden schon seit einer Weile. Jetzt gehen sie von der Stelle, an der er gelandet ist, hinüber zu dem schmalen Haus, dem Haus in der Mauer, unter dessen Gewölbe er damals, im Jahr 1944, rasch Deckung gesucht hat.

An den Torbogen vor dem Gewölbe schmiegt sich ein Baum mit wilden Kirschen. Ein schönes Motiv, gewiss, besonders mit einer jungen Frau wie Julia darunter. Und Marco führt die Kamera ans Auge, aber dann zögert er einen Moment. Möglicherweise spürt er Mortimers Blick.

Dieses Haus, an dessen sienabraunes Gemäuer sich nicht nur der Wildkirschenbaum schmiegt, sondern an dem sich auch eine märchenhafte Bougainvillea-Hecke hochrankt ... aus einem einzigen Stamm emporwachsend, weit verzweigt bis fast hinauf zu Miss Mollys Fenstern ... Dieses Haus, so gut es zum Renaissancegarten passt, den Gärten genau genommen, den so genannten Horti Valentini ... Dieses Haus ist, jedenfalls in seiner gegenwärtigen Form, verhältnismäßig neu, auch wenn man ihm das nicht gleich ansieht.

Das Haus, in dem Miss Molly bis zu ihrem Tod im Jahr 1965 wohnte ... Sein romantisches Erscheinungsbild und seinen erstaunlich guten Zustand verdankt es sehr nüchternen Tatsachen ... Einem Schachzug oder Trick der ehemaligen Besitzer des Gartens, der sehr adeligen und einflussreichen Familie Bianchi ... Der bei allem Adel und bei allem Einfluss die Enteignung des Gartens schon 1918 drohte, bald nach dem Ersten Weltkrieg.

Da war die Gemeinde San Vito auf einmal rot. Wie übrigens

beinahe alle Gemeinden in der Region. Für das Desaster des Krieges machten die einfachen Leute die Besitzenden verantwortlich, in einer hoffentlich besseren Zukunft wollten sie es anders haben. Ein verständlicher Wunsch. Aber aus der Sicht einer Familie wie der Bianchis eine Bedrohung.

Toscana rossa. Für kurze Zeit sah es wirklich so aus, als müsste man sich darauf einstellen. Aber noch war nicht aller Tage Abend. Und es gab Gott sei Dank noch bürgerliche Gesetze. Und es gab noch Juristen, die damit umzugehen wussten.

Zum Beispiel den mit allen juristischen Wassern gewaschenen Signore Belpulito, den Anwalt, der den Bianchis schon vor dem Krieg ein verlässlicher Freund und Helfer gewesen war. Melden Sie Eigenbedarf an, riet er, Eigenbedarf für ein Objekt im *giardino*. Zum Beispiel für dieses Haus in der Mauer, genau. Lassen Sie dieses hübsche Häuschen ein bisschen renovieren und setzen Sie eine für die Familie unentbehrliche Person hinein.

Also quartierte man die Gouvernante dort ein. Und blockierte die Sozialisierung der Gärten. Sollte die Gemeinde das juristisch anzufechten versuchen, so würde man das Verfahren in die Länge ziehen. Das erübrigte sich dann: 1922 marschierten Mussolinis Schwarzhemden auf Rom, 1924 wurde Matteotti ermordet, 1926 gab es auch im verstecktesten Winkel Italiens keinen roten Bürgermeister mehr.

Miss Molly kann nichts dafür, sie war nur die Gouvernante. Davor war sie ein Jahr als Englischlehrerin an einer Privatschule in Siena tätig. Wo sie der Marchese Bianchi, heißt es, entdeckte und vom Fleck weg engagierte. Das heißt wahrscheinlich, dass er sie einfach abwarb.

Die dortige Schulleitung musste sich mitten im Jahr eine andere Englischlehrerin suchen. Aber er war eben der Marchese Bianchi. Er machte ihr ein Angebot. Er nahm sie mit nach San

Vito und stellte sie seiner Frau und seinen Töchtern vor. Er zeigte ihr das Haus im Garten, das noch eingerüstet, aber fast schon bezugsfertig dastand.

Konnte Miss Molly da nein sagen? Natürlich konnte sie das nicht. Denn es war Liebe auf den ersten Blick. Zu diesem Haus wohlgemerkt. Und zu dem Garten, der es umgab. Von dem Spiel, in dem sie bei aller Freundlichkeit ihres neuen Dienstgebers benutzt wurde, durchschaute sie wahrscheinlich nicht viel.

Wenn es stimmt, dass sie schon vor 1922 da war, mit, sagen wir, einundzwanzig, so muss sie 1944, als Mortimer für sie vom Himmel fiel, schon Mitte vierzig gewesen sein. Aber solche Berechnungen stellten Marco und Julia erst später an. Vorläufig wussten sie ja von ihr ebenso wenig wie von Mortimer, vorläufig hatten sie noch nicht die leiseste Ahnung von der Geschichte, die sie dann so nachhaltig beschäftigen sollte. Sie taten die ersten Schritte auf den Spuren dieser Geschichte, aber das wussten sie noch nicht.

Ein paar von diesen Schritten sind fotografisch dokumentiert: Julia unter den Wildkirschen – mit diesem Foto ist der Bann, die Hemmung, die einen Moment lang auf Marco gelegen ist, gebrochen. Julia neben dem Januskopf – das ist die Büste am Fuß der Treppe, die in den oberen Teil des Gartens führt. Janus, der Doppelgesichtige – ein junges Gesicht und ein altes Gesicht.

Julia hat leicht lachen, sie ist damals noch sehr jung, noch nicht fünfundzwanzig. Auf der Treppe sitzend wirkt sie allerdings schon ein bisschen nachdenklich. Vielleicht fällt ihr da ein, dass sie noch nicht gefrühstückt haben. Wenn sie diese Fotos später ansehen, werden sie und Marco einiges hineininterpretieren.

Die nächsten Fotos sind dann bereits im oberen Teil des Gartens aufgenommen. Marco (von Julia fotografiert), wie er auf den Trümmern des Turms herumklettert. Auch er noch recht jung, in dieser Situation hat er trotz seiner zweiunddreißig Jahre etwas Bubenhaftes. Daran ändert auch der Bart nichts, der damals für linke Intellektuelle nahezu obligat ist und von dem er sich erst mit etwa fünfzig trennen wird, sobald die grauen Haare darin überhandnehmen.

Dann Julia in ein paar tänzerischen Posen auf dem so genannten Turnierplatz. Als sie noch ein kleines Mädchen war, hat ihre Mutter sie zum Ballettunterricht geführt, aber als sie ein etwas größeres Mädchen war und allein hingehen sollte, hat sie die Verrenkungen und Posen, zu denen sie dort gezwungen wurde, immer unangenehmer und blöder gefunden und ist während der Stunden, die sie im Ballettstudio verbringen sollte, lieber ins Kino gegangen. Hier aber, vor Marco, *für* Marco, lässt sie sich zu einer kleinen Vorführung hinreißen. Sie dreht sogar eine Pirouette, aber dabei wird ihr schwindlig, und er muss sie auffangen.

Schließlich Marco und der Steintisch, an dem er sitzt. Eine ganze Reihe von Fotos (wieder von Julia fotografiert). Der Steintisch, an dem er dann noch ziemlich oft sitzen wird, unter den Steineichen, die auch hier oben wachsen, jenseits der freien, von zu viel Sonne vergilbten Rasenfläche, von der man am späteren Vormittag schon recht gern in den Schatten tritt. Da sitzt Marco auf der steinernen Bank und gestikuliert.

Hier, sagt er, könnte ich mein Drehbuch schreiben. Das Drehbuch nämlich, das alles verändern würde. Falls es gelingt, einen Produzenten dafür zu finden. Und natürlich würde Marco dann auch Regie führen.

Wie Chabrol, wie Truffaut, wie Godard, wie Buñuel und wie seine Vorbilder alle heißen. Und dann müsste er vielleicht doch kein Arzt werden. Bloß: Seiner Mutter wäre es halt ein Anliegen. Und wenn sich bis zum Ende seiner Turnusjahre nichts anderes ergibt, wird er sich wohl auf Augenheilkunde spezialisieren.

Jedenfalls wird er gleich nachher unten im Ort ein Heft kaufen, ein *quaderno*, in dem er Gedanken zu seinem Film notieren will. Zwar weiß er noch nicht genau, was das für ein Film werden soll, doch vielleicht könnte er damit beginnen, dass ein Paar (die zwei müssen nicht unbedingt Marco und Julia heißen, aber Ähnlichkeiten sind nicht ausgeschlossen) in einen Ort kommt, der ihnen beiden vorher überhaupt kein Begriff war. Purer Zufall, dass sie hierher geraten sind, doch sie haben hier eine erste (sehr nette) Nacht verbracht. Und nun, am Morgen oder am Vormittag danach, haben sie einen Park entdeckt oder einen Garten, der hat was, da liegt was in der Luft, man spürt das, und was daraus resultiert, das wird sich schon noch weisen.

Ja, dieser Tisch! Dieser Steintisch unter den Steineichen! Da war auch Miss Molly oft und gern gesessen. Etwa wenn die Kinder, die sie zu betreuen hatte – Chiara und Filiberta hießen sie –, vorne auf dem Turnierplatz spielten. Stimmt, auch sie sollten nicht allzu lang in der prallen Sonne bleiben, aber ihre italienische Haut war bei aller hochnoblen Herkunft bei weitem nicht so empfindlich wie Mollys englische.

Wenn Miss Molly aus dem schmalen Haus in der Mauer hier heraufging, mit den Kindern oder allein, dann tat sie das nie ohne Sonnenschirm. Selbstverständlich hatte sie auch einen Polster dabei, den sie auf die steinerne Bank legte, bevor sie sich setzte, mit spitzem Popo, denn diese Bank war nicht nur hart, sondern auch kalt. Das spürte auch Marco in den folgenden Tagen. Er legte dann meist die *Stampa* unter oder die

Unità, das waren die Zeitungen, die er täglich kaufte. Und dann saß er über dem Heft, Format A4, kariert, und wartete auf Einfälle.

Miss Molly saß also im Schatten, der Sonnenschirm lag auf der Bank neben ihr, die Kinder spielten in der Sonne. Als sie noch klein waren, so zwischen fünf und sieben, spielten sie mit einem bunten Ball. Das wäre eine schöne Szene. Die Kinder in der Sonne, in Farbe, Miss Molly im Schatten, schwarzweiß. Doch *solche* Einfälle hatte Marco erst später.

Zehn oder zwölf Tage später, nach dem Abend, den sie mit Mortimer verbrachten ... dem Abend, an dem er anfing, ihnen seine Geschichte mit Miss Molly zu erzählen ... eine Geschichte, deren Fortsetzung er für den folgenden Abend ankündigte ... Dass es dazu nicht mehr kam, war vielleicht der Grund, warum diese Geschichte ihre Fantasie auf ganz besondere Weise anregte.

Aber davon hatten sie jetzt noch keine Idee. An ihrem ersten Vormittag in diesem Ort. Es war übrigens schon spät am Vormittag, bald würden die Glocken der Kirche Santa Maria Assunta, deren Campanile man auch vom *giardino* aus sah (eine recht nüchterne, gerüsthafte Turmspitze, allerdings gekrönt von einem blechernen Wetterengel, der seinen rostig-rustikalen Charme hatte), bald würden die frei hängenden Glocken dieser Kirche Mittag läuten. Höchste Zeit also, trotz allem im Ansatz bereits spürbaren Magnetismus, der hier wirkte: Sie hatten noch immer nicht gefrühstückt.

Also legten sie den Weg vom oberen Teil des Gartens, vom Steintisch, in den unteren Teil im Laufschritt zurück. Nicht über die Treppe, sondern auf einem durchs Gebüsch führenden Pfad. Und schon waren sie wieder beim Januskopf, dessen altes Gesicht in die Vergangenheit, dessen junges Gesicht aber in die Zukunft schaute. Und dann beim Haus in der Mauer, in dem Miss Molly schon längst nicht mehr wohnte.

Dort nahm Marco Julia kurz auf die Schultern, damit sie ein paar von den wilden Kirschen pflücken konnte, die von den Vögeln noch nicht gefressen waren. Davon gibt es leider kein Foto, aber es ist ein Bild, das sich beide immer wieder gern in Erinnerung riefen. Marco mit Julia auf den Schultern, Julia, wie sie sich nach den Weichseln streckt. Allerdings war bereits Juli, und die meisten waren schon ziemlich vertrocknet.

Dann aber (endlich) das Frühstück im *Caffè Italiano*. Das war die Bar, die sie gestern übersehen hatten. Etwas, das ihnen künftig nicht mehr passierte. Denn von da an gingen sie fast jeden Tag dorthin frühstücken.

Täglich außer Montag, denn da hielten Pietro und Bruna ihren Ruhetag. Pietro und Bruna, das waren die Pächter des Lokals. Er um die sechzig, sie vielleicht um die fünfzig. Das kam Marco und Julia damals sehr alt vor.

Aber auf sympathische Weise alt. Zwei, so der Eindruck, in Harmonie miteinander älter gewordene Leute. Obwohl sie sich, was die Statur betrifft, unterschieden (er hager und relativ groß, ein wenig gebeugt, sie mindestens einen Kopf kleiner, zu jener Zeit auch noch etwas runder), sahen sie einander ähnlich. Das war allerdings keine Ähnlichkeit der Züge, sondern eine Ähnlichkeit des Ausdrucks, und dieser Ausdruck war der einer etwas schüchternen Freundlichkeit.

Und schön war die merkbare Nähe zwischen den beiden. Manchmal standen sie Hand in Hand vor der Tür des Lokals unter dem grün und weiß gestreiften Sonnendach. Marco taufte sie spontan Philemon und Baucis. Zugegeben, Julia war nicht ganz so beschlagen in der griechischen Mythologie wie er, der anscheinend ein klassisches Gymnasium besucht hatte, aber eine vage Erinnerung an diese Namen hatte sie doch. Er half dieser Erinnerung auf die Sprünge.

Also Philemon und Baucis, sagte er. Das ist doch das alte Ehepaar, das keinen größeren Wunsch hat, als auch durch den Tod nicht geschieden zu werden. Und da kommen zufällig Zeus und Hermes vorbei und sind gerührt vom innigen Anblick der beiden, und außerdem sind sie angetan von ihrer Gastfreundschaft. Und aus Dankbarkeit verwandeln sie die zwei in ein Paar eng beisammen stehender Bäume, eine Eiche und eine Linde, wenn ich mich recht erinnere, die einander mit ihren Zweigen umarmen.

So erzählte das Marco und lächelte dazu. Unter dem Bart hatte er hübsche Lippen und schöne Zähne.

Aber im Ernst, sagte Julia. Glaubst du, dass es so etwas gibt? Ich meine, in Wirklichkeit. Eine so haltbare Liebe?

Sie hatte das unwillkürlich auf Deutsch gesagt.

Pardon?, sagte Marco.

Sie versuchte es also auf Französisch.

Eine so haltbare Liebe ... *Un amour tellement durable?* ... Oder vielleicht besser: *Un amour tellement résistant.*

Ja, dachte sie, das ist das richtige Wort. Dabei ging ihr zum ersten Mal auf, dass Liebe vielleicht etwas mit Widerstand zu tun hatte. Mit Widerstand gegen alle widrigen Umstände. Und letzten Endes mit Widerstand gegen die Zeit.

Doch was dachte sie da? Wieso kam sie auf solche Gedanken? Die Beziehung zu Marco war doch wahrscheinlich nichts als eine Sommerliebe. Gut, um sich Hans aus dem Kopf zu schlagen, und überhaupt gut. Rundum gut, um ehrlich zu sein. Aber so was hat sein Ablaufdatum.

Jetzt war es allerdings schön, und das wollte sie genießen. Sie saß mit diesem Marco, den sie erst seit kurzem kannte, aber lieber ansah, reden hörte, berührte, roch und schmeckte als

Hans und die zwei, drei anderen, die sie länger gekannt hatte, im kleinen Hinterhofgarten des *Caffè Italiano*. Und sie hatten Cappuccino getrunken und Crostini gegessen, die damals noch frisch angeröstete, pikant bestrichene Brotscheibchen waren (keine, die schon seit Stunden oder gar Tagen in der Vitrine aufweichten). Und weil die so gut waren und weil es so angenehm hier war, bestellten sie gleich noch einige.

Und dieser Hinterhofgarten war natürlich kein so geheimnisvolles Gesamtkunstwerk wie der *giardino*, den sie zuvor entdeckt hatten. Aber in all seiner Schlichtheit war auch er eine Entdeckung. Fast alles, was sie da umgab, war ihnen auf Anhieb sympathisch. Der großblättrige Baum in der Mitte, ein so genannter Elefantenbaum, der sich weiß Gott wie hierher verirrt hatte, das *Birra-Moretti*-Reklameschild im Hintergrund, die bescheidenen Beete entlang der weiß getünchten Mauer und der Rosmarinstrauch vor dem kleinen, vergitterten Fenster zur Küche.

Dieser Rosmarinstrauch sogar ganz besonders. Gute zwei Meter hoch wuchs der – erstaunlich, wenn man sah, wie schmal der Streifen Erde war, der ihm zur Verfügung stand. Aber wer weiß, sagte Marco, wie tief hinab seine Wurzeln reichen. Er blühte und duftete würzig, und das Gesumm der Bienen und Hummeln, die ihn besuchten, hatte etwas sehr Anheimelndes.

Auch eine Katze gab es, die auf einem der mit bunten Plastikschnüren bespannten Sessel döste. Und einen Kanarienvogel, der zu zwitschern begann, wenn Pietro den Türflügel, an dem sein Käfig hing, so weit öffnete, dass ein Sonnenstrahl auf ihn fiel. Man konnte das alles beinah als Idylle sehen. Allerdings gab es da auch die Schildkröten.

Guarda, la tartaruga!, sagte Marco, aber es war nicht nur eine. *Guarda un'altra! No, sono tre, sono quattro! E guarda, che cosa fanno!* Schau, was sie machen! Genau: Diese sonst eher schwerfällig und langweilig wirkenden Reptilien waren erstaunlich agil.

Wie rasch und eifrig sie sich fortbewegten! Daheim, jenseits der Alpen, hatte Julia nie so aktive Schildkröten gesehen. Die kleinen Einfriedungen um die Beete, in denen Pietro und Bruna nicht nur Blumen, sondern auch ein wenig Gemüse anbauten, versuchten sie immer wieder zu überklettern. Auch wenn sie dabei, durch ihre Panzer behindert, öfter umkippten, manchmal natürlich auch auf den Rücken fielen und dann mit ihren schuppigen Beinen so lang in der Luft rudern mussten, bis sie irgendwo Halt fanden oder eine mitleidige Menschenseele sie wieder in eine bessere Position brachte.

Vor allem aber waren sie sexuell aktiv. *Ma guarda*, sagte Marco, *fanno l'amore!* Und tatsächlich, das taten sie. Jedenfalls wenn es schön warm war. Und das war es damals, an jenem ersten Vormittag in Pietros und Brunas Hinterhofgarten.

War es peinlich, den Schildkröten beim Sex zuzusehen? Womöglich war Julia ein paar Augenblicke lang unsicher, aber das verflog. Nein, es war eigentlich nicht peinlich, sondern eher amüsant. Was meinst du, sagte Marco, vielleicht sollte ich einen Schildkrötenporno drehen und damit berühmt werden.

8

Es folgten Tage, in denen sie manches für sich erschlossen. Die ihnen dann so vertraut gewordenen Ecken und Enden im *centro storico*, die Landstraßen, die Sandstraßen und Feldwege in der Umgebung. Tage, in denen sich auch Gewohnheiten einspielten. Gewohnheiten, die ihnen lieb wurden und die sie beibehielten.

Morgens nach dem Aufstehen, das sich manchmal durch Scherze und Zärtlichkeiten erfreulich verzögerte, vorerst beim *tabaccaio*, der Antonio hieß und lustige, von Lachfältchen umrahmte Augen hatte, Zeitungen und Zigaretten kaufen. Wobei Marco und Antonio immer ein paar Meinungen über die politische Lage austauschten. In einem raschen, manchmal ironisch oder sarkastisch klingenden Wortwechsel, von dem Julia natürlich noch wenig verstand. Aber gewisse Wörter, Begriffe und Namen bekam sie doch mit. Manches versuchte ihr Marco dann auf dem Weg zum *Caffè Italiano* auf Französisch zu erklären. Aber sobald sie dort waren, bei Pietro und Bruna, wurde dieser kurze Lehrgang über die Perspektiven des Eurokommunismus meist unterbrochen und vertagt. Denn da mussten sie ja auf die immer freundliche Begrüßung durch die beiden Alten eingehen und vor der Vitrine gustierend die Panini oder Crostini aussuchen, die sie zum Cappuccino essen wollten. Manchmal hatte Julia auch Appetit auf ein kleines Dolce.

Und dann fürs Erste ein wenig im Ort umherstreunen, ein bisschen Proviant besorgen in der kleinen *Coop*-Filiale neben der Casa del Popolo oder im *Alimentari*-Laden ein paar Häuser weiter. Bei Tullio, den die Leute im Ort *Il veloce* nannten oder *Lo svelto*, also *Der Geschwinde* oder *Der Flinke*, weil er so langsam war. Aber wenn man ein bisschen Geduld hatte, war es fast spannend, ihm zuzusehen, wie bedächtig er den Pecorino und den Prosciutto schnitt. Dieser sanft blickende und leise sprechende Mann würde sich, dachte man, mit der Schneidemaschine nie einen Daumen abschneiden, und das hatte etwas sehr Beruhigendes.

Meist trafen sie schließlich noch Nino, *il postino*. Nino, der, wie er ihnen gleich in einem ihrer ersten Gespräche erzählte, nicht nur Briefträger war, sondern auch *arbitro*, Fußballschiedsrichter. Zwar nicht bei Spielen der Serie A, sondern in etwas weniger avancierten Spielklassen. Aber es war ihm daran gelegen, dass man das zur Kenntnis nahm und dass man zu würdigen wusste, was das bedeutete.

Erstens, bitteschön, trage ein Schiedsrichter große Verantwortung für einen den Regeln entsprechenden Spielverlauf. Doch zweitens, und das wüssten die Wenigsten, erbringe er eine enorme sportliche Leistung. Es gebe Studien, aus denen hervorgehe, dass ein guter Schiedsrichter während der neunzig Minuten einer *partita* mehr laufe als die meisten Spieler. Ja, ob Sie es glauben oder nicht, manchmal ist der Schiedsrichter der beweglichste Mann auf dem Spielfeld.

Und Nino *war* so ein beweglicher Mann. Obwohl er, von eher rundlicher Statur, nicht ganz so aussah, aber das, auf diese Feststellung legte er Wert, sei ein Vorurteil. Aufgrund seiner guten Kondition könne er an einem Vormittag mehr Briefe austragen als jeder seiner Kollegen, folglich sei es nur recht und billig, wenn er sich ab und zu eine kleine Pause gönne. Es traf sich, dass er Marco und Julia meist vor der *Bar Centrale* auf der Piazza begegnete.

Posso offrire qualcosa? Darf ich Sie auf etwas einladen?

Er war nett, keine Frage, aber er neigte dazu, alles, was er sagte, zu wiederholen. Häufig in einem Nennform-Italienisch, das er, wie er bemerkte, um der Signorina willen sprach. Auch wenn ihn Marco darauf aufmerksam machte, dass das nicht nötig und seiner Meinung nach sogar schädlich sei, wenn jemand wie Julia die Sprache ordentlich lernen wollte.

Dazu kam, dass er Julia manchmal auf eine Art ansah, die ihr zu denken gab. Er hatte einen Blick wie ein Dackel und sah drein, als wollte er gestreichelt werden. Und er konnte es nicht lassen, Marco in lange Gespräche über große Fußballmannschaften und legendäre Fußballer zu verwickeln. Meist Namen, die Julia nichts sagten, weswegen sie, bei aller gutartigen Geduld, manchmal daran erinnern musste, dass sie eigentlich noch etwas anderes vorhatten.

Fellini hätte all diese netten Leute und noch einige mehr in seinen Film einbezogen. Und das wäre dann wahrscheinlich ein Film geworden wie *Amarcord*, an den sich Julia gern erinnerte. *Ma per dire la verità*, um die Wahrheit zu sagen, sagte Marco, gerade diesen Film möge er nicht besonders. Er habe nicht so viel übrig fürs Anekdotische.

Er hatte etwas anderes im Sinn – das heißt, er *hatte* es noch nicht ganz. Aber er wartete eben, dass es ihm einfiel. Am ehesten würde es ihm oben im Park am Steintisch einfallen. Die Stille, das Vogelgezwitscher, der Chor der Zikaden: Der Hain um den Steintisch, ein Ort, an den sich damals noch kaum jemand anderer verirrte, war zweifellos ein Ort der Inspiration.

Julia begleitete ihn gern dort hinauf, aber sie blieb nicht. Eine Weile sah sie ihm gern beim Denken zu, aber länger wollte sie ihn nicht dabei stören. Alles Mögliche und Unmögliche spukte ihm im Kopf herum, aber der entscheidende Impuls fehlte noch. Du wirst sehen, der wird schon noch kommen!, sagte Julia. Und nach diesen Worten küsste sie ihn und ging wieder in den Ort hinunter.

Meist ging sie dann zurück ins Café, setzte sich unter einen der Sonnenschirme im Hofgarten und bestellte sich einen Campari. Und las Walt-Disney-Taschenbücher oder die Bibel, beides auf Italienisch, das sie natürlich noch lang nicht konnte. Aber mit beiden Texten konnte sie etwas anfangen. Denn da wusste sie ungefähr, worum es ging.

Die zentralen Figuren waren ihr von Kind an vertraut. Micky Maus hieß auf Italienisch *Topolino*, Donald Duck hieß

Paperino und Gott hieß *Dio* oder *Il Signore*. Und die Bibel, *La Sacra Bibbia*, war eine schöne Ausgabe mit Faksimiles alter Illustrationen. Im Vergleich zu den Walt-Disney-Taschenbüchern fehlten nur die Sprechblasen.

Und dann trafen sie einander entweder zu einem Picknick oben im *giardino* oder fuhren hinunter an den Fluss. Zwar war das Ufer fast zugewachsen, aber sie suchten und fanden Wege durch Macchia und Ginster, ohne übertriebene Angst vor Zecken oder Schlangen. Und sowohl im *giardino* als auch unten am Fluss freuten sie sich über die guten und einfachen Sachen, die sie um wenig Geld gekauft hatten. Und alles schmeckte ihnen: Grissini, Oliven und die schönen roten Zwiebeln, deren Geruch und Geschmack sie aneinander nicht störte, und sogar der verdächtig billige Rotwein, den man damals in Doppelliterflaschen bekam, ein so genannter Chianti, alles andere als *classico*.

Und sie entdeckten leer stehende Häuser in der Umgebung, die zwar versperrt waren, aber unter deren Arkaden und Torbögen man im Schatten sitzen und träumen konnte. Fantasiespiele spielten sie, in denen sie so taten, als gehörten diese Anwesen ihnen. Diese schönen, alten, toskanischen Häuser, von denen nicht wenige schon ein paar Jahre später adaptiert und für teures Geld vermietet, wenn nicht verkauft wurden. Stell dir vor, sagte Marco, *figurati*: Wir wären …, wir hätten …, wir würden …

Und Julia erinnerte sich an die Fantasiespiele, die sie als Mädchen von sechs, sieben, acht Jahren mit den Nachbarkindern gespielt hatte, dort, wo sie damals daheim gewesen war, in einer österreichischen Kleinstadt. Bei solchen Spielen gebrauchten sie einen eigenartigen Konjunktiv, den es im so genannten Hochdeutsch nicht gibt. Ich *tät* eine Prinzessin sein, und du *tätst* ein Prinz sein, zum Beispiel. Oder: Du *tätst* mein

Mann sein, und ich *tät* deine Frau sein, und wir *täten* drei Kinder haben.

Mit Marco konnte sie solche Spiele auch jetzt noch spielen, und das nahm sie sehr für ihn ein. Prinzessin und Prinz spielten sie gern, in vielen Versionen, aber immer mit Wachküssen, doch interessanter noch war das Spiel *La Belle et la Bête*. Da bemühte sich Marco, wie ein Ungeheuer dreinzusehen (er hielt sich dabei an die Mimik des größten, geilsten Schildkrötenmännchens im Hinterhofgarten des *Caffè Italiano*). Und Julia fand ihn zwar furchtbar, wenn er so dreinsah, mit offenem Mund, am Gaumen klebender Zunge und – keine Ahnung, wie er das machte – fast echt wirkenden, ganz schmalen Reptilienaugen, nur war er in seiner Hässlichkeit so arm, dass sie nicht umhinkonnte, ihn zu streicheln, und es gab ja Aussicht auf Erlösung.

Stimmt, vorerst erwogen sie auch noch weiterzufahren, aus dem Binnenland, in dem sie hier gelandet waren, doch noch an eine Küste, sei es die tyrrhenische, sei es die adriatische. Aber dann entdeckten sie immer noch etwas Neues, das ihnen besonders gut gefiel. Zum Beispiel das Wehrdorf San Vito Alto, kaum mehr als ein Dutzend Häuser, die, geschützt von einer vielleicht durch ein Erdbeben abgesunkenen Mauer, aus Weinbergen und hügelan wucherndem Brombeergesträuch hervorzuwachsen schienen. Auf dem kleinen Plateau vor dem Westtor war diese Mauer ganz niedrig, da saßen sie gern und schauten über das Hügelmeer, dessen Wellenberge und Wellentäler in erstaunlich vielen Farbtönen zwischen Grasgrün und Erdbraun changierten.

Drinnen zwischen den Häusern trafen sie einen grauköpfigen Mann, den sie fragten, wie viele Bewohner das Dorf habe. *Una mano*, antwortete er lächelnd, eine Handvoll, aber Marco und Julia sahen dort lang keinen Menschen außer ihm.

Nur jede Menge Katzen, die er mit *pici*, den handgemachten Spaghetti, fütterte, die als besondere Spezialität der Gegend galten. Und dieses Futter tat den Katzen offenbar gut, denn sie waren ebenso freundlich wie ihr Wohltäter, der Narciso hieß, und schmeichelten um Julias Beine.

Um dieses San Vito Alto vom Westtor bis zum Osttor oder umgekehrt zu durchqueren, brauchte man nicht mehr als fünf Minuten. Etwas abseits stand ein trotzig wirkender Turm mit einer Gedenktafel aus Travertin. Hier war die letzte Zuflucht der vierzehn Partisanen gewesen, die im Juni 1944, am Vorabend des deutschen Rückzugs, noch erschossen worden waren. Darunter zwei mit demselben Familiennamen, anscheinend Brüder, Rinaldo und Angelo F., im Alter von acht und zwölf Jahren.

Dass es sich bei diesen Buben um die beiden älteren Brüder Ninos handelte, erzählte ihnen der Briefträger erst später. Sie wären seine älteren Brüder gewesen, aber nun war er, der nach ihnen geboren war, der weitaus Ältere. Darüber denke er oft nach, sagte er, das sei schwer zu fassen. Und dass sie damals, am Vorabend der Befreiung, wie es auf der Gedenktafel hieß, haben sterben müssen.

Das heißt, nur der Größere sei gleich tot gewesen. Den Kleineren hätten die Amerikaner am nächsten Tag noch lebend gefunden und per Hubschrauber ins Militärhospital nach Orvieto gebracht. Das lag zwei Tage und eine Nacht entfernt, wenn man, wie Ninos Eltern, den Weg zu Fuß ging. Endlich dort angekommen, haben sie nur mehr den Leichnam des Söhnchens vorgefunden, zu müde, um noch zu weinen – doch dann haben sie einen Karren besorgt und das Kind nach Hause mitgenommen.

Wenn Marco und Julia die Inschrift auf der Gedenktafel lasen, brauchten sie immer eine Weile, um sich wieder ganz wohl zu fühlen. Trotzdem ging die Sonne meist sehr schön unter dort oben in San Vito Alto, und es lohnte, dieses tägliche Schauspiel abzuwarten. Dazu setzten sie sich wieder auf die niedrige Mauer, das war ein Logenplatz für den Sonnenuntergang. Umgeben von Zypressen, die man gegen die tief stehende Sonne wie einen Scherenschnitt sah, lag etwas weiter unten der kleine Friedhof, auf dem nicht nur Ninos Brüder begraben waren, sondern auch Miss Molly.

9

Dafür interessierten sie sich aber erst, nachdem ihnen der alte Amerikaner seine Geschichte erzählt hatte. Das heißt, nachdem er *begonnen* hatte, sie zu erzählen. Der alte Amerikaner, der mit ihnen im selben Albergo wohnte. *Le vieux Hemingway* oder *Il vecchio Hemingway*, wie sie ihn vorerst nannten.

Merkwürdig – nachdem ihnen seine Anwesenheit bewusst geworden war, damals, als sie ihn, vom Fluss zurückkehrend, zum ersten Mal am Fenster stehen gesehen hatten, sahen sie ihn dort jeden Abend. Manchmal sahen sie ihn auch schon am Morgen, wenn sie sich beim Weggehen umdrehten, weil sie sich einbildeten, seinen Blick im Rücken zu spüren. Er stand am Fenster. Darauf konnten sie sich verlassen. Aber im Inneren des Hotels, auf dem Gang oder im Treppenhaus, begegneten sie ihm nie.

Zwischen *seinem* Zimmer (der Nummer 9) und *ihrem* Zimmer (der Nummer 11) lag bloß das unbewohnte Zimmer Nummer 10.

Doch sie sahen ihn nicht, und sie hörten ihn nicht.

Er war, soviel sie von unten, von der Piazza aus, zu sehen bekamen (sein vom Fenster gerahmtes Brustbild gewissermaßen), ein korpulenter, wahrscheinlich an die neunzig Kilo schwerer Mann. Aber er atmete und bewegte sich offenbar geräuschlos.

Ein paar Mal horchte Julia an der Tür seines Zimmers.

Doch da dort drinnen anscheinend das Fenster offen war, hörte sie nur das Treiben unten auf der Piazza.

Vielleicht, witzelten sie, sei er nur eine Attrappe.

Aber dann stand er eines Abends leibhaftig vor ihrer Tür.

Es hatte geklopft, sie waren ein bisschen erschrocken. Im Zimmer war es heiß. Sie waren nur leicht bekleidet.

Chi è? Wer ist da?, rief Marco.

The man from the other room, sagte die Stimme von draußen.

Marco verstand nicht gleich. Englisch war nicht seine Stärke.

Julia hatte in der Hast eines seiner Hemden angezogen, an dem aber oben ein Knopf fehlte.

Sorry, scusi, sagte der Nachbar, sobald Marco die Tür einen Spaltbreit geöffnet hatte.

Das war er also. Hohe Stirn, buschige Augenbrauen, weißer Bart. Bei einem Hemingway-Lookalike-Wettbewerb hätte er wirklich Chancen gehabt.

Non volevo disturbare, sagte er. *I didn't want to disturb you.*

Er sprach abwechselnd Italienisch mit starkem Akzent und ein sehr amerikanisches Englisch. Dabei blieb er den ganzen folgenden Abend. Vielleicht trug auch das dazu bei, dass sich Marco und Julia über manche Details seiner Geschichte, die er ihnen im Lauf dieses Abends erzählte, später nicht ganz einig waren.

Sein Name sei Mortimer Mellows, es tue ihm leid, wenn er sie bei irgendetwas gestört habe ... Doch die Sache sei *die*, es sei einfach *so* ... Ich sehe Sie, sagte er, öfter hinüber in den Park gehen ... Und zu diesem Park, müssen Sie wissen, habe ich eine ganz besondere Beziehung ... Aber natürlich *können* Sie das nicht wissen ... Deswegen würde ich gerne ... Darum wäre es vielleicht gut ... Also, mit einem Wort, daher habe ich mir gedacht ... Es würde mir Freude machen, Sie zu einem schönen Abendessen einzuladen.

So ungefähr seine ersten Worte. Er wisse ein Lokal, fuhr er fort, das ihnen vielleicht gefallen würde ... Eine nette, kleine Osteria am Fuß des Monte Amiata ... Man könne dort frische Pilze essen und Wildschwein nach Jägerart und ein ehrliches Glas Wein dazu trinken.

Konnten sie so eine Einladung ausschlagen? Natürlich waren Marco und Julia nicht ganz sicher, was sie von dieser plötzlichen Anwandlung halten sollten. Aber was ihnen da kulinarisch in Aussicht gestellt wurde, klang verlockend. Sie lebten ja damals noch ziemlich *alternativ*, ihrem begrenzten Budget entsprechend. Fuhren sie einmal nach Pienza, wo es eine gute Pizzeria gab, und leisteten sie sich dort eine schlichte Margherita, so war das für ihre damaligen Verhältnisse fast schon ein Luxus.

Und außerdem waren sie beide neugierig. Zwar hatten sie die Andeutungen dieses Herrn Mellows nicht ganz verstanden, aber so viel hatten sie kapiert, dass er etwas auf dem Herzen hatte. Etwas, das er anscheinend loswerden wollte. Sie dankten also für seine Einladung, sie müssten sich, sagten sie, nur noch fertig anziehen – so wie sie waren (er oben und sie unten ohne), konnten sie nicht bleiben.

I see, sagte er. Okay. Ist es Ihnen recht, wenn wir uns in einer halben Stunde treffen? Ich glaube, es ist am besten, wenn wir alle mit *meinem* Wagen fahren. Er steht auf dem kleinen Parkplatz unter der Stadtmauer. Ich erwarte Sie dort um halb acht. Und damit zog er sich dezent zurück.

Das Auto war ein Dodge mit einer römischen Nummer, offenbar ein Leihwagen. Da sich Marco und Julia nicht voneinander trennen wollten, setzten sie sich beide auf den Rücksitz. Einen Moment lang hatten sie den Eindruck, dass das den Amerikaner enttäuschte, vielleicht sogar kränkte. Er hätte wahrscheinlich gern ihn oder lieber noch sie auf dem Beifahrersitz neben sich gehabt, aber sie blieben innig beisammen und hielten sich in den Kurven, die man im Fond des langen Vehikels sehr deutlich spürte, aneinander fest.

Nach einer Weile wurden die Serpentinen weniger. Doch die Straße hob und senkte sich in weitläufigen Wellen. Synchron dazu hob und senkte sich ihnen der Magen. Mit der Zeit jedoch wurde das besser – vielleicht lag es daran, dass sie die Schönheit der Landschaft nun ablenkte.

Die Sommersonnenwende war zwar schon ein paar Wochen vorbei, aber die Tage waren noch lang. Noch war es hell. Die Gegend sah aus wie eine hoch gelegene Heide. Der Himmel darüber, mit in weiße Streifen zerteilten Wolken, wirkte wie ausgekehrt. Im Westen, dort wo das Meer sein musste, glühte noch eine Erinnerung an die vor kurzem abgetauchte Sonne nach.

Manchmal traf sie Mortimers Blick durch den Rückspiegel.

What a pretty couple you are, sagte er, und damit hatte er ja Recht, sie waren ein hübsches Paar.

Dann wurde es allerdings dunkel, und er konnte sie kaum noch sehen. Und auch sie konnten nicht mehr viel von der Landschaft draußen erkennen.

Schließlich bog Mortimer ab, im Licht der Scheinwerfer sahen sie mehrere Hinweistafeln. Darunter eine mit dem Ortsnamen *Vivo*. Das sei aber ein hübscher Name, sagte Julia: *Ich lebe*.

That's where we are going, sagte Mortimer.

Die *Osteria* lag allerdings etwas außerhalb des Ortes. Sie setzten sich an einen der massiven Holztische im Garten, unter einen allem Anschein nach sehr alten Kastanienbaum. Über dem Tisch hing eine Laterne aus Schmiedeeisen und gerieffeltem Glas. Über dem Haus, aus dem der Wirt kam, der sie herzlich begrüßte (er schien den Amerikaner seit langem zu kennen), hing der Mond.

Das Essen war wirklich gut, diesbezüglich hatte ihnen Mortimer nicht zu viel versprochen. Die Pilze waren die ersten *funghi porcini* dieser Saison, und das Wildschwein, das dann als zweiter Gang folgte, war zarter, als sie das von einem Tier dieser Gattung erwartet hatten. Allerdings machte das Essen Durst, und der Wein, erst ein grün schimmernder Weißer, in dessen Blume man noch die Blätter und den guten Boden ahnte, auf dem er gewachsen war, dann ein Roter, der eine entschieden kräftigere Tönung hatte als der Doppelliterchianti aus dem *Coop*-Laden, wurde, kaum hatten sie eine Karaffe leer getrunken, rasch wieder nachgefüllt. Vor allem Mortimer sprach dem Wein tüchtig zu – damals waren die Alkoholkontrollen auf Italiens Straßen noch nicht so rigid wie in späteren Jahren, und obschon er gewisse Probleme mit den Carabinieri andeutete, die mit seiner Aufenthaltsbewilligung zusammenzuhängen schienen, fürchtete er offenbar nicht, auf der Rückfahrt angehalten zu werden.

Er brauchte wohl etwas, um seine Zunge zu lockern. Trotz seiner Statur, die etwas Bärenhaftes hatte, machte er den Eindruck eines zurückhaltenden, vielleicht sogar schüchternen Menschen. So viel war klar, dass er den beiden, die er zu diesem Abendmahl eingeladen hatte, etwas mitteilen wollte. Aber es dauerte, bis er zur Sache kam.

Vielleicht war es auch nur Höflichkeit, dass er sie zuerst

nach ihren Verhältnissen fragte. Er hatte sie miteinander Französisch sprechen gehört, deshalb hielt er sie vorerst noch für Franzosen. *No*, sagte Marco, *sono italiano, da Torino*. Und die Signorina komme aus *Vienna*.

Darauf wollte Mortimer etwas Nettes über Wien sagen. Er sei dort einmal gewesen (und zwar offenbar mit seiner Frau). Er habe gehört, dass Wien eine hübsche Stadt sei. Aber damals habe es leider ständig geregnet.

Was ihn betreffe, sagte er schließlich, so komme er aus Minnesota. Aus einer kleinen Stadt, deren Name eigentlich nur deshalb bekannt sei, weil Jesse James dort eine Bank überfallen habe. Er lachte heiser, räusperte sich und trank. *That's where I come from*. Nie habe er gedacht, dass er einmal hier landen würde.

By the way: Wissen Sie, dass es auch hier jede Menge Räuber gegeben hat? Wir befinden uns ja am Rand der Maremma. Und die Maremma war eine wilde Gegend. *Maremma amara* heißt ein Lied, das ebenso klingt: bitter.

Die Maremma also war nicht nur wegen der Moskitos berüchtigt, die das böse Fieber, die Malaria, übertrugen, sondern auch wegen der Banditen. Aber diese Banditen waren Leute, die nicht so sehr aus Abenteuerlust zu Gesetzlosen geworden waren, sondern aus Armut und Wut und Verzweiflung über die vom Gesetz gedeckten ungerechten Verhältnisse. Und schon erzählte Mortimer die Geschichte eines Räubers, der bei den armen Leuten der Gegend besonders beliebt gewesen sei. Denn er habe den Armen manchmal etwas von dem gegeben, was er den Reichen abgenommen habe.

So durfte das natürlich nicht weitergehen. Also ließ der Gouverneur in Siena (oder war es Grosseto?) die Carabinieri-Truppen der Gegend verstärken, um dem Burschen endlich das Handwerk zu legen. Und sie jagten ihn ein Frühjahr und einen Sommer lang bis in den Herbst hinein. Und Anfang Dezember, nach der Olivenernte, hatten sie ihn beinah schon gestellt, das war hier ganz in der Nähe des Ortes, der damals noch nicht Vivo hieß, sondern San oder Santa Irgendwas, wie die meisten Orte in der Umgebung, aber im letzten Moment entwischte er ihnen.

Nun war der Wald dort die vielleicht unwirtlichste Gegend der ohnehin sehr unwirtlichen und ungesunden Maremma. Dort wohnte kein Mensch, der ihm Unterschlupf gewähren konnte. Mit dem Schnee an den Hängen des Monte Amiata kamen die Wölfe, die man bis in die stärker bewohnten Gegenden hinein heulen hörte. Und damit erübrigte es sich, den Mann weiterzuverfolgen – er würde den Winter nicht überleben.

Doch als der Frühling kam und der Schnee auf dem Berg schmolz, wer tauchte da wieder auf? Richtig. Der Räuber. Wahrscheinlich ziemlich abgemagert, aber sonst intakt. *Vivo!*, sagte er trotzig. *Vivo*, ich lebe. Und seither, sagte Mortimer, heißt der Ort so.

Schön, sagte Julia. Aber Sie wollten uns doch erzählen, wie Sie hier gelandet sind. Hier, das heißt *dort*. Nicht in Vivo, sondern in San Vito.

Ah ja, sagte Mortimer, er tat so, als hätte er das schon fast vergessen. Und brauchte noch einen Schluck. *If you really want to know ...*

Wie er, sagte er, dort *gelandet* sei. Also, *listen folks*: Wenn er sage, er sei gelandet, dann meine er das buchstäblich, nicht im übertragenen Sinn des Wortes. Nicht etwa so, wie ihr dort gelandet seid – man kommt mit dem Auto vorbei und übernachtet und entdeckt, dass das ein ganz netter Ort ist, mit einer schönen Umgebung, und bleibt ein paar Tage da hängen –

nein, nicht so. Er sei wirklich dort gelandet, *literally*. Mit dem Fallschirm im Renaissancegarten.

Und nicht irgendwo, sondern mittendrin. Also mitten in den so genannten Horti Valentini. Wisst ihr übrigens, dass dieser Valentino, der Schöpfer des Gartens, ein naher Bekannter oder Freund von Michelangelo gewesen sein soll? Eine Zeitlang auch so etwas wie sein Sekretär. Jedenfalls hat er am Ende, als der Alte schon fast blind war, Buonarottis Korrespondenz erledigt.

Doch das, sagte Mortimer, nur nebenbei. Er sei also dort gelandet, im Zentrum der Gartenanlage. Über die er auch einiges erzählen könnte – über ihre astronomische, womöglich sogar astrologische Bedeutung. Davon vielleicht später. Vorerst genügt es, die Anlage auch nur einigermaßen vor Augen zu haben.

Ein Dreieck oder ein Deltoid, unterteilt in zwölf von Buchsbäumen begrenzte, trapezförmige Felder. Und in jedem dieser Felder erst recht wieder ein Buchsbaum. Allerdings rund geschnitten, zwölf Trapeze also mit je einer Kugel in der Mitte. Und im Zentrum des Ganzen ein Sechseck, auf den ersten Blick beinah ein Kreis.

Der Kreis, in dem er damals gelandet sei.

Mortimer. Im Mai 1944.

Die alliierten Truppen waren vom Süden heraufgekommen, die Panzer und die Infanterie waren bis Bolsena vorgerückt.

Aber als Jagdbomber bist du halt manchmal ein Stück voraus.

Wieso er hinter die feindlichen Linien geraten war, das bekamen Marco und Julia nicht recht mit. Das mag an der Sprache gelegen sein, diesem Kauderwelsch, nein, diesem alternierenden Einsatz von amerikanischem Englisch und manchmal sehr schräg klingendem Italienisch.

Marcos Englisch, das italienische Schulenglisch, reichte nicht weit, Julias Italienisch war ja zu diesem Zeitpunkt erst in den Anfängen. So verstand einmal er und einmal sie etwas mehr oder sehr viel weniger.

Es lag aber sicher auch an Mortimers Erzählweise. Er nahm manches vorweg und lieferte manches erst später nach. Dazu kamen Ausdrücke aus der Militärsprache, rasch aufeinander folgende Bezeichnungen von Flugzeugtypen und Bordwaffen, mit denen sie wenig anfangen konnten. Doch so viel bekamen sie mit, dass dieser freundliche Mann damals in einem Jagdbomber gesessen sein musste, bestückt mit zwei Bomben und einem Bord-MG.

Du fliegst tief, sagte Mortimer, und schießt gegebenenfalls auf Bodenziele. *If necessary*. Das wollte sich Julia lieber nicht konkret vorstellen. Und schon gar nicht, dass Mortimer bei diesem Einsatz wirklich Bomben abgeworfen hatte. Vielleicht hatte es sich ja um eine Art Aufklärungsflug gehandelt.

Womöglich war der Frontverlauf nicht ganz klar. Es gab das Gerücht, die *Krauts* hätten sich schon am Vortag etwas weiter nach Norden zurückgezogen. Aber nein! Diesen Gefallen hatten sie uns nicht getan. Die waren hartnäckig. Jedenfalls waren noch welche da, um die Flak zu bedienen.

Getroffen! *Jesus Christ!* Jetzt war es so weit! Einmal würde es so weit sein: Genau das hatte er die ganze Zeit über befürchtet. Mortimer. Damals vierundzwanzig. Ein junger Mann, der noch ein langes Leben vor sich hatte. Oder auch nicht. Deine ganze Zukunft kann schon im nächsten Augenblick wegbrechen und davonfliegen.

Klar lernst und trainierst du das während der Ausbildung, wie du dich in so einem Fall verhältst. Aber der Schock, sagte Mortimer, macht den Unterschied. Diesen Schock darfst du keine Sekunde zu lang auf dich wirken lassen. Sonst ist es zu spät und du zerschellst mit der Maschine irgendwo in der Gegend.

Also springen, also die Reißleine ziehen. Also hoffen, dass der Fallschirm sich rechtzeitig öffnet und den Sturz noch ein wenig abfängt. Doch das da unten sieht ja beinahe aus, als wärst du über einem Übungsgelände abgesprungen. Eine eigenartige Geometrie. Sieht fast aus wie eine Zielscheibe.

Ja, und tatsächlich: Dort sei er aufgekommen. Eine etwas harte Landung, aber soweit er das im ersten Moment beurteilen konnte, sei er danach noch ganz gewesen. Und habe den Fallschirm zusammengerollt, das heißt eher zusammen*gerafft*. Und habe Deckung gesucht. Und da war dann eben das Haus in der Mauer.

Mit dem Gewölbe, in das er geflohen sei. Miss Mollys nach unten verlängerter Rock sozusagen. Miss Molly: Mortimers Schutzmantelmadonna. *She gave me shelter*, sagte er. *Most probably she saved my life.*

Miss Molly, die nicht im Luftschutzkeller war. Die nicht an der Parkmauer entlanggelaufen war und über die Piazza bis zur Casa del Popolo, wo halb San Vito im Keller saß und eine kollektive Angst ausdünstete. Miss Molly, die sich die Platzangst erspart hatte und die Raumangst. Miss Molly, die Fatalistin: Geschieht es nicht jetzt, so geschieht es morgen, geschieht es nicht morgen, so geschieht es später.

Sie hatte standgehalten. Sie war am Fenster stehen geblieben. Sie hatte alles mit offenen Augen gesehen. Das heißt: Bei der Detonation des Donnervogels, dort irgendwo drüben in den *crete*, den Canyons aus Lehm, die es ein Stück weiter im Norden gab, hatte sie die Augen kurz geschlossen. Aber das war unwillkürlich, das war ein Reflex.

Doch dann hatte sie die Augen wieder geöffnet. Und hatte

den kurzen, skurrilen Kampf des Soldaten mit seinem Fallschirm beobachtet. Und hatte gesehen, wie er auf ihr Haus zulief, das heißt eher zuspräng, in einigen wenigen raschen Sätzen. Dann allerdings, direkt unter ihr, bloß zwei Stockwerke tiefer, war er aus ihrem Blickfeld verschwunden.

Wahrscheinlich ein fragwürdiges Gefühl. Da unten, in ihrem Gewölbe, musste er irgendwo sein. Er. Aber wer? Wer war der Mann, der ihr da zulief wie ein gehetzter Hund oder wie ein möglicherweise verletzter Kater. Einen Moment lang wird sie vielleicht noch gezögert haben. Doch dann stieg sie Stufe für Stufe die Treppe hinunter.

Mit einer Petroleumlampe in der Hand, denn natürlich war der Strom ausgefallen, und im Treppenhaus, einem schmalen Schacht, war es auch untertags dunkel. So sah er sie zum ersten Mal. Eine Erscheinung wie aus einem Theaterstück oder – ja eben – aus einem Film. Er versuchte einige Worte zu sagen, in seinem armseligen, zwischen der Landung in Palermo und der vorläufigen Stationierung in Bolsena aufgeschnappten Italienisch. *Don't trouble yourself*, sagte sie, *we can speak English*.

She probably saved my life, wiederholte Mortimer. Denn wo sonst hätte er so rasch Unterschlupf gefunden? Aber damit habe sie *ihr* Leben riskiert. Hätten die *Krauts* durchschaut, dass sie ihn versteckt hatte, sie hätten sie an die Wand gestellt.

Etwas hatte sich auf seine Stimme gelegt. Er räusperte sich. Er trank den letzten Schluck, der in seinem Glas war. Wirkte auf einmal sehr müde. *Excuse me*, sagte er. Und stand auf und tauchte aus dem Licht der Laterne, an der die Nachtschmetterlinge verbrannten, ins Dunkel.

Marco und Julia nahmen zuerst an, er sei auf die Toilette gegangen. Aber er kam verdächtig lang nicht zurück. Vielleicht waren die Pilze und das Wildschwein so spät am Abend doch etwas zu schwer für den Magen eines Mannes in seinem Alter. Und fraglos hatte er etwas zu viel getrunken.

Schließlich gingen sie ihm nach, um ihm gegebenenfalls zu helfen. Auf der Toilette war er nicht oder nicht *mehr*, aber dahinter lag eine vom Mondlicht beschienene Wiese. Dort sahen sie ihn zuerst als großen Schatten. Da stand er mitten im Zirpen zahlloser Grillen.

Sie näherten sich ihm vorsichtig. Er hatte den Kopf extrem in den Nacken gekippt. So stand er und schaute in den gestirnten Himmel.

Tutto okay, Mister Mortimer?

Er schnaubte und wischte sich mit dem Handrücken über die Nase.

Tutto okay, sagte er. *Tutto va bene. Vivo.*

Julia versuchte ihm schonend beizubringen, dass es vernünftiger wäre, für den Rückweg Marco ans Lenkrad zu lassen. Aber davon wollte er trotz der netten Aussicht, an ihrer Seite im Fond zu sitzen und vielleicht, den Kopf an ihre Schulter gelehnt, ein wenig zu schlummern, nichts wissen. Keine Angst, sagte er und kippte, die Augen zusammengekniffen, mit Todesverachtung noch einen Caffè Corretto. Ich bin Pilot. Ich bringe Sie sicher zurück.

Und tatsächlich – er schaffte das irgendwie. Allerdings war er dabei sehr wortkarg, gab kaum mehr Antwort auf die Fragen, die sie ihm, bei allem Interesse an seiner Geschichte, jetzt vor allem stellten, um ihn wach zu halten, sondern richtete seine ganze Konzentration auf die vor ihnen liegende Fahrbahn. Im Geist betete Julia ein bisschen, und womöglich trug ja auch das dazu bei, dass sie nicht in irgendeinen Abgrund stürzten. Nur einmal, als ein Fuchs über die Straße lief, dessen

Augen im Scheinwerferlicht grotesk aufleuchteten, geriet der Wagen ein wenig ins Schlingern.

10

Am nächsten Morgen stand Mortimer nicht am Fenster. Sie drehten sich um, als sie über die Piazza Richtung Park gingen, aber da war er nicht zu sehen. Vielleicht schläft er noch, sagten sie zueinander. Die Kirchturmuhr hatte zwei geschlagen, als sie Gott sei Dank heil in San Vito angekommen waren.

Sie gingen in den Park wie all die Vormittage davor. Und all jene Tage hatte sie die raffinierte Schönheit der Anlage beeindruckt. Und doch war der Anblick dieser hintergründigen Harmonie inzwischen fast schon zur Selbstverständlichkeit geworden. An diesem Vormittag aber sahen sie alles unter einem neuen Aspekt.

Hier war die Stelle, an der Mortimer gelandet war. Und dort war das Haus, in dessen Gewölbe er Zuflucht gesucht hatte. Marco probierte, in wie viel Sprüngen er die Distanz schaffte. Aber er war sicherlich nicht so gut trainiert wie Mortimer im Jahr 1944.

Dann hielten sie sich eine Weile im Gewölbe auf. Die vordere Hälfte war von der Vormittagssonne beleuchtet, die hintere lag im Schatten. In diesem Schattenbereich stellten sie sich Mortimer vor. Marco kauerte sich in einen Winkel. Ja, sagte er. Etwa so.

Und da hinten musste auch eine Tür sein. Die Tür, durch die Miss Molly gleich treten würde. Genau. Da war sie, die Tür. Doch sie war verschlossen. Durchs Schlüsselloch sah man nichts als Finsternis.

Aber genau dort ging die Geschichte weiter. Im Dunkel hinter dieser verschlossenen Tür. Da musste die Treppe sein, über die Miss Molly heruntergestiegen war. Und wahrscheinlich war Mortimer, als sie wieder hinaufgestiegen war, hinter ihr hergegangen.

An diesem Vormittag begann es: das Fantasiespiel, das sie dann so lang weiterspielten. Das Spiel, dessen roten Faden sie immer wieder aufnahmen. Vorerst an all den Tagen, die sie damals, in jenem ersten Jahr, in jenem ersten Sommer ihrer Beziehung, noch in San Vito verbrachten, den Zeitpunkt der Abreise so lang wie möglich hinausschiebend. Und dann in den folgenden Jahren. Und dann nach Jahren wieder.

Allerdings erwarteten sie damals, an jenem ersten Vormittag, an dem sie sich auf dieses Spiel einließen, dass ihnen Mortimer die Geschichte, die ihre Fantasie so anregte, weitererzählen würde. Das hatte er ja vergangene Nacht noch versprochen. *To be continued*, hatte er zum Abschied gesagt, bevor er hinter der Tür seines Zimmers verschwunden war. Fortsetzung folgt, die Gelegenheit dazu würde sich schon noch ergeben.

Davon gingen sie also aus. Auch wenn sie sich darüber einig waren, dass sie ihn nicht drängen sollten. Der gestrige Abend hatte ihn anscheinend doch ziemlich mitgenommen. Es sei ja bewundernswert, wie er die Rückfahrt geschafft, das Auto unten an der Stadtmauer (ohne einen der dort etwas ungünstig stehenden Bäume zu streifen) eingeparkt und sich dann beim Gehen über die nächtliche Piazza aufrecht gehalten habe, sagte Marco. *Però è un vecchio uomo*, aber schließlich sei er ein alter Mann.

Als sie gegen Mittag aus dem Park ins Albergo zurückkehrten, stand er jedenfalls immer noch nicht am Fenster. Und auch nicht am Abend, als sie vom Fluss zurückkamen. Das Fenster war leer, wie ein Rahmen, in dem das gewohnte Bild fehlte. Da fingen sie an, sich Sorgen um ihn zu machen.

Mehrere Male klopften sie an die Tür seines Zimmers. Aber von drinnen kam keinerlei Reaktion.

Schließlich fragten sie den *padrone*, ob er den amerikanischen Gast heute gesehen habe. Allerdings, sagte der, und zwar schon sehr früh am Morgen.

Che casino, sagte Fantini, *porca madonna!* Haben Sie gar nichts gehört? Dann haben Sie einen beneidenswert guten Schlaf. Zwei Carabinieri seien da gewesen. Die haben den Signore Mortimer darauf aufmerksam gemacht, dass sein *Permesso di Soggiorno* abgelaufen sei.

Seine Aufenthaltsbewilligung! Stimmt, davon hatte er gesprochen. Dass er sie irgendwann demnächst verlängern lassen müsste. Aber was ist denn das für eine Art?!, ereiferte sich Marco. Die Carabinieri haben ihn doch nicht deswegen in aller Früh aus dem Bett geholt?!

Doch, sagte Fantini. Auch Mister Mortimer habe sich deshalb ereifert. Wo sind wir denn?!, habe er gesagt. Ob das Italien sei oder irgendein Ostblockland? Die Carabinieri hätten ja vielleicht noch mit sich reden lassen. Aber das war einfach nicht die richtige Art, mit ihnen zu reden.

Und so viel sei wahr: Sie hatten ihn wiederholt darauf hingewiesen, dass sein *permesso* ablaufe. Er sei ja schon mehr als drei Monate hier gewesen. Vielleicht hätte es ja genügt, nach Siena zu fahren, um es zu erneuern. Aber nun habe der Signore Mortimer auf stur geschaltet, na schön, habe er gesagt, wenn man ihn hier nicht mehr haben wolle, dann könne er diesem schönen Land ja den Rücken kehren.

Er sei also abgereist?

Er habe zusammengepackt und seine Rechnung bezahlt.

Und die Carabinieri?

Die haben auf ihn gewartet.

Vielleicht haben sie ihn ein Stück begleitet, vielleicht haben sie ihn bis nach Rom eskortiert, wo er den Wagen zurückgeben und das nächste Flugzeug nach Amerika nehmen wollte. Aber darüber, so Fantini, wisse er nichts Genaueres und habe sich auch nicht eigens danach erkundigt.

Er wirkte nach und nach ein wenig gereizt. *Certo*, der Signore Mortimer sei ein seit vielen Jahren wiederkehrender Gast gewesen. Aber er, in seiner Rolle als Hotelier, die er ohnehin ungern spiele, sei froh, dass die Carabinieri vorläufig nicht wiederkommen würden. Man könne nie wissen, was denen noch einfalle, und er wolle keine Scherereien haben.

Auch auf die Fragen, die sie ihm in den nächsten Tagen stellten, reagierte er eher zurückhaltend. Nein, über den Signore Mortimer wisse er nicht viel. Der sei nach dem Krieg aufgetaucht, in den Fünfzigerjahren. Er sei öfter wiedergekommen, er habe immer dasselbe Zimmer gemietet, er habe wenig geredet.

Wie? Er sollte oder wollte schon im Frühjahr 1944 hier gewesen sein? Davon habe er ihm gegenüber jedenfalls nie etwas erwähnt ... Mai oder Juni 44, sagen Sie? ... Er, Fantini, sei damals jedenfalls woanders gewesen.

Er hatte sich im September 43, kurz nachdem sich Italien von der unglückseligen Waffenbrüderschaft mit Deutschland verabschiedet hatte, in die Büsche geschlagen. Damals, als für ein paar Tage niemand beim italienischen Heer recht wusste, wie alles weitergehen sollte. Ich weiß es auch nicht, *ragazzi*, hatte der Kommandant seiner Truppe, die in der Nähe von Bologna stationiert war, gesagt. Ich habe bis auf weiteres keine Befehle – ich kann euch also weder nötigen zu gehen noch zu bleiben.

Das war fast eine Empfehlung. Und man tat gut daran, ihr

rasch zu folgen. Am nächsten Tag schon besetzten die Deutschen die italienischen Kasernen. Fantini und einige seiner Kameraden, die aus derselben Gegend stammten wie er, setzten sich also ab, besorgten sich Zivilkleidung und warfen ihre Uniformen in den Straßengraben. Doch danach, als Mussolini befreit und die Republik von Salò ausgerufen war, dieser Marionettenstaat von Hitlers Gnaden, hätten sie nichts Dümmeres tun können, als vorschnell in ihre Heimatgemeinden zurückzukehren und sich wieder einfangen zu lassen.

Aber was ging das Marco und Julia an? Ich war damals nicht hier, sagte Fantini, auf Details ließ er sich nicht ein. Und auch sonst war um diese Zeit kaum jemand im Ort. Mai, Juni 44? So gut wie ganz San Vito war damals in der *Macchia*.

Über Miss Molly redete Fantini etwas bereitwilliger als über Mortimer. Miss Molly, natürlich! *L'insegnante inglese*. Die Englischlehrerin und Gouvernante der Bianchis. *Una persona un po' strana*. Eine etwas merkwürdige Person.

Sie habe schon vor dem Krieg dort drüben im Mauerhaus gewohnt. Und nach dem Krieg bis in die Sechzigerjahre. Einerseits habe man den Eindruck gehabt, sie sei schon ewig da. Anderseits sei sie immer eine Fremde geblieben.

Una straniera. Als Fantini das sagte, fiel Julia zum ersten Mal der Zusammenhang zwischen dem Wort *strano* und dem Wort *straniero* auf. Sie schlug im Diktionär nach und fand ihn bestätigt. Unter *strano* stand: *sonderbar, seltsam*, unter *straniero*: *ausländisch, fremd*. Miss Molly war anscheinend eine besonders seltsame Fremde.

11

Eine immer weiß gekleidete Dame, erinnerten sich Pietro und Bruna, zu denen sie nach wie vor am liebsten frühstücken gingen. Etwas Schwebendes sei ihr eigen gewesen. Etwas *Vorbeischwebendes*, denn natürlich habe sie das Lokal nie betreten. Allerdings habe sie genickt, wenn man sie gegrüßt habe.

Leutselig? Nein, sagte Bruna, sie hat ganz einfach genickt. Kurz nach links oder rechts habe sie genickt, je nachdem, aus welcher Richtung sie gekommen sei. Arrogant? Nein, sagte Pietro, ich glaube, sie war nicht arrogant, sondern eher scheu. Sie habe genickt und dann rasch wieder geradeaus geblickt.

Auch Antonio, der *tabaccaio* mit den lustigen Augen, hatte Miss Molly aus einer spezifischen Perspektive in Erinnerung. Er habe sie immer nur im Park gesehen. Nein, der Park war damals, in den Vierzigerjahren, lang noch nicht frei zugänglich. Aber er und seine Freunde hätten die Gouvernante durchs Schlüsselloch des großen Tors beobachtet.

In der zentralen Allee des Parks sei sie auf und ab gegangen, vom Januskopf bis ans Tor und wieder zurück. Meist habe sie ein Buch in den unter weißen Handschuhen versteckten Händen gehabt und darin gelesen. Sie selbst habe ja ausgesehen wie aus einem Buch, wie eine Fee aus einem alten Märchenbuch. Aus einem dieser alten Märchenbücher mit den durch feines Seidenpapier geschützten Bildern.

Una persona un po' fuori dal tempo, sagte Paolo, der kleine Fotograf, bei dem Marco die Filme für die *Minolta* kaufte und entwickeln ließ. Julia überlegte, was das hieß. Eine Person etwas aus der Zeit? Mit anderen Worten: eine etwas anachronistische Figur? Aber wenn sie es so übersetzte, ging die ganze Poesie dieses Satzes verloren.

Jedenfalls war Miss Molly offenbar eine ortsbekannte Person. Sie hatte jahrzehntelang hier gelebt, sie war hier gestorben, man erinnerte sich an sie. An Mortimer hingegen erinnerte sich kaum jemand. Auf ihn angesprochen, schüttelten die meisten nur den Kopf.

Mortimer ... Mortimer ...? Wer soll denn das sein ...? Ein Amerikaner? Der im Albergo gewohnt hat? Und zwar wiederholt? Manchmal sogar monatelang? So unwahrscheinlich das Marco und Julia auch vorkam, man hatte Mortimer hier kaum wahrgenommen.

Was für ein eigenartiges Phänomen! Ein Mann, der im Lauf der Jahre wahrscheinlich Hunderte Stunden dort oben am Fenster im zweiten Stock des Hotels zugebracht hatte, ein Mann von ziemlich charakteristischem Aussehen, war von den Leuten einfach nicht gesehen worden. Allerdings erinnerten sich Marco und Julia, dass sie ihn in den ersten zehn Tagen ihres Aufenthalts auch nicht wahrgenommen hatten. Vielleicht hatte dieser Mann die Gabe, trotz seiner massiven Physis übersehen zu werden.

Womöglich hatte ihm das ja damals geholfen. Damals, im Kriegsjahr 1944. Als er in Mollys Mauerhaus Zuflucht fand. Denn da ging es ja darum, fürs Erste möglichst spurlos zu verschwinden.

Zwei

1

Dass Mortimer einfach weg sein sollte, nachdem er für sie einen Abend, ja eine halbe Nacht lang so präsent gewesen war, damit wollten sich Julia und Marco nicht so ohne weiteres abfinden. Dass er ihnen seine Geschichte zu erzählen begonnen hatte und sie jetzt nicht, wie versprochen, weiter erzählen würde ... *To be continued* – ja, wann denn, bitte, und wie? Die ersten Tage nach seinem Verschwinden waren sie ratlos. Aber damit sollte es nicht sein Bewenden haben.

Sie würden mit ihm Kontakt aufnehmen, ihm schreiben. Ja, genau. Das war eine Perspektive. Sie würden ihm schreiben, und er würde ihnen antworten. Schließlich hatte er doch selbst Wert darauf gelegt, ihnen seine Geschichte zu erzählen.

Die Geschichte von Mortimer und Molly, sagte Marco.

Die Geschichte von Molly und Mortimer, sagte Julia.

Eine Liebesgeschichte? Aber natürlich eine Liebesgeschichte.

Eine ganz außergewöhnliche Liebesgeschichte.

Auch wenn Fantini nichts davon wissen wollte. *Che storia pazzesca!*, sagte er. Was für eine verrückte Geschichte! Da hat Ihnen dieser Ami ein Märchen erzählt. *Una storia impossibile!* Eine unmögliche Geschichte!

Geradezu verärgert wirkte er, wenn sie wieder darauf zu sprechen kamen. Schluss jetzt, basta, er wolle nichts mehr davon hören! Sie fragten ihn wiederholt nach Mortimers Adresse. Aber er wollte sie ihnen partout nicht geben.

Sein Verhalten in diesem Zusammenhang war merkwürdig.

Einmal behauptete er, dass er die Meldescheine nicht mehr finde, das andere Mal, dass er die Adresse, die Mortimer darauf eingetragen hatte, beim besten Willen nicht mehr lesen könne. Den Vorschlag, Marco und Julia einen Blick darauf werfen zu lassen, wolle er, sagte er, lieber nicht gehört haben. Das erschiene ihm als mit seinem Selbstverständnis als *albergatore* unvereinbare Indiskretion.

Sie hätten ja einfach auf die *comune*, das Gemeindeamt, gehen und nach der Heimadresse des Hotelgastes Mellows fragen können. Dort mussten die Aufenthaltsmeldungen theoretisch aufliegen. Aber sie waren nicht sicher, ob man ihnen die gewünschte Auskunft dort so ohne weiteres geben würde. Und vor allem wollten sie Fantini für den Fall, dass mit den Meldescheinen seines langjährigen Gastes irgendetwas nicht stimmte (vielleicht, überlegten sie, verhielt es sich ja so, dass er Mortimer manchmal zu spät oder überhaupt nicht angemeldet hatte), nicht in Schwierigkeiten bringen.

Es würde sich schon noch etwas anderes ergeben, sie würden Mortimers Adresse schon noch herauskriegen. Vorläufig aber waren sie, wenn ihnen seine Geschichte in den Sinn kam (und das tat sie schon deshalb, weil Marco diese Geschichte natürlich für die ideale Drehbuchgeschichte hielt: genau die Art von Geschichte, auf die er gewartet habe!), auf ihre Fantasie angewiesen. Auf ihre Fantasie und ihre Empathie. Manchmal hatten sie den Eindruck, der wirklichen Geschichte recht nahe zu kommen.

Sie versuchten, sich alles möglichst genau vorzustellen. Natürlich hätte es ihnen dabei geholfen, wenn das Mauerhaus zugänglich gewesen wäre. Aber das war es nicht: Das Haus, das im Unterschied zum *giardino* nach wie vor der Familie Bianchi gehörte, stand seit Jahren, vielleicht sogar schon seit dem Tod von Miss Molly, leer. Die noch lebenden Mitglieder der Familie hatten ihren Wohnsitz, nachdem sie die Auseinandersetzung um den Garten endlich doch verloren hatten, indigniert ins Tessin verlegt, nur manchmal schickten sie ein Putzkommando, aber wann das zum nächsten Mal der Fall wäre, ließ sich, nach allen Auskünften, die sie darüber bekamen, nicht voraussagen.

Schwere Riegel und Schlösser an den Türen. Es gab ja mehrere. Nicht bloß die unten, im Gewölbe, durch die Miss Molly Mortimer eingelassen hatte. Marco überlegte, ob sich mit den entsprechenden Werkzeugen nicht das eine oder andere von diesen Schlössern öffnen ließe – war da nicht ein Geschäft für Haushaltsgeräte und Eisenwaren etwas außerhalb der Stadtmauer, in dem man so etwas wahrscheinlich problemlos bekommen würde? Aber Julia brachte ihn von diesem Gedanken ab. Sie habe keine Lust, diesen Urlaub hinter Gittern zu beenden. Manche Szenen, davon war sie überzeugt, ließen sich durch pure Intuition evozieren.

2

Wie Mortimer hinter Miss Molly die Treppe hinaufsteigt. *Follow me*, hat sie gesagt, und das tut er nun. Sie trägt die Lampe, aber er sieht nicht viel. Sieht nur jeweils das Stück Mauer oder Decke, das gerade vom Licht gestreift wird.

Wahrscheinlich geweißte Wände, geweißter Plafond. Ein Treppengeländer aus mutmaßlich dunklem Holz. Die Treppe ist ziemlich steil. Und das Treppenhaus ist eng. Mit dem in aller Hast zusammengefalteten Fallschirm ist es nicht leicht, hier durchzukommen.

Die Frau vor ihm geht sehr aufrecht, Stufe für Stufe. Während *er* sich ein wenig duckt, weil er die Dimensionen des Treppenhauses noch nicht recht abschätzen kann. Viel mehr von ihr nimmt er unter den bestehenden Lichtverhältnissen nicht wahr. Sie trägt das Licht, aber sie selbst sieht er in dieser Situation eher nur als Schatten.

Was er von ihrem ersten Anblick unten im Gewölbe behalten hat, ist eher flüchtig: Eine schmale Frau, vielleicht einen Kopf kleiner als er. Eine Frau, deren Schultern sich möglicherweise ein bisschen eckig unter dem schlichten, grauen Kleid abzeichnen. Dass sie im Haus so umherläuft wie draußen, als weiße Wolke, ist unwahrscheinlich.

Miss Molly also in Grau. Scheinbar unscheinbar. Er geht hinter ihr her. Nimmt eine Stufe nach der anderen. Mortimer, ein unerwarteter Gast mit sperrigem Gepäck. Die Lampe verbreitet einen starken Geruch nach Petroleum.

Sie geht ihm voraus. Sie spürt diesen Mann hinter sich. Vielleicht ist sie ja verrückt, denkt Molly, dass sie ihn hereingelassen hat. *Follow me*, hat sie gesagt, was ist ihr bloß eingefallen? Er hat einen schweren Schritt in den klobigen Schnürstiefeln.

Was soll sie denn nun mit diesem Menschen tun (einmal angenommen, er tut *ihr* nichts)? Sie kann ihn nicht einfach bei sich einquartieren. Die Deutschen haben seine Maschine abgeschossen, sie ist irgendwo dort drüben, in den *crete*, zerschellt. Aber werden sie ganz einfach davon ausgehen, dass nichts von ihm übrig geblieben ist?

Eher unwahrscheinlich. Sie werden ihn suchen. Vielleicht werden sie ihn nicht zuallererst bei ihr suchen, es sei denn, sie haben, Gott behüte, seine Landung im *giardino* beobachtet, aber dann wären sie wahrscheinlich schon da. Vielleicht haben der Absturz und die Detonation ihre Blicke für ein paar entscheidende Sekunden abgelenkt. Und trotzdem: Damit dass sie ihn suchen werden, muss sie rechnen, und wenn sie dann letzten Endes auch an ihre Tür klopfen – was dann?

Sie muss ihn perfekt verstecken, diesen Mann. Diesen Mann, von dem sie jetzt, da sie ihm voraus die Treppe hinaufsteigt, noch gar keine rechte Vorstellung hat. Denn was hat sie denn unten, im Gewölbe, von ihm gesehen? Einen großen Kerl, dessen Gesicht unter dem Helm mit dem Netz mit Farbe beschmiert ist, Tarnfarbe oder Kriegsbemalung.

Sie muss ihn perfekt verstecken – aber wo? Dass sie mit ihm weiter und weiter hinaufsteigt, Stufe für Stufe für Stufe, ist das nicht eine Kurzschlusshandlung? Worauf läuft denn das hinaus, wo soll denn das enden, oben im Taubenschlag? Wäre es nicht klüger, mit ihm unten zu bleiben, wo es ein paar Kellerräume gibt, Magazine, in denen sich früher, solange noch Frieden war, die Gärtner umgetan haben?

Aber würden die Deutschen, angenommen, sie kämen auf die Idee, dass sich jemand bei ihr im Mauerhaus versteckt hält, ihn nicht gerade dort, im Keller, zuallererst suchen? Und wäre es richtig, wenn sie, eine gute anglikanische Christin, einen Menschen, der ihre Hilfe braucht, einfach dort unten deponierte? Wo sie selbst nie hingeht, weil sie solche Räume, in denen sie nicht nur von jahrzehntealtem Staub verfilzte Spinnweben vermutet, sondern auch allerlei ekelhaftes Getier, einfach nicht aushält. Und wie sollte sie ihn denn versorgen, wenn er dort unten im Dunkeln säße – sie müsste sich ja jedes Mal, wenn sie ihm etwas zu trinken oder zu essen brächte, überwinden.

Jetzt sind sie im zweiten Stock angelangt, auf der Etage, die Miss Molly bewohnt. Und wenn es nun einmal so ist, denkt sie, dass sie diesen Mann hier heraufgebracht hat, weil ihr nichts Besseres eingefallen ist, so wird es schon seine Richtigkeit haben. Und hier oben ist Tageslicht, das durchs Fenster fällt, das sie nicht verdunkelt hat, Miss Molly, nicht nur anglikanische

Christin, also eine Frau mit Gottvertrauen, sondern auch Fatalistin. Und sie löscht das Petroleumlicht aus und dreht sich nach dem Mann um, der brav hinter ihr hergegangen ist, immer noch mit dem schlecht und recht zusammengefalteten Fallschirm unter dem Arm, und jetzt sieht sie ihn schon etwas genauer.

Verschwitzt ist er und dreckig, das sieht sie nicht nur, nein, das riecht sie auch. Bestimmt hat er Durst. Sie wird ihm also zuerst ein Glas Wasser anbieten. Er soll endlich den blöden Fallschirm ablegen, jetzt lässt er ihn fallen, na also, und ergreift das Glas mit beiden Händen. Und diese Hände, braungebrannte Hände mit erstaunlich schwarzen Fingernägeln, zittern, der Schock, die Anstrengung, die Anspannung, das alles sitzt diesem Mann noch deutlich in Leib und Seele und löst sich erst allmählich.

Und sie sieht ihn an. Und sie sieht ihm zu, wie er trinkt. Wie sich sein Kehlkopf bewegt, wie er das Wasser in sich hineinrinnen lässt. *Don't stare*, hat ihre Mutter zu ihr gesagt, in einer Kindheit und Jugend, die nun schon sehr weit weg ist, aber diese Worte haben nachhaltig gewirkt. Ein braves kleines Mädchen, ein zur jungen Dame heranreifendes Mädchen wie du, *starrt* niemanden an, und schon gar keinen Mann.

Doch genau das tut sie nun, Mary Kinley, die sich immer noch Molly nennen lässt. *Miss* Molly zwar, aber dennoch, diese Form des Namens Maria hat etwas Verniedlichendes. Endlich ist die Gelegenheit da, sich über jenes mütterliche Gebot hinwegzusetzen. Sie steht diesem Mann gegenüber, der nun schon das dritte Glas Wasser trinkt (das Wasser rinnt nicht nur in ihn hinein, sondern auch an seinen Mundwinkeln herab), und sie starrt ihn an.

Oder nein, sie *starrt* nicht, das ist ein dummer Ausdruck, sagte Julia. *Don't stare*. Warum denn die Angst, jemanden intensiv anzusehen? Sie sieht ihn aufmerksam, sieht ihn sorgfältig an. Sie sieht ihn. Und er sieht *sie*. Sie stehen einander vis-à-vis.

3

Ungefähr so. Auch das eine schöne Szene. Nach der ersten, allerdings fast unschlagbaren Szene mit Mortimers Landung. Eine schöne Szene für Marcos Film. Der zwar vorläufig nur in ihren Köpfen lief, aber warum sollte er nicht eines Tages tatsächlich über die Kinoleinwand laufen?

Klar, über die Rechte an diesem Stoff mussten sie sich mit Mortimer einigen. Dessen Adresse sie, Fantinis Widerstand zum Trotz, schließlich doch noch herausbekamen. Die Gelegenheit dazu ergab sich eines schönen, heißen Nachmittags. Als der *padrone* wieder einmal Siesta hielt.

Sie hörten ihn schnarchen, als sie am Rezeptionspult im ersten Stock vorbeigingen. Das Zimmer, in dem er schlief, war nur ein paar Meter von dort entfernt. Und Marco erfasste die Gunst der Schlummerstunde. Kurz entschlossen trat er hinter das Pult und begann im Registerbuch zu blättern.

In diesem Registerbuch war der Gast von Zimmer 9 zwar eingetragen, aber tatsächlich ohne Adresse. Wie sich allerdings bei einem Blick in die Lade des Pults herausstellte, war dieses Buch keineswegs das einzige. Marco blätterte und blätterte, während Julia auf halbem Weg zu Fantinis Zimmer postiert Schmiere stand und lauschte. Fantini hatte zu schnarchen aufgehört, doch seine Atmung klang nach wie vor nach Tiefschlaf.

So wurde Marco dann endlich doch noch fündig. *Ecco!*, flüsterte er. *Mellows Mortimer, Codice postale 55057, Northfield, Minnesota.* Der Name der Straße war allerdings schwer zu entziffern. Old Cats Road? Oder Old Nuts Road? Schließlich einigten sie sich darauf, dass es sich am ehesten um eine Old Dutch Road handelte.

Dear Mister Mortimer, schrieben sie, *we were so sorry about your sudden departure*. Sie bedankten sich noch einmal für den schönen Abend in der *Osteria*. Von seiner Geschichte, die er ihnen freundlicherweise zu erzählen begonnen habe, seien sie noch immer beeindruckt. *We can't get it out of our heads*, schrieben sie, und das war ganz einfach die Wahrheit.

Von Marcos Filmprojekt schrieben sie vorläufig nichts. Diesbezüglich war es vielleicht doch besser, nicht gleich mit der Tür ins Haus zu fallen. Das sparten sie sich für einen weiteren Brief auf. Für den Fall, dass Mortimer ihnen antworten würde.

Natürlich konnten sie nur hoffen, dass ihr Brief Mortimer überhaupt erreichte. Erstens konnte es sein, dass sie die Adresse doch nicht ganz richtig entziffert hatten, und zweitens musste sie, eingetragen in ein Registerbuch aus dem Jahre Schnee, natürlich nicht mehr stimmen. Doch vielleicht hatten sie Glück, und vielleicht gab es in einer relativ kleinen Stadt wie diesem Northfield Postboten, die einen Adressaten auch suchten und fanden, wenn er inzwischen nicht mehr in der Old Dutch Road Nummer 7 wohnte. Und dann würde Mortimer antworten, und dann würden sie vielleicht mehr über ihn und Miss Molly erfahren – bis dahin allerdings mussten sie die Geschichte, die er ihnen zu erzählen begonnen hatte, aus ihrem eigenen Garn weiterspinnen.

4

To be continued. Wo waren sie in ihrem Fantasiespiel stehengeblieben? Ach ja. Sie hatten Mortimer hinter Miss Molly die Treppe hinaufsteigen lassen. Und jetzt hatten sie die beiden dort oben, im zweiten Stock des schmalen Hauses. Und da standen sie also einander gegenüber.

E allora?, sagte Marco. Was machen wir jetzt mit ihnen?

Wir fühlen uns ein, sagte Julia. Wir versetzen uns in ihre Haut.

Miss Molly mustert Mortimer mit diesem intensiven Blick, den sie sich von nun an öfter erlauben wird. Von oben bis unten mustert sie ihn, vom Helm uniformabwärts bis zu den Schnürstiefeln.

Und dann?

Dann sagt sie: *You should probably take a bath.*

Diese Worte kamen Julia spontan in den Sinn. Sie hörte direkt, wie Miss Molly sie sagte. Selbstverständlich sprach Miss Molly ein überaus gepflegtes Englisch.

Mortimer. Molly. Tag. Das schmale Badezimmer im Mauerhaus. Eine emaillierte Sitzbadewanne, die auf vier pfotenartigen Füßen steht. Die Sitzbadewanne, in der sonst Miss Molly sitzt. Nun darf der verdreckte Soldat darin sitzen – oder nein, er steht eher aufrecht und gießt sich Wasser aus einem Kanister über Kopf und Körper.

Im Prinzip hat Miss Molly dort oben Fließwasser. Die Bianchis sind ja eine noble Familie, bestimmt ist das Mauerhaus, das sie ihrer Gouvernante zur Verfügung gestellt haben, komfortabel eingerichtet. Doch jetzt ist Krieg, und der Strom, der hier, dem antiken Aussehen des Hauses zum Trotz, früher eingeleitet worden ist als in den meisten anderen Häusern von

San Vito, der Strom fällt immer wieder aus. Und wenn der Strom ausfällt, kann das Wasser nicht in die oberen Stockwerke gepumpt werden.

Darum braucht man einen Wasservorrat hier oben. Den bringt Ferruccio, das Faktotum der Familie Bianchi. Zwei Mal die Woche kurbelt er emsig unten am alten Brunnen, der vor dem Krieg nur mehr zur Gartenbewässerung benutzt wurde, holt Eimer für Eimer Wasser aus der Tiefe und füllt es in Blechkanister. Und im Schweiß seines Angesichts schleppt er diese Kanister dann die vielen Stufen zu Miss Molly hinauf.

Einiges von diesen wertvollen Wasservorräten wird der Soldat nun verbrauchen. Auch ein Stück Seife hat ihm Miss Molly geopfert. Das ist ein wirkliches Opfer, denn so leicht bekommt man bei der Versorgungslage im Jahr 1944 auch in vergleichsweise privilegierter Position keine neue. Und der Soldat hat sich eingeseift, und jetzt duscht er sich ab, aber für einen großen Menschen wie ihn ist der Inhalt eines solchen Kanisters offenbar zu wenig.

Miss Molly hat sich das anscheinend schon gedacht, jedenfalls schleppt sie nun noch einen weiteren Kanister heran, einen von denen, die ihr Ferruccio in die Küche gestellt hat. Und dann will sie die Tür zum Badezimmer eigentlich nur einen Spaltbreit öffnen und den Kanister hineinschieben, aber so klein dieser Raum auch ist, von der Tür bis zur Wanne sind es doch ein paar Schritte. Und ist es nicht idiotisch, wenn der Mann, der in der Wanne steht, bis an die Waden im schon recht erdig gefärbten Wasser, jetzt plitsch, platsch heraussteigen muss auf die sauberen Fliesen? Also betritt Molly den Raum, übertritt seine Schwelle, was soll's, schließlich handelt es sich um *ihr* Badezimmer.

Sie ist eine starke Frau, Miss Molly, auch wenn man ihr das nicht auf den ersten Blick ansieht, sie hat den Kanister aus der

Küche bis hierher getragen. Sie hält einiges aus, auch den Anblick eines nackten Soldaten, dessen Uniformstücke auf einem Haufen neben der Wanne liegen, die dubiose Unterwäsche obenauf. Zuerst, nachdem sie den Kanister abgestellt hat, in Reichweite für Mortimer, dessen Namen sie noch nicht kennt, dem sie aber dabei ziemlich nahe gekommen ist, hat sie gleich wieder umkehren wollen, sich gleich wieder abwenden von diesem nackten Menschen, den ihr Blick bis dahin nur gestreift hat, aber dann hält sie ein paar Sekunden über diesen Augenblick hinaus inne und schaut, ganz bewusst, und recht ungeniert. *Don't stare*, hat ihre Mutter gesagt, aber jetzt, spät aber doch, schüttelt die inzwischen sehr erwachsene Tochter die Hemmung, die ihr dieses Gebot durch fast vier Jahrzehnte ihres Lebens auferlegt hat, einfach ab und merkt, dass und wie sie dieser nackte männliche Körper interessiert.

5

Miss Molly riss sich von diesem Anblick los. Nicht etwa, weil sie sich nun für dieses Interesse geniert hätte. Obwohl sie sich möglicherweise über sich selbst wunderte. Aber darüber konnte sie später reflektieren.

Jetzt galt es, weiter so praktisch zu denken wie bisher. Sie hatte diesen Mann, der ihr zugefallen war (vom Zufall oder vom Himmel geschickt), dazu gebracht, sich zu reinigen. Wenn sie nicht wollte, dass er seine dreckigen Klamotten wieder anzog, musste sie ihn mit irgendetwas anderem versorgen. Aber womit? Konnte sie ihm ihren Schlafrock anbieten? Nein, sie musste sich etwas anderes einfallen lassen.

Irgendwo unten im Keller mussten doch noch ein paar Sachen von Giotto sein. Giotto war der erste Gärtner, von dem sich die Bianchis hatten trennen müssen. In Friedenszeiten hatten sie drei Gärtner beschäftigt, die sich der Beete, der Hecken und der Bäume im *giardino* annahmen. Aber mit dem Krieg war ihnen einer nach dem anderen abhandengekommen.

Giotto, dessen schöner Name schon eine ästhetische Verpflichtung war, hatte sich vor allem um die Rosen gekümmert. Ein adretter junger Mann, der sich vor und nach der Arbeit im Garten gern umzog. Das tat er unten in einem der Kellerräume. Er war bei el-Alamein gefallen, er würde die Jacke und die Hose, die er zur Gartenarbeit getragen hatte, nicht mehr brauchen.

Molly stieg die Treppe, auf der sie Mortimer zuerst nach oben gelotst hatte, wieder hinunter. Überwand ihre Raumangst. Trat in den Keller. Überwand auch ihren Ekel vor Staubknäueln und grindigen Spinnweben. Bemühte sich, ein leises Geraschel, das möglicherweise von Mäusen verursacht wurde, die vor ihren Schritten flohen, nicht weiter zu beachten. Sie war so tapfer, wie es die Situation erforderte.

Sie fand einen Schrank, in dessen Fächern nicht nur Giottos Gärtnerkleider lagen, sondern auch einige Kerzenstummel. Ein wertvoller Fund, denn das Petroleum für die Lampe würde bei der immer trostloseren Versorgungslage dieser Tage bald ausgehen. Und verschloss die Kellertür hinter sich, ein bisschen asthmatisch hustend, aber dann aufatmend. Es kam jetzt darauf an, der Disposition zur Schwäche nicht nachzugeben.

Sie kehrte zu ihrem Gast zurück, der sich inzwischen abgetrocknet und mit dem Handtuch umwickelt hatte. Er wusste sichtlich nicht recht, wo er mit sich hin sollte. *Sorry*, sagte Molly, sie habe nicht gleich gewusst, woher sie trockene Sachen für ihn nehmen sollte. Aber die hier habe sie immerhin gefunden, es seien die Kleider eines hier ehemals beschäftigten Gärtners, er solle probieren, ob sie im passten.

Dass der Gärtner tot war, irgendwo in der Wüste verendet, ließ sie lieber unerwähnt. Vielleicht hätte das der Soldat, der jetzt in diese Zivilkleider schlüpfte, als schlechtes Omen aufgefasst. Er war eindeutig stärker gebaut als Giotto, den obersten Knopf der Hose, die ihm nur knapp bis über die Knöchel reichte, musste er offen lassen. Die Jacke spannte um die Schultern, und die Ärmel waren natürlich zu kurz.

Aber er lächelte dankbar. Er hatte schöne Zähne. *Come along*, sagte Molly, und er folgte ihr in die kleine Küche. Nachdem sie ihm zu trinken und ihm die Gelegenheit gegeben hatte, sich zu reinigen, fand sie es angemessen, ihm etwas zu essen anzubieten. *Be nice and polite to strangers, lest they might be gods (or angels) in disguise.*

Do you like Panzanella?, fragte sie.

I don't know, sagte er, aber er würde im Moment alles mögen, was den Hunger stillte. *What the hell is Panza-, what did you call it …?*

Panzanella, sagte sie. Perfekte Resteverwertung: Arme-Leute-Speise, aber auch eine Spezialität der Region.

Altes Brot, in Wasser eingeweicht und mit den bloßen Händen ausgedrückt. Und dann vermischt mit *pomodori* und *basilico*.

Mixed with what?, fragte er.

With tomatoes and basil, sagte sie.

Sounds good, sagte er.

It is good, sagte sie.

Es war fast das Einzige, was sie im Haus hatte. Um die Wahrheit zu sagen: Sie ernährte sich schon seit Tagen von Panzanella. Zwar ließen die Bianchis die Englischlehrerin ihrer inzwischen erwachsenen Kinder nicht verhungern (Ferruccio brachte ihr manchmal sogar ein Stück Fleisch), aber selbst für die feinen Herrschaften wurde die Versorgung allmählich zum

Problem. Die Deutschen, mit denen sie nolens volens gut auszukommen versuchten, requirierten fast alles, was sich beißen ließ.

Molly stellte also die Schüssel mit Panzanella und zwei Teller auf den Tisch. Dazu zwei Becher und einen Krug mit Rotwein. Die Bianchis besaßen ja Weinberge und ließen sie bewirtschaften. Im vergangenen Herbst waren zwar nur mehr wenige Leute für die Lese verfügbar gewesen, aber noch hatte man nicht alle Trauben am Stock verderben lassen müssen.

Messer und Gabel schienen dem Gast für die Panzanella nicht ganz das Richtige. *You've got a spoon?* Na schön, sie gab ihm einen Löffel. Er aß wie ein Bauer, den Arm mit der löffelnden Hand um den Teller gelegt. Als müsste er seine Ration gegen irgendjemanden verteidigen.

Er aß schnell. Molly hatte ihm deutlich mehr auf den Teller gehäuft als sich selbst. Aber er war viel früher damit fertig. Er trank auch schnell. Trank den Becher in einem Zug aus. Goss den Wein buchstäblich der Panzanella nach.

Und dann saß er da und schaute sie einfach an.

Don't stare. Dieses Gebot kannte man drüben in Amerika offenbar nicht.

Als sie noch ein junges Mädchen gewesen war, droben in England, war ein Kater ums Haus geschlichen und manchmal eingelassen worden, ein starkknochiger, semmelfarbener Kerl, den sie Ginger getauft hatte. Der hatte sie manchmal mit einem ganz ähnlichen Blick angeschaut.

Nun schau nicht so, dachte sie. Du wirst schon noch etwas bekommen. Doch alles der Reihe nach, wir sollten die guten Sitten nicht ganz vergessen. Eigentlich war es längst an der Zeit, sich miteinander bekannt zu machen. *My name is Mary Kinley*, sagte sie. Und mit wem habe ich das Vergnügen?

Mortimer Mellows, Pilot officer. US Air Force.

Ja, sagte sie. Dass Sie nicht zur Infanterie gehören, habe ich mir fast gedacht. Sie hätten mich umbringen können, wissen Sie? Ohne mich auch nur zu kennen, hätten Sie mich umgebracht.

Das stimmte doch: Angenommen, er hätte eine seiner Bomben über dem Mauerhaus abgeworfen ... Dann säßen sie jetzt nicht miteinander hier am Tisch ... Und wenn er die zweite Bombe etwas weiter drüben abgeworfen hätte, über der Piazza oder über der Casa del Popolo ... Dann hätte er noch viel mehr ihm völlig unbekannte Menschen ermordet oder verstümmelt.

So gesehen war es eigentlich noch ein Glück, dass die deutsche Fliegerabwehr seine Maschine rechtzeitig gesehen und abgeschossen hatte ... Sonst wäre er nach Bolsena oder woher er auch kam, zurückgeflogen, mit dem Gefühl, seine Pflicht getan zu haben ... *That's war*, hätte er dann vielleicht gedacht, *you can't make an omelette without breaking eggs* ... Es ging doch darum, die *Krauts* mürbe zu machen, wenn dabei Zivilpersonen zu Schaden kamen, war das bedauerlich, aber es war ein Beitrag zur Befreiung.

Nur sei der Fall heute Nachmittag etwas anders gelegen, sagte er. Dieser Flug, bei dem er abgeschossen worden sei – hier brauchte er noch einen Schluck Wein –, sei überhaupt kein Bombenflug gewesen.

So?, sagte sie. Und was sonst?

Ein reiner Aufklärungsflug, sagte er. Ein Flug, um festzustellen, ob die Deutschen noch da seien.

Aha, sagte sie. Und das haben Sie somit festgestellt.

Ja, sagte er. Sieht so aus.

Sie war nicht sicher, ob sie ihm glauben sollte.

Er hielt ihrem Blick nicht ganz stand, senkte *seinen* Blick auf den leer gegessenen Teller.

Das war nicht schlecht, sagte er. Ob er sich noch etwas aus der Schüssel nehmen dürfe.

Bedienen Sie sich, sagte Molly. Und schenken Sie sich auch noch Wein nach. Aber trinken Sie ihn nicht zu schnell. Er ist schwerer, als Sie denken.

Ich verstehe nichts von Wein, sagte er. Aber der da schmeckt mir.

Und wollte sich nachschenken. Aber in diesem Moment gab es eine Detonation.

Nicht in unmittelbarer Nähe, aber auch nicht sehr weit entfernt. Teller und Gläser auf dem Tisch zitterten beunruhigend. Seine Hand zitterte auch. Das war nicht nur die unmittelbare Erschütterung. Die überstandene, nein, die vorläufig überstandene Lebensgefahr hatte ihm ärger zugesetzt, als gut war.

Natürlich wollte er sich das vor dieser Frau, die erstaunlich ruhig blieb, nicht anmerken lassen. Er war ein Mann, ein Soldat, der imstande sein sollte, einen Schrecken wie diesen wegzustecken. Dass ihm dieser Schrecken nach wie vor in den Knochen saß ... Nein, das wollte er auch vor sich selbst nicht wahrhaben.

Zuvor war er doch ganz gut damit fertiggeworden. Hatte alles so gemacht, wie er es bei seiner Fliegerausbildung gelernt hatte. Wenn du getroffen bist und aussteigen musst, hast du durchaus eine Chance. Und war die Tatsache, dass er jetzt unversehrt hier saß, jedenfalls vorläufig, wie es schien, in Sicherheit, nicht ein Beweis dafür, dass das zutraf?

Nun war die Detonation verklungen, die Teller und Gläser hatten sich wieder beruhigt. Und er schenkte sich nach. Und vergaß, was ihm seine Gastgeberin zuvor gesagt hatte. Von wegen bedächtiger trinken. Er brauchte auch etwas gegen die Trockenheit im Mund. Anschließend schlief er jedenfalls wie ein Stein.

Molly hingegen lag noch lange wach. Sie hörte den Mann im Zimmer nebenan atmen. Er lag auf ihrem Lesesofa, einem gepolsterten Möbel mit je einer Armlehne links und rechts. Wenn sie darauf saß und las, lehnte sie sich, einen Polster im Kreuz, an die eine Lehne und stützte die Füße auf die andere.

Um darauf zu liegen, war dieses Sofa eigentlich zu kurz. Erst recht für einen Mann von Mortimers Größe. Aber er hatte es irgendwie geschafft, sich zusammenzurollen. Wieder fiel ihr der Kater ein, ein großes, für seine Spezies sogar schweres Tier, aber erstaunlich biegsam.

Für Tiere im Haus hatte ihre Mutter nicht viel übriggehabt. Wenn die Katzen aus der Umgebung vorbeikamen, wurden sie gefüttert, aber dann sollten sie gefälligst wieder hinaus ins Freie. Oder allenfalls auf den Dachboden, wo man sie manchmal poltern hörte. Im Haus hatten sie auf die Dauer nichts zu suchen.

Der aber, Ginger, wollte manchmal nicht so recht wieder weg. Namentlich im Spätherbst oder im Winter. Dann fand man ihn manchmal im Schrank, in einem der Wäschefächer. Auf für seine Größe engstem Raum zusammengeringelt.

Dieser Mortimer aber war kein Kater, sondern ein Mensch. Ein großes Mannsbild von schätzungsweise eins achtzig. Den Kater hatte die Mutter, wenn sie ihn im Schrank entdeckte, am Fell im Nacken gepackt und vor die Tür gesetzt. Da hatte er Molly jedes Mal leidgetan.

Molly hörte nicht nur den Atem des Mannes, sondern auch die Nachtgeräusche von draußen. Das wogende Rauschen des Windes in den Wipfeln der Steineichen, den beharrlichen Ruf eines Käuzchens. Und das Heulen von Hunden auf irgendwelchen fernen Gehöften. Vielleicht waren es auch verwilderte Hunde, die sich ihres wölfischen Vorlebens erinnerten.

Das waren Geräusche, die sie sonst auch gehört hatte, wenn

sie in der Nacht aufgewacht war. Aber dann hatte sie sich meist umgedreht und weitergeschlafen. Selbst an die Kriegsgeräusche hatte sie sich gewöhnt. Sie nahm sie mit fatalistischer Gelassenheit zur Kenntnis, wie den Donner, wenn es gewitterte.

Anfangs, nachdem sie die Bianchis in dieses Haus gesetzt hatten, als Gouvernante und Englischlehrerin ihrer Kinder, hatte sie auch der manchmal erschreckt. Zuweilen war es ihr vorgekommen, als entlade sich die Spannung zwischen Himmel und Erde direkt über dem Dach, nur wenige Meter über ihrem Bett. Aber das war lange her, mehr als zwei Jahrzehnte war das her, damals war sie ein junges Mädchen gewesen. Jetzt war sie dreiundvierzig und noch immer Miss Molly.

6

Miss Mary Kinley, Gouvernante und Englischlehrerin außer Dienst. Die Kinder, zu deren manierlicher Erziehung und nützlichem Unterricht sie engagiert worden war, waren inzwischen erwachsen und verheiratet. Filiberta lebte in Pisa, Chiara, vermählt mit einem Mann, der zwar nicht ganz so adelig war wie sie, aber eine feine, kleine Privatbank besaß, im Tessin. Man hätte Molly eigentlich nicht mehr gebraucht, auch die Rolle als Strohfrau, die ihr die Bianchis damals, Anfang der Zwanzigerjahre, listig zugedacht hatten, um der Familie den Besitz am *giardino* zu erhalten (eine Rolle, die sie gespielt hatte, ohne es wirklich mitzubekommen), brauchte sie nicht mehr zu spielen – das Thema Enteignung war vorläufig vom Tisch.

Doch sie hatte sich so an das Leben in diesem Haus, in diesem Ambiente gewöhnt, dass sie einfach nicht wegwollte. Nach all den Jahren nach England zurückzukehren, in dieses Wetter, das ihr nicht guttat, obwohl sie dort, unter dem meist grauen

Himmel der Midlands, geboren war, schien ihr alles andere als verlockend. Als sie beim Begräbnis ihrer Mutter zum letzten Mal dort gewesen war, hatte sie sich sofort wieder einen Husten zugezogen, der ihr dann, auch nach ihrer raschen Rückkehr, noch lang zu schaffen gemacht hatte. Ihr Bruder war schon im Ersten Weltkrieg gefallen, mit den verbliebenen Verwandten, ein paar Tanten und Onkeln, mit denen sie nach dem Begräbnis ebenso wenig hatte anfangen können wie die mit ihr, pflegte sie keinen Kontakt mehr.

Als Rückverbindung zu Britannien genügte ihr der Kontakt mit der englischen Literatur. Sie liebte Shakespeares Sonette und Byrons Balladen ebenso wie die Romane der Schwestern Brontë. Aber sie liebte auch die Stücke und vor allem die Märchen von Oscar Wilde. Und sie liebte die Kinderbücher, die sie Chiara und Filiberta vorgelesen hatte: *Winnie-the-Pooh* von A. A. Milne und die *Doctor-Dolittle*-Bände von Hugh Lofting, besser geschrieben, fand sie, als so manche Erwachsenenbücher – manchmal hatte sie Sehnsucht gerade nach diesen Büchern und las sie sich selbst vor.

Die Bianchis mochten ihre Ex-Gouvernante. Nicht nur die inzwischen erwachsenen Töchter, die sie noch öfter besuchten, jedenfalls bevor sie heirateten, sondern auch die Eltern, die Marchesa und der Marchese. Der Marchese mochte sie sogar ganz besonders. Im Lauf der Jahre hatte man sich sehr an sie gewöhnt.

Also blieb sie einfach im Mauerhaus wohnen. Und bekam weiter ihr monatliches Salär. Man hatte ihr schließlich einiges zu verdanken. Mit der Zeit gehörte sie beinahe zur Familie.

Als der Krieg begonnen hatte und die Lage sich nach und nach zuspitzte, hatten sie ihr sogar angeboten, zu ihnen in den Palazzo zu ziehen. Im Parterre hätte es durchaus geeignete Räumlichkeiten für sie gegeben, ein hübsches *appartamento* mit Deckenfresken. Aber Miss Molly hatte es vorgezogen zu bleiben, wo sie war. In der *palazzina*, wie die Bianchis das Mauerhaus liebevoll nannten.

Sie gehörte in dieses Haus, und dieses Haus gehörte zu ihr. Auch wenn es natürlich der Familie Bianchi gehörte und auch wenn sie von dieser Familie abhängig war. Von dieser Familie, die sie auch schützte und für sie diverse Formalitäten erledigte. Formalitäten, an die sie, *un po' fuori dal mondo*, ein wenig außerhalb des Weltgeschehens, wie sie tatsächlich war, nicht gedacht hätte.

Etwa die leidige Geschichte mit der Staatsbürgerschaft. Bis weit hinein in die Dreißigerjahre war es kein Problem gewesen, dass sie Engländerin war. Was sollte daran falsch sein, namentlich für eine Englischlehrerin? Aber als sich abzeichnete, dass Italien und England Kriegsgegner werden könnten, ließ der Signore Bianchi, der zur faschistischen Regierung ebenso gute Beziehungen hatte wie zu allen anderen Regierungen vorher und nachher, diese Beziehungen spielen und verschaffte Miss Molly die entsprechenden Dokumente.

Auf dem Papier war sie nun Italienerin. Aufgrund irgendwelcher Verwandtschaften, von denen sie bis dahin selbst nichts geahnt hatte. Ihr Vorname in diesem Dokument lautete übrigens nicht Mary, sondern Maria. Der Name Kinley allerdings ließ sich nicht italianisieren.

So lebte sie nach wie vor in diesem Haus. Eine Frau (oder ein Fräulein, eine Signorina oder eine Miss eben) allein. Das war eine Lebensweise, die ihr entsprach. Schon als junges Mädchen war sie einerseits schüchtern gewesen, hatte aber andererseits auch gute Gründe dafür gefunden, warum sie anderen Menschen gegenüber lieber eine gewisse Distanz hielt.

Sie war einfach so. Und sie fand das durchaus in Ordnung. Allein zu leben war das Richtige für sie. Und hier hatte sie es ja ideal getroffen. In diesem Haus mit ihren Büchern und ihren Schellacks, die sie auf den Plattenteller des Grammophons legte, das ihr der Marchese geschenkt hatte, und in diesem Park mit seinen Beeten und Alleen, mit seinen von Vögeln und Zikaden bevölkerten Bäumen und Sträuchern, hatte sie ihr Alleinsein bisher nicht als Mangel empfunden, sondern als Geschenk.

Der Krieg, ja, der Krieg hatte natürlich manches überschattet ... Aber sie hatte diesen Schatten bisher nicht ganz an sich herangelassen ... Nun aber lag ein amerikanischer Soldat da draußen auf dem Sofa ... Ein fremder Mann, dessen Anwesenheit ihr auch im Halbschlaf bewusst war.

7

Nicht dass sie sich vor ihm fürchtete, aber dass er da war, versetzte sie doch in eine gewisse Unruhe ... Hatte sie mit ihm, den sie instinktiv vor der Gefahr draußen in vorläufige Sicherheit zu bringen versucht hatte, den Krieg hier hereingeholt? In ihr Mauerhaus, das ihr bisher, kraft eines Glaubens, der sich vielleicht schon heute Nacht oder morgen Früh als Aberglaube erweisen würde, als irgendwie magisch geschützter Bereich erschienen war? Hatte sie ihn, diesen beneidenswert tief schlafenden Mortimer, jetzt in diesen magischen Bereich hereingenommen, oder hatte sie die schützende Magie gerade dadurch zerstört?

Was war dieser Flieger überhaupt für ein Mensch? ... Jedenfalls hatte er keine guten Manieren bei Tisch ... Und Konversation war offenbar auch nicht seine Stärke ... Überdies war sein Amerikanisch für eine gepflegtes Englisch sprechende Britin schwer zu ertragen ...

Und doch: Es war etwas an ihm, das sie anziehend fand ... Vielleicht war es die Ähnlichkeit seines Blicks mit dem Blick des Katers ... Außerdem sah er gar nicht so übel aus ... Während Molly so dalag, schlaflos, unter dem Dach, über das nun irgendwelche nachtaktiven Tiere liefen, wahrscheinlich waren es Marder, sah sie ihn wieder vor sich, wie sie ihn ein paar Stunden zuvor gesehen hatte.

Wie das Wasser, das er sich aus dem schweren Kanister über den Kopf gegossen hatte, an seinem kräftigen Rücken hinunterrann. Wie die Haut, die er zuvor mit dem von ihr geopferten vorletzten Stück Seife eingeseift hatte, glänzte. Gewiss, er war nicht so schmalhüftig wie die Skulpturen, die Molly immer wieder gern angesehen hatte, wenn sie nach Florenz gekommen war, sein ganzer Unterbau hatte nicht die kokette Eleganz dieser Figuren von Michelangelo und Konsorten, Standbein, Spielbein. Aber sein Körper, den sie da vor sich gesehen hatte und dessen Nachbild sie jetzt noch vor sich sah, egal ob sie die Augen offen hielt oder schloss, war ein lebendiger Körper, Fleisch und Blut.

Ein Körper, in dem Atem war, ein lebendiges Wesen. Ein Körper, den sie hätte berühren können, hätte sie ihren Arm ausgestreckt. Aber das wäre ja noch schöner gewesen, ihn nicht bloß so anzuschauen, so unverschämt, ohne Scham angesichts ihres offensichtlichen Interesses. Sondern ihn auch noch zu berühren, seine Konturen nachzuziehen mit vorwitzigen Fingern.

Ein Körper, der nun im Nebenraum atmete, nur wenige Meter von Molly entfernt. Er atmete schwer, dieser Mortimer, aber friedlich. Vermutlich hatte sowohl die Schwere seines Atems als auch der scheinbar tiefe Friede seines Schlafs mit dem Wein zu tun, den er nicht gewöhnt war. Vielleicht schlief er ja traumlos. Und vielleicht war das im Moment das Beste, was er tun konnte.

Auch Molly schlief ein wenig ein, für ein paar Minuten, wie ihr vorkam, vielleicht waren es zwei oder drei Stunden. Aber dann schreckte sie auf: Draußen graute der Morgen. Wenn die Deutschen eine Razzia beginnen sollten, dachte sie, dann jetzt. Ein paar Mal glaubte sie es schon unten an die Tür pochen zu hören, aber das war nur das Pochen ihrer Furcht.

Das Pulsieren des Blutes in ihren Ohren, der Schlag ihres Herzens. Die Deutschen hätten zweifellos heftiger gepocht. Und sie pochten nicht. Anscheinend gab es keine Razzia. Oder es gab sie doch, aber irgendwo anders.

Irgendwo anders (vielleicht überall anders) im Ort. Überall anders, aber hier eben nicht. Der Garten und das Mauerhaus waren tabu. Bisher hatte die Magie gewirkt, und vielleicht wirkte sie ja noch weiter.

8

Tatsächlich war es nicht nur Magie, die hier wirkte. Oder jedenfalls nicht die Magie, die sich Molly vorstellte. Es war der Nimbus der Familie Bianchi. Die Bianchis waren eine der nobelsten Familien in Italien.

Uralter Adel. Besitzungen im ganzen Land. Und Beziehungen, die mindestens ebenso verzweigt waren wie ihr Stammbaum. Gewisse rüde Formen des Umgangs waren den Bianchis gegenüber unangebracht. Wenn es an diesem Morgen tatsächlich eine Razzia gegeben haben sollte, blieben natürlich nicht nur der *giardino* und das Mauerhaus davon verschont, sondern zuallererst der Palazzo Bianchi.

Der Palazzo, in den der Kommandant, ein Major Z., öfter zum Abendessen eingeladen war. Der war, seiner Selbsteinschätzung zufolge, ein Kulturmensch. Was ihn nicht daran hinderte, später oben in San Vito Alto noch ein finales Blutbad anrichten zu lassen. Aber man muss verstehen, sagte er ungefähr vierzig Jahre danach (nicht etwa zu einem Richter, sondern zu einer Journalistin, die er schließlich, als ihre Fragen die Grenzen des Anstands, wie er das sah, überschritten, aus seinem schönen Haus irgendwo in den österreichischen oder bayrischen Alpen warf), man muss verstehen, dass wir damals, in dieser beschissenen Lage, etwas nervös wurden.

Doch das kam erst. Vorläufig fühlte sich dieser Kommandant noch recht wohl in seiner Haut. Das Kommando hier war gar nicht so übel. Vor allem der Umgang mit den Bianchis gefiel ihm. Da konnte man sagen, was man wollte, diese Leute hatten Stil.

Nicht nur, dass man bei ihnen, der immer schwieriger werdenden Versorgungslage zum Trotz, sehr gepflegt speiste ... All diese pikanten Antipasti und diese schmackhaften Primi und dann endlich die Secondi, etwa Fasane oder Kaninchen, die der Marchese immer noch irgendwo auftrieb, während seine, des Kommandanten, Soldaten mit immer weniger Beute von ihren Jagdzügen zurückkehrten ... Und die Weine, von denen anscheinend unerschöpfliche Vorräte in den Kellern lagerten, alle Achtung! ... Und die Süßigkeiten und der Cognac, alles ganz exquisit ... Nein, nicht nur das: Man unterhielt sich auch auf höchstem Niveau ... Der Major sprach einigermaßen Italienisch, obwohl es, wie der Marchese scherzhaft bemerkte, manchmal eher wie Latein klang ... Man plauderte über Puccini, über D'Annunzio und die Duse, Berühmtheiten, die diese Bianchis noch persönlich gekannt und mit denen sie auf Du und Du gewesen waren ... Ja, der Major, der aus einer, wie man so sagt, durchaus gutbürgerlichen Familie stammte – aber da hatte es doch gewisse Grenzen nach oben gegeben –, fühlte sich durch den Umgang mit diesen Leuten gehoben.

In den *giardino* hatte der Marchese den Kommandanten gleich am Anfang geführt. Kurz nachdem der das Kommando hier übernommen hatte. Er hatte darauf Wert gelegt, ihm zu zeigen, wie schön dieser Garten war. Aber offenbar hatte er auch die Absicht gehabt, allfälligen militärischen Begehrlichkeiten vorzubeugen.

Sehen Sie, hatte er gesagt, die Horti Valentini sind seit fast drei Jahrhunderten im Besitz unserer Familie. Infolge einer Schenkung durch Cosimo II von Medici. Wir haben einiges getan, um diesen Besitz zu erhalten. Er bedeutet uns auch einiges. Wir hoffen sehr, dass Sie dafür Verständnis haben.

Und der Kommandant hatte genickt – die Vorstellung, dass seine Soldaten die Beete zertrampeln könnten, behagte ihm auch nicht. Diese Beete waren zwar etwas verwildert, weil die Gärtner, wie ihm der Marchese erzählte, leider abhandengekommen waren, aber selbst in diesem Zustand waren sie schön. Der Kommandant hatte einen Blick fürs Ästhetische und überdies einen Sinn für Ironie. Das Argument, dass er auch das Mauerhaus, auf das er im Vorbeigehen ein durchaus interessiertes Auge geworfen hatte – denn darin hätte man eventuell ein paar höhere Chargen unterbringen können –, nicht beanspruchen müsse, weil es zu schmal für seine breitschultrigen Leute sei, dieses Argument, mit dem ihn der Marchese gleich vorweg entwaffnete, gefiel ihm.

Das Mauerhaus blieb also von den Deutschen verschont. Um seine Bewohnerin, eine scheue Dame, die sie kaum zu Gesicht bekamen, kümmerten sie sich vorerst nicht. Es war eine Person, die der Familie Bianchi nahestand, dem Marchese schien daran gelegen zu sein, dass man sie möglichst in Frieden ließ. Vielleicht hatte er einmal ein Verhältnis mit ihr, dachte der Major, so etwas soll ja vorkommen.

Irgendwann kam dem Major zu Ohren, dass die Dame bis vor kurzem Engländerin gewesen sei. Und dass sie das in den Augen der Leute nach wie vor war. Sieh mal an, dachte er und lud den Marchese zu einem vertraulichen Gespräch. Sie ist doch hoffentlich nicht auch noch Jüdin?, fragte er. Der Marchese verneinte.

Na dann, sagte der Major, müssen wir uns ja weiterhin nicht um sie kümmern. Allerdings sei nicht auszuschließen, dass sich früher oder später die Burschen von der italienischen SS um sie kümmern würden. Seiner Ansicht nach sei das zwar eine höchst fragwürdige Truppe, aber diese Lümmel seien nun einmal losgelassen, und sie unterstünden unmittelbar dem Kommando Himmlers: Wenn die einmal im Spiel sind – der Major dämpfte die Zigarette aus, die ihm anscheinend nicht mehr schmeckte –, kann ich für nichts mehr garantieren.

9

Als Ferruccio an diesem Morgen am Mauerhaus vorbeikam und wie üblich die hübsche Messingglocke an der Eingangstür betätigte, dauerte es ungewöhnlich lang, bis ihm Miss Molly öffnete. Sie sah ihn groß an und strich sich eine Haarsträhne aus der Stirn. Ach, Sie sind es, Ferruccio!, sagte sie, und das klang ein wenig, als ob sie aufatmete. Ich habe Sie nicht gleich gehört. Ich habe diese Nacht wenig geschlafen. Der Bombenalarm gestern Abend hat mich doch etwas erschreckt.

Es war nur ein einzelnes Flugzeug, sagte Ferruccio. Sie haben es abgeschossen. Das Wrack liegt da draußen, nicht weit vom Podere Colle.

Tatsächlich?, sagte Molly.

Ja, sagte Ferruccio. Ein Volltreffer ... Ich habe Ihnen ein

bisschen Gemüse mitgebracht, sagte er und wies auf den Sack, den er auf den Treppenabsatz gestellt hatte.

Das tat er manchmal. Er und seine Frau hatten einen kleinen Garten hinter ihrem Häuschen. Das war etwas wert, besonders in Zeiten wie diesen. Ein bisschen was Grünes, sagte er, was halt so wächst. Ich werde es Ihnen gleich in die Küche hinauftragen.

Lassen Sie nur, sagte Miss Molly, der Sack ist ja nicht schwer. Ich mach das schon selbst, Sie brauchen sich nicht zu bemühen. Es ist sehr nett von Ihnen und Ihrer Frau, dass Sie an mich denken. Liebe Grüße. Und mit diesen Worten nahm sie den Sack mit dem Gemüse und wollte die Tür schließen.

Aber dann fiel ihr anscheinend noch etwas ein.

Ach ja, Ferruccio!

Miss Molly?

Glauben Sie, dass Sie noch etwas Mehl für mich auftreiben könnten? Und ein paar Eier? Ich weiß, dass die ziemlich rar sind. Aber ich habe seit gestern einen ganz verrückten Appetit auf Pancakes.

Worauf?, fragte Ferruccio.

Auf *frittate*, sagte Miss Molly. *Piccole frittate*. Kleine Pfannkuchen, mit ein bisschen Marmelade.

Ferruccio lachte. Ich werde sehen, sagte er, was sich machen lässt.

Schön, sagte sie. Und dann schloss sie wirklich die Tür.

I gusti sono diversi, dachte Ferruccio, die Geschmäcker sind verschieden. Frittate mit Marmelade? Wer mag denn so was? Aber er mochte Miss Molly. Und er würde schon besorgen, was sie wünschte. Und wenn er es aus der Küche der Bianchis abzweigte.

In den folgenden Tagen hatte Miss Molly allerdings nicht

nur ein paar weitere Sonderwünsche, sondern insgesamt überraschend viel Appetit. Diese sonst eher bedürfnislose – und in den Augen Ferruccios ehrlich gestanden auch etwas zu fleischlose – Frau brauchte ganz einfach mehr Lebensmittel als bisher. Ferruccio wunderte sich, doch er tat, was er konnte. Das war nicht ganz leicht, weil ja die Lebensmittel offiziell rationiert waren, was zwar für die Entourage der Bianchis nicht ganz so streng galt wie für gewöhnliche Leute, aber man musste doch aufpassen, dass man sich nicht den Neid und den Hass gerade dieser Leute zuzog.

Auch Wasser brauchte sie mehr, als sie sonst gebraucht hatte. Ja, sagte sie, bei mir da oben unter dem Dach wird es jetzt manchmal schon recht heiß. *Davvero*, sagte Ferruccio, es ist schon fast wie im Sommer. Und pumpte am Brunnen und schleppte Kanister um Kanister.

Denn das war etwas, das sie ihm überließ. Auch wenn sie nun sonst dazu neigte, ihm die Sachen, die er brachte, schon an der Eingangstür abzunehmen. Selbst wenn sie um einiges schwerer waren als das Gemüse, das er ihr am Tag nach dem Flugzeugabschuss gebracht hatte. Das war der Tag gewesen, an dem dieses doch etwas merkwürdige Verhalten begonnen hatte, daran erinnerte sich Ferruccio ganz gut.

Die leeren Kanister stellte sie nun immer an den Treppenabsatz. Auch das etwas, das sie früher nur selten getan hatte. Aber mit den vollen Kanistern musste sie ihn zu sich hinaufsteigen lassen. Und das tat er mit von Mal zu Mal angespannteren Sinnen.

Stellen Sie die Kanister gleich hier ab, sagte Miss Molly. Sie kam ihm jetzt immer ins *soggiorno* entgegen. Früher hatte er die Kanister ins Badezimmer und in die Küche gestellt. Aber die Tür, die vom *soggiorno* weiter führte, war jetzt meist geschlossen oder zumindest angelehnt.

Glaubte sie wirklich, dass ihm das alles nicht auffiel? Nein. Das konnte sich Ferruccio nicht vorstellen. Ihn für so dumm zu halten, wäre eine Beleidigung gewesen! Aber wahrscheinlich hielt sie ihn nicht für so dumm, sondern für so diskret, und rechnete mit seiner Verschwiegenheit.

Wenn das so war (und es konnte eigentlich gar nicht anders sein), war es keine Beleidigung, sondern eher das Gegenteil. Ein Vertrauensbeweis, der ihn sogar mit einem gewissen Stolz erfüllte. Indem sie ihn zum Mitwisser von etwas machte, das auf keinen Fall bekannt werden durfte, lieferte sie sich ihm ja geradezu aus. Aber sie verließ sich auf ihn, sie verließ sich auf seine Gutartigkeit und seine Anständigkeit, und was das betraf, sollte sie nicht enttäuscht werden.

Falls sie sich allerdings auch darauf verließ, dass er nicht neugierig war, dass er einfach nobel über alle Indizien hinwegsah und hinweghörte, die für die Anwesenheit einer wahrscheinlich gefährdeten und sie selbst gefährdenden Person sprachen, so irrte sie sich. Natürlich war er neugierig, und er sah, was er sah, und er hörte, was er hörte. Sah zum Beispiel die Einbuchtung im Sofa, das im *soggiorno* stand, eine Einbuchtung, die ein etwas schwererer Mensch verursacht haben musste als Miss Molly. Und hörte eine gewisse Aufregung der gurrenden Vögel oben im Taubenschlag, weil sich Miss Mollys Gast anscheinend immer auf die Wendeltreppe zurückzog, die zum Taubenturm hinaufführte, wenn er, Ferruccio, mit den Wasserkanistern ankam.

Er kannte das Mauerhaus ja ganz gut von innen. Er hatte hier einige Reparaturen durchgeführt. Zum Beispiel eben da oben, beim Taubenturm. Da gab es noch ein schützendes Dach, das man manchmal ausbessern musste – danach ging es dann nur mehr hinaus auf die offene Mauerkrone.

10

Dorthin zog sich Mortimer auch zurück, als eines Tages unerwarteter Besuch kam. Es war am Vormittag, der frühe Morgen, an dem sie immer noch Razzien befürchteten, war vorbei. Als es unten an der Tür klingelte, gingen sie davon aus, dass es wahrscheinlich Ferruccio sei. Obwohl der erst gestern da gewesen war, aber vielleicht brachte er ja wieder etwas Nettes aus seinem Garten.

Molly lief also die Treppe hinunter, um ihm zu öffnen. Doch die Stimme, die Mortimer dann hörte, war nicht Ferruccios Stimme. Offenbar blieb Molly nichts anderes übrig, als den Mann, der da geklingelt hatte, hereinzulassen. Und sie kamen miteinander die Treppe herauf, und Molly musste diesen Mann mit der für Mortimer fremden, sonoren Stimme offenbar weiterbitten. Und dann saßen sie anscheinend nicht im *soggiorno*, sondern in der Küche. Genau an dem Tisch, an dem er, Mortimer, nun schon so oft mit Molly gesessen war. Und Mortimer verharrte unentschieden etwa auf halber Höhe der Wendeltreppe. Sollte er ganz hinauf, bis zu den gurrenden Tauben, oder sollte er wieder ein Stück zurück, an die Tür, die er möglichst leise hinter sich geschlossen hatte, um zu hören, was die zwei redeten?

Sie sprachen Italienisch, also verstand er fast kein Wort. Aber so viel bekam er mit, dass dieser Mann sehr eindringlich auf Molly einredete. In den vergangenen Tagen hatte sie ihm einiges von den Dienst- und Besitzverhältnissen rund um sie und das Mauerhaus erzählt. Er konnte sich also zusammenreimen, wer dieser Mann war: Das war kein anderer als der Marchese.

Der Besuch des Marchese hätte Molly auch verstört, wenn Mortimer nicht da gewesen wäre. Ihr Gast, von dessen Anwesenheit niemand wissen durfte ... Ihr Schützling, den sie möglichst lange beschirmen wollte ... Es war Jahre her, dass sie der Signore beehrt hatte.

Er war ein Mann, der jüngere Frauen liebte. Selbstverständlich liebte er auch seine ungefähr gleichaltrige Gattin, die Marchesa, aber das war etwas anderes. *Amore* ist nicht gleich *amore*. Die eine, die seriöse Form von *amore*, ist eine verantwortungsvolle Verpflichtung. Die andere, leichtere, ist ein immer wieder reizvolles Spiel, ein schöner Sport.

So sah er das, der Marchese. Und so hatten es schon sein Vater und sein Großvater gesehen. Und wahrscheinlich seine ganze männliche Ahnenreihe. Auch solche Traditionen galt es zu wahren. Also hatte der Marchese fast selbstverständlich versucht, ein Verhältnis mit Miss Molly anzufangen.

Sie hatte seine Avancen mit aller Diplomatie, zu der sie imstande war, abgewehrt. Aber der Marchese hatte nicht so schnell aufgegeben. Die Konsequenz, mit der sie ihm widerstand, reizte ihn. Ein klein wenig schien sie ihn auch zu amüsieren.

Dass sie sich nichts aus Sex machte, wie sie prosaisch feststellte (seine Hand von ihrem Knie entfernend, bis zu dem er, poetische Reden führend, immerhin vorgedrungen war), wollte er nicht so ohne weiteres wahrhaben.

Magst du lieber Frauen?

Nein, hatte sie gesagt, sie möge die Literatur, die Musik und die Kunst.

Aber damit, hatte er gemeint, könne und dürfe es doch nicht sein Bewenden haben. So eine Knospe wie sie dürfe doch nicht einfach verblühen, ohne aufgegangen zu sein!

Er war kein Mann, der forderte oder gar Gewalt anwandte. Er saß bei ihr und plauderte, er sah sie an und lächelte charmant unter seinem gepflegten, damals noch nicht grauen Schnurrbart. Er brachte ihr Blumen und andere kleine Aufmerksamkeiten. Vielleicht würde sie es sich doch noch anders überlegen.

Er war ihr nicht böse, er fasste ihre Verweigerung nicht als persönliche Beleidigung auf. Dass sie sich mit ihm auf kein Verhältnis einlassen wollte, und – wenn er ihr glauben wollte – auch mit sonst niemandem, hatte keine Rückwirkung auf ihr Dienstverhältnis. Er war ein Signore. Er war großzügig und nicht nachtragend. Aber nach und nach war die Frequenz seiner Besuche geringer geworden, und mit der Zeit (so um ihr dreißigstes Jahr) hatten sie eben aufgehört.

Und nun war er wieder da. Was hatte das zu bedeuten?

Darf ich mich setzen?, fragte er.

Natürlich, sagte sie.

Molly, sagte er. So leid es mir tut. Die Lage ist ernst. Du kannst nicht weiterhin hier wohnen bleiben.

Sie sah ihn groß an, aber ihre Pupillen wurden auf einmal ganz klein. Der Schreck über diese Ankündigung traf sie tief.

Die Regierung oben in Salò, sagte der Marchese, habe ein neues Gesetz verabschiedet. Ein Gesetz, demzufolge alle noch in Italien verbliebenen Engländerinnen und Amerikanerinnen (und davon gab es offenbar nicht ganz wenige) in Lagern interniert werden sollten.

Aber sie habe doch, sagte Molly, Papiere ...

Ja, sagte der Marchese, natürlich. Die Papiere, die er ihr vorsorglich verschafft habe. Aber es sei nicht sicher, ob sich die Leute, die dieses Gesetz exekutieren sollten, von solchen Papieren wirklich beeindrucken ließen. Das seien Leute, die imstande seien, solche Papiere einfach zu zerreißen.

Wir haben gehofft, dass alles nicht ganz so schlimm wird.

Zumindest hier, in unserem Einflussbereich. Aber diese Leute – der Dreck, der jetzt an die Oberfläche schwimmt, nachdem in der Suppenschüssel Italien zu viel umgerührt worden ist – diese Leute sind unberechenbar. Bevor sie abserviert werden, versuchen sie noch möglichst viel Unheil anzurichten.

Hör zu, Molly, sagte er. Ferruccio fährt dich nach Florenz. Dort triffst du eine unserer besten Freundinnen, die Contessa Rossi. Sie hat dieser Tage schon vielen Leuten geholfen. Sie wird eine Möglichkeit finden, dich an die Schweizer Grenze zu bringen ... In der Schweiz, in Lugano, wirst du dann von Chiara erwartet. Die wird sich freuen, ihre Miss Molly wiederzusehen. Du wirst bei ihr und ihrem Gatten zu Gast sein. Alles Weitere wird sich weisen – Hauptsache ist, dass du fürs Erste einmal in Sicherheit bist.

Aber das geht nicht!, sagte Molly. Ich kann nicht von hier weg!

Ich weiß, du hängst an diesem Haus, sagte der Marchese, und du hängst an diesem Garten. Aber du kannst und du wirst, so Gott will, ja zurückkommen. Wenn wir das hoffentlich alles hinter uns haben und wenn dann das Mauerhaus noch steht, steht es dir immer offen.

Nur jetzt musst du weg, solang es noch möglich ist. Molly! Hör zu! Es gibt auch hier im Ort Leute, denen wir nicht mehr trauen können. Leute, die imstande sind, dich zu denunzieren. *Madonna putana!* Du willst doch nicht in ein Lager!

So redete er auf sie ein.

Aber das geht nicht!, wiederholte sie. Sie könne und wolle gerade jetzt nicht weg von hier.

Was soll denn das heißen?, sagte der Marchese. Gerade jetzt?! ... Wann, wenn nicht jetzt? In ein paar Tagen ist es vielleicht schon zu spät!

Morgen, sagte er. Morgen Früh wird Ferruccio dich abholen. Hier, sagte er, und legte ein Kuvert auf den Tisch. Es enthalte ihr Salär für die nächsten drei Monate und ein wenig Geld darüber hinaus. Du wirst es brauchen, sagte er. Also sei nicht dumm, und nimm es!

Heute Nachmittag, sagte er, wird meine Frau noch bei dir vorbeikommen. Nicht nur, um sich von dir zu verabschieden, sondern auch, um dir alles zu sagen, was du morgen in Florenz wissen musst. Und jetzt leb wohl.

Mit diesen Worten küsste er sie auf die Stirn. Und dann ging er schnell, denn er wollte nicht sentimental werden.

11

Nichts oder fast nichts von diesem Gespräch hatte Mortimer verstanden. Aber die Stimmung hatte er mitbekommen. Nun hatte sich der Marchese offenbar verabschiedet. Seine Schritte auf der Treppe waren zu hören gewesen und dann die Eingangstür, die unten ins Schloss fiel.

Doch statt Entwarnung zu geben, statt zu rufen, dass die Luft wieder rein sei, wie sie es gemacht hatte, wenn Ferruccio da gewesen war, blieb Molly still. Warum bloß? Befürchtete sie, dass der Marchese umkehrte und zurückkam?

Mortimer wartete noch eine Weile, aber dann wagte er sich aus seinem Versteck hervor. Sie saß da, die Ellbogen auf der Tischplatte aufgestützt, die Hände vors Gesicht geschlagen.

Er trat neben sie und legte ihr den Arm um die Schulter. Was hast du?, fragte er. Was ist los? Was hat dieser Kerl gesagt?

Ich soll von hier weg, sagte sie. Ich soll weg aus diesem Haus, weil sie mich sonst holen ... Und was machen wir nun? Was wird denn dann aus dir? Was sollen wir tun?

Und sie stellte ihm die Lage dar, wie sie der Marchese ihr

dargestellt hatte. Und er holte den Stuhl vom anderen Ende des Tisches und rückte ihn an ihre Seite. Du musst sehen, dass du davonkommst, sagte er. Gar keine Frage. Um mich mach dir keine Sorgen. Ich werd mich schon durchschlagen.

Am Nachmittag kam dann tatsächlich noch die Marchesa. Sie unterrichtete Molly über alles, was sie für den nächsten Tag wissen musste. Der Marchese und sie hatten einen Plan erstellt, nach dem hoffentlich alles ablaufen würde. Ferruccio holt dich morgen Früh um fünf ab, sagte sie, und bringt dich mit einem unauffälligen Auto nach Florenz.

Er bringt dich in ein Hotel, in dem ein Zimmer für dich reserviert ist. Dort kannst du dich vorerst für ein paar Stunden ausruhen. Die Contessa triffst du dann um Punkt sieben Uhr abends. Exakt um diese Zeit wird sie aus einem Seitenausgang der Nationalbibliothek treten.

Und so weiter. Wie schon ihr Mann bemühte sich auch die Marchesa um Sachlichkeit. Sie mochte Molly. Sie schätzte sie nicht nur wegen der didaktischen und erzieherischen Qualitäten, die ihren Töchtern zugutegekommen waren. Natürlich war ihr nicht entgangen, dass und wie sich ihr Gatte um die junge Gouvernante bemüht hatte (das war zu erwarten gewesen). Aber dass und wie ihm Molly widerstanden hatte, rechnete sie ihr hoch an.

Jetzt umarmte sie Molly und küsste sie auf beide Wangen. *Stammi bene*, sagte sie, mach's gut! Und grüß mir Chiara! Du wirst sehen, wie schön sie es hat, dort oben in der Schweiz. Und dann ging auch sie recht rasch, um nicht die Contenance zu verlieren.

Und dann war Nacht und Mortimer lag zum ersten Mal nicht auf dem Sofa im *soggiorno*, sondern in Mollys Bett. Komm, hatte sie gesagt, ich will heute Nacht nicht allein sein. Und sie streichelte ihn, und er streichelte sie. Und das war's. Doch dabei waren sie einander sehr nahe.

12

Und dann der Morgen. Sie lagen schon länger wach. Oben auf dem Dach gurrten die Tauben noch etwas verschlafen, auf einem der Baumwipfel begann eine Amsel zu singen. Mollys Kopf lag noch immer an Mortimers Brust. Die Glocken vom Campanile drüben würden gleich halb fünf schlagen.

Noch ein wenig Zeit. So wenig Zeit. Noch ein paar Minuten, dachte Molly. Mortimers Brust war die eines starken Mannes. Sie bewegte sich ruhig und regelmäßig auf und ab. Es lag sich gut auf dieser Brust, sie wäre gern noch länger darauf liegen geblieben.

Sie hätte auch seine Hand gern noch länger gespürt. Diese große, erstaunlich sensible Hand. Diese Finger, die jetzt noch einmal ihr Gesicht ertasteten – Stirn, Augenbrauen, Nase, Lippen, so als wollte er sich ihre Züge auch oder insbesondere haptisch einprägen. Aber es nützte nichts, sie musste sich von ihm losreißen. Ferruccio würde um fünf klingeln.

Und dann ging alles sehr schnell und nüchtern zu. Sie stand auf, wusch sich rasch, fuhr sich mit dem Kamm durchs Haar. Einen kleinen Koffer, in dem nicht mehr war, als eine bescheidene Frau am allernötigsten brauchte, hatte sie schon am Abend gepackt. Und dann schlang sie noch einmal die Arme um Mortimer, aber nur ganz kurz, ohne zu klammern.

Es war ein unverschämt schöner Morgen. Als Molly aus

der Tür trat, an der Ferruccio dezent wartete, glitzerten noch Tautropfen auf den Hecken. Eine Katze, die noch nicht gefangen und als falsches Kaninchen auf einem armen Tisch gelandet war, strich durchs mild vom Wind bewegte Gras. Als Molly sich noch einmal umsah, erstrahlte die Ziegelfront des Mauerhauses in einem fast unwirklichen Rot.

13

Der Camion, mit dem Ferruccio sie nach Florenz bringen sollte, stand etwas abseits in der Via della Piagga. So hatte es der Marchese angeordnet. Vielleicht war es doch besser, nicht allzu viel Aufsehen zu erregen. Es war aber ohnehin so früh, dass es sehr unwahrscheinlich war, jemanden zu treffen.

So fuhren sie los. Lieber nicht geradewegs über die Via Cassia, sondern auf Nebenstraßen. Die Landstraßen lagen erstaunlich friedlich und leer. Hie und da gab es allerdings kleine Erhebungen am Straßenrand, die ein wenig an Maulwurfshügel erinnerten. Das seien die Stellen, sagte Ferruccio, wo die Deutschen bereits Minen gelegt hätten – sehen Sie, sagte er, die bereiten schon ihren Rückzug vor, es wird nicht mehr lang dauern.

Längstens zu Pfingsten, sagte Ferruccio, werden die Alliierten da sein. Auf die Dauer können sie die Deutschen nicht aufhalten. Die werden sich nach Norden zurückziehen, in den Appenin. Jetzt allerdings, schon ein Stück nach Siena, begegneten sie einigen deutschen Lastwagen, die in die Gegenrichtung fuhren.

Dann kamen sie an Poggibonsi vorbei. Dort sah es schlimm aus. Die kleine Stadt war schon zum zweiten Mal bombardiert worden. Von britischen Flugzeugen dem Vernehmen nach.

Angeblich hatten die nur die Bahnlinie treffen wollen (der Bahnhof war eine ausgebrannte Ruine), doch wie man jetzt sah, lag auch ein Teil des *centro storico* in Schutt und Asche.

Von so etwas war San Vito bislang verschont worden. *Grazie a Dio*, sagte Ferruccio, gibt es bei uns keine Bahn. Auch einige Höfe in der Umgebung waren zerstört. Ferruccio schüttelte den Kopf und bekreuzigte sich.

In Florenz waren die Brücken, auf der sie über den Arno fuhren, mit Sprenglöchern versehen. Auch dafür hatte Ferruccio einen scharfen Blick. Sehen Sie nur, sagte er, noch sind die Minen nicht drin, aber da ist alles vorbereitet. Wenn die Deutschen die Stadt verlassen, lassen sie die Brücken in die Luft fliegen.

Vorerst waren allerdings noch genug Deutsche da. Mehr als genug. Die Straßen waren voll von ihnen. Zwei Mal wurde Ferruccio aufgehalten, doch der Passierschein, den ihm der Marchese mitgegeben hatte (ausgestellt vom deutschen Kommando in San Vito, Hakenkreuz-Stempel und Autogramm des Majors), hatte die erhoffte Wirkung. Miss Molly war darin mit einem italienischen Namen eingetragen, als irgendeine entfernte Verwandte der Bianchis – unter diesem Namen wurde sie auch im Hotel erwartet, in das sie Ferruccio brachte.

Damit hatte Ferruccio alles getan, was ihm vom Marchese und von der Marchesa aufgetragen worden war. *Dunque*, sagte er, viel Glück, Miss Molly! Und dann, als wäre ihm das gerade erst in diesem Augenblick eingefallen: Ihren Gast werde ich selbstverständlich weiterhin versorgen.

Das war Ferruccio. Was für ein großartiger Mensch! In all seiner Bescheidenheit. Und mit all seiner Feinfühligkeit. Im Lift konnte Molly die Tränen, die ihr kamen, noch einigermaßen zurückhalten. Doch dann im Zimmer, nachdem sie den Koffer abgestellt hatte, ließ sie sich, ohne den Raum weiter wahrzunehmen, aufs Bett fallen und heulte wie ein kleines Mädchen.

14

Das Hotel, das die Bianchis für sie ausgesucht hatten, war keines von den allerersten Häusern. Doch stand hinter dieser Wahl kein Klassendünkel. Und ökonomische Überlegungen gehörten auch in schwierigen Zeiten nicht zum Stil dieser Familie. Es war einfach so, dass die Wahrscheinlichkeit von Razzien in den renommierten Quartieren, in denen sie selber abstiegen, wenn sie in Florenz waren, in diesen bösen Tagen größer war als anderswo.

Dem Vernehmen nach waren dort, im *Ritz*, im *Esplanade* und wie diese eleganten Etablissements alle hießen, letzthin hohe Militärs verhaftet worden. Darunter sogar Generäle, die dem Marionettenregime von Salò nicht dienen und sich irgendwohin hatten absetzen wollen. Auch reiche Juden waren angeblich gefasst worden, die noch aus Rom davongekommen waren, wo die Deutschen nun systematisch, Planquadrat für Planquadrat, nach ihnen suchten. Das war unschön. In solche Zusammenhänge sollte Molly nicht geraten.

Sie würde ja voraussichtlich auch nicht lang in diesem Hotel bleiben. Vielleicht nicht einmal eine Nacht – wenn alles klappte, wie es die Bianchis geplant hatten, war dieses Zimmer hier nur eine Zwischenstation. Sie sollte doch möglichst bald von hier weg, Richtung Schweiz. Wann genau, wie genau, diese Details würde sie von der Contessa Rossi erfahren.

Von der Contessa Rossi, die, so viel hatte die Marchesa angedeutet, nützliche Beziehungen zu Organisationen hatte, die in schweren Zeiten wie diesen zu helfen versuchten. Also beispielsweise zum Roten Kreuz. Ihr kannst du dich getrost anvertrauen, hatte die Marchesa gesagt, sie wird einen Weg finden ... Und dann, wenn du einmal dort bist, über der Grenze, kannst du fürs Erste einmal aufatmen.

Doch vorläufig war sie noch hier in diesem Hotel. In diesem Zimmer, einem Raum mit Stuckdecke und hohen, mit schweren, schon etwas verschossenen Samtvorhängen drapierten Fenstern. Nüchtern betrachtet war es um einiges geräumiger als jedes Zimmer in ihrem Mauerhaus. Aber sie hatte den Eindruck, dass es ihr die Luft zum Atmen nahm.

Wie lange würde, wie lange musste sie das aushalten? Es war jetzt immer noch Vormittag, die Fahrt von San Vito hierher war rascher gegangen, als der Marchese gedacht hatte. Er hatte einen Zeitplan erstellt und dabei noch allfällige Zwischenfälle einberechnet. Zwischenfälle, die nun, abgesehen von den zwei glimpflich verlaufenen Kontrollen, nicht eingetreten waren.

Außerdem war es natürlich ratsam gewesen, möglichst früh am Morgen zu fahren. Doch nun war die Zeit bis zum Abend, an dem Molly die Contessa treffen sollte, endlos lang. Was sollte, was konnte sie bis dahin mit sich anfangen? Das Florenz jener Tage war ja nicht die Stadt, in der sie, wie sonst, unbeschwert flanieren, das eine oder andere Museum besuchen und dann etwa in einem netten Café sitzen und einen kleinen Imbiss nehmen konnte.

Das Florenz da draußen vor den Fenstern, deren Vorhänge sie lieber zugezogen ließ, obwohl die Dunkelheit zum Gefühl der Beengung, das sich ihr auf die Brust legte, beitrug, war ein bedrohlicher Bereich. Voll von unberechenbaren Gefahren, denen sie sich wahrscheinlich besser nicht aussetzte. Nein, das wäre sträflicher Leichtsinn gewesen. Sie blieb also vorläufig im

Hotel, obwohl sie, bei aller relativen Höhe des Raums, das Gefühl hatte, dass ihr die Zimmerdecke auf den Kopf fiel.

Saß da und lauschte auf die Geräusche von draußen. Auf Geräusche vom Gang (etwa das leise Summen des Lifts, wenn er in seinem Schacht hinauf- oder hinunterfuhr, oder das eigenartig laute Auf- oder Zusperren benachbarter Zimmertüren). Auf Geräusche aus dem Foyer (vor allem das Klingeln des Telefons an der Rezeption). Und auf Geräusche, die trotz der zugezogenen Vorhänge von der Straße hereindrangen.

Geräusche und Stimmen hörte Molly, immer mehr Stimmen. Stimmen, von denen manche Italienisch und manche Deutsch sprachen. Letztere oft in dem bellenden Tonfall, der zum Auftreten der deutschen Soldaten als Machtmenschen gehörte. Diese Armee nannte sich nicht von ungefähr *Wehr-Macht*.

Molly verstand einigermaßen Deutsch, sie hatte versucht, einige deutsche Dichter im Original zu lesen. Sie konnte sogar ein paar Zeilen auswendig, *by heart*, wie das auf Englisch so subtil heißt. *Über allen Gipfeln ist Ruh / in allen Wipfeln spürest du / kaum einen Hauch*, ja, genau, das zum Beispiel. Und sie fragte sich, ob Goethe, Schiller, Hölderlin und wie sie alle hießen, auch zu diesem kurzatmig-kaltschnäuzigen Gekläff imstande gewesen wären – aber nein, das wollte sie sich lieber gar nicht vorstellen.

Die italienischen Stimmen klangen wie immer. Aufs Erste jedenfalls machten sie diesen Eindruck. Doch wenn man genauer hinhörte, wenn Molly genauer hinhörte ... Dann klangen sie doch etwas weniger laut, weniger unbeschwert als gewöhnlich.

Stimmen, die sich sonst hemmungslos entfaltet hatten, mit viel Freude an der Sprache, die ihnen gegeben war ... Diese Stimmen schienen sich nun – ja, das war's – zurückzunehmen.

Vielleicht weil manche Ohren nicht hören sollten, was sie sagten. Vielleicht jedoch auch deshalb, weil einfach Angst auf ihnen lag – aber vielleicht war das ja eine Projektion.

Molly jedenfalls hatte Angst, und sie gestand sich das auch ohne weiteres ein. Sie sollte die Contessa Rossi um sieben treffen, aber es waren zu viele Stunden bis dahin. Sie hörte Stimmen und Geräusche von draußen, sie hörte Fahrzeuge vorbeirollen, einmal begannen die feinen Glasblättchen des Muranoglas-Lusters zu zittern. Und dann bewegte sich das Bild an der Wand (eine blattgolden gerahmte Kopie der *Venus* von Botticelli) und Molly befürchtete schon, das seien die ersten Wellen eines Erdbebens, bis sie begriff, dass irgendwo, nicht in unmittelbarer Nähe, nicht in den engen Gassen rund um dieses Hotel, aber vielleicht doch nicht mehr als ein paar hundert Meter entfernt, womöglich am Lungarno, Panzer vorbeifuhren.

Auch Pfiffe und Schüsse hörte Miss Molly in diesen Stunden. Und dann, schon am Nachmittag, das Geheul von Sirenen. Im Haus setzte darauf ein Getrappel von Schritten auf den Gängen und Treppen ein, offenbar liefen die anderen Gäste und das Personal hinunter in den Keller. Aber Molly, um die sich niemand kümmerte, was sie bei aller Angst erleichterte, blieb im Zimmer sitzen, in dem es jetzt finster war (entweder war der Strom ohnehin ausgefallen, oder es gab Verdunkelungsvorschriften und irgendjemand hatte einen Generalschalter umgelegt), und wartete einfach, bis es vorbei war, entweder mit ihr oder mit diesem Horror.

15

Und sie dachte an Mortimer, natürlich dachte sie die ganze Zeit über auch an Mortimer ... Ob er noch im Mauerhaus war? *Bei mir* im Mauerhaus, dachte sie ... Obwohl sie ja nun selbst nicht mehr dort war, und wer weiß, ob sie je wieder hinkommen würde ... Aber sie dachte das so, als könnte sie ihn durch das Mauerhaus, in dem hoffentlich noch etwas von ihr, von ihrer Energie, ihrer Aura, zu spüren sein würde, nach wie vor ein wenig beschützen.

Mach dir keine Sorgen um mich, hatte er gesagt, aber natürlich machte sie sich Sorgen um ihn ... Er würde doch hoffentlich keinen Ausfallsversuch unternehmen! ... Besser, er blieb, wo er war, wo ihn niemand vermutete ... Das konnte er doch jetzt tun, wenn ihn Ferruccio mit dem Nötigsten versorgte.

Ja, dachte sie, wenn er noch im Mauerhaus wäre, das wäre besser ... Das wäre unter den gegebenen Umständen das Beste ... Lieber Gott, betete sie, mach, dass er im Mauerhaus bleibt ... Im Mauerhaus ist er nach wie vor sicherer als draußen.

Das stimmte doch, oder? Vorausgesetzt allerdings, dass nicht auch in San Vito inzwischen Bomben fielen ... Der Alarm damals, vor zwei Wochen (oder waren es nun schon drei?), dieser Alarm, den er selbst mit seinem angeblichen Aufklärungsflug ausgelöst hatte, war ja, wenn er sie nicht belogen hatte, ein falscher Alarm gewesen ... Er hätte ja, hatte er behauptet, gar keine Bomben an Bord gehabt ... Aber seine Kameraden, die jetzt womöglich nachkamen, jetzt, da die große Offensive, die doch seit Monaten in der Luft lag, vielleicht wirklich einsetzte, würden zweifellos Bomben an Bord haben.

Und würden sie abwerfen. Das war ja der Sinn ihrer Flüge ... Der Sinn in diesem großen Wahnsinn, der sich Krieg nannte ... Und da konnte es sein, ja, da war es durchaus denkbar ... Nein, nur das nicht!, dachte sie. Nein, bitte, lieber Gott, nur das nicht!

16

Und dann war es sechs, und Molly verließ das Hotel. Erleichtert einerseits, dass sie die bedrückende Zimmerdecke nicht mehr über sich hatte, aber auch ohne Vertrauen zu dem übrigens noch erstaunlich hellen Himmel. Ein blauer Himmel mit weißen, von der Abendsonne an den Rändern fast golden gefärbten Wölkchen. Und das war der Himmel, aus dem noch vor wenigen Stunden Bomben gefallen waren.

Und das Leben schien einfach weiterzugehen. In der Nähe des Hotels gab es keine Bombenschäden. Vielleicht weiter flussaufwärts, dachte Molly, wo sich ihrer vagen Erinnerung nach Industrieanlagen ausbreiteten. Sie war froh, dass die Ecke, an der sie die Contessa treffen sollte, flussabwärts lag.

Eine Ecke in der Nähe der Biblioteca Nazionale. Die Contessa Rossi, eine Dame mit schwarzem Hütchen und weißem Netzschleier, würde, ein rotes Buch in der linken Hand, aus einem Seitenportal der Bibliothek treten. Molly sollte ihr im Abstand von etwa fünfzig Schritten folgen. Die Contessa würde dann in einer der nächsten Gassen in einen Hauseingang schlüpfen, das Tor würde offen bleiben, bis Molly ihr nachgekommen sei.

Miss Molly war bei alldem natürlich nicht wohl. Den ganzen Weg vom Hotel bis zu jener Ecke (dort wo der etwas schräg verlaufende Borgo Santa Croce die in gerader Linie zur Piazza Santa Croce führende Via Magliabechi kreuzt) hatte sie bereits weiche Knie. Der Weg war kürzer, als sie gedacht hatte, sie hatte nicht mehr als eine Viertelstunde bis hierher gebraucht. Doch jetzt stand sie da und fragte sich, ob der Treffpunkt hier wirklich eine gute Wahl war und ob sie, wenn die Contessa ein bisschen länger auf sich warten ließe, nicht auffiele.

Die Contessa ließ allerdings nicht auf sich warten. Schlag sieben (die Glocken der Basilika Santa Croce läuteten keine zweihundert Meter entfernt) trat sie aus dem Portal. Sie war kleiner, als sie Molly sich vorgestellt hatte, nicht im Alter der Marchesa, sondern um einiges jünger. Wahrscheinlich keine vierzig (wenn das stimmte, so war sie auch drei, vier Jahre jünger als Molly). Das schwarze Hütchen und der weiße Netzschleier standen ihr ausgesprochen gut. Auch das elegante graue Kostüm, das ihre schmale Taille betonte. Das rot eingebundene Buch trug sie wie vereinbart in der linken Hand. Die hohen Absätze ihrer Schuhe klapperten auf dem Pflaster.

Sie ging voraus, und Miss Molly ging ihr nach. Aber plötzlich war die elegante Dame von zwei weniger eleganten Herren flankiert. Nicht dass sie geradezu schlecht gekleidet gewesen wären, aber sehr unauffällig. Zwei Herren, die unter den wenigen Passanten, die um diese Stunde durch die Via Magliabechi gingen, nicht auffielen.

Zwei Herren, die jedenfalls nicht zu dieser Dame passten. Sie fassten sie nichtsdestoweniger links und rechts unter den Armen. Und geleiteten sie mit einem gewissen Nachdruck an den Rand des Bürgersteigs. Wo exakt im selben Moment ein nicht weiter auffälliges Auto hielt.

Dann öffnete der eine die Tür zum Hintersitz, was einen Moment lang fast höflich wirkte, bevor der andere sie eher unsanft nötigte einzusteigen. Und schon saßen die beiden Herren links und rechts von ihr. Und der Fahrer, der wahrscheinlich ebenso unauffällig aussah (aber den konnte Molly, die der Contessa in einem Abstand von etwa fünfzig Schritten gefolgt war, aus ihrer Position nicht sehen, sondern bloß ahnen), der Fahrer fuhr los. Und Molly, die nun still stand, so still wie nur irgend möglich, hörte ihr Herz klopfen wie nie zuvor – der Herzschlag dröhnte ihr geradezu in den Ohren.

17

Wie sie dann von Florenz zurück nach San Vito gekommen war, das hätte Molly gar nicht fortlaufend erzählen können. (Sie *versuchte* es vielleicht zu erzählen, in den Tagen und Nächten, die sie dann wieder mit Mortimer verbrachte, unter manchmal extremen Verhältnissen ...) Aber es war wie die Erinnerung an einen Traum, stellenweise wie die Erinnerung an einen Alptraum. Kurze, sozusagen unterbelichtete Sequenzen, dazwischen viele schwarze Kader.

Zum Beispiel die Sequenz, in der sie, noch in Florenz, in einem Labyrinth von schmalen Gassen herumirrt. In den Ohren immer noch den dröhnenden Herzschlag. Vielleicht sind das allerdings auch die Glocken von Santa Croce – wenn diese Glocken damals nicht von den Deutschen requiriert und eingeschmolzen waren. Falls sie noch da waren, ist es jedenfalls gut möglich, dass sie eine Messe einläuteten – davon soll es viele gegeben haben in jenen Tagen, Messen für die Toten und für die noch Lebendigen, Angstgottesdienste, Bittgottesdienste, Dankgottesdienste dafür, dass man selbst noch verschont geblieben war.

Molly aber sucht keine Zuflucht in der Kirche. Sie irrt durch die Gassen, sie findet sich nicht mehr zurecht. Es ist keineswegs so, dass sie sich nicht auskennt in dieser Stadt, die sie in den Friedensjahren, die jetzt allerdings unendlich weit zurückzuliegen scheinen, öfter besucht hat. Vor allem die Museen hat sie besucht, hier irgendwo, denkt sie, muss der *Bargello* sein, mit dem *David* von Donatello und dem *Bacchus* von Michelangelo, ja, der *Bargello*, ein Gebäude mit signifikantem Turm, an dem sie sich orientieren könnte, aber sie kann ihn nicht finden.

Dann eine Szene, in der sie im Hotel, das sie dann doch noch gefunden haben muss, wieder auf dem Bett liegt. Vollständig bekleidet, obwohl jetzt schon Nacht sein dürfte. Und es ist, als ob sie sich selbst daliegen sieht, etwa aus der Position des Muranoglas-Lusters. Unten auf dem Bett liegt sie in einer Haltung, die an einen toten Vogel erinnert, halb auf Bauch und Brust, halb auf der Seite, die Arme etwas verdreht ausgebreitet, Gesicht in den Polster vergraben, aber oben auf dem Luster sitzt etwas anderes von ihr, etwas Leichtes, vielleicht ihre Seele, und schaut auf diesen armen, erschöpften Körper hinunter.

Es wird viel geschossen in dieser Nacht, wie übrigens fast jede Nacht seit der Ausrufung der Republik von Salò. Die *ragazzi*, die man bewaffnet hat, um den Faschismus so lang wie möglich am Leben zu erhalten, vergnügen sich damit, in die Luft zu ballern und da und dort Handgranaten zu werfen. Die jungen Menschen wollen halt ihren Spaß haben. Aber auch wenn diese Horden ganz in der Nähe vorbeiziehen, hört sie Miss Molly nur wie aus weiter Ferne.

Dann die Sequenz auf dem Bahnhof, das muss schon am nächsten Morgen sein. Sehr früh am Morgen, so wie es aussieht, die Halle ist leer, alle Schalter sind geschlossen. Aber vielleicht ist es gar nicht mehr ganz so früh am Morgen. Hier wird es möglicherweise den ganzen Tag so aussehen.

Hier gibt es keine Fahrkarten, Signora, von hier aus können Sie heute nirgendwohin fahren. Sagt das jemand? Natürlich könnte sie sich das auch denken. Aber Miss Molly geht durch die Kassenhalle wie in Trance. Sie will zurück nach San Vito, sie will zurück in ihr Mauerhaus, es bleibt ihr auch gar nichts anderes übrig.

Miss Molly geht durch die Kassenhalle, in der Hand ihren kleinen Koffer. Die Fahrkartenschalter sind geschlossen, aber vielleicht kann sie ihr *biglietto* auch im Zug lösen. Wo wollen Sie hin, Signora? Von hier aus werden heute keine Züge abgefertigt. Stimmt schon, da draußen stehen zwei auf den Gleisen, aber das sind Sonderzüge.

Sonderzüge aus Rom. Die fahren direkt nach Deutschland. Ziemlich überbelegte Sonderzüge. Männer, Frauen, Kinder zusammengepfercht auf engstem Raum. Verriegelte Züge, versiegelte Züge, es ist verboten, sich diesen Zügen zu nähern.

Die Bahnsteige sind zerniert, Signora, Sie können da nicht hinaus. Nichts als SS-Leute, sehen Sie, wachen Sie auf! Eine Stimme. Vielleicht eine innere Stimme. Und im letzten Moment, bevor sie den Kerlen da draußen in die Hände läuft, dreht Molly um, oder nein, sie macht eine Wendung um neunzig Grad, nach links, und verschwindet, so rasch sie kann, ohne dadurch erst recht aufzufallen, durch einen der Seitenausgänge.

Dann eine Szene am Fluss, am Ufer des Arno. Nicht dort, wo die vielen Brücken sind, sondern weiter draußen. Flussaufwärts oder flussabwärts, an einer Stelle, an der noch das braune Gras vom vergangenen Jahr steht. Aber dazwischen die gelben Blumen von heuer.

Da sitzt Molly auf ihrem Koffer, kaut an einem Stück Brot. Sie hat sich, das weiß sie noch, in einer langen Schlange vor einer Bäckerei angestellt, einer der wenigen, die noch Mehl zum Backen haben. Und nun teilt sie das Brot mit den Möwen, die hier im Fluss schwimmen und um sie herumflattern. Denn bei all dem Hunger, den sie vorerst gehabt hat, bringt sie jetzt nur wenige Bissen hinunter.

Und dann sind die Möwen auf einmal weg, wie weggeweht. Und ein paar Sekunden darauf gibt es wieder Fliegeralarm. Und Miss Molly hört und sieht die Flieger, eine Staffel von gut einem Dutzend Bomben tragender Silbervögel. Und sie duckt sich unter einen Busch und hält sich die Ohren zu und betet.

Schließlich die Szene oder die Szenenfolge im Bus. Tatsächlich, es gibt einen Bus, in dem Miss Molly vorerst bis Chiusi gelangt – oder ist es Montepulciano? Gewiss fährt er nicht von der üblichen Busstation ab und bestimmt nicht zur fahrplanmäßigen Zeit. Aber er fährt, dieser Bus, und das ist die Hauptsache.

Er fährt die Nacht hindurch, und das hat seine Gründe. Nachts muss man das Maschinengewehrfeuer der alliierten Tiefflieger weniger fürchten. Die hätten zwar keinen Grund, einen Bus wie diesen, in dem garantiert keine deutschen Soldaten sitzen, zu beschießen. Aber woher sollen sie das wissen, die Befreier – erfahrungsgemäß schießen die auf alles, was sich bewegt.

Die werden uns noch alle umbringen, sagt der Bauer, der neben Miss Molly sitzt, bevor sie uns befreien. Miss Molly sieht ihn kaum, im Bus ist es dunkel, aber er riecht wie ein sehr alter Mann. *Ihn* haben die Faschisten nicht mehr in den Krieg schicken können, aber seine Söhne. Der eine ist in Afrika gefallen, der zweite ist in Russland erfroren, den dritten, der geglaubt hat, davongekommen zu sein, haben die Deutschen in irgendeines von ihren Lagern deportiert.

Und jetzt das!, sagt er. Seit fast einem Jahr sind die Alliierten nun da unten im Süden. Und rücken vor, heißt es, rücken beharrlich vor, bald werden sie da sein. Wie wir uns freuen, sagt der Bauer, besonders über die schönen Bombengrüße, die sie uns schicken. Ganz abgesehen davon, dass wir inzwischen die Deutschen am Hals haben.

Der Bus darf auch an keinem deutschen Kontrollpunkt vorbeikommen. Also nimmt der Fahrer, der sich auskennt, einige Umwege. Miss Molly, die zwar am Fenster sitzt, aber fast nichts sieht, denn draußen ist Nacht, eine Nacht ohne Straßenbeleuchtung natürlich, und überdies sind die Fensterscheiben blau eingefärbt, Molly könnte nicht sagen, welche. Aber sie hat den Eindruck, dass dieser Fahrer, der sein Leben riskiert (und gewiss riskiert er auch das seiner Fahrgäste, doch das wissen sie – wer in einem Bus wie diesem mitfahren will, tut das auf eigene Gefahr), manchmal recht abrupt die Fahrtrichtung ändert.

Sie muss Acht geben, dass ihr nicht übel wird. Dass sie sich nicht übergeben muss, liegt wahrscheinlich nur daran, dass sie so wenig im Magen hat. Einmal hält der Bus, damit die Fahrgäste allfällige Notdürfte verrichten und sich die Füße vertreten können. Die Nachtluft tut gut. Aus der Ferne hört man MG-Feuer. Über den dunklen Hügeln wölbt sich ein kalter Sternenhimmel.

Von Chiusi nach San Vito brauchte Miss Molly dann noch zwei oder drei Tage. Ein Stück fuhr sie mit einem Pferdefuhrwerk, ein Stück mit einem Ochsenkarren, weite Strecken ging sie zu Fuß. Auf Bauernhöfen bekam sie Wasser und Brot, manchmal auch Polenta und Schafsmilch. Irgendwo muss es noch einen Schuster gegeben haben, der ihre Schuhe neu besohlte.

18

In San Vito kam sie dann einen Tag nach dem ersten Bombardement an. Da lag das *paese* verlassen, die meisten Bewohner waren in die Umgebung geflüchtet. Möglichst weit weg von der Straße, über der die alliierten Flieger in den nächsten Tagen und Wochen noch tonnenweise Bomben abwerfen würden. Unglücklicherweise führte diese Via Cassia, auf der die Alliierten schließlich anrücken und die Deutschen endlich abziehen sollten, mitten durch den Ort.

Alles verlassen also. Auch die Bianchis waren natürlich weg. Hatten sich nach Siena zurückgezogen, wo sie auch einige Palazzi besaßen. Siena, das dann interessanterweise nicht bombardiert wurde. Wahrscheinlich hatte diese Familie auch gute Beziehungen zu Gott.

In San Vito allerdings hatte das nichts genützt. Da stand der Palazzo Bianchi dann auch als Bombenruine. Aber das kam erst, vorläufig war er noch ganz intakt. Im Gegensatz zu einigen anderen Häusern, die auch schon damals, als Molly zurückkam, nur mehr Schutthalden waren.

Abgründe taten sich mitten auf der Straße auf. Und Durchblicke gab es, die man früher nicht gehabt hatte. Und dennoch: Im Vergleich mit später war alles noch halb so schlimm. Molly umging die Krater und kletterte über die Trümmer.

Und der Park lag noch unversehrt, ein verzauberter Bereich. Und das schmale Haus in der Mauer stand noch. Und Molly sperrte die Eingangstür auf und ging die Treppe hinauf. Und dann öffnete sie die Tür zum *soggiorno* und hielt den Atem an.

Und hörte etwas. Oder hatte sie sich das nur eingebildet? Und ging durchs *soggiorno*, in dem Mortimer geschlafen hatte, und durch die Küche, in der sie mit ihm bei Tisch gesessen war. Und dann öffnete sie die Tür, hinter der die Wendeltreppe zum

Taubenturm führte. Und da stand er, Mortimer, nach wie vor in den Klamotten des toten Gärtners, aber mit der MP im Anschlag.

Und dann senkt Mortimer die Waffe und setzt sich auf die Stufen. *Nah:* sein Gesicht. Auf seiner Stirn stehen Schweißperlen. Und Molly setzt sich neben ihn, falls dafür auf der schmalen Treppe genug Platz ist. Es wäre schön, wenn dort genug Platz wäre, denn dann könnte sie, neben ihm sitzend, ihre Hand beruhigend auf seine legen.

Auf seine freie Hand, wahrscheinlich die linke. Denn die andere Hand hält ja noch immer die MP. Und so sitzen die zwei dann für eine Weile, schweigend. Während über ihnen im Turm die Tauben gurren.

Und dann Schnitt, sagte Marco. Und dann die Szene im Bett. Wie viel oder wie wenig reale Zeit zwischen diesen beiden Szenen vergeht, ist unerheblich. Im Film sollten sie unmittelbar aufeinanderfolgen. Ja, sagte Julia, und wir haben ja schon lang genug auf diese Szene gewartet.

Aber jetzt bitte trotzdem nichts überstürzen. Das ist eine Szene, die viel Fingerspitzengefühl braucht. Wie sie einander entkleiden und behutsam berühren. Sie finden einander mit freudigem Erstaunen.

19

Ja, sagte Julia, ja, sagte Marco, ja, ja, sagten sie beide. Sie probierten diese Szene: Sie spielten sie nach, sie spielten sie einander vor. An dieser Szene konnten sie sich gar nicht sattspielen. Zweifellos war das der bisherige Höhepunkt ihres Fantasiespiels.

Es wäre ideal gewesen, hätte man die Zeit an dieser Stelle anhalten können. Aber das ging nicht. Weder für Mortimer und Molly noch für Julia und Marco. Das würde, bedauerte Marco, nicht einmal in seinem Film gehen. Auch wenn diese Szene in Zeitlupe abliefe, müsste sie einmal enden.

So könne doch die Geschichte nicht stehenbleiben. Das wäre, so leid es ihm tue, sehr unrealistisch. Wir können nicht einfach ausblenden, was draußen geschieht. Draußen ist nach wie vor Krieg. Wir sind im Juni 1944.

20

Nach den Bombenangriffen hat sich fast ganz San Vito in die Macchia geflüchtet. In entlegene Gehöfte oder verborgene Höhlen. Dort lebt man unter kargen, primitiven, manchmal schwer erträglichen Verhältnissen. Aber man hofft, dass man auf diese Weise überlebt.

Alles ist besser, als im Ort zu bleiben und zu warten, bis wieder Bomben fallen. Denn so viel ist klar, dass das lang noch nicht alles war. Die alliierten Panzer und Infanterietruppen sind ja erst im Anmarsch. Und wer weiß, wie viel die Bomber planieren, bevor die Bodentruppen endlich einmarschieren.

Und wer weiß, was bis dahin den Deutschen noch einfällt. Dieser in die Enge getriebenen Truppe. Die Stellung soll so lang wie nur möglich gehalten werden, das ist ein Befehl von ganz oben. Völlig idiotisch, denkt der Major, dem es inzwischen hier gar nicht mehr wohl ist – ohne die Bianchis und ihre Gastfreundschaft hat der Ort für ihn viel von seinem Reiz verloren.

Die Deutschen einerseits und Mortimer und Molly, dieses

absurde Paar, anderseits. Außer ihnen ist kaum noch wer in San Vito. Manchmal kommt jemand kurz zurück, um etwas aus dem Haus zu holen, in dem er gewohnt hat, falls es, was er bei dieser Gelegenheit feststellen kann, noch steht. Aber vielleicht steht es gerade noch, wenn er es betritt, und bevor er die Sachen zusammengepackt hat, die er noch holen wollte, weil er geglaubt hat, sie noch zu brauchen, wird es getroffen, und dann braucht er nichts mehr.

Kommt auch Ferruccio zurück? Riskiert er sein Leben, um Mortimer mit dem Nötigsten zu versorgen? Hat er kapiert, dass Miss Molly wieder da ist? Wir wissen es nicht, sagte Marco. Eine Seele von einem Menschen!, sagte Julia. Ja, sagte Marco, aber vielleicht ist diese Seele inzwischen schon im Himmel.

Es wird den beiden, Mortimer und Molly, also gar nichts anderes übrig bleiben, als das Mauerhaus zu verlassen. Und zwar, wenn du mich fragst, besser früher als später.

Schade, sagte Julia. Ihr hätte die Geschichte besser gefallen, wenn die beiden geblieben wären. Wenn die Magie, die den Park und das Mauerhaus schützte, weitergewirkt hätte, auch in Abwesenheit der Bianchis.

Magari, sagte Marco. Das war eine Phrase, die er gern gebrauchte. *Magari fosse vero*. Wenn es doch wahr wäre! Das Überleben unserer unversehens Liebenden im Schneckenhaus. Dramaturgisch wäre das allerdings eher unergiebig.

21

Eines Tages entdeckten sie dann die Terrasse. Merkwürdig, dass sie die nicht schon früher entdeckt hatten. Neben dem Etagenbad war eine Metalltür, hinter der, so viel hatten sie bisher mitbekommen, Fantini manchmal das Bettzeug bügelte.

Meist sperrte er die Tür zu, wenn er diese Arbeit erledigt hatte, und zog den Schlüssel ab, an diesem Tag aber hatte er ihn anscheinend vergessen und stecken gelassen.

Sie betraten also die Bügelkammer. Und siehe da, dahinter ging es noch weiter. Das hätten sie sich eigentlich denken können. Da führten Stufen hinauf zum Hängeboden.

Hier roch es einerseits nach der frisch gewaschenen Wäsche, die unter der Dachschräge zum Trocknen hing. Und anderseits roch es nach Staub, der in den schräg einfallenden Lichtstrahlen tanzte. Aber das Licht fiel nicht nur durch die kleinen Klappfenster. Es gab da noch eine Tür, eigentlich war es ein aus rohen Brettern gezimmerter Verschlag, der, mit einem Strick an einen Balken gebunden, offen stand.

Man musste sich bücken, damit man sich den Kopf nicht anschlug. Aber dann stand man unter freiem Himmel. Mitten in der Dachlandschaft von San Vito. Die ziegelroten Dächer, die Schornsteine, die Fernsehantennen – eine Landschaft von ganz eigentümlicher Ästhetik.

Die Terrasse an sich war hässlich, nichts weiter als ein betoniertes Geviert mit rostigem Metallgeländer. Doch lag sie wunderschön eingebettet in dieses Ambiente. Und was Marco und Julia ganz besonders frappierte: Obwohl sie da nur einen Halbstock höher waren als in ihrem Zimmer, sahen sie aus dieser Position erheblich mehr vom Garten.

Nicht nur die Steineichen im Hintergrund, sondern auch einen Teil der Hecken und Beete davor. Inklusive Mortimers Landeplatz. Vor allem aber: Man sah das Mauerhaus. Aus einer Perspektive, aus der sie es bisher noch nicht gesehen hatten, und aus einer überraschenden Nähe.

Sie hatten es bisher ja nur aus dem Garten gesehen. Also von unten und im Wesentlichen frontal. Nun sahen sie es von hier oben, auf der Höhe der Stadtmauer, die vom Albergo nur durch eine enge Gasse getrennt war. Und diese Mauer führte direkt an seine Schmalseite.

Da sah man die Pforte, die direkt auf die Mauerkrone führte. Zwar war dann, etwa zehn Meter danach, ein Gitter, aber das ließ sich gegebenenfalls überklettern. Siehst du, so einfach ist das, sagte Marco. Wenn Mortimer und Molly aus dem Mauerhaus wegmüssen, ist das der Fluchtweg.

Er holte die Kamera aus dem Zimmer und fotografierte. Mit dem Teleobjektiv konnte man das alles noch viel näher heranholen. Das Mauerhaus, seine geschlossenen Fenster und Türen, den Laufweg auf der Mauerkrone. Sogar die Tauben auf dem Dach und auf der Balustrade.

Marco fotografierte auch in die andere Richtung. Über die Dächer, bis zum Turm der Collegiata. Auch auf dem Turmhelm saßen Tauben und Dohlen. Wiederholt lauerte er auf den Augenblick, in dem die Glocken läuteten und die Vögel aufflogen.

Und natürlich vergaß er auch da oben nicht, Julia zu fotografieren. Julia mit einem Sonnenhut, den sie festhielt, damit ihn der Wind nicht davonblies... Julia mit einer kleinen Katze, die über die Dächer daherkam und sich locken ließ... Und Julia in die Ferne blickend, über die Dächer hinaus in das von der sommerlichen Hitze vergilbte Hügelland, an dessen äußerstem Rand, fast schwebend in der flirrenden Luft, ein paar blassblaue Berge zu ahnen waren.

22

Eines Samstagmorgens, als Julia, noch ein bisschen schläfrig, den ersten Blick aus dem Fenster tat, wehten am Eingang zum *giardino* rote Fahnen. Mehrere Lastautos hielten auf der Piazza, starke Männer luden große Tische und lange Bänke ab und trugen sie durchs Tor. Marco lag noch im Bett. Aber was treiben denn die da unten?, fragte sie. So steh doch auf und schau! Ich glaube, die okkupieren unseren Garten!

So empfand sie das im ersten Moment. *Unser* Garten. Spontan war ihr diese Formulierung über die Lippen gekommen. Der Garten war der Bereich, von dem ihr Fantasiespiel seinen Ausgang genommen hatte. Was immer sich jetzt da unten anbahnte, kam ihr wie ein Sakrileg vor.

Doch Marco reagierte anders als sie. *Ma ragazza!*, sagte er. *È la festa dell'Unità!* Das war also das *Unità*-Fest, das da vorbereitet wurde. Ihn schien das nicht zu stören, sondern er sah es ganz offensichtlich mit Sympathie.

Das *Unità*-Fest, das traditionelle Fest der PCI. Natürlich hatte Julia schon davon gehört. Von diesem Fest, das jeden Sommer in so gut wie allen italienischen Gemeinden stattfand. Kein bloß politisches Fest, das nur Mitglieder oder Mitläufer der kommunistischen Partei anlockte, sondern, so hieß es, ein weit über die Parteigrenzen hinausreichendes Volksfest.

Am Anfang dieses Sommers, als sie noch brav den Italienischkurs in Siena besucht hatte, waren ihr Marianne und Susanne mit wiederholten Hinweisen auf dieses Fest auf die Nerven gegangen. Wie der Ankündigung auf zahlreichen Plakaten zu entnehmen war, sollte es an einem Wochenende stattfinden, zu dem sie noch in Siena sein würden. Da müssten sie unbedingt hin, hatte Susanne gesagt, das gehöre einfach dazu, hatte Marianne gesagt, das dürften sie nicht versäumen. Das *Unità*-Fest hatte für die beiden, die aus kleinbürgerlich-konservativen Familien stammten, eine geradezu wildromantische Attraktivität.

Was Julias Herkunft betraf, so verhielt es sich damit nicht

wesentlich anders. Es hätte sie, die unmittelbar nach der Matura nach Wien gegangen war, nichts wie weg von verkrampfter Wohlanständigkeit und obligatem Kirchenbesuch am Sonntag, durchaus reizen können, das Fest einer Partei zu besuchen, vor der ihre Eltern sie gewarnt hatten. Außerdem hatten die italienischen Kommunisten, sehr zum Unterschied von ihren österreichischen Genossen, für die linksbewegten Studenten, unter die sie dann geriet, einen gewissen Sexappeal. Aber es nützte nichts, Julia hatte – aus einem vielleicht sehr gesunden Instinkt – eine starke Abneigung gegen größere Menschenansammlungen.

Dazu kam, dass ihr die Vorstellung, Susanne, die manche Hemmschwellen nicht zu kennen schien, aus voller Brust *Avanti Popolo* singen hören zu müssen, ausgesprochen peinlich war. Als sie mit Marco nach Süden aufbrach, war es ihr auch eine kleine Genugtuung am Rande gewesen, dass sie sich das damit ersparte. Und nun holte sie das *Unità*-Fest hier in San Vito ein. Zwar ohne Susanne und Marianne, aber sicherlich mit allzu vielen Menschen – Julia war und blieb skeptisch.

Ma come mai – gegen das *Unità*-Fest könne man doch nichts haben, sagte Marco. Dieses Traditionsfest der italienischen Linken müsse man respektieren. Ja, nicht nur das. Da sollte man einfach dabei sein. Komm schon, *amore*! Du musst dich doch nicht so zieren.

Das war schon am Nachmittag. Vergebens hatte Julia versucht, ihn zu einem Ausflug irgendwo anders hin zu überreden. Mit einer Selbstverständlichkeit, die sie nicht nur wunderte, sondern auch ein bisschen ärgerte, wollte er an diesem Fest teilnehmen. Noch etwas mehr ärgerte sie die Selbstverständlichkeit, mit der er davon ausging, dass sie letzten Endes doch mitkommen würde. Schon aus Prinzip hatte sie vor, lieber ins *Caffè Italiano* zu gehen, sich in den Hinterhofgarten zu setzen und zu lesen.

Doch das war gar nicht so einfach. Der Menschenstrom bewegte sich in der Gegenrichtung. Ein Festzug war offenbar unterwegs Richtung Garten. Und wer marschierte an der Spitze des Festzugs und trug trotz eines Bandscheibenschadens, von dem er ihnen erzählt hatte, eine schwere rote Fahne? – Der alte Pietro! Und im Spalier, durch das sich der Festzug bewegte, stand Bruna, sichtlich stolz auf ihren Mann, und winkte.

Und in der *banda*, der Kapelle, die den Festzug durch die Via Dante und über die Piazza begleitete, blies Antonio die Oboe. Und *Il veloce*, der bedächtige Lebensmittelhändler, war da, ebenso wie Nino, der flinke Briefträger. Und Paolo, der kleine Fotograf, musste natürlich auch dabei sein. Sogar Narciso, der Katzenfreund, den sie oben in San Vito Alto kennengelernt hatten, war auf seine Vespa gestiegen und zum Fest heruntergefahren.

Konnte sich Julia da wirklich ausschließen? Na schön, sagte sie. Ich geh mit. Aber nur auf eine halbe Stunde. *Allora*, sagte Marco – das klang in dieser Situation fast wie: Na also! Und er bot ihr den Arm, als ob sie auf einen Ball gingen.

Wie sich herausstellte, hatte man für das Fest nur den oberen Teil des Gartens okkupiert. Na immerhin, dachte Julia, halb so schlimm. Allerdings empfand sie den Geruch von Salsicci und Porchetta, der schon hier unten in der Luft lag, als Stilbruch. Besonders beim Vorbeigehen am Mauerhaus ging es ihr so: Was hätte Miss Molly dazu gesagt, der sie sich letzthin manchmal so nah gefühlt hatte?

Der Turnierplatz auf der oberen Etage des Gartens war dicht mit Buden und Zelten verstellt. Den Steintisch, an dem Marco in den vergangenen Wochen doch einiges an Inspiration empfangen hatte, anfangs allein, dann immer häufiger mit Julia an seiner Seite, diesen Steintisch sahen sie vorerst gar nicht. Später begriffen sie, dass er in die Feldküche integriert worden war, in der schon die Speisen und Getränke für die *cena*, das kollektive Abendessen, vorbereitet wurden. Salsicci, die auf dem Grill brutzelnden kleinen Bratwürstchen, und Porchetta, gar nicht so kleine Scheiben vom Spanferkel, gab es aber schon jetzt, am hellen Nachmittag.

Nicht nur ans leibliche Wohl der Besucher war indessen gedacht worden, sondern auch ans geistige. Es gab eine ganze Reihe Verkaufsstände mit Büchern. Und durchaus nicht nur mit Büchern von Marx, Engels und Lenin, den man schon etwas nach hinten gereiht hatte. Nein, da gab es auch Bücher von – nur zum Beispiel – Cesare Pavese, Pier Paolo Pasolini, Natalia Ginzburg und Italo Calvino.

Julia entdeckte sogar eine italienische Ausgabe ausgewählter Werke von Heine. Ein hübscher, handlicher Band mit einem Kupferstichporträt des Autors auf der zweiten oder dritten Innenseite. *Enrico* Heine mit halblangen Haaren, elegant gestutztem Bart und langen Wimpern, die seinen Blick unvergleichlich melancholisch machten. Ein schöner Mann, *però*, sagte Marco, ein politischer Kopf, aber das sei ja kein Widerspruch.

Julia kaufte das Buch. Marco hingegen erstand einen Band der *Quaderni di Galera*. Das seien, erklärte er ihr, die *Gefängnishefte* von Antonio Gramsci, dem Philosophen, den die Faschisten eingesperrt hatten, kaum dass sie an der Macht waren. Sind die Intellektuellen eine Klasse oder zumindest eine gesellschaftlich relevante Gruppe, habe sich Gramsci gefragt. Und wenn sie es nicht sind, was müssen sie tun, um es zu werden?

Natürlich gab es auch eine Tribüne, und auf dieser Tribüne wurden vorerst einige Vorträge gehalten, von denen Julia wenig verstand. Obwohl Marco versuchte, ihr einiges davon zu übersetzen, nach wie vor aus dem Italienischen ins Französische. So toll war ihr Französisch ja auch nicht, dass sie all die politischen Begriffe, die da gebraucht wurden, auf Anhieb kapierte. Sie bekam allerdings mit, dass es um den *compromesso storico* ging, den historischen Kompromiss zwischen undogmatischen, eurokommunistischen Linken und aufgeschlossenen Christdemokraten, der in den vergangenen Jahren beinahe zustande gekommen wäre, aber dann doch nicht zustande gekommen *war*.

Hier in San Vito jedoch hatte das anscheinend geklappt. Jedenfalls war nicht nur der kommunistische Bürgermeister auf dem Fest, ein überraschend junger Mann, der sein Sakko, das er wegen der feuchten Spätsommerhitze ausgezogen hatte, lässig über der linken Schulter trug, sondern auch der Filialleiter der *Banca Cattolica*. Ein etwas fülliger, aber beweglicher Herr, der Julia behilflich gewesen war, als es um eine Überweisung von ihrem Studentenkonto aus Wien ging. Sie hatte ja nicht damit gerechnet, so lang in Italien zu bleiben, und brauchte noch ein bisschen Geld.

Klar war die halbe Stunde, die Julia auf dem Fest hatte bleiben wollen, dann schon längst vergangen, aber da gab es noch eine Tombola. Und nachdem Marco für beide Lose gekauft hatte, sowohl für sich als auch für sie, wollten sie die Ziehung abwarten. Der Hauptpreis war immerhin ein Auto, hergestellt bei Fiat von klassenbewussten Arbeitern. Aber leider gewann Julia nur einen Schlumpf, den sie dann gleich einem Kind schenkte, und Marco gewann gar nichts.

Und dann wollten sie schon gehen – gerade hatte Julia, der all der Trubel nun doch zu viel wurde, Marco überredet, nicht auf die große Ausspeisung zu warten, sondern lieber mit ihr nach

Pienza zu fahren und dort in schöner Zweisamkeit Pizza zu essen. Aber da winkte ihnen Antonio, der schon mit einer ganzen Gruppe von fröhlichen Freunden an einem der langen Tische saß. Ihr werdet doch jetzt nicht davonlaufen, rief er, wo erst die richtig guten Sachen auf den Tisch kommen und wo so viele Menschen guten Willens beisammen sind! Kommt, setzt euch zu uns, wir sind lauter Menschen guten Willens, wenn alle so guten Willens wären wie wir, dann hätten sie die Atomwaffen in Ost und West längst verschrottet, und es gäbe nichts als ewigen Weltfrieden.

Und Antonio stellte Marco und Julia seine Freunde vor. Luigi und seine Frau Lisa, Mario und seine Freundin Maria sowie Carlo, den überzeugten Junggesellen, für den man aber vielleicht doch noch einmal die Richtige finden würde. Und die Männer waren alle miteinander in die Schule gegangen, ein guter Jahrgang, sagte er, 1933. Auch wenn das damals schlechte Zeiten gewesen seien, ihre Kindheit und Jugend, erst der Faschismus, dann die deutsche Besatzung, dann die Bomben und nachher die arme Zeit nach dem Krieg, aber sie haben immer zusammengehalten wie Pech und Schwefel, sie haben sich nicht unterkriegen lassen, und das sei vielleicht das Wichtigste.

Und man saß unter einem Wimpel, auf den die Friedenstaube von Picasso gedruckt war. Und es waren wirklich lauter liebe und friedliche Menschen, die da beisammensaßen. Und sie aßen und tranken und unterhielten sich und scherzten und vertrugen sich gut. Aber später am Abend kam die Sprache darauf, warum der historische Kompromiss gescheitert war, und da wären sie einander beinah in die Haare geraten.

Waren die Radikalen daran schuld oder die Revisionisten, die mit den Sozialdemokraten kokettierten? Oder hatten mit allen reaktionären Wassern gewaschene Machtpolitiker ohnehin nur ihr hinterlistiges Spiel mit den naiven Linken getrieben, die allen Ernstes geglaubt hatten, als erste eurokommunistische Partei in die Regierung zu kommen? Und auf die *Brigate Rosse*, die Roten Brigaden, die den christlich-sozialen Parteichef Aldo Moro entführt und erschossen hatten, kam die immer aufgeregtere Rede. Und auf die Neofaschisten, die den Zug im Bahnhof von Bologna in die Luft gejagt hatten und nun angeblich von der Justiz gedeckt wurden.

Marco machte den Simultanübersetzer für Julia, aber wenn er sich selbst in die Diskussion einmischte, und das tat er manchmal mit vor Erregung zitternder Stimme, verstand sie fast nichts mehr. Und das war dann natürlich umso beunruhigender. Gewiss hatte sie von manchen Ereignissen, die hier zur Sprache kamen, auch jenseits der Alpen schon gehört und gelesen, aber da war ihr das alles immer recht fern erschienen, sowohl räumlich als auch – merkwürdigerweise schon nach wenigen Wochen – zeitlich. Hier und jetzt wurde ihr bewusst, wie nah und gegenwärtig das war.

Doch dann gab es laute Musik auf der Tribüne, und da verstanden die Streitenden ihr eigenes Wort nicht mehr. Zuvor hatte die *banda* gespielt, im Großen und Ganzen Traditionelles, in einem zwar schrägen Ton, aber in gemäßigter Lautstärke. Nun aber war eine Gruppe aus Neapel auf dem Podium, die hatte zuerst nur eine Serie von Rückkopplungen zustande gebracht, jetzt aber legte sie los. Und sie spielten *I Can't Get No Satisfaction*, und obwohl die Nummer, von ihnen interpretiert, nicht ganz so authentisch klang wie von den Stones, bekamen sie viel Applaus.

23

Ende August änderte sich das Wetter und eine gewisse Unruhe, die Julia schon seit einiger Zeit an Marco bemerkt hatte, nahm zu. Was hast du?, fragte sie ihn. Er habe von seiner Mutter geträumt, sagte er. Das war es also. So etwas hatte sie befürchtet. Obwohl sie bis dahin nicht viel darüber geredet hatten, hatte sie mitbekommen, dass Marcos Beziehung zu seiner Mutter heikel war.

Es war ihr schon aufgefallen, als sie Marco zum ersten Mal mit seiner Mamma telefonieren gehört hatte. Als sie ihn nicht nur telefonieren *gehört*, sondern auch *gesehen* hatte, nämlich durch die offene Tür der Telefonzelle im *Caffè Italiano*. Natürlich konnte man diese Tür auch schließen, und das hatte er vorerst sogar mit einem gewissen Nachdruck getan. Aber dort drin war es heiß und stickig, und binnen kurzem war Marco der Schweiß von der schon damals recht hohen Stirn geronnen.

Nicht dass sie ihn beobachtet oder belauscht hätte, im Gegenteil, sie versuchte diskret woandershin zu sehen und zu hören. Ging wieder hinaus in den Hof, beobachtete die Schildkröten beim Vögeln. Das kam ihr allerdings lang nicht so lustig vor wie sonst, wenn Marco dabei war. Wenn seine launigen Kommentare fehlten, fand sie es eher traurig, dass sich Gott oder die Natur nichts Besseres und Ästhetischeres hatte einfallen lassen als diesen Akt, der sich, jedenfalls wenn ihn die Schildkröten demonstrierten, wieder einmal als exemplarisch plump erwies.

Sie kehrte also zurück, um zu sehen, ob Marcos Telefongespräch mit seiner Mutter schon zu Ende war. Und da stand die Tür zur Telefonzelle offen, und Marcos Stimme war jetzt deutlicher zu hören als vorher. Und das war Marcos Stimme, aber sie klang ganz anders als sonst. Sie klang nicht wie die

Stimme eines erwachsenen Mannes, sondern wie die eines Schulbuben.

Defensiv, dieser Tonfall. Julia verstand ja damals längst nicht alles. Aber es klang so, als würde er sich wiederholt für irgendetwas entschuldigen. Sie hörte schnell wieder weg. Sie gesellte sich zu Pietro und Bruna, die draußen unter dem grün-weiß gestreiften Sonnendach standen. Als Marco endlich aus der Telefonzelle herauskam und Pietro um eine Zigarette bat, an der er dann nervös zog, sprach sie ihn wohlweislich nicht darauf an.

So viel hatte sie jedoch nach und nach mitbekommen, dass ihn seine Mutter schon seit einiger Zeit wieder in Turin zurückerwartete. Er war nach Siena gefahren, um an einem Seminar über französischen Film teilzunehmen, aber dieses Seminar war längst zu Ende. Zwar hatte er angekündigt, dass er danach möglicherweise noch ein wenig in der Toskana bleiben würde, vielleicht eine Woche, hatte er gesagt, vielleicht auch zwei. Aber inzwischen war gut ein Monat vergangen, und da machte sich eine Mamma wie die seine natürlich Sorgen um ihren Sohn, auch wenn dieser Sohn schon zwei oder drei Jährchen über dreißig war.

Nicht dass er noch zu Hause bei ihr wohnte, er hatte seit Beginn seines Studiums eine kleine, aber – wie er sie beschrieb – gemütliche Wohnung in der Nähe der Universität. Doch dass er mindestens zwei Mal pro Woche zu Mamma essen ging, war obligat. Und das war nicht nur gut, was das Essen betraf, sondern auch eine gute Tat. Denn die Mutter war seit dem zu frühen Tod des Vaters vor einigen Jahren trotz der fast ständigen Anwesenheit einer treuen Haushaltshilfe namens Nelda ziemlich einsam.

Es war auch praktisch, denn bei Gelegenheit dieser Besuche konnte Marco ein wenig Wäsche dalassen. Das war keine Zumutung für die Mutter, sondern etwas, das man Nelda, die seit dem tragischen Todesfall ohnehin weniger Wäsche zu waschen hatte, ohne besonders schlechtes soziales Gewissen überlassen konnte. Die gute Frau war ja froh, diesen Job zu haben. Klar würde so etwas nicht mehr recht passen, wenn der Sozialismus, den Marco als die einzig richtige Perspektive für die Zukunft sah, einmal Realität würde, aber vorläufig war es ja noch nicht ganz so weit.

Nun, gegen Ende August, war es jedenfalls so weit, dass Marco die Mamma nicht mehr länger warten lassen konnte. Sie erschien ihm schon im Traum, und das gab ihm (und Julia) zu denken. Mit dem Wetterwechsel kam für gewöhnlich ihre Migräne. Und das schien Marco trotz der rund vierhundert Kilometer zwischen Turin und San Vito zu spüren.

Da war er ganz einfach nicht mehr so recht bei der Sache. Weder beim Gedankenspiel über den weiteren Verlauf der Geschichte von Mortimer und Molly noch beim Liebesspiel. Da fiel ihm auch sein Praxisjahr als Arzt wieder ein. Versäumte er gewisse in diesem Zusammengang wichtige Termine, so würde das fatale Folgen für sein weiteres Leben haben.

Ja, dann ..., sagte Julia. Auch sie habe ja ihre *impegni a casa*. Das klang so schön glatt: *ihre Verpflichtungen zu Hause*. Sie wusste zwar keineswegs so konkret wie er, welche Verpflichtungen das sein sollten. Aber ihr Selbstwertgefühl brauchte diese Behauptung.

Sie sagten Fantini also, dass sie am nächsten Vormittag abfahren würden. Gewiss schliefen sie in der letzten Nacht noch miteinander, aber Julia war zum ersten Mal traurig dabei. Natürlich wollte sie sich das nicht anmerken lassen. Sie fing danach sogar etwas hysterisch zu lachen an, was Marco, der sich kurz einbildete, es habe etwas mit ihm zu tun, irritierte, doch sie versicherte ihm, dass es nichts mit ihm zu tun habe, rein gar nichts, jedenfalls nichts mit seiner Anatomie, die ihr nach wie vor gefiel, aber *sul serio*, im Ernst.

Am nächsten Morgen bezahlten sie also ihre Rechnung, halbe-halbe, und verabschiedeten sich von Fantini. Und dann fuhren sie los, nahmen ihren ersten Abschied von San Vito. An der Porta Pellegrini, durch die sie den Ort vor mehr als drei Wochen zum ersten Mal betreten hatten, hielt Marco noch kurz an. Er stellte die *Minolta* auf ein Mäuerchen und dann lief er schnell auf den bis dahin leeren Platz neben Julia, die pittoresk unter dem Torbogen posierte – so warteten sie auf das Surren des Selbstauslösers.

24

Julia hatte eine Rückfahrkarte ab Siena, wo Marco sie noch zum Bahnhof bringen würde. Doch auf dem Weg dahin, schon auf der Höhe von Buonconvento, kam sie auf die Idee, dass sie die Rückfahrt auch von woanders antreten könnte. Zum Beispiel von Florenz. Marco würde doch von Siena zuerst einmal Richtung Florenz fahren, oder? Na eben! Und sie müsste in Florenz ohnehin vom Regionalzug in den Fernzug umsteigen. Na also! Dann müssten sie sich doch eigentlich erst in Florenz trennen. Sie würden das Auto am Bahnhof parken und sich nach den Abfahrtszeiten der nächsten Züge nach Wien erkundigen. Vielleicht sei noch Zeit genug, um ein paar Schritte ins *centro storico* zu tun. Vielleicht könnten sie (das war dann Marcos Vorschlag) noch ein Eis miteinander essen oder einen Kaffee miteinander trinken.

Noch bevor sie in Florenz vom Raccordo Autostradale abfuhren, hatte Julia allerdings eine andere Idee. Wenn Marco, wie er gerade erwähnt hatte, von Florenz aus nach Westen fuhr, um die Aurelia zu erreichen, die Autobahn, die dann an der ligurischen Küste entlanglief, könnte er sie doch eigentlich auch noch dorthin mitnehmen. Sie streckte sich nach der Autokarte, die auf dem Rücksitz lag. Und dann könnte er sie (ja, warum nicht?) etwa in Viareggio aussteigen lassen, oder, noch besser, in La Spezia.

Von dort sollte es doch auch irgendwelche Möglichkeiten geben, nach Wien zurückzufahren. Okay, vielleicht müsste sie mehrere Male umsteigen. Und gewiss müsste sie wegen des kleinen Umwegs, den das bedeutete, etwas aufzahlen. Aber so schlimm konnte das nicht sein, das würde sie sich noch leisten.

Marco machte sie darauf aufmerksam, dass das kein *kleiner* Umweg sei, sondern ein *großer*. Und dass es mit den Zugverbindungen in Italien nicht ganz so einfach sei, wie sie sich das vorstelle. Und wenn schon, sagte sie, sie würde die Strecke an der ligurischen Küste, die ja schön sein sollte, gern kennenlernen. Und vielleicht könnten sie ja in den Stunden bis La Spezia (oder warum nicht gleich bis Genua?) ihr etwas abrupt abgebrochenes Fantasiespiel über Molly und Mortimer noch etwas weiterspielen.

Marco schien nachzudenken. Vielleicht wäre er ja auf ihren Vorschlag eingegangen. Aber er überlegte ein paar Sekunden zu lang. In dieser Zeit wurde ihr klar, dass ihr Verhalten ihm gegenüber taktisch unklug war. Es widersprach allen guten Ratschlägen ihrer Freundinnen, die sie nun bald wieder treffen würde.

Er setzte gerade dazu an, etwas zu sagen, aber sie kam ihm zuvor.

Vielleicht habe er ja Recht, vielleicht seien der Umweg und der Aufwand doch zu groß. Sie warf die Karte auf den Rücksitz zurück. Wahrscheinlich sei es doch vernünftiger, wenn sie in Florenz in den Zug steige.

Drei

1

Zurück in Wien, traf Julia ihre Freundinnen, die sie in Siena verlassen hatte. Das war im *Votiv-Espresso*, hinter der Uni. Der Universitätsbetrieb begann zwar erst im Oktober wieder. Doch dieses Espresso war ein Lokal, in dem sie auch außerhalb der Studienmonate gern saßen.

Es war ein recht schöner Tag, Anfang September, aber die drei saßen im Inneren des Lokals. Sie hätten auch draußen unter den Arkaden sitzen können, doch Julia, die erst so kurz wieder aus Italien zurück war, fand es draußen zu kühl. Die Freundinnen löffelten Eis aus hohen, versilberten Bechern. Julia hingegen hatte keine Lust auf Eis und hatte, weil ihr nichts anderes eingefallen war, eine Tasse Pfefferminztee bestellt.

Die zwei schauten erwartungsvoll, Susanne mit etwas hochgerecktem Kinn, Marianne mit großen, runden Augen.

Na, wie war's?, fragte Susanne.

Du hast es ja verdächtig lang mit diesem Typ ausgehalten, sagte Marianne.

Ja, es war schön mit ihm, sagte Julia. Aber auf Details, die ihre Freundinnen interessiert hätten, wollte sie sich nicht einlassen.

Sie rührte in ihrer Teetasse, was ein erstaunlich vernehmliches Geräusch verursachte.

Du bist fad, sagte Marianne.

Du bist gemein, sagte Susanne.

War's das jetzt, fragte Marianne, oder wirst du ihn wieder treffen?

Ich weiß nicht, sagte Julia. Und sie wusste es ja wirklich nicht.

Zurück in Turin, besuchte Marco zuallererst seine Mutter. Sie empfing ihn mit dunklen Sonnenbrillen bei geschlossenen Fensterläden.

Bist *du* es?, sagte sie.

Ja, Mamma, sagte er, ich bin es.

Wo warst du so lang?, fragte sie. Du hast mir schlaflose Nächte verursacht.

Ich habe dich schon als Opfer eines Verkehrsunfalls gesehen. Im Fernsehen haben sie von entsetzlichen Karambolagen berichtet. Achtzig oder neunzig Tote, Hunderte Verletzte. Und du, unterwegs mit dieser Klapperkiste – wenn du Arzt bist, musst du dir ein anständiges Auto kaufen.

Ja, Mamma, sagte er.

Magst du Vin Santo?, fragte sie.

Nein, Mamma, sagte er.

Nelda!, rief sie. Bringen Sie uns Vin Santo und Cantucci.

Auch als Wasserleiche im Meer habe sie ihn schon gesehen. Je schlechter ihre Sehkraft nach außen werde, desto besser werde ihre Sehkraft nach innen.

Aber Mamma, sagte er, ich war gar nicht am Meer!

Warum isst du die Cantucci nicht?, fragte sie. Sie sind aus der Konditorei *Medico*.

Ich mag keine Cantucci, sagte Marco.

Aber die sind exquisit, sagte seine Mutter. Wenn du sie in den Vin Santo tauchst, sind sie ein Gedicht.

Anfangs ging Marco Julia ziemlich ab. Namentlich in der Nacht, wenn sie aufwachte und bemerkte, dass er nicht neben ihr lag. Zu zweit wäre es in ihrem Bett allerdings auch etwas eng gewesen. Es war zwar ein besseres Bett als das im *Albergo Fantini*, nicht im Geringsten durchhängend, sondern mit solider Federkernmatratze, aber es war ganz eindeutig ein Einzelbett.

Im Traum war Marco manchmal trotzdem bei ihr. Sie spürte seine Schulter, sie spürte seinen Arm und seinen Brustkorb, sie spürte seinen Bauch und seinen Schwanz. In San Vito hatten sie manchmal auch im Halbschlaf zueinander gefunden. Hier in Wien, als sie sich ihm im Traum einmal zu heftig zuwandte, verlor sie die Orientierung und geriet gefährlich nah an den Abgrund.

Abgrund war natürlich übertrieben, das Bett samt Matratze war ja kaum einen Meter hoch. Aber in der Dämmerung kam es ihr so vor, als wäre der Parkettboden, auf dem sie, hätte sie sich nicht noch im letzten Moment besonnen, hart gelandet wäre, sehr tief unten. Sie setzte sich auf. Durchs Fenster fiel nur ein graues, diffuses Licht. Erst als sie mit sehr vorsichtigen Zehen ihre Pantoffeln ertastet hatte, war sie sicher, dass die Dimensionen wieder stimmten.

Natürlich dachte auch Marco an Julia. Besonders intensiv dachte er an sie, als er die Filme entwickelte, die er dem kleinen Fotografen Paolo in der Via Dante lieber nicht anvertraut hatte. Dieser Paolo war ein netter Mensch, der sein Handwerk verstand, es gab keinen Grund, seinen Fähigkeiten zu misstrauen. Aber gewisse Aufnahmen sollte er besser doch nicht zu Gesicht bekommen.

Fotos von Julia, die Marco unten am Fluss aufgenommen hatte. Auf dem großen, flachen Stein, auf dem sie und er so gern in der Sonne gelegen waren. Und Fotos aus dem Zimmer, in dem sie, der Enge des Raums und der bescheidenen Einrichtung zum Trotz, so viel Freude aneinander gehabt hatten. Julia in Situationen und Positionen, in denen sie ihm besonders gut gefiel.

Namentlich die Fotos mit dem Schleier gefielen ihm. Genau genommen war es kein Schleier, sondern ein gehäkeltes Tuch, das er ihr auf dem Wochenmarkt gekauft hatte. Ein großes, schwarzes Tuch mit großen Maschen und Fransen, ein Tuch, das wahrscheinlich in Sizilien hergestellt worden war. Hätte es eine sizilianische Bäuerin getragen, so hätte es streng ausgesehen, aber so wie es Julia trug, wirkte es ganz anders.

Ein Tuch, das gleichzeitig verhüllte und enthüllte. Etwas Orientalisches hatte dieses Tuch, und etwas Orientalisches hatte auch Julia auf diesen Bildern. Allerdings mit einem etwas spöttischen Glitzern in den Augen. Als ob sie sich ein wenig über Marco amüsierte, der sich von solchen Szenen erregen ließ.

Wenn Marco Fotos ausarbeitete, verwandelte er sein Badezimmer in eine Dunkelkammer. Zum Trocknen befestigte er die Fotos mit Wäscheklammern an einer über die Badewanne gespannten Wäscheleine. Am nächsten Tag kaufte er einen Rahmen, ein paar Nägel und Bilderhaken und hängte das Bild über seine Couch. Aber als kurz darauf das Telefon klingelte und sein Freund Sergio fragte, ob er bei ihm vorbeikommen solle – er sei gerade in der Nähe, sie hätten sich lang nicht gesehen und hätten einander sicher viel zu erzählen –, nahm Marco das schöne Bild rasch wieder ab und verschloss es in der Schreibtischlade.

Ein anderes Foto (das, auf dem sie beide vor der Porta Pellegrini standen und auf das Surren des Selbstauslösers warteten) steckte er ein paar Tage später in ein Kuvert. Auf die Rückseite hatte er ein paar sehr liebe Zeilen geschrieben. Teils auf Französisch, teils auf Italienisch. Hätte Julia sie rechtzeitig gelesen, so wäre sie nichts als gerührt gewesen.

Doch die Beförderung von Briefen zwischen Italien und

Österreich dauerte damals absurd lang. Wäre die Post noch mit der Kutsche befördert worden, so hätte ihre Zustellung auch nicht viel länger gedauert. Irgendwo diesseits oder jenseits der Grenze blieben die Briefe anscheinend tage- oder wochenlang liegen. Aber vielleicht wusste Marco das nicht – bis dahin hatte er noch keine Freundin jenseits der Alpen gehabt.

Warum schreibt er nicht?, fragte sich Julia mit von Tag zu Tag wachsendem Groll. Warum schreibt dieser Mensch nicht, warum schreibt dieser Typ nicht, warum schreibt dieser Arsch nicht? Im Übrigen gab es ja auch noch das Telefon. Sie hatte ihm ihre Nummer gegeben, er hätte sie doch einfach anrufen können.

Er hatte ihr allerdings auch seine Nummer gegeben. Das heißt, sie hätte ihn ihrerseits anrufen können. Aber sie tat es nicht, obwohl sie einmal, nachdem sie sich mit einem Fläschchen Valpolicella aus dem Supermarkt Mut und Munterkeit angetrunken hatte, schon nahe daran war. Nein: Sie hatte ihren weiblichen Stolz.

2

Julia wohnte im zweiten Bezirk, da hatte sie es nicht weit in den Prater. Sie ging durch die Hauptallee, ein herbstlicher Wind blies. Kastanien prasselten von den Bäumen, sie hob ein paar besonders schön glänzende auf und steckte sie in die Jackentasche. Das wirkte angeblich gegen Rheumatismus, ein Leiden, an das sie damals noch keine Gedanken verschwendete, aber vielleicht brachte es auch Glück.

Sie dachte an Marco, aber da lief ihr Hans über den Weg. Im wahrsten Sinne des Wortes. Er trug einen blauen Trainingsanzug. Während er mit ihr sprach, lief er noch eine Weile auf der Stelle weiter. Ja, so etwas, sagte er, so ein hübscher Zufall!

Weißt du, dass ich nicht ganz leicht über unsere Trennung hinweggekommen bin?, sagte er. Aber anderseits: Man tröstet sich. Und du? Wie geht's dir? Was treibst du? Warst du im Süden? Du hast eine ausgesprochen schöne Farbe!

Diese Farbe hatte Julia nahtlos. Obwohl sie natürlich schon einigermaßen verblasste. Warst du am Meer?, fragte Hans. An einem FKK-Strand? Julia log ihm etwas von Jugoslawien vor – San Vito und der flache, heiße Stein im Fluss, auf dem sie mit Marco gelegen war, gingen ihn nichts an.

Nicht dass es ihr besondere Freude gemacht hätte, mit Hans zu schlafen. Obwohl die Initiative von ihr ausgegangen war. Das hatte ihn überrascht. Aber er hatte sich nicht lang bitten lassen. Seine Wohnung sei zwar nicht aufgeräumt, sagte er, aber das kenne sie ja von früher.

Es war ihr ganz einfach ein Bedürfnis gewesen. Ein Bedürfnis zu testen, ob sie nun total auf Marco fixiert sei. Nein, war sie nicht, immerhin, das war ein Ergebnis. Zwar hatte sich Hans nicht verändert, die Art, wie er auf ihr herumgeturnt war, war nicht besonders erregend gewesen, und ihr Orgasmus hatte recht wenig mit ihm zu tun gehabt, aber die physische Reaktion hatte geklappt.

War doch gut, oder? Mit seinen blonden, strähnigen Haaren und dem durchtrainierten Körper, der nun entspannt auf dem Bett lag, hatte er den Sexappeal eines Schilehrers.

Ja, sagte Julia. Sie stand auf und ging ins Badezimmer.

Sie brauchte das warme Wasser nur kurz, um sich zu reinigen, und duschte dann kalt. Ins Zimmer zurückgekehrt, begann sie sich anzuziehen.

Willst du nicht bleiben?, fragte Hans, der noch auf dem Bett lag. Er habe zwei Steaks im Kühlschrank, mit denen könnten sie sich stärken, und dann weitertun.

Nein, danke, sagte sie.

Schade, sagte er.

Sie knöpfte ihre Bluse zu.

Was machst du am Wochenende?, fragte er. Wir könnten miteinander auf den Schneeberg oder auf die Rax fahren.

Da war sie schon im Vorzimmer und zog ihre Schuhe an.

Am Wochenende habe ich schon etwas anderes vor, sagte sie. Mach's gut, sagte sie und schickte ihm einen unverbindlichen Kuss. Ich finde schon hinaus, sagte sie. Und dann war sie bereits auf dem Gang und schloss die Tür hinter sich.

Danach ging Julia nach Hause und fragte sich, ob sie nun zufrieden sein sollte. Und ob sie mit diesem Fick (sie scheute sich nicht, das in diesem Fall zutreffende Wort ganz nüchtern zu denken) wirklich nichts anderes im Sinn gehabt hatte, als sich selbst zu testen. War da nicht noch etwas anderes? Und enthielt die etwas fragwürdige Befriedigung, die sie sich damit gegönnt hatte, nicht auch die Befriedigung eines Bedürfnisses nach Rache? Doch. Ja, zugegeben. Aber das hatte Marco nun davon.

3

Ein paar Mal hätte er sie beinah angerufen. Er konnte sie doch fragen, ob das nette Foto bei ihr angekommen sei. Das Foto mit seinen lieben Zeilen auf der Rückseite. Waren ihr die etwa zu sentimental erschienen?

Hör zu, hätte er sagen können, was ich da geschrieben habe, war spontan und von Herzen. Es hat sich direkt vom Herz auf die Hand übertragen ... So ungefähr hätte er ein Telefongespräch mit ihr beginnen können. Aber kaum hatte er die Vorwahlnummer für Österreich gewählt, war er auch schon im Zweifel, ob das gut ankommen würde.

Es war nicht ganz leicht, die richtigen Worte zu finden. Er erinnerte sich daran, dass sich Julia manchmal darüber gewundert hatte, wie ungeniert Italiener das Wort *Herz* verwenden. Darüber gewundert hatte sie sich und gelacht. So als könne das jemand, der mit der deutschen Sprache aufgewachsen sei, nicht ganz ernst nehmen.

Also hatte er den Hörer, den er schon in der Hand und am Ohr gehabt hatte, wieder aufgelegt. Vielleicht war es doch besser, sich nicht übertrieben zu exponieren. Vielleicht war es klüger abzuwarten, bis auch sie ein paar Zeilen schrieb. Eigentlich war es ja jetzt an ihr zu reagieren.

Dann aber schrieb er einen Brief an sie. *Cara Julia*, schrieb er, *mia carissima amore Viennese!* Ich denke an Dich. Ich denke viel an Dich. Ich denke an Dich und unsere schönen Tage (und Nächte) in San Vito.

Das ist jetzt schon wieder beinahe einen Monat her. Aber es ist nicht vergangen, hoffe ich. Für mich ist es jedenfalls keineswegs vergangen. Wenn ich die Augen schließe, sehe ich Dein Nachbild, und meine Hände erinnern sich zärtlich an die süße Wölbung Deiner Brüste.

Dieser letzte Satz war von einem Gedicht des französischen Poeten Jacques Prévert inspiriert, dessen Gedichte und Chansons Marco liebte. Auf Französisch klangen sie gar nicht pathetisch. Hoffentlich würde sie Julia richtig verstehen. Das Gedicht hieß übriges *Chanson du Geôlier*, Lied des Kerkermeisters, aber das ließ er lieber unerwähnt.

Wie geht es Dir, schrieb er, was treibst Du, schreib doch bitte! Für mich hat das erste Jahr im Spital nun begonnen. Wahrscheinlich ist es doch besser, wenn ich das hinter mich bringe. Meine Film-Ambitionen muss ich ja deshalb nicht aufgeben.

Er habe sogar ein wenig am Drehbuch weitergearbeitet. Habe sich vorzustellen versucht, wie Molly und Mortimer aus dem Mauerhaus herauskämen. Lang genug haben sie gebraucht, um sich dazu zu entschließen, aber jetzt ist es endlich so weit. Sie öffnen leise, leise die Pforte, die hinaus auf die Mauerkrone führt.

Gewiss sei es nicht einfach, unter den gegenwärtigen Bedingungen dranzubleiben. Er versuche es im Zug, mit dem er morgens und abends von Turin nach Alessandria und wieder zurück fahre. Täglich, außer an den Tagen, an denen er Nachtdienst habe. Da fahre er dann erst am folgenden Morgen zurück. Aber da sei er meist zu müde zum Schreiben.

Natürlich ist Nacht, wenn die beiden ins Freie treten. Sie müssen sich erst an die Dunkelheit gewöhnen. Sterne, kein Mond (oder nur eine schmale Sichel). Auf der Mauerkrone laufen sie tief geduckt, aus der Ferne hört man Gewehrschüsse, dann MG-Feuer.

Das Spital in Alessandria sei schäbig, schrieb Marco, es ähnle einer Kaserne. Er solle da alle Abteilungen kennenlernen, aber vorläufig habe man ihn in die Ambulanz geschickt. Seine Tätigkeit dort sei eher die eines Krankenhelfers als die eines Arztes. Er sei dauernd im Einsatz, und in den kleinen Pausen, die sich ergeben, komme er bestenfalls dazu, in den Hof hinauszugehen und eine Zigarette zu rauchen.

Im Dienst zwischendurch zu schreiben sei jedenfalls unmöglich. Da schaffe er es ja nicht einmal, zwei zusammenhängende Gedanken zu denken. Julia & Marco – diese Assoziation schaffe er allerdings. Marco & Julia. Sei umarmt, meine Schöne!

4

Diesen Brief erhielt Julia am Morgen nach ihrem Test mit Hans. Das zwei Wochen früher abgeschickte Kuvert mit dem Selbstauslöserfoto blieb nach wie vor aus, verschollen, es sollte nie ankommen. Aber der Brief! Dieser Brief kam an, und wie! Während sie ihn las, biss sich Julia auf die Lippen.

Wie sehr sie sich gebissen hatte, bemerkte sie erst vor dem Spiegel. Vor den Spiegel war sie getreten, um ihre Brüste in Augenschein zu nehmen. Die Brüste, die Marco mit Hilfe Jacques Préverts so hübsch evoziert hatte. Aber nachdem sie ihr T-Shirt über den Kopf gestreift hatte, war der Halsausschnitt ein bisschen blutig.

Sie tupfte die Lippen mit einem Taschentuch ab. Dann suchte sie die Tube Wund- und Heilsalbe, die sie in irgendeiner Lade haben musste. Dann warf sie das T-Shirt in die Waschmaschine. Und dann zog sie ein neues an und wählte Marcos Telefonnummer.

Die Chance, dass sie ihn jetzt erreichen würde, war zwar gering. Es war ja, besann sie sich, mitten am Vormittag! Da hatte er höchstwahrscheinlich Dienst im Spital. Es sei denn, überlegte sie, er hätte einen Nachtdienst hinter sich.

Aber dann schlief er womöglich. Sie jedenfalls hätte nach einem Nachtdienst geschlafen. Trotzdem ließ sie es klingeln. Nur drei Mal, dachte sie. Wenn er fest schliefe, würde ihn das nicht wecken. Und wenn er wach war, hob er vielleicht rasch genug ab.

Dann legte sie auf. Aber dann versuchte sie es noch einmal. Da hörte sie Marcos Stimme. Sie bekam heftiges Herzklopfen.

Marco!, sagte sie. *Sono io, Julia!* Aber die Stimme reagierte nicht, sondern redete weiter.

Marcos Stimme auf dem Anrufbeantworter. Julia verstand nicht alles, was er sagte. So viel verstand sie allerdings, dass sie eine Nachricht nach dem Signalton hinterlassen konnte. Aber dann kam der Signalton und ihr fiel so rasch nichts ein.

Im Laufe des Nachmittags versuchte sie es zwei weitere Male. Falls er geschlafen hatte, war er ja inzwischen vielleicht aufgewacht. Aber natürlich konnte es sein, dass er dann weggegangen war. Oder er hatte eben doch Tagdienst in Alessandria und würde erst am Abend zurückkommen.

Okay. Sie würde ihm inzwischen einen Brief schreiben. *Caro Marco*, schrieb sie. Aber es war schwer, die richtigen Worte zu finden. Worte, die sagten, was sie ihm sagen wollte. Und die nicht verrieten, was sie ihm nicht sagen wollte.

Lieber Marco. Heute Morgen habe ich Deinen Brief erhalten. Wenn Du wüsstest, *wie* ... Wenn Du wüsstest, *was* ... Ach, lieber Marco, wenn Du wüsstest ... Zuerst versuchte sie, auf Italienisch zu schreiben, dann entschied sie sich für das doch etwas besser beherrschte Französisch ... Aber selbst, als sie sich entschlossen hatte, den Brief erst einmal auf Deutsch zu entwerfen und ihn danach, mit Hilfe des Wörterbuchs, zu übersetzen, kam sie nicht viel weiter.

Die Stunden vergingen ihr langsam an diesem Tag. Aber endlich war der Abend gekommen. Die Frage war allerdings, wann Marco, wenn er Tagdienst gehabt hatte, aus Alessandria zurückkam. Wann konnte er das Spital verlassen, und wie weit war Alessandria überhaupt von Turin entfernt?

Sie suchte ihren alten Schulatlas und fand eine Karte von Oberitalien. Maßstab 1:2 500 000, da ließ sich die Distanz nur recht ungefähr schätzen. Julia legte ein Lineal an und besann sich einfacher Mathematikkenntnisse. Wenn sie richtig gerechnet hatte, betrug die Entfernung ungefähr achtzig Kilometer.

Sie wählte die Nummer der Zugauskunft und erkundigte sich nach abendlichen Pendlerzügen. Es gab einen um siebzehn Uhr fünf und einen um neunzehn Uhr fünf. Der eine kam kurz nach halb sieben in Turin an, der andere kurz nach halb neun. Dann stellte sich nur noch die Frage, wie lang Marco vom Bahnhof zu seiner Wohnung brauchte.

Sie versuchte ihr Glück zum ersten Mal um halb acht. Und dann in Abständen von je einer Viertelstunde. Die ersten zwei oder drei Mal glaubte sie im ersten Moment noch immer, Marco live in der Leitung zu haben. Aber bald kannte sie die Worte, die er irgendwann auf Band gesprochen hatte, schon auswendig.

War er mit Freunden Abendessen? Er war ja ein geselliger Mensch ... Oder im Fußballstadion? Vielleicht spielte Juventus ... War er im Kino? Womöglich gab es einen neuen Film von Monicelli ... Oder war er wieder einmal bei seiner lieben Mamma?

Im Lauf des Abends malte sie sich diese Möglichkeiten noch etwas detaillierter aus. Vielleicht waren ja bei diesem Abendessen auch einige Freundinnen dabei. Oder auch nur eine. Und gar keine männlichen Freunde. Im Stadion bestand diese Gefahr wahrscheinlich weniger, aber auch im Kino musste er nicht allein sein.

Je später der Abend wurde, desto problematischer wurden ihre Visionen. Marco in einer Peepshow? Auch das war denkbar. Marco in einem Bordell? Das hoffentlich nicht. Er kannte sich allerdings mit so etwas aus – jedenfalls hatte er ihr erzählt, dass ein Puff auf Italienisch *casa di tolleranza* hieß.

Um drei viertel zwölf gab sie es auf. Allerdings sprach sie ihm jetzt doch noch auf den Anrufbeantworter. *Sono sempre*

Julia, sagte sie. Ich habe den ganzen Abend (*tutta la serata*) versucht, dich zu erreichen. Jetzt bin ich müde (*molto stanca*). Gute Nacht.

5

Gegen drei Uhr früh wachte sie auf. Sie hatte von Mortimer und Molly geträumt. Wie sie geduckt auf der Mauerkrone liefen. Und wie sie dann, an einer Stelle, an der eine Reihe von weit hinaufwuchernden Sträuchern Deckung bot, über eine Eisenleiter hinunterkletterten.

Aber dann war ihr, als kletterten Marco und sie diese Leiter hinunter. Und sie spürte die raue Kälte der Eisenstäbe an den Händen. Und ihre Füße tasteten sich von Sprosse zu Sprosse. Und sie fragte sich, wann diese verdammte Leiter endlich zu Ende war.

Sie erwachte, weil ihr im Schlaf oder schon nur mehr im Halbschlaf einfiel, dass sie diese Szene notieren sollte. Sie setzte sich an den Schreibtisch und begann zu schreiben, aber ihre Finger waren noch klamm vom Klettern. *Außen. Nacht. Mortimer und Molly haben wieder festen Boden unter den Füßen.* Allerdings erinnerte sie sich jetzt, dass sie im Traum auch einen deutschen Soldaten gesehen hatte.

Anscheinend war der etwas weiter drüben auf der Mauerkrone patrouilliert. Also Gegenschnitt: Der Soldat unter dem Stahlhelm. Vielleicht ein sehr junger Mensch. Mit einem runden, rosigen Gesicht. Aber natürlich sieht man das nicht im Dunkeln.

Plötzlich kam ihr in den Sinn, dass Marco inzwischen womöglich zurückgerufen hatte. Vielleicht war er inzwischen nach Hause gekommen, hatte ihre Nachricht gehört und es doch noch versucht. Zuvor, in einer Stimmung zwischen Erschöpfung und Unmut, hatte sie das Telefon leise gestellt. Rasch stellte sie es wieder laut und schaltete den Anrufbeantworter ein, aber da war nichts als rauschende Stille.

6

Was sie nicht wusste und noch nicht wissen konnte: Das Telefon, mit dem das ihre am Vortag so oft in Kontakt getreten war, hatte in Marcos leerer Wohnung geklingelt. Auch ihre Stimme hatte ins Leere gesprochen. Marco war schon seit Tagen nicht da gewesen.

Das viele Pendeln war ihm zu viel geworden. Er hatte sich ein Zimmer in Alessandria gemietet. Die Garçonnière in Turin wollte er deswegen zwar nicht aufgeben. Aber er würde bis auf weiteres nur eher selten dort vorbeikommen.

Natürlich war es nicht leicht gewesen, das seiner Mutter beizubringen. Nun wirst du mich noch mehr allein lassen, hatte sie gesagt, als bisher! Aber Mamma, hatte er gesagt, was soll ich denn machen? Wie soll ich es dir denn recht machen, hätte er sagen sollen.

Einerseits willst du, dass ich Arzt werde, und ich respektiere deinen Wunsch. Anderseits willst du nicht, dass ich mich von deiner Kittelfalte wegrühre. Das geht nicht. Hast du schon einmal etwas von *Doublebind* gehört? Wenn ich schon ein Turnusjahr in diesem Krankenhaus absolvieren muss, dann lass es mich so gestalten, dass ich es schaffe, ohne dabei selbst krank zu werden.

Darauf kam er immerhin zu sprechen. Über Krankheiten ließ sich mit der Mamma ganz gut reden. Tatsächlich, sagte er, fühle er sich nach den ersten paar Wochen, in denen er so absurd früh aufgestanden sei und sich fast nur in stickigen Zugsabteilen und in Krankenhauszimmern und -korridoren aufgehalten habe, schon selbst ganz marode. Kopfschmerzen, Herzrhythmusstörungen, Kreislaufbeschwerden. So etwas dürfe man nicht auf die leichte Schulter nehmen.

Sie seufzte. Dass er krank wurde, konnte sie als gute Mutter nicht wollen. Allerdings gehörte es sich eigentlich nicht, dass ihr Herr Sohn so anfällig war. Wenn hier jemand krank sein durfte, war sie es. Ich bin eine alte Frau, sagte sie. Aber Mamma, sagte er, du bist nicht älter als Liz Taylor.

Ach was, sagte sie. Woher weißt du überhaupt, wie alt ich bin? (Als ihr Mann, Marcos Vater, noch gelebt hatte, und sie noch gern ausgegangen war, ins Kino, ins Theater, sogar ab und zu auf einen Ball, hatte sie sich immer bemüht, ein paar Jährchen zu unterschlagen. Wenn sie sich damals schön hergerichtet hatte, Frisur, Lippenstift, Rouge und so weiter, was halt in jenen Jahren üblich war, hatte sie wirklich um einiges jünger gewirkt.) Dein Geburtsdatum steht in meinen Dokumenten, sagte Marco.

Ach ja?, sagte sie. Eigentlich war das eine Frechheit. Und was Liz Taylor betraf, fühlte sie sich durch den Vergleich mit ihr keineswegs geschmeichelt. Unlängst hab ich sie im Fernsehen gesehen, sagte sie, irgendein überflüssiges Interview. Sie hat schlimme Ringe unter den Augen. Und die Schwerkraft zieht alles an ihr hinunter.

Aber das war eine Abschweifung, eigentlich ging es ja um das Zimmer in Alessandria. Das Zimmer, das Marco nun also beziehen wollte. Was in logischer Konsequenz dazu führen musste, dass er seine Mutter noch weniger besuchen würde als bisher. Ich werde kommen, sagte er, so oft ich kann.

Was allerdings vom Dienstplan abhänge – damit hatte Marco nun eine gute Ausrede. Bei aller Strapaz: Im Verhältnis zu seiner Mutter war das ein Fortschritt. Nach Alessandria nahm er nur das Nötigste mit. Die Wäsche, die er dort verschwitzte, trug er in eine Expresswäscherei.

7

Das war die Lage. Marcos Mutter, die sich schwer damit abfand, litt darunter. Und dann das: Ungefähr zehn Tage, nachdem Marco ihr diese für sie tristen Perspektiven eröffnet hatte, dieser Anruf! Natürlich hatte sie gedacht, dass *er* endlich anrufe, um ihr seinen längst fälligen Besuch anzukündigen. Sie hätte den Hörer sonst gar nicht abgehoben.

Doch da meldete sich eine Frauenstimme. Eine Frauenstimme mit deutschem Akzent. Die Stimme einer Person, die behauptete, sich um Marco, den sie vergebens zu erreichen versucht habe, Sorgen zu machen. Das alles in einem sehr fragwürdigen Italienisch.

Ma chi è?, fragte Marcos Mutter. Wer sind Sie überhaupt?

Sono Julia, sagte die Person, als ob damit irgendetwas geklärt wäre.

Che Julia?, fragte Marcos Mutter. Was für eine Julia?

Die Julia, mit der er in San Vito gewesen sei, ob er nicht von ihr gesprochen habe.

Neanche una parola, sagte Marcos Mutter.

Kein einziges Wort hatte er von dieser Person gesprochen. Auch nicht von San Vito. Was für ein San Vito sollte das überhaupt sein? In Italien gab es mindestens ein Dutzend Orte dieses Namens.

Und so weiter. Julias Kommunikation mit Marcos Mutter gestaltete sich schwierig. Sie versuchte der Signora zu vermitteln, dass sie Marco die ganze gestrige Nacht und den heutigen

Tag telefonisch zu erreichen versucht habe. Und dass er, trotz ihrer wiederholten Bitte um Rückruf, kein Lebenszeichen von sich gebe. Es sei ihm doch hoffentlich nichts zugestoßen?

Das alles auf Italienisch zu sagen, war schwer. Erst recht bei so demonstrativ geringem Entgegenkommen. Julia verstand natürlich nicht alles, was die Dame in Turin sagte. Aber so viel verstand sie, dass Marcos Mutter offenbar der Meinung war, es wäre zuallererst *ihre* Sache, sich um Marco zu sorgen.

Und jetzt hören Sie zu, sagte sie, mein Sohn wird Arzt und absolviert sein Turnusjahr in Alessandria. Ich habe ihm geraten, sich dort ein Zimmer zu nehmen. In Turin ist er also bis auf weiteres nur selten erreichbar.

Und nach diesen Worten legte sie auf.

8

Am nächsten Tag schrieb Julia einen Brief an Marco. Den anderen, mit dem sie in der Nacht davor nicht weitergekommen war, hatte sie zerknüllt und in den Papierkorb geworfen. Das hätte ein Liebesbrief werden sollen, und damit hatte sie sich erstaunlich schwergetan. Gehemmt durch Rührung und etwas schlechtes Gewissen.

Jetzt aber trieben sie ganz andere Impulse. Da hatte sie keine Probleme, Worte zu finden. Sie schrieb nun Deutsch, ob und in welche Sprache sie den Brief noch übersetzen würde, daran wollte sie vorerst keine Gedanken verschwenden. Sie schrieb einfach, wie ihr die Worte in den Sinn kamen.

Caro Marco, ich habe mit Deiner Mutter gesprochen. Sie scheint mich nicht besonders leiden zu können. Es ist ja nett von Dir, dass Du ihr so viel von mir erzählt hast. Aber offenbar hat sie das nicht so richtig zur Kenntnis genommen.

Verzeih, ich hätte nicht bei ihr angerufen, wenn mich die Tatsache, dass Du auf meine ungefähr dreißig Anrufe nicht reagiert hast, nicht zutiefst beunruhigt hätte. (Ihre Nummer habe ich von der Fernauskunft bekommen.) Ich hab mir das nicht erklären können, verstehst Du? Nach Deinem lieben Brief, den ich am Vormittag davor erhalten hatte, konnte ich mir einfach nicht vorstellen, warum Du mich nicht zurückrufst.

Außer, es wäre Dir irgendetwas passiert. Mein Gott, ich hab Dich über die Straße gehen gesehen, zerstreut und verträumt, wie Du bist, und schon warst Du von einem Auto niedergestoßen. Oder Du bist durch eine enge, dunkle Gasse gegangen und von irgendwelchen Neofaschisten, die Dich, so wie du aussiehst, als Linken erkannt haben, k.o. geschlagen worden. Oder der Zug, mit dem Du aus Alessandria nach Turin zurückgefahren bist, ist in die Luft geflogen.

Es ist immerhin eine Erleichterung, durch Deine Mutter zu erfahren, dass Du diesen Zug inzwischen seltener benutzt. Du hast also ein Zimmer in Alessandria, das klingt doch gut. Vernünftig klingt das, ja klar, und viel weniger anstrengend. Ich frage mich nur, warum Du mir das nicht geschrieben hast?

In Turin, hat Deine Mutter gesagt, ist mein Sohn bis auf weiteres nur selten erreichbar. Ich schicke diesen Brief trotzdem an Deine Turiner Adresse, es ist die einzige, die ich habe. Ich hoffe, Du kommst im Laufe der nächsten Monate dort vorbei. Sollte das sehr spät im Jahr sein, so wünsche ich Dir gleich *buon natale* und *un felice anno nuovo*.

9

Drei oder vier Tage später rief Marco an. Er sei jetzt in Turin, sagte er, und habe ihren Brief gelesen. Anscheinend funktioniere der Postweg von Österreich nach Italien besser als umgekehrt. Vielleicht liege das daran, dass es bergab (also von Norden nach Süden) schneller gehe.

Aber Scherz beiseite. Es tue ihm leid, dass er bei ihr offenbar gewisse Irritationen ausgelöst habe. Als er seinen letzten Brief geschrieben habe, sei die Sache mit dem Zimmer in Alessandria noch nicht fix gewesen. Julia habe bei seiner Mutter übrigens auch gewisse Irritationen ausgelöst. Aber um weitere Missverständnisse zu vermeiden: *Ti voglio bene.*

Das war natürlich entwaffnend. *Ti voglio bene.* Ich mag dich. Ich hab dich gern. Das klang viel herzlicher und ehrlicher als: *Ti amo.* Zumindest für Julia. *Ti amo*, das klang für sie nach Kitsch, nach Schlager. *Ti voglio bene* hingegen klang authentisch.

Jedenfalls wenn es Marcos Stimme sagte. Wie gut es war, Marcos Stimme wieder zu hören! Ja, sagte Julia auf Deutsch, ich mag dich auch.

Come, sagte er, wie bitte?

Ti voglio bene anch'io.

Sie erzählte ihm, dass sie von Molly und Mortimer geträumt habe. Sie habe den Traum aufgeschrieben und weitergesponnen.

Figurati!, sagte er, und das war eine Wendung, die sie an ihm liebte. Was ihn betreffe, so sei er mit dem Drehbuch leider kaum mehr vorangekommen.

Sie überlegten, ob sie einander nicht sehen könnten. Und sei es nur kurz, um sich einander zu vergewissern. Irgendwo in der Mitte, der Gerechtigkeit halber.

Innsbruck, sagte Julia.

Verona, sagte Marco. Das sei romantischer.

Na schön, Verona. Bis dorthin war der Weg für Julia zwar weiter. Doch es stimmte schon, dass es ein anderes Flair hatte.

Also, Verona. Aber möglichst bald.

Ja, sagte Marco. Was hältst du von kommendem Donnerstag?

Von Mittwochabend bis Donnerstag sechs Uhr früh hatte Marco Nachtdienst. Aber danach lag ein freier Tag vor ihm. Eigentlich hatte er da vorgehabt, nach Turin zu fahren und mit seiner Mutter eine kleine Jause bei *Medico* einzunehmen, ihrer Lieblingspasticceria gleich hinter der Kirche Gran Madre. Tatsächlich hatte er ihr das fast schon versprochen, aber er würde eine Ausrede finden.

Etwas von einem Schichtwechsel im Spital, das klang objektiv. Ja, leider, Mamma, so ist das, da kann man nichts machen. Da müssen wir unser Rendezvous halt ein wenig verschieben. Eine Woche später wird es dann umso schöner.

Diesen Donnerstag aber würde er gleich nach dem Nachtdienst den Zug nehmen, der nach Mailand fuhr und nicht nach Turin. Und in Mailand würde er in den *Direttissimo* nach Venedig umsteigen. Mit dem würde er noch am Vormittag in Verona ankommen. Und dort könnte er Julia in die Arme schließen.

Ja, sagte Julia. Diese Idee gefiel ihr. Zwar wäre es ihr lieber gewesen, wenn Marco seiner Mutter gegenüber keine Ausrede gebraucht, sondern klipp und klar gesagt hätte, dass er seine Freundin treffen wollte. Ja, genau die: *quella bella, quella cara, quella unica*, mit der er den größten Teil dieses Sommers in San Vito verbracht hatte. Aber wahrscheinlich war es besser, ihn nicht zu überfordern.

Also gut, also fein, sagte sie, treffen wir einander Donnerstagvormittag in Verona. Zwar hatten die Lehrveranstaltungen an der Uni schon wieder begonnen, und just da, Donnerstag, 10 Uhr sine tempore, hätte sie bei der Erstbesprechung für ein Dissertantenseminar sein sollen. Außerdem fing Donnerstagabend der Sprachkurs im italienischen Kulturinstitut an, Italienisch für Fortgeschrittene, für den sie sich in kühner Einschätzung ihrer im Sommer erworbenen Kenntnisse angemeldet hatte. Doch Marco zu treffen war ihr ganz einfach wichtiger.

10

Für sie wäre es allerdings zu spät gewesen, Donnerstagfrüh zu fahren. Sie musste schon Mittwochabend in den Zug steigen. Abfahrt Wien Süd um 19 Uhr 29. Ankunft Verona am folgenden Morgen um 7 Uhr 15.

Im Schlafwagen zu reisen erlaubte ihr Budget nicht. Und die Vorstellung, die Nacht mit drei oder gar fünf fremden Personen im Liegewagen zu verbringen, bereitete ihr Unbehagen. Immerhin fand sie ein halbwegs leeres Abteil, in dem sie die Füße auf den gegenüberliegenden Sitz legen konnte. Aber sie schlief nicht viel. Den größeren Teil der Nacht schrieb sie.

Draußen war es bald dunkel, das war gut. Da wurde sie nicht abgelenkt durch Details der Landschaft. Sie sah nur die Lichter, an denen der Zug vorbeiflitzte. Straßenlaternen, Autoscheinwerfer, beleuchtete Fenster irgendwo in der Gegend, ab und zu ein kleiner Bahnhof, durch den der Zug so schnell fuhr, dass man den Namen des Ortes nicht lesen konnte.

Sie schrieb. Sie versuchte sich wieder in die Geschichte von Mortimer und Molly einzufädeln. Wie war das gewesen? Sie waren geduckt auf der Mauerkrone gelaufen und dann über eine Eisenleiter hinuntergeklettert. Und dann hatten sie die Straße überquert, Via Verdura hieß sie, daran erinnerte sich Julia, denn dort gab es jeden Dienstag einen kleinen Markt, auf dem Marco und sie gern etwas Gemüse und Obst eingekauft hatten. Und danach standen ein paar Reihenhäuser, die, so wie sie aussahen, in den Fünfzigerjahren gebaut worden waren, aber im Jahr 1944 begannen dort wahrscheinlich noch die Felder.

Sie hatten also die Straße überquert, Molly und Mortimer, nach wie vor geduckt. Zwei Menschen, die sich gefährdet fühlen, wie Tiere, auf die jederzeit ein Jäger schießen kann. Und dabei hatten sie Glück gehabt, dass sie der deutsche Soldat mit dem Kindergesicht nicht gesehen hatte. Solche Kinder wie der, die vielleicht vorher schon in Russland gewesen waren oder auf dem Balkan (der reinste Horror, aber sie hatten ihn wie durch ein Wunder überstanden), Kinder, die jetzt, hierher versetzt, nicht noch im vorletzten Moment dieses blöden Krieges draufgehen wollten, schossen wahrscheinlich besonders schnell.

Doch dieser Soldat hatte sie nicht gesehen, sein Kopf unter dem Stahlhelm war vielleicht gerade woanders, am ehesten daheim, wohin er womöglich trotz allem nicht mehr kommen würde, und sie schlugen sich in die Felder. Weizen, der um diese Jahreszeit, es war Ende Mai oder Anfang Juni, schon schön hoch stand. Man hätte sich auf die Ernte freuen können, hätten die Deutschen, bevor sie dann endlich abzogen, nicht noch vorsorglich möglichst viel Ackerland vermint. Doch zum Glück war es noch nicht so weit, als Mortimer und Molly sich jetzt durch die Felder bewegten, von außen konnte man sie nun kaum mehr wahrnehmen, auch bei Tag hätte man meinen mögen, dass bloß der Wind im Korn spielte.

Und Julia stellte sich das sehr lebhaft vor. *Außen. Nacht. Molly und Mortimer in den Feldern.* Und vielleicht lag es an den

Lichtern draußen, dass ihr nun die Glühwürmchen einfielen. Ende Mai, Anfang Juni ... da muss es dort unten jede Menge Glühwürmchen gegeben haben.

Sie sah das vor sich, sie war mit den beiden zwischen den Ähren, über denen Hunderttausende oder Millionen Glühwürmchen schwärmten. Und das mitten im Krieg, diesem Krieg zum Trotz – das war eine Vision, die Julia gefiel. Das würde auch Marco gefallen, ganz bestimmt. Julia freute sich schon darauf, ihm davon zu erzählen.

Aber wo wollten, wo konnten sie hin, Molly und Mortimer? Möglichst weit weg von den Maschinengewehren der Deutschen, möglichst weit weg von den Bomben der Alliierten. Außer Reichweite? Nein, das war unrealistisch. Und doch musste es einen Ort geben, an dem sie überleben konnten.

So weit war Julia mit ihren Notizen, als die Pass- und Zollkontrolle kam. Zuerst die österreichischen Beamten, dann die italienischen. Das unterbrach ihre Gedankengänge – sie wies ihren Pass vor und versicherte, dass sie nichts zu deklarieren habe. Als sie nach der Grenze die noch davor notierten Sätze überflog, bemerkte sie, dass sie statt überleben über*lieben* geschrieben hatte.

Dann hatte sie anscheinend doch ein wenig geschlafen. Als sie kurz aufwachte, stand der Zug im Bahnhof von Mestre. Lautsprecherstimmen sagten irgendetwas, das sie nicht verstand. Als die Räder des Waggons, in dem sie saß, weiterrollten, fielen ihr wieder die Augen zu.

In Vicenza wurde ihr klar, dass sie sich jetzt zusammennehmen musste. Nicht wieder einnicken, dachte sie, sonst versäumst du Verona! Aber dann war sie da: Verona Stazione Porta Nuova. Und trank zuerst einmal einen doppelten Espresso.

11

Marco würde drei Stunden später ankommen als sie. Zwar hatte er, verglichen mit ihr, den weitaus kürzeren Anfahrtsweg. Aber der erste Zug, in den er nach seinem Nachtdienst steigen konnte, fuhr kurz nach sieben in Alessandria ab. Er war also jetzt wahrscheinlich erst irgendwo zwischen Voghera und Pavia.

Julia stellte sich vor, wie er im Zug saß und wahrscheinlich las. Das tat er tatsächlich. Er las das Buch, das er auf dem *Unità*-Fest gekauft hatte. *Sind die Intellektuellen eine autonome und unabhängige gesellschaftliche Gruppe oder hat jede gesellschaftliche Gruppe ihre eigene spezialisierte Kategorie von Intellektuellen?* Zweifellos eine interessante Frage, aber die Sätze, in denen der verehrte Antonio Gramsci ihr nachging, waren oft lang und kompliziert, und manchmal nickte er darüber ein.

Sie ließ sich inzwischen durch Verona treiben. Bis zu Marcos Ankunft waren noch immer zwei Stunden Zeit, aber das war in Ordnung. Es waren ja zwei Stunden der Vorfreude. Bei ihrer Ankunft hatte sich die Stadt noch grau unter einer Nebeldecke versteckt, aber jetzt, nach und nach, enthüllten sich ihre schönen Pastellfarben.

Und er war immerhin bereits in Milano. Diese Station konnte er nicht verschlafen, denn der Zug, mit dem er aus Alessandria gekommen war, fuhr dort nicht weiter. Allerdings musste er eine halbe Stunde auf den Anschlusszug warten. Inzwischen trank auch er einen doppelten Espresso und danach, weil er ein etwas flaues Gefühl im Magen verspürte, einen Fernet Branca.

Und dann saß Julia schon in der Cafeteria auf der Piazza delle Erbe, dem Platz, an dem sie einander treffen wollten. Und Marco saß im *Direttissimo* Milano–Venezia, der gegen halb elf in Verona halten würde. Er hatte das Foto dabei, das sie per Post nicht bekommen hatte, dazu noch das Foto mit dem sizilianischen Tuch, das an ihr so apart orientalisch wirkte. Und gerade dieses Foto hätte er nun gern aus dem Kuvert genommen und angesehen, aber die Männer, die mit ihm im Abteil saßen, hätten wahrscheinlich Stielaugen bekommen und blöde Bemerkungen gemacht.

12

Und dann war es so weit. Auf der Piazza delle Erbe, mitten durch die Marktstände, die dort am Vormittag aufgebaut waren, kam Marco auf Julia zugelaufen. Sie wartete wie vereinbart am Brunnen, in dessen Mitte die Madonna Verona auf ihrem Sockel steht, eine steinerne Dame mit blecherner Krone. Und gleich brachte er Julia zum Lachen, weil er, pantomimisch talentiert, wie er war, so tat, als käme er angeflogen (auf den Flügeln der Liebe, wie er nachher erläuterte). Was gar nicht so leicht war, denn er hatte ja auch eine kleine Reisetasche dabei, die er an einem Riemen über der Schulter trug, und bei dem Geflatter, das er simulierte, musste er aufpassen, dass sie ihm nicht entglitt oder dass er mit ihr nicht irgendwo hängen blieb.

Und sie umarmten einander, und er war ganz Marco. Fühlte sich an wie Marco, roch wie Marco, schmeckte wie Marco. Redete wie Marco, in seiner schönen, musikalisch artikulierten Sprache. Nur ein bisschen blass sah er aus, verglichen mit seiner sommerlichen Erscheinungsweise.

In einer der Bars am Rand des Platzes stießen sie mit Spumante, der in schönen, langstieligen Gläsern serviert wurde, auf ihr glückliches Wiedersehen an. Und dann beschlossen sie, ein Hotel zu suchen. Oder nein: Sie mussten erst gar keines suchen, sondern Marco wusste schon eines und hatte dort, wie sich herausstellte, bereits ein Zimmer reserviert. Das war ein bisschen verdächtig, aber Julia wollte gar nicht so genau wissen, wieso er dieses Hotel so gut kannte und mit wem er hier womöglich schon gewesen war.

Und vielleicht war ja alles ganz unverfänglich, sie war ja schließlich auch schon früher in Verona gewesen. Allerdings mit ihren Eltern und ihren zwei jüngeren Brüdern, und das war eine fast peinliche Erinnerung. Julia mit dreizehn oder vierzehn, ein Mädchen, das sich nichts als unbehaglich gefühlt hatte in den Kostümen, die ihre Mutter damals immer noch für sie auswählte. Der Vater hatte ständig sehr langweilige Artikel aus dem Baedeker vorgelesen, in dem gleichen Tonfall, in dem er daheim in der Sonntagsmesse, deren Besuch für die Familie obligat war, als so genannter Lektor aus den Evangelien vorlas, die Brüder hatten sich für nichts anderes interessiert als für *gelato* und Tischfußball, und der Mutter war es vor allem darum gegangen, dass sie auf dem Markt nicht betrogen oder bestohlen wurden, dass keins ihrer Kinder im Getümmel verlorenging und dass ihr Mann, der angeblich kein Olivenöl vertrug, keine Gallenkolik bekam.

13

Das Hotel sah hübsch aus, ein schmales Haus mit winzigen Balkönchen, aber das Zimmer, das Marco telefonisch bestellt hatte, war noch nicht frei. Die Gäste, die vergangene Nacht hier geschlafen hatten, waren anscheinend noch beim Packen, und danach mussten die Zimmerfrauen noch aktiv werden. *Va bene*, sagte Marco, dann lassen wir inzwischen unsere Reisetaschen hier und gehen noch eine kleine Runde durch die

Stadt. Und dann gingen sie wirklich ein paar Schritte, aber als sie zum Fluss kamen und die Brücke überquert hatten, den schönen, alten Ponte Vecchio, entdeckten sie eine Treppe, die ans Ufer hinabführte. Sie stiegen hinunter und setzten sich hin und hatten gar kein Bedürfnis, noch weiter zu gehen.

Und tatsächlich war das einer der schönsten Plätze, die sie hätten finden können. Der Fluss, die Brücke, das Stadttor, was für ein Blick! Hinter ihnen die Böschung, eine schräge, mit Graffiti bemalte Mauer, an die sie sich lehnten und sinken ließen. Und der Himmel war sehr blau, und ganz hoch oben flogen Schwärme von Schwalben.

Es war jetzt ein schöner, recht warmer Frühherbsttag. Und niemand da außer ihnen, zumindest hatten sie diesen Eindruck. Und da konnten sie doch gar nicht anders, als miteinander zärtlich zu sein. Und mehr als zärtlich. Fünf oder sechs Wochen hatten sie einander entbehrt.

Und sie entledigten sich einiger hinderlicher Kleidungsstücke. Und deckten sich einfach mit Marcos Windjacke zu.

Sieht man uns nicht doch, von der Brücke aus?

Aber nein, man sieht uns nicht. Und wenn uns doch einer sieht, irgendein armer Voyeur mit Feldstecher, dann soll er auch seine Freude haben und denken, das sind zwei, zwischen denen eine starke Gravitation wirkt, und das ist doch was Schönes, dazu sind sie zu beglückwünschen, *tanti auguri*!

Und dann waren sie wirklich drauf und dran, miteinander zu schlafen. Aber leider waren sie da unten doch nicht so allein, wie sie geglaubt hatten. Denn da kam jemand – sie sahen ihn vorerst nicht, sondern hörten nur seine Schritte. Und das offenbar zu spät, denn jetzt war er auch schon da und schaute auf sie hinunter.

Schaute auf sie hinunter und lachte dreckig. Sagte nicht *tanti auguri*, das fiel ihm nicht ein. Beglückwünschte sie nicht, sondern sagte irgendetwas Zotiges. Und ging weiter flussabwärts, ein älterer Mann mit Angel.

Und sie zogen wieder an, was sie abgelegt hatten, zugegeben ziemlich verstört. *Madonna di lupo,* fluchte Marco, *che stronzo!* Was hat der jetzt hier zu suchen, ich bitte dich! Wer geht denn um diese Stunde, zu Mittag, fischen?!

Was hat er gesagt?, fragte Julia.

Ich habe es nicht verstanden, sagte Marco.

Julia glaubte ihm nicht. War da nicht irgendein Vergleich mit Hunden? Ich weiß nicht, log Marco, vergiss es, es ist nicht der Rede wert. Aber er vibrierte vor Zorn, hob einen Stein auf und warf ihn hinter dem Angler her.

14

Sie gingen dann noch eine Weile, um sich zu beruhigen. Marco legte ein wütendes Tempo vor. Julia kam kaum mit. Sie fasste ihn am Arm. Jetzt lass aber gut sein, sagte sie. Wir wollen an was anderes denken.

Stell dir vor!, sagte sie, ich habe im Zug etwas über Molly und Mortimer notiert. Wie sie sich in die Büsche schlagen oder zuerst einmal in die Felder. Und da hab ich eine Szene ganz deutlich vor mir gesehen. Wenn du willst, kann ich sie dir nachher vorlesen.

Ja, sagte Marco. Natürlich wollte er. Gern! Aber in Gedanken war er anscheinend noch immer nicht ganz da.

Sie hakte sich bei ihm unter. Ich habe Hunger, sagte sie. Du nicht?

Eigentlich doch, sagte er.

Also suchten sie ein Lokal.

Und fanden ein nettes. Mit Gartenterrasse zum Fluss. Das

Sonnenlicht glitzerte sehr fotogen auf dem Wasser. Und Marco bedauerte, dass er die Kamera nicht dabeihatte. Aber die hatte er in Turin und nicht in seinem Zimmer in Alessandria.

Und das Essen war fein. Und der Wein war gut. Da kamen sie beide wieder in Stimmung. Sie würden jetzt ins Hotel gehen und dort hoffentlich ein schönes, frisch gemachtes Bett vorfinden. Und erneut spürten sie den Magnetismus, der zwischen ihnen wirkte.

Und nach dem Dessert hatten sie es dann schon ziemlich eilig, die Rechnung zu bekommen. Und tranken den *digestivo*, den ihnen der freundliche Kellner noch brachte, nicht mit der angemessenen Muße. Und dann liefen sie sogar einen Teil der Strecke bis zum Hotel. Und als sie dort ankamen, fielen sie sich lachend in die Arme, so als hätten sie bei irgendeinem Leichtathletikwettbewerb gewonnen.

Paarlaufen. Paarungslaufen. Noch im Lift, der sie in den zweiten Stock brachte, scherzten sie darüber. Ein Paarungslauf ist ein Lauf, bei dem die beiden, die gewinnen, gleich anschließend miteinander ins Bett hüpfen. Und genau das wollten sie tun. Aber sie hüpften nicht, sondern ließen sich fallen. Und dann spürten sie die Gravitation nur mehr als Schwerkraft.

Sie fingen zwar an, miteinander lieb zu sein. Aber selbst die Hände, mit denen sie einander streichelten, wurden schwer. Und die Köpfe waren ohnehin schwer. Und nur mehr ganz am Rande ihres Bewusstseins bekamen sie mit, dass sie einschliefen.

15

Als sie ins Bett gefallen waren, musste es gegen drei Uhr Nachmittag gewesen sein. Die Sonne hatte ins Zimmer gelächelt, und sie hatten die Vorhänge zugezogen. Als Julia dann erwachte, schob sie die Vorhänge wieder zurück. Die Sonne war weg. Hatte sich der Himmel so rasch bewölkt?

Wie spät war es denn? Julia suchte nach ihrer Uhr. Barfuß und nackt, wie sie war. Sie hatten zuvor alles irgendwo abgeworfen. Ihre Sachen lagen im Zimmer verstreut. Beinahe hätte sie die Uhr (eine Tissot, die sie sehr mochte) zertreten.

Wie spät also war es? Die Tissot zeigte zehn vor sieben. Das konnte nicht stimmen! Nein, das war doch nicht möglich! Marco schlief noch, halb abgedeckt, hübsch anzusehen. Es tat ihr leid, aber sie musste ihn jetzt wachrütteln.

Marco, fragte sie, wo ist deine Uhr?

Er war noch schlaftrunken. Wozu sie seine Uhr brauche?

Meine Uhr spielt verrückt, sagte sie. Wie spät ist es bei dir?

Bei ihm war es auf die Minute so spät wie bei ihr.

Das durfte nicht wahr sein! Hieß das, dass sie fast die Hälfte des Tages, der ihnen zur Verfügung stand, verschlafen hatten? Ja. Es sah ganz so aus, als ob es das hieße.

Julia setzte sich an den Bettrand. Es war nicht leicht, sich mit dieser Tatsache abzufinden.

Aber, sagte sie schließlich, und damit wollte sie sich selbst und Marco aufmuntern, wir haben ja noch die ganze Nacht!

Però ..., sagte er. Aber ...

Sie legte ihren Arm um ihn.

Was aber?

Wir haben leider *nicht* die ganze Nacht.

Sie zog ihren Arm zurück. Was sollte das heißen?

Mein Zug ..., sagte er. Mein Zug fährt kurz nach drei Uhr früh.

Nein!, sagte sie.

Doch, sagte er. Er habe ja morgen wieder Tagdienst.

Er hob und senkte die Schultern. Was soll ich denn machen?

Er müsse pünktlich im Krankenhaus sein. Das schaffe er ohnehin nur mit Hängen und Würgen. Vorausgesetzt, dass der Zug pünktlich in Alessandria ankomme und dass das Taxi, das er dann nehmen müsse, nicht im Morgenverkehr stecken bleibe.

16

Der Abend war dann nicht mehr wirklich zu retten. Sie versuchten ihn trotzdem so heiter wie möglich zu verbringen und sich ihre Traurigkeit nicht anmerken zu lassen. Sie schlenderten durch die Gassen, in einem kleinen, aber feinen Schmuckladen kaufte Marco Julia ein hübsches Armband mit Türkisen. In einem auf einem Hügel gelegenen Restaurant, durch dessen Panoramafenster man auf den Fluss und die Stadt sah, aßen sie noch einmal sehr gepflegt, aber sie schmeckten kaum, was sie aßen.

Marco gab für seine damaligen Verhältnisse viel Geld aus. Und wollte auf keinen Fall, dass Julia ihren Teil zur Begleichung der Rechnung beitrug. Was das betraf, so benahm er sich eindeutig bürgerlich. Aber es war nicht der richtige Moment, ihm das zu sagen.

Die Stunden, die dann noch vor ihnen lagen, empfanden sie einerseits als zu kurz und anderseits als zu lang. Es wurde elf, es wurde zwölf, sie hörten jedes Mal die Glocken läuten. Julia erzählte Marco die Szene mit den Glühwürmchen, und er fand sie wunderschön. Aber unter diesen Umständen gelang es ihnen nicht, daran anzuknüpfen.

Sie trieben sich noch auf der Piazza delle Erbe herum, wo sie einander so fröhlich getroffen hatten. Derselbe Platz, allerdings ohne den stimmungsvollen Markt. Und was für ein Unterschied in *ihrer* Stimmung! Als sie einander vormittags umarmt hatten, war es die reine Freude gewesen, wenn sie einander jetzt umarmten, hatten sie das Gefühl, als versuchten sie vergebens, einander festzuhalten.

Natürlich kam ihnen auch der Gedanke, jetzt trotzdem noch miteinander zu schlafen. Warum gingen sie nicht einfach ins Hotel zurück und legten sich noch einmal ins Bett? Aber sie waren beide nicht ganz überzeugt von dieser Idee. Wahrscheinlich würde das Bewusstsein, dass sie so bald danach wieder aufstehen müssten, die Lust, die sie aneinander und miteinander haben wollten, schon von Anfang an verderben.

Schließlich die Stunden zwischen zwölf und zwei. Sie saßen im Hotelzimmer, tranken den schlechten Whisky und dann den ebenso schlechten Wodka aus der Minibar und fürchteten sich vor dem Abschied.

Dass ich es nicht vergesse!, sagte Marco und gab ihr das Kuvert mit den Fotos.

Und sie nahm die Fotos heraus, das eine, das er unten auf dem flachen, heißen Stein geschossen hatte, und das andere, auf dem sie beide vor der Porta Pellegrini zu sehen waren, und sagte: Ja, dort müssen wir wieder hin.

Um halb drei fuhren sie mit dem Taxi zum Bahnhof. Zwar hatte Marco gemeint, es sei doch angenehmer für Julia, im Zimmer zu bleiben, von ihm sanft geküsst zu schlafen und hoffentlich wenigstens schön zu träumen, aber sie bestand darauf, ihn zu begleiten. Sein Zug kam, sie umklammerten einander noch einmal, aber dann musste er wirklich einsteigen.

Und dann fuhr der Zug, Julia sah Marco noch kurz an einem der Fenster, das sich offenbar nicht leicht öffnen ließ, aber dann war er weg, und sie ging zu Fuß zurück zum Hotel.

17

Wieder in Wien, hatte Julia sofort das Bedürfnis, Marco zu schreiben. Doch es war schwer, die richtigen Worte zu finden. Sie verbrauchte viele Bögen Briefpapier, die sie zerriss und in den Papierkorb warf. Schließlich zeichnete sie zwei Strichmännchen (ein Strich*männchen* und ein Strich*weibchen*, erkennbar an dezent angedeuteten Geschlechtsmerkmalen), die einander mit dünnen Ärmchen umfassten. Über den Köpfen der beiden hing eine dunkel gestrichelte Wolke. Aber aus der Wolke hervor kam eine etwas schief lächelnde Sonne. Und das war etwa das, was sie sagen wollte. *Malgrado tutto*, schrieb sie dazu, trotz allem.

Dass sie ihre Gefühle durch eine Zeichnung artikulierte, ist bemerkenswert. Als Kind hatte sie ihre Puppe Nora zu porträtieren versucht, aber als sie das Porträt ihrem Vater gezeigt hatte, hatte der nur gelacht. Mach dir nichts draus, hatte er gesagt, ich habe auch nie zeichnen können. Julias Vater. Schuldirektor in Krems an der Donau. Offenbar ein begnadeter Pädagoge.

Marco antwortete seinerseits mit einer Zeichnung. Er konnte besser zeichnen als sie, aber er ließ sich auf ihren Stil ein. Strichmännchen und Strichweibchen (bei ihm waren die Geschlechtsmerkmale etwas ausgeprägter). Die beiden lagen auf einer durch ein paar Grasbüschel angedeuteten Wiese, auf der die Blumen blühten.

18

Dessen ungeachtet wurde es immer herbstlicher. Julia fand, das gehe nun einfach zu schnell. Im Prater standen die Bäume von Tag zu Tag kahler. Und die Kastanien, die noch vor kurzem so appellierend geglänzt hatten, verfaulten in dreckigen Pfützen.

Nur schwer gewöhnte sie sich an die zunehmende Dunkelheit. Gewiss lag das Gefühl, dass diese Dunkelheit nun buchstäblich über sie hereinbrach, auch an der Zeitumstellung. In Österreich hatte man die Sommerzeit erst im vorangegangenen Jahr eingeführt. Aber da hatte sie die herbstliche Rückkehr auf den Boden der chronometrischen Wirklichkeit nicht so krass erlebt.

Damals hatte sie sich dazu überreden lassen, Ferien im eigenen Land zu machen. Auf einem von Studienkollegen adaptierten Bauernhof im Waldviertel. Zweifellos eine schöne Gegend, die in der so genannten Alternativszene immer mehr in Mode kam. Aber eine Gegend, in der es, wenn es einmal zu regnen begann, nicht mehr so leicht aufhörte.

Nach dem verregneten Sommer dort oben war ihr der hässliche Herbst in Wien kaum mehr aufgefallen. Heuer aber gab es den Kontrast zu einem Sommer, von dem sie immer noch träumte. In diesen Träumen lag sie mit Marco auf dem flachen Stein im Fluss in der Sonne oder saß bei Pietro und Bruna im Schatten des Schildkrötengartens. Wenn sie aufwachte, kam ihr die Dunkelheit eines Spätoktobermorgens in der Kleinen Mohrengasse im zweiten Wiener Bezirk noch trister vor.

Lieber Marco, schrieb sie, ich weiß, in Italien habt ihr die Sommerzeit schon längst. Aber ich könnte mir vorstellen, dass bei euren doch angenehmeren Wetterverhältnissen die Umstellung auf die Normalzeit keine ganz so traurige Zäsur ist.

Tanto è vero, schrieb Marco. So viel sei schon wahr. In Italien würden die Tage im Oktober und November zwar auch nicht länger, aber es gebe immer noch schöne Sonnentage.

Jedenfalls in Turin: An klaren Tagen sehe man durch manche Straßen der Stadt direkt auf die Alpen. Doch leider sei er jetzt wenig in Turin. Und Alessandria neige eher zum Nebel. Aber im Krankenhaus bringe er ohnehin den ganzen Tag unter Neonlicht zu.

Kein schönes Licht – er sehe ja ein, schrieb er, dass man es im Operationssaal brauche. Aber in den Krankenzimmern finde er es fragwürdig. Wie bleich die Patienten unter diesem Licht aussähen! Er sei jetzt auf der Internen Abteilung, dort gehe es etwas weniger hektisch zu als auf der Ambulanz, aber hier falle es ihm manchmal schwer, die lähmende Traurigkeit abzuwehren, die ihn beim Anblick der oft schon recht alten und aussichtslos Kranken erfasse.

Auch habe er gewisse Probleme beim Setzen von Injektionsnadeln. Es koste ihn jedenfalls immer einige Überwindung. Und es gelinge nicht immer beim ersten Versuch. Das liege zum einen daran, dass diese alten, matten Menschen manchmal keine deutlich hervortretenden Venen haben, zum anderen aber gewiss daran, dass er im Grunde genommen gar nicht hinschauen, sondern am liebsten wegschauen würde.

Aber so etwas gebe sich mit der Zeit. Mit diesen Worten tröste ihn Schwester Laura. Vor ein paar Jahren hätten sie einen jungen Arzt hier gehabt, der konnte anfangs kein Blut sehen. Er habe das überwunden, und heute sei er ein berühmter Chirurg.

Er wisse nicht, ob das wahr sei, schrieb Marco, den Namen des angeblich berühmten Chirurgen habe ihm Schwester Laura nicht gesagt. Aber sie sei eine nette, humorvolle Person.

Ach ja?, dachte Julia. Ist sie das, Schwester Laura?

Doch kaum hatte sie das gedacht, genierte sie sich für diese kleinliche Anwandlung von Eifersucht.

Lieber Marco, schrieb sie, Du wirst es schon schaffen! Zwar war sie keineswegs überzeugt, dass er in diesem Spital, so, wie er es beschrieb, am richtigen Platz war, aber sie wollte ihn nicht noch demotivieren. Was sie selbst betraf, so hatte sie ja auch ihre Probleme. In das Dissertantenseminar, zu dessen Vorbesprechung sie wegen des Ausflugs nach Verona nicht erschienen war, wollte sie der Professor, ein pedantischer alter Herr, nun nicht mehr aufnehmen.

Aber wer weiß, wozu das gut ist, schrieb sie. Da es ein Seminar dieser Art erst wieder im nächsten Herbstsemester gebe, bleibe ihr nun ein Jahr, um zu überlegen, ob sie mit ihrem Studium überhaupt auf dem richtigen Weg sei. Tatsächlich habe sie sich, als sie mit dem Studium der Psychologie begonnen habe, etwas recht anderes darunter vorgestellt. Mehr Humanwissenschaft und weniger Naturwissenschaft, mehr Einfühlung in die Psyche anderer Personen und weniger steriles Experimentieren unter Laborbedingungen, vor allem aber weniger Statistik und Mathematik.

Außerdem bleibe ihr auf diese Weise mehr Zeit, um Italienisch zu lernen. Der Kurs am Kulturinstitut, in dem sie nun jeden Dienstagabend zwei Stunden verbringe, mache ihr Freude. *Italienisch für Fortgeschrittene* – o doch, das traue sie sich zu. Es sei schon wahr, dass sie gewisse Schwächen bei der Anwendung der Tempi und Modi habe, aber ihr Wortschatz und die fast authentische Aussprache, die sie sich im Umgang mit Marco angeeignet habe, versetze die anderen Kursteilnehmer manchmal in Erstaunen.

Trotzdem meine der Kursleiter, dass sie einiges nachzuholen habe. Fulvio heiße der. Ein sympathischer Mensch. Er sei sogar bereit, ihr privat Nachhilfestunden zu geben. Das habe er ihr letzten Dienstagabend gesagt, als sie, ein paar Minuten nach Kursende, noch einmal ins Institut zurückgekehrt sei, weil sie dort ihren Schirm vergessen hatte.

So, dachte Marco, sie hat ihren Schirm vergessen. *Che caso carino!* Was für ein hübscher Zufall! Und der Kursleiter! *Ecco: un vero italiano!* Aber kaum hatte er das gedacht, schämte er sich für seinen Verdacht.

19

In den folgenden Wochen verschob sich der Anteil von Französisch und Italienisch in Julias Briefen deutlich zugunsten des Italienischen. Außerdem verwendete sie Grammatikformen, die sie früher nicht verwendet hatte. Das *passato remoto* zum Beispiel und den Konjunktiv. Der Besuch des Italienischkurses tat seine Wirkung.

Auch wenn sie telefonierten, fiel das auf. Julia machte weniger Fehler und sprach gewandter. Marco beglückwünschte sie: *Auguri!*, sagte er. Obwohl es ihm um gewisse, kleine Fehler, die sie bis dahin gemacht hatte, fast leidtat.

Nur *en passant* kam er auf die Nachhilfestunden zu sprechen. Die trügen doch sicher auch zu diesen Fortschritten bei. Ach ja, die Nachhilfestunden, sagte sie. Und er hatte den Eindruck, dass sie dabei lächelte.

Die seien recht intensiv, die Nachhilfestunden. Sie treffe Fulvio, sagte sie, zwei Mal pro Woche.

So, du triffst ihn?

Ja, klar, lachte Julia. Was für eine Frage! Wie sollte er denn sonst Stunden geben?

Er gibt dir die Stunden nicht im Kulturinstitut?

Nein, sagte Julia. Im Kulturinstitut gibt es keinen Raum für so was.

Das klang etwas eigenartig in Marcos Ohren.

Doch vielleicht lag es bloß an der Formulierung (bei allen Fortschritten war Julias Italienisch natürlich noch lang nicht perfekt).

Sie treffe Fulvio, sagte sie, im Kaffeehaus.

Aha, im Kaffeehaus.

Ja, sagte sie. Im *Café Heumarkt*. Kein besonders schönes Café, aber günstig gelegen. Er habe es nicht weit vom Kulturinstitut bis dorthin, und sie habe es nicht weit vom Verlag, in dem sie jetzt halbtags arbeite.

Das war ja etwas ganz Neues. Davon hatte sie ihm noch gar nichts erzählt.

Das stehe in ihrem Brief, den sie ihm vor ein paar Tagen geschickt habe.

So, sagte er. Diesen Brief habe er noch nicht erhalten.

Zwar waren sie dazu übergegangen, die Briefe, die sie einander schickten, express aufzugeben, und letzthin hatte die Zustellung auch einigermaßen geklappt, aber wirklich darauf verlassen konnte man sich offenbar doch nicht.

Caro Marco, stand in diesem Brief, der dann zwei Tage später ankam, denk Dir, ich hab einen Job angenommen. Das muss sein, weil mir dieses blöde Dissertantenseminar nun für die Stunden fehlt, die mir zur weiteren Gewährung der Studienbeihilfe angerechnet werden. Leider habe ich die Lehrveranstaltungen, die ich noch besuchen wollte, etwas zu knapp kalkuliert. Fürs nächste Semester werde ich jedenfalls keine Beihilfe mehr bekommen.

Ich bin aber, ehrlich gestanden, auch ganz froh über diese Entwicklung. So lerne ich einmal etwas anderes kennen. Und der Job, den ich zufällig gefunden habe, ist nicht anstrengend. Ein Job in einem Theaterverlag (Räumlichkeiten in einem alten Palais im ersten Bezirk) in der Nähe des Stadtparks.

Vorläufig besteht meine Aufgabe darin, Manuskripte von neuen Stücken, die von diesem Verlag nicht gleich gedruckt, aber an Theater verschickt werden, zu fotokopieren. Auch zum Kaffeemachen werde ich manchmal eingeteilt, wenn Autoren oder Autorinnen vorbeikommen, um mit der Lektorin oder mit dem Chef persönlich zu sprechen. Aber ich könnte mir vorstellen, dass sich hier nach und nach auch noch andere Perspektiven ergeben. Jedenfalls bekomme ich ganz interessante Leute zu Gesicht (manche von den Autoren, die hier ein und aus gehen, sind übrigens unmögliche Figuren, aber andere sind ganz lieb).

Auch das gab Marco zu denken. Zwar sagte er sich, dass es ja durchaus seine Richtigkeit habe ... Es liege doch auf der Hand, dass Julia unter diesen Umständen einen Job brauchte ... Julia, die, wie sie ihm wiederholt gesagt hatte, finanziell nicht mehr von ihren Eltern abhängig sein wollte ... Doch wie bereits im letzten Telefonat gab es auch in diesem Brief Formulierungen, die ihn befremdeten.

Ganz liebe Autoren (*scrittori abbastanza cari*). Und andere Perspektiven (*prospettive diverse*). Marco hatte ganz einfach das Gefühl, dass da in Wien etwas im Schwange war, das ihm nicht recht sein konnte. Oder dass es womöglich schon im Gange war.

Die Position, in die er da geriet, gefiel ihm keineswegs. Der eifersüchtige Freund in der Ferne, wie peinlich! Aber was sollte er tun gegen seine Gefühle? Ihm lag etwas an Julia. Er wurde immer nervöser.

20

Für gewöhnlich rief er Julia zwei Mal pro Woche an. Und zwar zu vorher vereinbarten, fixen Stunden. Das hing einerseits mit seinen Dienstzeiten im Spital zusammen und anderseits damit, dass er in seinem Zimmer in Alessandria kein Telefon hatte. Zwar gab es damals noch an jeder zweiten Straßenecke eine Telefonzelle, doch die darin angebrachten Automaten fraßen die Münzen unverschämt rasch.

Also war es am günstigsten, auf die Post zu gehen und ein Ferngespräch anzumelden. Was ihm aufgrund seiner Spitalsdienste nur zu bestimmten Stunden möglich war. Zu diesen Stunden wollte er auch sicher sein, seine Liebste zu erreichen. Sie erwartete seine Anrufe Dienstagnachmittag und Freitagabend.

Nun kam er in Versuchung, außerhalb dieser Stunden anzurufen. Er widerstand dieser Versuchung einige Tage. Dann tat er es doch, einmal (Montag) auf dem Weg zum Spital, das andere Mal (Mittwoch) auf dem Weg vom Spital zurück. Das eine Mal aus einer Telefonzelle, das andere Mal aus einer Bar.

Beide Male ließ er das Telefon nur kurz klingeln, vielleicht zu kurz. Aber wahrscheinlich war Julia ohnehin nicht zu Hause. Doch wenn es so war: Was bewies das? Rein gar nichts bewies das! Er kam sich blöd vor. Er verachtete sich für sein Misstrauen.

Doch dann, Donnerstagnacht, packte es ihn mit noch größerer Vehemenz. Er war im Spital. Er hatte Nachtdienst. Und er bildete sich ein, Julia zu spüren. Das war eine fixe Idee, ein Floh, den sie ihm ins Ohr gesetzt hatte. Dass sie einander spürten, wenn sie sehr intensiv aneinander dachten.

Telepathie? Ja, sagte sie. Wenn du es so nennen willst. Sie

glaube fest, dass so etwas möglich sei. Dass Menschen einander spürten, die einander sehr nahestehen. Wenn sie intensiv aneinander dachten oder auch unwillkürlich, aus einer mit psychoenergetischer Spannung aufgeladenen Situation heraus, aneinander denken mussten.

Ihr Professor (ja, genau, der alte Trottel, der sie nun nicht ins Dissertantenseminar habe aufnehmen wollen), dieser Professor habe zwar behauptet, so etwas sei unmöglich, weil die Gehirnströme nur wenige Zentimeter über die Schädeldecke hinaus wirkten. Aber sie glaube, dass fast alle halbwegs sensiblen Menschen solche Erfahrungen haben.

Da musste ihr Marco Recht geben. Ihm widerfuhr das vor allem mit seiner Mutter. Doch davon hatte er Julia lieber nicht zu viel erzählt.

Jetzt machte er jedenfalls solche Erfahrungen mit ihr. Und er fragte sich, was in diesem Fall die mit psychoenergetischer Spannung aufgeladene Situation sein könnte. Dazu fiel ihm tatsächlich Verschiedenes ein. Und dann hielt er es nicht mehr aus, er musste wissen, was los war.

Er hatte Nachtdienst, aber es war zum Glück ein ruhiger Abend. Es ging auf halb elf, die Patienten auf seiner Abteilung waren alle versorgt und schliefen. Ich muss nur kurz telefonieren, sagte er zu Schwester Laura. Meiner Mutter geht es nicht gut, ich bin gleich wieder da.

Und schlüpfte in seinen Mantel und entwich aus einem Nebenausgang des Spitals. Und lief über die Piazza in die nächste Bar, in der es einen Telefonautomaten gab. Im Fernsehen lief ein spätes Fußballmatch. Als Marco eintrat, war gerade ein Tor gefallen, das wegen angeblicher Abseitsstellung nicht gegeben wurde.

Große Aufregung. Die Zuseher in der Bar brauchten eine Weile, bis sie sich beruhigt hatten. Auch der Mann an der

Theke war durch die Meinungsverschiedenheit, die darüber ausgebrochen war, okkupiert. Er war fürs Erste einfach nicht ansprechbar. Doch Marco brauchte ihn, das Telefon in dieser Bar funktionierte nur mit Jetons.

Endlich hatte er einen Zehntausendlireschein in Jetons gewechselt und stand in der Telefonnische. Warf vorerst drei Jetons ein, wählte die Vorwahl für Österreich und dann Julias Nummer. Und wartete. Und hörte das Klingelzeichen. Und zählte, wie oft er es hörte. Und hörte es zwölf Mal.

Sie war also anscheinend wieder nicht daheim. Und das war ja ihr gutes Recht und hatte vielleicht wieder nichts zu bedeuten. Aber im letzten Moment, just als Marco den Hörer einhängen wollte, wurde doch noch abgehoben. Julias Stimme klang etwas atemlos: Ja, sagte sie, sie sei gerade zur Tür hereingekommen.

Das sei aber schön, dass er gerade jetzt anrufe! Sie habe heut Abend sehr viel an ihn gedacht. Sie sei nämlich im Kino gewesen. Im *Stadtkino* gebe es eine italienische Filmwoche. Darauf habe man die Kursteilnehmer im Kulturinstitut extra aufmerksam gemacht.

Aha, sagte Marco. Und was hast du gesehen?

I soliti ignoti, sagte sie. *Die üblichen Verdächtigen*. Mit Vittorio Gassman in der Rolle des etwas beschränkten Boxers. Ein Film, den du sicher kennst. Wir haben sehr gelacht.

Wir.

Ja, klar, sagte sie. Wir waren fast geschlossen dort ... Der ganze Kurs ... Ja, natürlich auch Fulvio ... Er ist doch der Kursleiter ... Bist du noch dran?, fragte Julia.

Ja, sagte er. Ich bin noch dran.

Komisch, sagte sie. Du warst auf einmal so gut wie weg.

Vielleicht war die Verbindung einen Moment lang gestört, sagte er.

Wo bist du überhaupt?, fragte sie. Es hört sich so laut an im Hintergrund.

Ich bin in einer Bar, sagte er. Aber eigentlich habe ich Nachtdienst.

Hast du Pause?, fragte sie.

Nein, sagte er. Es gibt keine Pause im Nachtdienst.

Es ist nur ... Es war nur ... Ich habe plötzlich große Sehnsucht nach dir gehabt ... Jetzt muss ich aber Schluss machen ... Ich habe auch kaum mehr Jetons ... *Ti voglio bene*, sagte er, und dann wollte er noch etwas sagen.

Aber nun riss die Gesprächsverbindung wirklich ab.

21

Zurück ins Spital lief er mit von Schritt zu Schritt zunehmender Angst. Wer weiß, was dort inzwischen alles passiert war! In seiner Fantasie liefen auf diesen zwei- oder dreihundert Metern katastrophale Szenarien ab. Er sah eine Reihe von Patienten oder Patientinnen vor sich, die wegen seiner Fahrlässigkeit in eine Krise geraten oder schon tot waren.

Glücklicherweise war nichts davon der Fall. Alles schlief. Nur Schwester Laura wachte. Auf sie war Verlass. Diese Schwester Laura war ein Schatz. Na?, sagte sie. Haben Sie Ihre Mamma ein bisschen beruhigen können?

Er hatte ihr ein wenig von seiner Mutter und den Problemen, die er mit ihr hatte, erzählt. Sie hatte übrigens auch etwas Mütterliches. Aber etwas ganz anders Mütterliches als seine Mutter. Ja, sagte er. Er habe seine Mamma beschwichtigt.

Und hier war hoffentlich alles in Ordnung inzwischen?

Aber gewiss doch, lächelte Schwester Laura. Man könne zwar nicht sagen, dass alle gesund und glücklich seien. Aber niemand habe geklingelt oder gerufen, und so Gott will, sagte sie, haben alle angenehme Träume.

Keineswegs war es so, dass er ihr nichts von Julia erzählt hatte. Im Gegenteil. Er war ja stolz auf seine *ragazza Viennese*. Beiläufig hatte er sie sogar seine *fidanzata* genannt, seine Verlobte. Aber dass er in einem skurrilen Eifersuchtsanfall aus dem Nachtdienst weggerannt war, wollte er der Schwester Laura nicht eingestehen.

Also musste die Mutter als Ausrede dienen. Die arme Mamma, die diesmal gar nichts dafür konnte. Sie hatte sich damit abgefunden, dass ihr Sohn sie jetzt etwas seltener besuchte. Er macht das erste Jahr seiner Spitalspraxis in Alessandria, sagte sie zu den paar alten Freundinnen, die sie ab und zu anriefen, er ist Feuer und Flamme, er wird bestimmt ein großartiger *medico*.

22

Es kommt darauf an durchzuhalten, schrieb Marco, das war ein interessanter Satz. Eine Botschaft, die er nicht nur an Julia richtete, sondern auch an sich selbst. Im Zusammenhang des Briefs, den er Mitte Oktober schrieb, fast eine Beschwörung. Wir werden durchhalten, *Carissima, con tutta la forza del nostro amore*.

Durchhalten und all den Anfechtungen und Versuchungen, die uns gefährden, widerstehen. Als da wären: verfliegendes Vertrauen, anbrandende Mutlosigkeit, an der Seele nagende Eifersucht.

Was für Formulierungen! Julia musste beim Lesen der Briefe, die Marco in dieser Phase schrieb, viel im Diktionär blättern. Aber Fulvio, dessen bereitwillige Hilfe in Sachen Italienisch sie sonst gern in Anspruch nahm, gerade *ihn* auch als Übersetzungshelfer für Marcos Herzensergießungen heranzuziehen, wäre ihr doch etwas unpassend erschienen.

Natürlich gaben ihr diese Briefe auch zu denken. Aber was sollte sie tun, um Marco zu beruhigen? *Caro Marco*, schrieb sie, es ist ja alles – und nun suchte sie eine passende Übersetzung für: *halb so wild*. Im Wörterbuch fand sie keine. Vielleicht konnte sie doch Fulvio fragen.

Sie musste ihm ja nicht sagen, dass sie die Phrase für einen Brief an Marco brauchte. Es ist ja alles, schrieb sie vorläufig, nicht so ein Drama. *Non è una tragedia unica*, schrieb sie arbeitshypothetisch. Wir lieben uns doch. Was kann uns da schon passieren?

Das allerdings war vielleicht eine etwas zu einfache Darstellung der Sachlage. Natürlich konnte ihnen alles Mögliche passieren. Natürlich konnten sie auseinandergeraten. Realistisch betrachtet waren sie ein Paar, das nach einem vielversprechenden Anfang, von dem sie nun im Strom ihres Alltags von Woche zu Woche weiter weg driftetet, nicht so ohne weiteres wieder zusammenkam.

23

Dagegen mussten sie sich etwas einfallen lassen. Es kam nicht nur darauf an durchzuhalten, sondern auch darauf, eine Perspektive zu haben. Gab es nicht eine Gelegenheit, einander möglichst bald wieder zu treffen? Trotz oder gerade wegen der Enttäuschung von Verona?

Was das betraf, half auf die Dauer kein falscher Trost. Etwa in dem Sinn, dass Sex doch nicht alles sei und der beiderseitige gute Wille fürs Werk stehe. Die Enttäuschung, die sie unmittelbar danach abzufangen versucht hatten (und damit hatten sie einander ja vorerst geholfen), diese Enttäuschung wirkte nach. Bei ihm, wie es schien, noch etwas stärker als bei ihr.

Sein Alltag war einfach strapaziöser und trister. Diese Traurigkeit und Leere am Morgen nach den Nachtdiensten! Und nach den Tagdiensten, schrieb er, die einsamen Nächte! Er brauche zumindest einen schmalen Lichtstreifen am Horizont.

Zwei Tage in Wien, sagte er am Telefon, das ließe sich vielleicht machen. Was hältst du davon, *amore*?

Wunderbar!, sagte Julia.

Im ersten Moment empfand sie bei dieser schönen Aussicht nichts als Freude. Dass diese zwei Tage jedoch die ersten beiden Tage im November sein sollten, stimmte sie bedenklich.

Wollte Marco wirklich ausgerechnet zu Allerheiligen und Allerseelen nach Wien kommen?

Ja, sagte er. Da gibt es ein Zeitfenster im Dienstplan. Er würde sich, sagte er, einen Flug leisten. Dann käme er Montagvormittag in Wien an und könnte Dienstagnacht zurückfliegen.

Aber ..., sagte Julia, doch da redete er schon weiter. So hätten sie immerhin einen Tag mehr Zeit füreinander als in Verona. Und Julia könnte ihm *bella Vienna* zeigen. Vor allem jedoch würden sie einander lieben, denn für *amore senza stress* sollte in den rund vierzig Stunden eines solchen Aufenthalts doch genug Zeit bleiben.

Aber just an diesen Tagen? Könnten es nicht zwei andere sein? Diese zwei Tage schienen ihr wirklich alles andere als ideal. *Senti*, Marco, hör zu – schon am Telefon versuchte sie ihm das schonend beizubringen. Wenn sie seine ohnehin leicht depressive Stimmung bedachte, kam ihr die Idee, gerade zu Allerheiligen zu kommen, absurd vor.

Von wegen *bella Vienna* ... Abgesehen davon, dass Anfang November in Wien wahrscheinlich die hässlichste Zeit im Jahr sei, pilgere am 1. und 2. dieses Monats die halbe Stadt auf die Friedhöfe. Ungeachtet der Tatsache, dass ja Allerheiligen ursprünglich ein Freudentag sein sollte. Ein Tag, an dem die Kirche die vielen Heiligen bejuble, die sie auf ihrem Weg Richtung Himmel hervorgebracht habe. Durch den unglücklicherweise gleich danach angesetzten Totengedenktag Allerseelen sei das jedenfalls in Wien, einer Stadt, der man nicht von ungefähr eine Neigung zur Nekrophilie nachsage, völlig in Vergessenheit geraten.

Das schrieb sie allerdings erst in dem auf das Telefongespräch folgenden Brief. In einem Brief, in dem sie sich bemühte, ihre spontane Reaktion am Telefon zu begründen. Diese Reaktion, die Marco spürbar befremdet hatte. Es war ihr so vorgekommen, als wäre er einen Schritt vor ihr zurückgewichen.

Ganz Wien, schrieb sie, *rieche* an diesen Tagen nach Friedhof. Mit einem Wort: Alle anderen Tage seien besser für einen Besuch hier geeignet als diese. Vielleicht übertrieb sie ja. Vielleicht saß sie ja einem Klischee auf. Aber nach dem frustrierenden Erlebnis von Verona sollte doch nicht wieder etwas schiefgehen.

Marco hatte sich schon ein wenig auf Wien vorbereitet und offenbar in einem Kunstführer geblättert. Vor allem wollte er *Il Bacio* von Klimt im *Museo Belvedere* sehen. Zufällig hatte Julia erst vor kurzem etwas über dieses Bild in der Zeitung gelesen. Ob du es glaubst oder nicht, schrieb sie, *Der Kuss* von Klimt ist gerade verliehen.

24

Also wurde nichts aus Marcos Wien-Besuch Anfang November. Beleidigt nahm er Abstand von diesem Vorhaben. Natürlich wurde ein gewisses Misstrauen dadurch nicht geringer. Du willst nicht, dass ich komme. *Che cosa significa?* Was hat das zu bedeuten?

Das habe, schrieb sie, gar nichts zu bedeuten. Auf jeden Fall nicht das, was er anscheinend glaube. Es komme darauf an, durchzuhalten und zu widerstehen. Daran hielt sie sich. Obwohl es nicht ganz leicht war.

Fulvio machte ihr den Vorschlag, dass sie sich zur Nachhilfe statt im *Café Heumarkt,* das doch auf die Dauer etwas öd sei, namentlich jetzt, wo es dort immer ungemütlicher wurde, weil die Fenster nicht gut gedichtet waren und die Zentralheizung schlecht heizte, auch bei ihm treffen könnten. Seine Wohnung, in der es sogar eine Fußbodenheizung gebe, wie in Pompeji, sei gar nicht weit von hier entfernt. Julia sagte ihm, dass sie ihn durchaus charmant finde, aber den Verdacht habe, dass er ihr nicht nur Italienischnachhilfe geben wolle. Das sei nett von ihm, aber eine andere Art von Nachhilfe habe sie nicht nötig.

Sie verstimmte ihn damit nur vorübergehend. Fulvio war nicht nachtragend. Allerdings brauchte sie auch in Italienisch nicht mehr so viele Stunden. Sie lernte ja schnell. Sie war sprachbegabt. Und es machte ihr Freude. Einmal pro Woche, darauf einigten sie sich für den Monat Dezember, würde auch reichen.

Versuchungen gab es natürlich auch im Verlag. Manche von den Autoren, die dort aus und ein gingen, waren nur frech, einer war sogar unverschämt, aber zwei oder drei hatten ein gewisses Etwas. Und der Verlagschef, ein gepflegter Herr, der ein wenig so aussah, wie sie sich den Marchese Bianchi vorstellte, fragte sie eines Abends, als er schwungvoll in seinen mit einem feinen Maulwurfskragen besetzten Mantel schlüpfte, ob sie schon etwas vorhabe. Es würde ihm Freude machen, sie auf ein gepflegtes Souper in ein vor kurzem neu eröffnetes französisches Restaurant einzuladen.

25

Dann erwog Julia, nach Turin zu fahren. Zu Weihnachten, meinte sie, könnte sie sich das vorstellen. Aber kaum hatte sie das (wieder einmal am Telefon) anheimgestellt – *che ne pensi*, was hältst du davon? –, blockte Marco auch schon ab. *Natale* müsse er mit seiner Mamma verbringen, das sei seit langem versprochen und Tradition.

Im Gegenzug hatte er die Idee mit Silvester. *Capodanno à Vienna* – das war etwas, das damals unter seinen Landsleuten gerade populär wurde. Ein Kollege und seine *amica* hätten das im vorangegangenen Jahr erlebt. Und sie seien beeindruckt gewesen vom Rummel auf dem Stephansplatz und dem Klang der großen Glocke.

Es sah ganz so aus, als würde ein gemeinsamer Silvesterabend in Wien zustande kommen. Julia freute sich. Sie freue sich, sagte sie, wie ein Schneekönig. Wie wer oder was?, fragte Marco. *Come un re di neve*. Am Telefon und in ihren Briefen rätselten und scherzten sie darüber, wie man sich einen Schneekönig vorzustellen habe.

Wie einen Schneemann, *come un pupazzo di neve*? In Julias Fall wohl doch eher wie eine Schnee*frau*. *A proposito: C'è neve à Vienna?* Ja. Es schneit. Wien ist weiß und schön und wartet auf dich.

Und doch wurde wieder nichts draus. Denn Marcos Mamma wurde krank. Gerade rechtzeitig, dass ihr Sohn seinen Flug noch stornieren konnte. Wahrscheinlich hatte sie sich während des Weihnachtsspazierganges, den sie am Vormittag des Christtags miteinander unternommen hatten, verkühlt. Oder sie hatte sich im Theater, in das sie Marco dann am Abend noch geführt hatte, die passenden Viren eingefangen.

Zum Trost schrieb Marco einen sehr schönen Brief. Er begann mit einer Liebeserklärung. Dann folgten gute Vorsätze fürs neue Jahr. Er nehme sich ganz fest vor, nicht mehr so kleinmütig und unangebracht eifersüchtig zu sein wie letzthin, und außerdem wolle er anfangen, Deutsch zu lernen.

Letzteres nicht nur, um Julia auch in ihrer Muttersprache sagen zu können, wie gut sie ihm gefalle und für wie klug und besonnen er sie halte. Womöglich schaffe er es ja dann auch, nach und nach ein paar deutschsprachige Autoren, die ihm viel bedeuten, im Original zu lesen. Marx, Heine, Büchner und Bertolt Brecht zum Beispiel. Vielleicht auch einige von den jungen österreichischen Autoren, die ihm Julia empfohlen habe – leider könne er sich ihre Namen nur schwer merken.

Übrigens habe er in den Tagen, die er nun seiner Mutter wegen in Turin verbracht habe, Goethes *Faust* zu lesen versucht. Auf Italienisch natürlich – gewiss habe er trotzdem nicht alles verstanden. Was ihn allerdings frappiert habe, war der Gedanke des erfüllten Augenblicks. Dass sich *Signore Fausto* vorerst gar nicht im Ernst vorstellen könne, einen Augenblick zu erleben, den er mit beiden Händen festhalten wolle, weil er so schön sei, könne er, Marco, allerdings nur so verstehen, dass der arme Mann bis dahin entweder ein bemitleidenswert tristes Leben geführt haben müsse oder an chronischer Fantasielosigkeit leide – vielleicht beides.

Was ihn, Marco, betreffe, so habe er jedenfalls im vergangenen Jahr eine ganze Reihe solcher Augenblicke erlebt, und zwar mit ihr, Julia, in San Vito. Und solche Augenblicke wolle er wieder haben. Wenn es also so etwas wie einen Genius des vor uns liegenden Jahres gibt, schrieb er, dann ist das meine Bitte an ihn. Lass uns möglichst bald wieder dort, in San Vito, zusammenkommen.

26

Damit war es ausgesprochen, das heißt geschrieben. Sie hatten ja eine Perspektive, und diese Perspektive hatte einen Namen. Und dieser Name war San Vito, ganz klar. San Vito war der Ort, wo ihre schöne Zweisamkeit auf exemplarische Weise gelungen war.

Stimmt schon, gegen Schluss ihres Aufenthalts war zwischen ihnen auch dort nicht mehr nur strahlendes Schönwetter gewesen. Aber was waren diese paar Tage der Trübung im Vergleich zu den schönen langen, aber nie langweiligen Wochen davor. Sie würden einander dort wiederfinden, gar keine Frage. Die Frage war bloß, wann – aber das kam dann rascher, als sie gedacht hatten.

27

Sie hatten ja beide zuerst an den Sommer gedacht. Ungefähr die gleiche Zeit wie im vorangegangenen Jahr. Bis dahin war es, vom Jänner aus gesehen, zwar noch lang. Aber darauf, fand Julia, könnten sie sich einstellen.

Im Kalender konnten sie Tage abhaken, die bereits überstanden waren. Der Jänner, obwohl er lang war mit seinen einunddreißig Tagen, ging vorbei. Der Februar war deutlich kürzer, das machte ihn sympathisch. Und dann war schon März und dann Anfang April, und da hatten sie bereits das Gefühl, mehr als die Hälfte der Strecke, die sie zurücklegen mussten, um wieder zusammenzukommen, hinter sich zu haben.

Allerdings war die ganze Zeit über nicht ganz klar, wann Marco eigentlich Urlaub bekäme. Das hing von der Koordination der Dienste im Krankenhaus ab. Er ging davon aus, dass es im Sommer sein würde, aber davon gingen auch die meisten seiner Kollegen und Kolleginnen aus, die ihren Urlaub partout am Meer verbringen wollten. Daher herrschte für die Monate Juli und August einfach die größte Nachfrage.

Und dann rief Marco eines Abends Mitte Mai bei Julia an. So wie es aussehe, sagte er, könnte er schon Anfang Juni für zwei Wochen vom Spital weg. Das seien zwar etwas weniger zusammenhängende Urlaubstage, als die, die er für den Sommer erhofft habe. Aber anderseits sei Anfang Juni, das habe er sich sagen lassen, für die Gegend da unten fast die schönste Zeit.

Im Verlag, in dem ohnehin eine andere Volontärin wegen Schwangerschaft ausfiel, war man von Julias Ankündigung, dass auch sie für die erste Hälfte Juni schlicht und einfach nicht zur Verfügung stehe, alles andere als angetan. Und an der Uni versäumte sie dadurch wieder einmal zwei Prüfungstermine. Doch diese Prüfungen, redete sie sich ein, seien ohnehin nicht so wichtig. Und was war schon wichtig, verglichen mit Marco und San Vito.

Vier

1

Sie hatten vereinbart, einander in Siena zu treffen. Sie wollten alles so anlegen wie im Vorjahr. Marco holte Julia vom Bahnhof ab, er umarmte sie so fest, dass ihr fast die Luft wegblieb. Auf dem Bahnhofsvorplatz wartete die Ente, sie stiegen ein und fuhren auf der Via Cassia nach Süden.

Und es war Anfang Juni, die Landschaft blühte. Manche Felder wogten noch grün, da und dort durchsetzt von rotem Mohn, die Hügel waren sattgelb von Ginster. Und der Himmel darüber war von einem geradezu zärtlichen Blau. Und die Schafe, die zwischen Buonconvento und Torrenieri die Straße querten, waren noch nicht geschoren.

Marco hatte diesmal nicht nur die *Minolta* dabei, sondern auch eine *Bolex*, eine Super-8-Kamera. Die brachte er während der folgenden Tage noch oft (und manchmal allzu oft) zum Einsatz. Doch auf der Hinfahrt, sosehr ihn das eine oder andere Motiv gereizt hätte, beherrschte er sich. Sie hatten es eilig, nach San Vito zu kommen.

Und dann waren sie da, dann waren sie wirklich wieder da! Und hielten, genau wie elf Monate vorher, an der Porta Pellegrini. Und gingen durch die Via Poliziano bis zur Collegiata, an deren Portalen, soviel sie auf den ersten Blick sahen, noch alles so war, wie sie es in Erinnerung hatten. Die eleganten gotischen Skulpturen am Südportal und die eher komischen, von der Zeit und vom Wetter fast bis zur Unkenntlichkeit bearbeiteten Löwen am Westportal, nicht zu vergessen der romanische Comicstrip mit den züngelnden Ungeheuern im Architrav.

Und dann bogen sie ab in die Via Dante, aber diesmal gingen sie nicht am *Caffè Italiano* vorbei. Und das Wiedersehen mit Philemon und Baucis, mit Pietro und Bruna also, war überaus herzlich. Sie wurden sogar geküsst, links und rechts auf die Wangen, obwohl die beiden Alten schüchterne Menschen waren. Und die Schildkröten waren auch noch da und trieben es heftig, und der Kanarienvogel trällerte.

Und das Albergo sah noch genauso aus, und im Foyer duftete es noch ebenso nach Naphthalin wie letzten Juli und August. Und der *padrone*, Fantini, war auch noch der Alte (vielleicht hatte er allerdings einen Zahn weniger). Und hätte ihnen sogar ein besseres oder jedenfalls größeres Zimmer angeboten im *primo piano*. Aber nein, das wollten sie gar nicht, sie wollten nur das Zimmer im zweiten Stock, *il numero undici*, das sie im vorigen Jahr gehabt hatten.

Und auch hier war noch alles an seinem Platz. Die grünen, schon etwas morschen Fensterläden, der kleine, wacklige Tisch, unter dessen zu kurz geratenes Bein man wieder ein Stück Karton würde legen müssen, und die Stühle, die ungefähr so aussahen wie der, den Van Gogh einst in der Provence gemalt hatte. Und der Schrank, dessen Tür nicht recht zuging, aber dafür manchmal eigenmächtig aufging und knarrte. Und das Bett, natürlich das Bett, das so heiter gelassen durchhing.

Und sie ließen sich lachend hineinfallen in dieses Bett, diese Mulde, in der sie in der Mitte zusammenrollten, ob sie es nun wollten oder nicht. Und sie wollten es ja, sie wollten es sehr, womöglich hatten sie sich gerade danach gesehnt! Und sie umarmten einander mit aller Lust, die sie aufeinander hatten. Und es machte ihnen ebenso viel Freude wie im vergangenen Jahr.

Und genau dort knüpften sie wieder an. Die Zeit dazwischen, mit all den Problemen, die sich durch ihre räumliche Trennung ergeben hatten, schien ihnen nun nebensächlich. Von hier aus kam sie ihnen viel kürzer und unbedeutender vor, als sie tatsächlich gewesen war. Hier konnte ihre Liebesgeschichte in ihrer schönen Selbstverständlichkeit weitergehen.

2

Die Geschichte von Julia und Marco – aber wie war das mit der Geschichte von Mortimer und Molly? Natürlich kam ihnen jetzt auch die wieder in den Sinn. Zuerst hofften sie sogar, dass sie vielleicht von Mortimer selbst erfahren würden, wie es damit weitergegangen war. Aber als sie Fantini nach ihm fragten, erfuhren sie, dass der amerikanische Gast seit seiner abrupten Abreise im Vorjahr nichts mehr von sich habe hören lassen.

Vielleicht hatten ihn die Schwierigkeiten, die man ihm wegen der Aufenthaltsbewilligung gemacht hatte, doch nachhaltig verärgert. Das wäre zwar traurig gewesen, aber verglichen mit anderen Möglichkeiten halb so schlimm. Sehen Sie, sagte Fantini, ein Mann in diesem Alter ... Einen Schlaganfall habe der Signore Mortimer jedenfalls schon hinter sich gehabt.

Ich bitte Sie, sagte Marco, so etwas soll man nicht berufen! Übrigens: Ist nicht vielleicht ein Brief von ihm *an uns* da? Ein Brief, der möglicherweise schon vor Monaten angekommen ist?

Nein, sagte Fantini. Wieso sollte er *Ihnen* denn schreiben?

Das war enttäuschend. Und der Gedanke, dass Mortimer vielleicht gar nicht mehr lebte, war traurig. Aber auf diesen Gedanken wollten sich die beiden nicht wirklich einlassen. Sie wollten sich diesen Baum von einem Mann nicht gefällt vorstellen. Ihren alten Hemingway wollten sie lieber aufrecht stehend in Erinnerung behalten.

Am Fenster stehend und in den *giardino* blickend. Am Fenster von Zimmer Nummer 9, das nun vergebens auf ihn wartete. Offenbar war es ebenso unbewohnt wie alle anderen Zimmer im zweiten Stock. Die Schlüssel hingen am Schlüsselbrett im Hochparterre.

Von dort entwendeten sie den Schlüssel zu Mortimers Zimmer. Das taten sie keineswegs nur aus Übermut. Nein, es ging um Mortimers Perspektive. Wenn er schon selbst nicht da war, so wollten sie den Garten, in dem er gelandet war, wenigstens aus seinem Blickwinkel sehen.

Gewissermaßen, so Marco, durch Mortimers Augen. Vermittelt durch das Kameraauge der *Bolex*. Ein Gerät, auf das er gewaltig stolz war. Die *Bolex*, ein Schweizer Erzeugnis, sei eines der avanciertesten Produkte, die es derzeit auf dem Super-8-Sektor gebe.

Schau doch, wie schön sie ist, und wie gut sie in der Hand liegt! Ein edles Stück, das natürlich auch seinen Preis hat. Und ein Arzt, der seine Turnusjahre absolviert, ist ja noch lang kein Spitzenverdiener. Aber die *Bolex* habe ich mir geleistet, das war mir ein Bedürfnis.

Nicht zuletzt, um sich selbst ein Zeichen zu setzen. Ein Zeichen, dass es ihm mit der Filmidee nach wie vor ernst sei. Und was seine Zukunft betreffe, sei ja das letzte Wort noch nicht gesprochen. Wer weiß, sagte er. Wir werden sehen, sagte er. *Chi sa, che sarà.*

3

Sie schauten und filmten also aus Mortimers Fenster. Und dann hängten sie den Schlüssel ans Schlüsselbrett zurück und gingen über die Piazza Richtung Park. Und dieser Park lag wieder in seinem Dornröschenschlaf. Als wäre das *Unità*-Fest nie gewesen.

Man betrat den *giardino* nicht einfach so, ohne Anlass. Was das betraf, waren die Leute von San Vito anscheinend immer noch gehemmt. Der Garten gehörte zwar nicht mehr exklusiv der Familie Bianchi, sondern der *comune*, und das waren ja eigentlich sie alle. Aber sie machten nur vorsichtig oder behutsam Gebrauch von diesem Besitz.

Es gab Feste, die dort gefeiert wurden, und da war man gern dabei. Aber im Alltag blieb man lieber auf der Piazza. Die alten Männer saßen auf den Steinbänken, die den Eingang zum Garten flankierten, auch schon jetzt, am frühen Vormittag, als Marco und Julia quer über den Platz daherkamen. Sie nickten den beiden, an die sie sich anscheinend aus dem Vorjahr erinnerten, freundlich zu: *Entrate pure*, sagten sie, treten Sie nur ein, aber sie selbst blieben draußen.

Marco und Julia traten erneut über die Schwelle. Und schon waren sie wieder drin in diesem magischen Bereich. Und wieder öffnete sich der Blick, raffiniert gelenkt durch die womöglich wirklich von Michelangelo inspirierte Gartenarchitektur. Und alles lag und stand noch so da wie vormals.

Die trapezförmigen Beete, die kugelförmig geschnittenen Buchsbäume, die Steineichen im Hintergrund. Der Kreis, der aussah wie das Zentrum einer Zielscheibe. Und das schmale, perfekt in die Mauer eingepasste, aber durch den Taubenturm ein Stück aus der Mauer herauswachsende Haus ... Einen Moment lang sah es so aus, als würde sich ein Fensterflügel im zweiten Stock bewegen, aber das war bloß ein Lichtreflex, denn im selben Moment wurde in einem Haus auf der anderen Seite des Gartens, jenseits der nunmehr von kommunalen Gärtnern gepflegten Hecke, ein Fenster geöffnet oder geschlossen.

Und Marco filmte. So wie er im Vorjahr fotografiert hatte. Filmte und sprach leise, aber in einem sehr professionell wirkenden Tonfall, in ein in die Kamera integriertes Mikro. *Mortimers Landeplatz / Gewölbe, in dem Mortimer Deckung sucht / Fenster, aus dem Miss Molly schaut.* Er tat das mit dem Elan eines neuen Anfangs.

Und filmend umkreiste Marco den Januskopf, der am Absatz der Treppe stand, die in den oberen Teil des Gartens führte. Und desgleichen den rudimentären Sockel des Turms, den die Deutschen im Juni 1944 gesprengt hatten. Und mit der Baskenmütze und der Windjacke, die er auch dieses Jahr bei fast jedem Wetter trug, sah er aus wie ein Filmemacher aus dem Bilderbuch. Ein piemontesischer Neffe von Godard oder Truffaut.

Und dann saßen sie am Steintisch, der auch noch immer an seinem Platz stand. Und Marco erklärte, wie er sich das weitere Vorgehen in Sachen Mortimer und Molly vorstellte. Natürlich würden sie ihre Gedanken zu dieser Geschichte weiterhin in das *quaderno* schreiben, das er im Vorjahr gekauft hatte, und wenn es vollgeschrieben sei, was bald der Fall sein könnte, würden sie ein neues kaufen. Doch darüber hinaus würde ihnen nun auch alles, was sich filmisch festhalten ließ, als Erinnerungshilfe dienen.

Das Reizvolle daran sei, dass man damit einen Teil des Films schon vorweg drehen könnte. Ja, sagte er, das Super-8-Material ließe sich später vielleicht in einen 16-mm-Film montieren. Natürlich haben wir jetzt noch nicht die Schauspieler, sagte er, die dann die Rollen von Mortimer und Molly spielen werden. Aber wir können die Inspirationsphase dokumentieren.

Außerdem gehöre seiner Ansicht nach nicht nur die Geschichte von Mortimer und Molly zum Film, sondern auch *ihre* Geschichte. Sodass es nur logisch sei, auch ihre Geschichte in den Film mit einzubeziehen. Wären sie nicht nach San Vito gekommen und hätten sie sich nicht im *Albergo Fantini* einquartiert, so hätten sie Mortimer nicht kennengelernt. Und hätten sie Mortimer nicht kennengelernt, so hätten sie nie etwas von seiner Geschichte mit Miss Molly erfahren.

Er halte es für richtig und wichtig, das transparent zu machen. Er filmte also das Auto, die Ente, aus allen möglichen Positionen. Und dann sollte Julia, die er zuerst auf dem Beifahrersitz gefilmt hatte (sowohl durch die Windschutzscheibe als auch durchs Seitenfenster), aussteigen und sich vorstellen.

Sono Julia, sagte sie.

Sehr schön, sagte er. Aber sprich weiter. *Avanti!*

Was soll ich denn sagen?, fragte sie. Diese Situation behagte ihr nicht besonders.

Sag einfach spontan, sagte Marco, was dir zu dir selbst einfällt.

Und da sagte sie irgendwas und dachte, dass man es ohnehin kaum verstehen würde. Erstens taugte das Mikro, so avanciert die Kamera samt ihrem Zubehör auch war, vermutlich doch nicht für spielfilmreife Tonaufnahmen und zweitens blies der Wind.

Und Marco drückte Julia die Kamera in die Hand und setzte sich ins Auto auf den Fahrersitz. Und sie sollte ihn filmen, wie er zuerst sie gefilmt hatte (im Profil und *en face*). Und dann stieg auch er aus und stellte sich dem imaginären Filmpublikum vor. *Sono Marco*, sagte er. *E amo questa ragazza.*

In den folgenden Tagen verbrauchte Marco sehr viel Super-8-Material. Er hatte die *Bolex* so gut wie immer dabei. Man könne nicht wissen, ob ihnen nicht irgendetwas begegnete, das auf die eine oder andere Weise zum Film gehöre. Und von dem Moment an, in dem man einmal so einen Film im Kopf und eine Kamera in der Hand habe, gehöre ja eigentlich fast alles dazu.

Strukturen im Straßenpflaster, die aussahen wie geheimnisvolle Schriftzeichen ... Im trockenen Lehmboden eines Feldwegs erstarrte Spuren wer weiß welcher Menschen und Tiere ... Ein abgestorbener Strauch, an dessen äußersten Zweigen noch zwei Blätter zitterten ... Ein Baumschatten an einer Mauer, der aussah wie der Schatten einer Frau ... Ein im Wald einfach abgestelltes, ausgeweidetes und von Schlingpflanzen überwuchertes Auto ... In einem verlassenen Steinbruch unvermittelt am Abgrund endende Gleise ... Eine Ameisenstraße, die zu einem toten Vogel führte ... Lebendige Vögel, die in faszinierenden Formationen flogen.

Eine auf zwei Stöcke gestützte, gebeugte Frau, die, schwarz vom Kopftuch bis zum bodenlangen Kittel, buchstäblich durchs Feld wehte ... Ein Mädchen in einem roten Kleid, das mit fast tänzerischen Bewegungen Wäsche an einer Leine befestigte ... *Portovino*, der Dorfalkoholiker, der auf seinem Fahrrad gegen innere und äußere Elemente kämpfte ... Und Garibaldi, der alte Mechaniker, der mit gütigen Frauenarztfingern die Zündkerzen der Ente abtastete.

Gewiss waren das lauter interessante Bilder und Sequenzen. Und Julia wollte Marco die Freude an der Kamera nicht verderben. Aber allmählich hatte sie das Gefühl, dass er zu viel durch seine Objektive schaute. Und dass er darüber die Geschichte aus den Augen verlor, um die es eigentlich ging.

Sie musste eine Möglichkeit finden, Marcos Fixierung auf die Kamera wenigstens ein wenig zu lockern. Es ging darum, ihn – bildlich gesprochen – behutsam an der Hand zu nehmen und in die Geschichte von Molly und Mortimer zurückzuführen. Eines Abends endlich, nachdem die erste Woche ihres zweiten Aufenthalts in San Vito schon fast vergangen war, ergab sich die Gelegenheit dazu. Sie waren Pizza essen gewesen, danach gingen sie noch ein paar Schritte an der Stadtmauer spazieren.

Warum steigen wir nicht einfach dort wieder in die Geschichte ein, wo wir schon gewesen sind?, fragte sie. Und dann brachte sie die Sprache auf die Szene, die ihr im Zug nach Verona eingefallen war. Taktisch klug, denn das war eine nächtliche Szene. Im Zusammenhang mit dieser Szene ließ sich mit der Kamera nichts anfangen.

4

Außen. Nacht. Mortimer und Molly in den Feldern. Geduckt sind sie über die Mauerkrone gelaufen, erinnerst du dich? Eine Eisenleiter sind sie hinuntergeklettert, und die Via Verdura haben sie überquert. Wieder geduckt und gewärtig, dass ihre Geschichte jeden Moment zu Ende sein könnte.

Aber sie haben Glück, der deutsche Soldat, der keine zweihundert Meter entfernt Wache hält, hat sie nicht bemerkt ... Weißt du noch? Der mit dem Kindergesicht unter dem Stahlhelm ... Oder, kann sein, er *wollte* sie nicht bemerken ... Denn vielleicht, ja bestimmt ist es für ihn besser, wenn er die scheiß Wache, die er in dieser Nacht schieben muss, hinter sich bringt, ohne in einen Schusswechsel verwickelt zu werden.

Wenn er diese Nacht übersteht, überlebt, wäre das wieder ein kleiner Schritt auf seinem Weg nach Hause ... Er hat noch viele solcher Schritte vor sich, aber vielleicht hat auch er Glück ... Wenn er auch bei der Verteidigung der Gotenlinie oben im Apennin, die ihm und seinen Kameraden noch bevorsteht, nicht ins vom Sommer ausgetrocknete Gras beißt ... Wer weiß, vielleicht kommt er dann halbwegs heil zurück ins zerbombte Deutschland, kann sich von seinen Eltern, falls sie nicht irgendwo unter den Trümmern liegen, in die Arme schließen lassen und irgendwann später, in einem Frieden, den man sich jetzt noch gar nicht recht vorzustellen vermag, sein Abitur nachholen.

Mortimer und Molly sind jedenfalls heil über der Straße. Und schlagen sich in die damals, im Jahr 1944, noch gleich dort drüben beginnenden Felder. Und es ist Anfang Juni, das Korn steht hoch. Sonst hat man es um diese Zeit meist schon geschnitten, aber heuer ist niemand da, der es erntet.

Ganz San Vito, heißt es, war damals in der Macchia. Ein Begriff, mit dem man einfach die Gegend meint, *fuori del paese*, außerhalb des Ortes, eine nicht näher bestimmte Entfernung. Und da wollten nun auch Molly und Mortimer hin, wohin konkret, das würde sich noch finden. Und es war eine schöne, laue Nacht, so schön und lau, wie die Nächte Anfang Juni in dieser Gegend für gewöhnlich sind, ungefähr so, wie sie Marco und Julia nun, auf den Spuren von Mortimer und Molly, erlebten.

Fast vierzig Jahre später. Ohne Krieg. *Fortunati noi*, sagte Marco, wir Glücklichen, und das war ja die Wahrheit. Sie *waren* glücklich, Julia und er, ihre ganze Generation war glücklich. Zumindest die in ihrer Weltecke, in diesem Teil Europas, in dem zu ihrer Zeit ungewöhnlich lang Friede herrschte. Ungewöhnlich jedenfalls im langjährigen Durchschnitt.

Glücklich, dass sie so etwas wie die Flucht Mortimers und Mollys in die Macchia nicht selbst erleben mussten, sondern es nacherleben konnten als Geschichte. Als Geschichte, die sich mit jedem Schritt, den sie ihr nachgingen, vor ihnen auftat. Vielleicht kam es ihnen ja nur so vor, vielleicht liefen sie Phantomen nach, ihren eigenen Hirngespinsten. Aber unmöglich war es nicht, dass sie auf der richtigen Fährte waren, besonders in dieser Nacht.

5

Der Mond hing als schmale Sichel über der Erde. Und die Erde vibrierte vom Zirpen der Grillen. Und der Himmel erschien ihnen nicht flach wie sonst, sondern als Gewölbe. Ein Himmel, wie er in alten Büchern stand.

Sie gingen den Hohlweg, der an den Feldern entlangführt. Und da sahen sie tatsächlich die Glühwürmchen. Die Glühwürmchen, die Julia im Zug vor ihrem inneren Auge gesehen hatte. Sie schwebten im Brombeergesträuch, glitzernd wie winzige Strassdiamanten.

Siehst du, sagte sie, da sind sie, ich hab es gewusst! *Lucciole* hießen diese netten Leuchtkäfer auf Italienisch. So viele *lucciole*, sagte Julia, wie schön! Marco lachte. Irgendetwas schien ihn zu amüsieren.

Ja, sagte er, so viele gibt es nicht einmal im Bahnhofsviertel in Rom.

Es dauerte eine Weile, bis sie begriff.

Lucciole hießen auf Italienisch auch die Prostituierten. *Una lucciola* (Singular), *molte lucciole* (Plural).

Ecco, sagte Marco. Das hast du bei deinem Fulvio nicht gelernt.

Sie überging das. Die Glühwürmchen waren trotzdem schön. Nicht nur schön: Sie waren ein wahres Wunder. Nicht nur in den Brombeerhecken glitzerten sie, sondern auch in den Feldern.

Und wie! Und wie viele! Unglaublich! Zahllose Glühwürmchen! Je mehr sich das Auge an die schöne Dunkelheit gewöhnt hatte, desto mehr von ihnen sah man. Und jetzt stell dir das bitte im Film vor – was für eine Szene! *Mortimer und Molly durch ein von Glühwürmchen übersätes Feld laufend.*

Anfangs noch immer gebückt, noch immer mit der Angst im Nacken. Aber nach und nach immer entspannter, immer aufrechter. Und in Großaufnahme sieht man, wie Molly nach Mortimers Hand fasst oder Mortimer nach der ihren. Und den leichten Händedruck, mit dem sie einander bestätigen, dass sie es immerhin bis hierher geschafft haben, muss man buchstäblich spüren.

6

Aber wo sollen sie jetzt hin? Damit, dass sie durchs Feld laufen, ist es ja nicht getan. Sie müssen irgendetwas finden, wo sie bleiben können. Gehöfte gibt es einige in der Nähe, aber sind sie weit genug vom Ort entfernt? Man darf sich nicht täuschen lassen, man darf sich nicht zu früh in Sicherheit wähnen.

Es gibt Geschichten von Familien, die aus San Vito geflohen sind, um den Bomben, die dort bestimmt noch fallen würden, zu entgehen. Familien, die auch tatsächlich das eine oder andere *podere* in dieser Zone fanden, wo man sie freundlich aufnahm, obwohl schon viele da waren. In der Not muss man halt zusammenrücken, in schweren Zeiten erweist sich, was Gastfreundschaft und Solidarität wert sind. Sechs, sieben Familien in einem Haus, und wenn schon, die körperliche Nähe der anderen ist auch Hilfe in bangen Stunden.

Es hatte also gar nicht so schlecht ausgesehen für diese Leute. Sie mussten nur noch eine Weile durchhalten. Natürlich war die Versorgung ein Problem, wo man doch rundherum kaum mehr was hatte. Aber man teilte das Wenige, das noch da war.

Nur noch eine Weile durchhalten, bis die Alliierten kämen. Die würden zwar bombardieren, darauf musste man sich einstellen, aber doch nicht hier draußen – was sollte denn das für einen Sinn haben? Man würde mit halbwegs heiler Haut davonkommen, auch wenn man bei der Rückkehr in den Ort anstelle des Hauses, in dem man sein Lebtag gewohnt hatte, womöglich nur mehr eine Schutthalde vorfände. *Sopravvivere*, überleben, das war die Hauptsache.

Aber dann kamen vor den Alliierten zuerst noch die Deutschen, und das war halt Pech. Die hatten zwar gar keine Zeit, den Familien, die sich da zusammendrängten wie eine verängstigte Schafherde, irgendwas unmittelbar Böses anzutun. Etwa unter den Männern, die durchaus nicht alle greis genug wirkten, um nicht mehr wehrfähig zu sein, nach Deserteuren zu suchen, sie entweder irgendwohin mitzunehmen oder auf der Stelle zu erschießen, was ihnen sonst durchaus zuzutrauen gewesen wäre. Nein, nein, das war ein schneller Trupp mit einem Flakgeschütz auf der Ladefläche eines Lastwagens. Diese Deutschen jagten die Leute zwar aus dem Haus, das sie selbst beanspruchten, in die Scheune und in den Stall. Aber ansonsten waren sie vor allem damit beschäftigt, ihr idiotisches Geschütz im Hof zu positionieren. Und dort stand es nicht lang, dort stand es, nachdem es die ersten Schüsse abgegeben hatte, nur mehr sehr kurz. Und danach stand das ganze Gehöft nicht mehr.

Nichts mehr als rauchende Trümmer, auch die Scheune und der Stall. Die alliierten Flugzeuge hatten das Geschütz selbstverständlich bald geortet. Feindliches Feuer. Und da ging es einfach darum, diesen lästigen Funken rasch auszutreten. Und natürlich konnte man sich nicht darum kümmern, wie viele Zivilpersonen bei so einem nebensächlichen Bombenabwurf umkamen.

Solche Geschichten. In mehreren Varianten. Es gab natürlich auch Gehöfte, in denen die Leute überlebten. Gewiss war das von vielen Zufällen abhängig und letzten Endes unberechenbar. Aber so viel ist sicher, dass die Überlebenschance mit der Entfernung vom Ort und von der unglücklicherweise durch den Ort führenden Straße zunahm.

Auch Geschichten von Leuten, die sich in Höhlen zurückzogen. Es gab da angeblich Höhlen in den *crete*. Oder waren es eher von Dornengestrüpp überwucherte Gräben? Ganze Höhlen- oder Grabensysteme, in denen sich, so heißt es, große Gruppen von Menschen verbargen.

Darunter Antonio, der *tabaccaio* mit den lustigen Augen, und seine Freunde. Luigi und Carlo und wie sie alle hießen. Die damals Erwachsenen mögen sich zu allererst an die ausgestandene Angst und an die erlittene Not erinnern. Aber für uns *ragazzi* waren die paar Wochen in den Höhlen zuallererst aufregend.

Jahrgang 1933, ein tüchtiger Jahrgang. In unserer Fantasie, erzählten sie, waren wir Steinzeitmenschen, Bärenjäger. Der Alltag im Ort war ja nie so besonders spannend. Da draußen hingegen ... das war ein abenteuerliches Leben.

Uns sie seien ja nicht ständig in den Höhlen gehockt. Sie seien ausgeschwärmt, sie hätten sich herumgetrieben. Immer auf der Suche nach interessanten Fundstücken. In so einem Krieg bleibe ja alles Mögliche in der Gegend liegen.

Besonders begehrt seien natürlich Patronen gewesen, aus denen man das Pulver herausholen konnte. Auch nicht detonierte Granaten konnte man finden, Blindgänger, einmal sogar eine Fliegerbombe. Grell die Erinnerung an einen, der dabei umkam. Wie er auf einmal dastand, das Gesicht ganz schwarz, aber die Augen weit aufgerissen, mit seinen Gedärmen in den Händen.

Aber das war ein Unfall, sagte Antonio. Und in den Höhlen überlebten viele. Vielleicht auch mit Hilfe der Madonna, zu der sie beteten. Manche von denen, die schon jahrelang keinen Fuß in die Kirche gesetzt hatten, sollen damals sogar Gelübde abgelegt haben.

Doch das ist keine Perspektive für Mortimer und Molly. Nein, sagte Julia, in diesen Höhlen kann ich mir die zwei nicht vorstellen. Noch weniger als in irgendeinem Gehöft. Molly mit ihrer Neigung zur Klaustrophobie und Mortimer, der sich so lang nicht aus dem Mauerhaus gewagt hat ...

Vor allem: Wenn sie da oder dort Zuflucht gefunden hätten, dann wüssten die Leute doch von ihnen ... Miss Molly, die sich sonst kaum unter die Leute gemischt hatte, und dieser Fremde ... Die zwei wären doch aufgefallen, an dieses Paar hätte man sich erinnert ... Und danach, als man das alles überstanden hatte und die Gelübde erfüllt waren und trotz allem so etwas wie Alltag wieder anfing, hätte es doch sicher Tratsch darüber gegeben.

Miss Molly und dieser Fremde, ein Amerikaner! Denn dass er ein Ami war, hätte man unschwer erraten. Kaum dass er den Mund aufgemacht hätte, sagte Marco. Selbst wenn er sich stumm gestellt hätte, sagte Julia.

Aber es gab keinen Tratsch über dieses Paar. Die beiden waren weder in den Gehöften aufgetaucht noch in den Höhlen. Sie müssen also etwas anderes gefunden haben. Einen Zufluchtsort, an dem sie dann nach wie vor zu zweit blieben.

Etwas, wo sie zu zweit überleben konnten, sagte Marco. Überleben und über*lieben*, sagte Julia. Irgendwo weiter draußen. Wo könnte das gewesen sein? *Direi* ..., sagte Marco, ich würde sagen ... am ehesten am Fluss.

7

Aber irgendwo möglichst weit flussabwärts. Möglichst weit von der Brücke entfernt, die damals natürlich auch noch gesprengt worden war, bevor die alliierten Bodentruppen kamen. Eine antike Brücke, ein eleganter, steinerner Bogen. Gespannt über den Fluss, der sich von da an immer tiefer zwischen die immer höheren Hügel grub.

Immer näher ans Ufer rückende Hügel mit immer steileren Abhängen. Unten dunkelgrün bewachsen, oben mit faltigen, von der Sonne gerösteten Kuppen. Eine schöne, wilde Gegend, in die nur wenige Wege führten und so gut wie keine von Militärfahrzeugen befahrbaren Straßen. Vielleicht das Rückzugsgebiet des Räubers, von dem Mortimer in der Osteria erzählt hatte.

Marco und Julia waren zufällig dort hingekommen. Und überdies auf recht abenteuerlichen Umwegen. Die Ente schwankend, sodass Julia ein bisschen übel wurde. Doch sie hatte sich nichts anmerken lassen, um Marco, der einen verwegenen Slalom zwischen zahllosen Schlaglöchern fuhr, nicht abzulenken. Und dann waren sie an einer Stelle angelangt, an der die Straße einfach endete. Ohne Vorwarnung durch irgendwelche Verkehrszeichen. *È questa la fine del mondo*, ist das da das Ende der Welt?, hatte Marco sarkastisch gefragt. Aber nein: Von dort sah man hinunter auf den Fluss.

Dieser Fluss mit seinen Windungen und Wendungen zwischen den Hügeln! Kehrte man ihm irgendwo in dieser schwer überschaubaren Gegend den Rücken, glaubte man, ihn längst hinter sich gelassen zu haben, so konnte es sein, dass man ihm weiter vorn wieder begegnete. Ein ganz eigenartiger Fluss, sympathisch in seiner Unberechenbarkeit. Von dort aus, vom Ende der holprigen Straße, auf der Marco dann ein Stück rückwärts manövrieren musste, bis er eine zum Umdrehen geeignete Stelle fand, hatten sie ihn also wieder einmal unversehens im Blick.

Und da gab es ein Haus an der Flanke des Abhangs.

Erinnerst du dich?, sagte Marco. Ein halb verfallenes Haus.

Ja, sagte Julia. Dieses Haus ohne Dach.

Daneben stand ein wahrscheinlich vom Blitz getroffener Baum.

Sie gingen noch immer durch die Felder. Der Abend war nach wie vor lau.

Was meinst du, sagte Marco, wie weit von hier mag das sein?

Vielleicht zehn Kilometer, sagte Julia. Vielleicht mehr.

Was denkst du: Wie lang würde man zu Fuß dorthin brauchen?

Mortimer und Molly brauchten damals, im Juni 1944, die ganze Nacht. Marco und Julia gingen an diesem Abend im Juni 1982 nur ein Stück ihres mutmaßlichen Weges. Es war aber trotzdem ein tüchtiges Stück, das sie gingen. Als sie die Hügelkette erreicht hatten, die zwischen den Feldern und Weinbergen auf der einen Seite und dem Fluss auf der anderen Seite liegt, standen die Zeiger auf dem Leuchtzifferblatt von Marcos Taschenuhr schon auf halb eins.

Da war es dann doch vernünftiger umzukehren. Es war deutlich kühler geworden, sie hatten den Weg spontan angetreten und waren nicht für einen Nachtmarsch gerüstet. Der Rückweg, der nun vor ihnen lag, würde ohnehin lang genug sein. Aber sie konnten sich die Strecke, die man zurücklegen musste, um zu jenem Haus zu gelangen, nun schon recht konkret vorstellen.

Mortimer und Molly jedoch kehrten damals nicht um. Konnten nicht umkehren. Stapften weiter und weiter. Auch, als es eine Strecke steil bergauf ging und immer dunkler wurde, denn diese Seite der Hügelkette ist dicht bewachsen. Kleine, krumme Eichen, da und dort überragt von Pinien, überall stacheliges Gebüsch.

Stapften weiter und weiter. Molly war tapfer. Sie war eine starke Frau, das hatte sich schon erwiesen. Und trotzdem – sie war doch bloß eine Gouvernante außer Dienst. Gewiss nicht so gut trainiert wie ein Amerikanischer GI.

Sie hielt aber durch, Miss Molly, Julia war dessen sicher. Und wer weiß, ob Mortimer durchgehalten hätte ohne sie an seiner Seite. Trotz seines Trainings. Er wusste ja nicht, wohin. Sie jedoch hatte eine Intuition oder zumindest eine Ahnung.

Vielleicht hatte sie ja schon von diesem Haus gehört, das da weit draußen an einem zum Fluss abfallenden Hang stand. Ein verlassenes Haus, wie es hieß, schon seit langem verlassen, vom Blitz beschädigt, nicht vom Krieg. Eine Familie hatte dort gewohnt, an die man sich kaum noch erinnern konnte in San Vito. Leute, die von irgendwo anders hergekommen waren und einen schwer verständlichen Dialekt gesprochen hatten, am ehesten Sarden.

Die waren dann wieder weggezogen, das alles war sehr lang her. Und das Haus war stehen geblieben, wie es war, niemand wollte dort hinziehen. Erstens war es ja wirklich sehr weit draußen und zweitens, wer weiß ... Vielleicht zog es ja Blitze an, so etwas soll es geben.

Es wurde sogar gemunkelt, dass es dort spukte. Zwar kam

selten jemand vorbei, aber einige von denen, die doch vorbeigekommen waren, erzählten merkwürdige Geschichten. Von Fensterläden, die einmal offen waren und einmal geschlossen, von Wäsche, die manchmal zum Trocknen an der Leine hing und sehr weiß im Wind flatterte. Obwohl doch dort seit Jahrzehnten niemand mehr wohnte.

Dieses Haus also. Vielleicht hatten sie ja Glück und würden es finden. Aber zuerst einmal mussten sie über den Hügelkamm kommen. Bis sie das geschafft hatten, würde es wahrscheinlich ohnehin schon wieder hell werden. Und dann würden sie in das enge Tal hinunterschauen, durch das sich der Fluss schlängelte.

Und wirklich: Sie fanden das Haus kurz nach Sonnenaufgang. Der Baum, der daneben stand, gespalten, was vom Dach übrig war, die Balken, angekohlt. Aber die Mauern, aus grauem Naturstein, standen noch. Immerhin: ein nach außen abgegrenztes Geviert. Darin konnte man sich vielleicht einrichten.

Why not?, sagte Mortimer. Ja, das könnten wir versuchen. Aus den Fugen zwischen den Stufen der kurzen Treppe, die zur Tür hinaufführte, wucherte Gras. Beherzt stieg er voraus; eine im Frühlicht glänzende Schlange floh vor seinen Stiefeln. Kein Grund zu erschrecken, sagte er. Schlangen, die nicht beißen, bringen Glück.

8

Nicht weit hinter dem Haus begann der Wald, nicht weit unter dem Haus floss der Fluss. Der Wald war hier freundlicher, lichter als auf der anderen Seite, der Fluss floss in schönen, stellenweise von Ginstergebüsch gesäumten Mäandern. Vom Krieg war hier vorerst beinahe nichts zu bemerken. Nur wenn die Deutschen aus den großen Granatwerfern schossen, die sie in Radicofani aufgestellt hatten, auf jenem schroffen, auch aus der Ferne böse aussehenden Vulkanstumpf etwa zehn Kilometer südlich von San Vito, von dem aus schon die Raubritter im Spätmittelalter die nach Rom führende Straße überblickt und beherrscht hatten, hörte und spürte man die Detonationen bis hierher.

Und natürlich hörte man die Flugzeuge, die versuchten, diese deutschen Stellungen wegzubomben. Aber von hier aus hörte sich das viel weiter entfernt an als aus San Vito. Wie ein Gewitter, das irgendwo anders vorbeizieht. Hier waren die beiden weit vom Schuss. Zumindest vorläufig.

Im Schuppen fand Mortimer eine rostige Säge. Damit schnitt er oben im Wald Föhrenzweige. Dann kletterte er über den abgestorbenen Baum hinauf in den Dachstuhl. Und Molly sollte ihm Zweig für Zweig hinaufreichen, vorerst große und dann kleine, die er so zwischen den Dachbalken verflocht, dass man von unten, aus dem Geviert, nach und nach immer weniger vom Himmel sah, aber in einem angenehm grünen Licht stand.

Das war eine Art von Dach über dem Kopf, natürlich. Aber es war auch eine gute Tarnung. Mortimer sah es mit dem Blick des Fliegers. Aus der Luft würde es aussehen wie ein grüner Fleck am Waldrand.

Innen war es dann ein wenig wie in einem der Zelte, die sie als Kinder gebaut hatten, sowohl er als auch sie. Sie in einem Wäldchen nicht weit von Nottingham, mit ihrem großen Bruder, George hatte der geheißen, er mit einem Mädchen namens Prudie, das eine halbe Indianerin war oder zumindest so aussah, oben in Michigan, wo er die Ferienmonate verbrachte. Ihre

Kindheiten lagen ein paar Jahre auseinander – seine war eine Kindheit der falschen Friedenszeit, die sich dann allzu bald als Zwischenkriegszeit erwies, ihre war eine der wirklichen Vorkriegszeit, jener inzwischen kaum mehr vorstellbaren Zeit vor 1914, als die Welt noch in sattem Frieden lag. Doch diese Erinnerung an eine etwas aufregende Geborgenheit unter einem Reisigdach hatten sie beide und es war, als ob sich die Altersdistanz zwischen ihnen dadurch fast bis zum Verschwinden verringerte.

Und sie lächelten in gegenseitigem Einverständnis. Und fühlten sich beide jünger, als sie waren. Nicht nur sie, die sich hier draußen auf eine Weise spürte, lebendig fühlte wie eigentlich nie zuvor. Sondern auch er, in dessen Gesichts- und Körperausdruck nun etwas Bubenhaftes zum Vorschein oder zum Nachschein kam, das die Dressur zum Erwachsenen nicht ganz hatte tilgen können.

9

Bis dahin war sie nicht in ihn verliebt gewesen. Nein. Wenn sie sich über ihre Gefühle für ihn Rechenschaft ablegen hätte wollen, dann ungefähr so: Zuerst war es wohl eine Art von Instinkt gewesen, ihm zu helfen, ihm Zuflucht zu geben, ihn zu beschützen und zu verbergen. Und dann hatte sie es als eine Art von Fügung verstanden, so als wäre er ihr nicht nur buchstäblich zugefallen, sondern auch von irgendeiner höheren Instanz zugeteilt worden – sie hatte Verantwortung für ihn und musste sie wahrnehmen.

Ja, und dann, vor ihrer Fahrt nach Florenz, da hatte sie sich mit ihm verbunden gefühlt, mit einer fast verzweifelten Innigkeit, unter dem Eindruck des bevorstehenden Abschieds, der vielleicht endgültigen Trennung. Und dann hatte sie Angst um ihn gehabt, und das war vielleicht ein erstes Zeichen von Liebe. Jedenfalls war damit klar: Er war ihr alles andere als gleichgültig. Und als sie zurückgekommen war, und er war noch da, im Mauerhaus, da war das Bedürfnis, ihn zu umarmen, ganz heftig und die Erleichterung darüber, dass er lebendig und heil vor ihr stand, groß, und dass sie danach zueinanderfanden, war einfach schön, ein erstaunlich selbstverständliches Zueinander- und Ineinanderfließen.

Aber verliebt war sie nicht gewesen in ihn. Das kam erst jetzt, und das nahm von Tag zu Tag zu. Dass er ihr auf einmal so gut gefiel und dass ihr fast alles gefiel, was er tat und wie er es tat. Offenbar war es einfach so, dass er sich hier, genau in dieser Umgebung zwischen Wald und Fluss, erst so richtig entfaltete, befreit, auch, ja doch, von der Enge des Mauerhauses, so traut und schützend es gewesen war.

Gewiss, er hatte einiges von den Fähigkeiten, die er jetzt anwandte, im Zuge seiner militärischen Ausbildung gelernt. Es war wichtig, dass ein Kampfflieger, selbst im Fall des Absturzes irgendwo in der Wildnis, das Know-how hatte, das ihm half zu überleben. Aber er hatte schon viel davon mitgebracht, dorthin, in das Camp irgendwo in Arizona oder Colorado, in dem man sie, seine Kameraden und ihn, für so etwas trainierte. Er hatte nie aufgehört, der Junge zu sein, der nicht nur gern Reisigzelte baut, sondern auch in die Gegend rundherum ausschwärmt, mit dem nach wie vor intakten Jäger- und Sammlerinstinkt des Menschen, der sich der Natur gegenüber bewähren will.

Wie er aus dem Wenigen, das sie vorfanden, Vieles zu machen verstand. Wie er Schlingen knüpfte und Fallen schnitzte. Mit großem Geschick und einer Konzentration, durch die sich seine Gesichtszüge, die ihr anfangs etwas verschwommen und grob vorgekommen waren, sowohl zu schärfen als auch zu verfeinern schienen. Sie sah ihm gern zu bei diesen Tätigkeiten, sie bewunderte seinen bei aller zielgerichteten Sachlichkeit immer sorgfältigen, ja behutsamen Umgang mit den Dingen.

Besonders gut gefiel er ihr, wenn er unten am Fluss auf den großen flachen Steinen lauerte, in deren Höhlungen sich Forellen verbargen. Manchmal sahen sie aus, als ob sie sich auf dem Kies, der durchs klare Wasser vergrößert wirkte, ausruhten, bevor sie sich wieder der Strömung überließen. Wie er da hockte, kniete oder lag, ein schöner Wilder mit nacktem Oberkörper, der mit Geduld und gespannter Aufmerksamkeit wartete, bis ein Fisch hervorkam. Und wie er dann mit raschem Griff zupackte und die in der Sonne glitzernde Beute aus dem Wasser zog!

Zwar musste sie wegsehen, wenn er die Fische am Ufer gegen einen Baumstamm schlug. Und auch wenn er sie aufschnitt und ausnahm, schaute sie nicht gern hin. Aber wenn er die ausgenommenen Forellen dann wusch, an einer Stelle, an der die Wellen besonders klar und munter sprangen, bewegten sie sich, als wären sie noch lebendig. Da durften sie noch einmal (und zum letzten Mal) schön sein.

Ihr gefiel das Spiel seiner Rückenmuskulatur und der Schwung seines Rückens, wenn er sich über den Fluss beugte. Ihr gefiel seine Silhouette, wenn die Sonne, bevor sie unterging, das Wasser noch blendend aufblitzen ließ. Ihr gefiel sein Gang, die Bewegung seiner kräftigen, aber geschmeidigen Beine, wenn er auf sie zukam, vom Flussufer zur Feuerstelle, diesem einfachen Kreis aus Steinen, den sie ein paar Meter entfernt vom Haus angelegt hatten, unter Berücksichtigung der Richtung, aus der für gewöhnlich der Wind blies. Und ihr gefiel sein Gesicht, verwegen bärtig inzwischen, aber trotzdem oder jetzt erst recht ein Bubengesicht, wenn es im Feuer, das er dann anfachte, aufleuchtete.

10

Und ihm ging es ähnlich mit ihr. Sie gefiel ihm mit jedem Tag, den sie da draußen verbrachten, besser. Es mag schon sein, dass es eine Weile gedauert hatte, bis er sie als Frau wahrnahm. Anfangs, als sie ihm dort im Gewölbe des Mauerhauses gegenübergestanden war und ihn, die Lampe in der Hand, die Treppe hinaufgeführt hatte, war sie für ihn so etwas wie ein rettender Engel gewesen. Und Engel haben ja angeblich gar kein Geschlecht.

Oben in ihrer Wohnung angekommen, bei etwas besseren Lichtverhältnissen, sah er sie dann wohl auch ein bisschen als graue Maus. Im schlichten Hauskleid, weit entfernt von ihrer Erscheinung im *giardino* und von ihren seltenen Auftritten in der Via Dante, diesen Epiphanien als weiße Wolke, von denen er nichts ahnte. Und das war ja damals auch schon eine Weile her, dass sie sich zum letzten Mal so gezeigt hatte. Etwas zwischen Engel und grauer Maus war sie also vorerst für ihn gewesen, auf Gedanken erotischer Natur hatte ihn der erste Eindruck, den sie auf ihn machte, ganz sicher nicht gebracht.

Allerdings war da der Blick, mit dem sie ihn angeschaut hatte, als er in ihrem Badezimmer gestanden war, nackt und nass. Dieser Blick hatte ihn irritiert, er hatte nach dem Handtuch gegriffen und sich bedeckt. Im Mittleren Westen sind ja die Leute, auch wenn die Männer untereinander gern auf den Putz hauen, eher schamhaft. Dieser Blick, so intensiv und, ja, nachdenklich, gehörte sich nicht, schon gar nicht für eine graue Maus und erst recht nicht für einen Engel, aber danach, wieder bekleidet, wenn auch mit den etwas zu engen Klamotten des Gärtners, hatte er diesen Blick vorläufig vergessen.

Auch über Mollys Alter hatte er sich vorerst nicht den Kopf zerbrochen. Engel sind nicht nur geschlechts-, sondern auch alterslos. Erst dann, als sie einander nähergekommen waren, in der Nacht vor ihrer Abreise nach Florenz oder am Morgen danach, da hatte er sich gefragt ... Hätte sie seine Mutter sein können? *So what!*

Viel innige Nähe war zwischen ihnen gewesen. Eine Nähe, wie er sie, ehrlich gestanden, nie zuvor erlebt hatte. Eine Nähe, in der sie zwar beide die Möglichkeit spürten, die nun, mit dieser Nacht, an ihnen vorüberging. Aber diese Möglichkeit würde, so wie es aussah, eben nie Wirklichkeit werden.

Das geschah ja erst, als Molly zurückkam. Damit hatte er nicht gerechnet. Oder doch? Warum war er auch in ihrer Abwesenheit im Mauerhaus geblieben, warum hatte er sich nicht endlich davongemacht? Er hatte Angst gehabt, zugegeben, der Schock, den er erlitten hatte, nachdem er abgeschossen worden war, saß ihm nach wie vor in den Knochen – aber war das wirklich alles?

Nur Angst, nicht auch Hoffnung? Wenn auch absurde Hoffnung? Nur Bequemlichkeit, weil er im gemachten Nest saß? Und das war ja, unter den gegebenen Umständen, ein höchst fragwürdiges Nest. Mit jedem weiteren Augenblick, den er zögerte, es zu verlassen, konnte es sich als Falle erweisen.

Aber er war geblieben. Und sie war zurückgekehrt.

Miss Molly. Sein Engel. Seine graue Maus. Seine mögliche Geliebte.

Und dann wurde die Möglichkeit eben Wirklichkeit.

Und da waren dumme Fragen wie die nach dem Geburtsdatum vorerst ausgeblendet.

Nun aber kam sie ihm immer jünger vor. Das Leben hier draußen tat ihr sichtlich gut. Ihre Haut bekam ein goldenes Flair. Und wenn sie ihr Haar offen trug, sah sie manchmal beinah aus wie ein junges Mädchen.

Stimmt schon, diesen Eindruck hatte er eher aus einer gewissen Entfernung. Wenn er aus dem Wald zurückkam, wo er die Schlingen, die er raffiniert an Ästen oder Wurzeln befestigt, und die Fallen, die er im Unterholz gut getarnt hatte, jeden Morgen kontrollierte. Molly war schlank, vielleicht eine Spur zu sehr, doch diese Schlankheit, die ihrem Wesen entsprach, verlieh ihr eine gewisse fast elfenhafte Anmut. Wenn er näher kam, sah er, dass seine Elfe Fältchen um die Augen hatte und auch ein paar graue Strähnen im rötlichen Haar, aber das brachte den Eindruck der Mädchenhaftigkeit nicht ganz zum Verschwinden.

Einer Mädchenhaftigkeit, die ihr durch all die Jahre erhalten geblieben war. Auch wenn es letzthin manchmal schon so ausgesehen hatte, als wollten sich darunter bereits die Konturen einer älteren Frau abzeichnen. Anderseits erblühte in Mollys Erscheinung nun etwas ganz unvermutet Frauliches. Wahrscheinlich trug diese späte Blüte dazu bei, die Erscheinung der älteren Person, die sich manchmal, wenn sie sich im Spiegel betrachtete, schon angekündigt hatte, vorläufig zu bannen.

Hier draußen gab es keinen Spiegel, aber Molly spürte diese ihre neue Weiblichkeit. Andere Frauen erlebten das zwanzig bis dreißig Jahre eher. Aber bei Molly kam es eben jetzt. Und das ist doch schön, sagte Julia. Es war noch nicht zu spät, sagte Marco. Besser spät, darüber waren sie sich einig, als nie.

11

Und eines spielte nun eine ganz entscheidende Rolle: Miss Mollys überraschendes Talent für die Liebe. *A love I had not experienced before*, hatte der alte Mortimer an dem Abend gesagt, als er Julia und Marco seine Geschichte mit Miss Molly zu erzählen begonnen hatte. Gewiss hätten sie diesen Satz auch anders verstehen können, möglicherweise sogar ein bisschen esoterisch, aber ihre Assoziationen nahmen lieber eine andere Richtung.

Es war nicht nur Sex, keineswegs, es war Liebe mit allem, was dazugehört. Aber erfahrungsgemäß gibt es eine schöne Wechselwirkung zwischen Sex und Emotion. Zumindest in glücklichen Fällen. Das sagte Julia, die Psychologin. Und die Lovestory zwischen Molly und Mortimer war so ein glücklicher Fall – oder etwa nicht?

Jedenfalls war sie es vorläufig, unter diesen ganz besonderen Umständen. Den Umständen einer fast idealen Zweisamkeit. Sie lebten ja hier beinahe wie Adam und Eva. Sie hatten viel Zeit für die Liebe und hatten *einander*.

Schon wahr, es hätte im nächsten Moment damit aus sein können. Wenn ein Trupp deutscher Soldaten durchs Dickicht brechen würde, zum Beispiel. Oder wenn ein Flieger der Alliierten aus irgendeinem Grund nur ein klein wenig von seinem Kurs über der Via Cassia abwiche. Und da man nicht wissen konnte, was sich unter dem grün getarnten Dach da unten verbarg, würde er eine Bombe darauf fallen lassen.

War ihnen das bewusst? Oder blendeten sie solche Möglichkeiten einfach aus ... Vielleicht lag ja die Intensität, mit der sie diese Tage erlebten, gerade daran. Daran, dass es jederzeit aus sein konnte, sodass der jeweilige Augenblick eine ganz besondere Gegenwärtigkeit hatte. Das Bild, das stehenblieb, bevor der Film (möglicherweise abrupt) endete.

12

Natürlich kam auch die Kamera wieder zum Einsatz. Allerdings setzte sie Marco nun gezielter ein. Filmte nicht mehr überall vor sich her, sondern konzentrierte sich auf das vom Blitz getroffene Haus und seinen Umkreis. Das Flussufer darunter, den Wald dahinter, die Hügel darüber.

So viel schien nun klar, dass sie dort das Ambiente gefunden hatten, in dem, nach dem Mauerhaus und dem *giardino*, die meisten Szenen des Films spielen würden. Zweifellos zentrale Szenen, auch wenn diese Szenen für sie vor wenigen Tagen noch nicht existiert hatten. Oder, falls sie doch schon existiert hatten, waren sie noch bloße Luftgebilde gewesen. Vage schwebende Ideen, denen die Bodenhaftung fehlte.

Jetzt hatten diese Szenen die zu ihnen passende Location. *Quasi un paradiso*, sagte Marco. Mit zwei Hauptdarstellern, einem Mann und einer Frau, ganz wie das echte Paradies. Bloß, dass Mortimer und Molly zum Unterschied von Adam und Eva nie über ihre Nacktheit erschraken.

Nein, da war kein Sündenfall und keine anschließende Scham. Sie sahen, dass es gut war. Und sie sahen, dass sie auf ihre Weise schön waren. *Ognuno a suo modo*. Jedes nach seiner Art. Er: ein junger Mann von etwas unter Mitte zwanzig. Sie: eine junge Frau von noch nicht ganz Mitte vierzig.

Zwei Kamerafahrten stell ich mir vor, sagte Marco. Eine preist seine Schönheit und eine andere die ihre. Er liegt auf dem Bauch, sagte Marco, und sie auf dem Rücken. Und der Blick der Kamera streichelt sie:

Mortimers Hinterkopf, Mortimers Nacken, Mortimers Rücken, Mortimers Hintern
 Mortimers Oberschenkel und Mortimers Kniekehlen, Mortimers Waden und Mortimers Fersen
 Mortimers Sohlen (sandig), Mortimers Zehen
 Als würde Molly ihn sehen. In zärtlichem Licht.

Mollys Haaransatz, Mollys Stirn, Mollys Nase und Mund, Mollys Kinn und Hals
 Mollys Brüste, Mollys Bauch, Mollys Nabel, Mollys Venushügel
 Mollys Oberschenkel, Mollys Knie, Mollys Unterschenkel, Mollys Zehen und Sohlen
 Als würde Mortimer sie sehen. In Dankbarkeit und Liebe.

Oder auch andersherum, sagte Julia:

Mortimers Stirn, Mortimers Nase, Mortimers Bart, Mortimers Hals
 Mortimers Brust, Mortimers Bauch, Mortimers Nabel, Mortimers Schwanz
 Mortimers Oberschenkel, Mortimers Knie, Mortimers Unterschenkel, Mortimers Zehen
 Mortimers Sohlen (nach wie vor sandig), Mortimers Fersen.

Mollys Scheitel, Mollys Nacken, Mollys Rücken, Mollys Hintern
 Mollys Oberschenkel und Mollys Kniekehlen, Mollys Waden und Mollys Fersen
 Mollys Sohlen (sandig) und Mollys Zehen
 Wie sie einander sehen. Mit täglich neuer Freude.

13

Mollys erstaunliches Talent für die Liebe, fürs Liebesspiel. Da sie bis dahin keine Praxis auf diesem schönen Gebiet hatte, muss sie ein Naturtalent gewesen sein. Was Mortimer betraf, so hatte er diesbezüglich ein paar so genannte Erfahrungen. Aber diese Erfahrungen (die eines puritanisch erzogenen jungen Mannes) waren spärlich und ärmlich.

Ich könnte mir denken, sagte Marco, dass er ein wenig an jenem indianerblütigen Mädchen herumgegrabscht hat, wie hieß sie gleich, Prudie? Und *ich* könnte mir vorstellen, sagte Julia, dass es an der Highschool ein *girl* gab, das ihn eine Zeitlang als ihren *boy* akzeptierte. Partys. Schulball. Ein bisschen Geschmuse und Petting im Auto seines oder ihres Vaters ... Ach ja, sagte Marco, was man so aus amerikanischen Filmen mitkriegt.

Aber das hätte nicht sehr weit geführt. Dieses Girl, nennen wir sie Maggie, ging oder fuhr alsbald mit einem anderen. Dafür dass sie sich im Ernst mit ihm einließ, war seine Familie nicht begütert genug. Wenn sich ein Mädel wie Maggie wirklich hingibt, muss sich das materiell lohnen.

Dann, als er sich zum Militär meldete, weil er Flieger werden wollte, hatte Mortimer allerdings bald eine richtige Verlobte. In seinem Heimatort machte es Eindruck, wenn er in Uniform, mit dem etwas schräg aufgesetzten Käppi, auf Urlaub kam. Und wer war diese Verlobte? Am ehesten eine Tochter aus der Nachbarschaft. Name? Hazel, sagte Julia. Ja, ich bin fast sicher, sie hieß Hazel.

Familie aus dem Mittelstand, wie die Mortimers auch. Lokale Getreidehändler oder Betreiber eines Sägewerks. Mit Hazel gab es natürlich vorerst keinen Sex. Oder bestenfalls bis hierher (Julia zeigte, bis wohin) und nicht weiter.

Dann allerdings, in der Nacht, in der Mortimer von ihr Abschied nahm ... Noch einmal auf Kurzurlaub, bevor er in den Krieg nach Europa geschickt wurde ... Da gingen sie doch etwas weiter als bisher, und dann noch etwas weiter ... Und eigentlich war ihre Stimmung überhaupt nicht danach, aber wer weiß, vielleicht war es ja die letzte Gelegenheit, die sie miteinander hatten, und dann war es auf einmal geschehen.

So hastig, so kurz, so gar nicht besonders schön ... Ja, um ehrlich zu sein, hatten sich das beide recht anders vorgestellt ... Womöglich wirklich erst nach der Hochzeit, auf einer kleinen Hochzeitsreise in einem anständigen, sauber gemachten Bett ... Und jetzt hast du mich auf einer Couch gehabt, sagte Hazel, und das klang einerseits wie eine Feststellung, aber anderseits wie ein Vorwurf.

War das für Mortimer wirklich das erste Mal? Nein. Wahrscheinlich war er während seiner Spezialausbildung in Colorado oder Arizona in irgendeinem Bordell gewesen. Auch wenn es dort so etwas offiziell gar nicht gab. Doch die Soldaten, die da ausgebildet wurden, mussten sich doch irgendwie abreagieren, damit sie einander tags nicht dauernd verprügelten und nachts in den Schlafsälen nicht auf dumme Gedanken kamen.

Und dann hatte er womöglich noch ähnliche Erfahrungen in Nordafrika und Europa gemacht. Wenn die Truppe ins Puff ging, konnte man sich nur schwer ausschließen. Wenn man ein richtiger Mann sein wollte, und das musste man. Aber gerade diese Erfahrungen waren alles andere als anregend.

Fucking eben. Ficken im Blindflug, im Sturzflug. Das war etwas, das man hinter sich bringen musste. Nun, mit Molly, war das etwas sehr anderes. Eben nicht *fucking* (ein bezeichnend hässliches Wort, dessen Gebrauch als Adjektiv klarstellt, was die Leute, die es im Munde führen, von Sexualität halten).

Der Sex, den Mortimer kannte, hatte ja immer im Verborgenen stattgefunden, verschämt im Dunkeln oder peinlich im Zwielicht. Nun aber, hier draußen, fanden Molly und er immer mehr Gefallen daran, sich unter freiem Himmel aneinander zu erfreuen. Nackt und schön füreinander, manchmal scherzhaft geschmückt mit Ginsterblüten. Molly, die Elfe oder nach und nach eher die Nymphe, und Mortimer – den Ballast seiner mittelwestlichen Hemmungen abwerfend – der Faun.

Ab und zu spielten sie wirklich diese Rollen. Davonlaufen und einfangen, das war ein vergnügliches Spiel. Wäre in einem solchen Moment aus dem Himmel über ihnen ein Tiefflieger erschienen, mit einem Piloten von ähnlich puritanischem Background wie Mortimer, wer weiß, was dem eingefallen wäre angesichts der beiden nackten Figürchen, die er ungefähr so gesehen hätte, wie man sie auf einem Bild von Hieronymus Bosch sieht. Sie hatten aber Glück. Erstaunlich lang erschien kein Tiefflieger.

14

Manchmal war hier draußen nichts anderes zu hören als die Geräusche und Stimmen der Natur. Das Plätschern des Flusses, der seinen Weg über große und kleine Steine nahm, das Rauschen der Baumkronen im Wind ... Das Summen der Insekten, der Gesang der Vögel, das Zirpen und Schrillen der Grillen und Zikaden ... Und das Quaken der Frösche, die, untertags fast unsichtbar auf den Steinen und im Schilf am Ufer hockend, gegen Abend und in der Nacht fast unverschämt laut wurden.

Und Waldtauben versicherten einander, dass sie da waren, und ein Kuckuck rief beharrlich seinen Namen. Ab und zu hörte man auch die Rufe von Bussarden oder Habichten.

Prächtige Vögel, Paare, die mit durchsonntem Gefieder über dem Wald kreisten. Mortimer sah sie meistens zuerst: Schau, sagte er, da oben sind sie!

Doch dann auf einmal wieder den Krieg zu hören! Das grimmige Donnern der Granatwerfer, das gereizte Brummen der Flugzeuge. Zwar redeten sie sich und einander ein, das sei noch immer weit genug entfernt. Aber tatsächlich kam es näher und näher.

Die alliierten Bodentruppen hatten den Pass zwischen Radicofani und dem Monte Amiata überschritten, die alliierten Flieger, Mortimers Kameraden, waren dabei, sich auf die deutsche Stellung in San Vito zu konzentrieren. Es war nur mehr eine Frage von Tagen, bis es dort ein amerikanisches Kommando geben würde. Und was dann? Spätestens dann musste sich Mortimer bei seiner Einheit zurückmelden. Ohnehin würde es nicht leicht zu erklären sein, wo er die ganze Zeit über geblieben war.

Doch daran wollten sie jetzt noch nicht denken, *not yet, my love*! Nachts lagen sie eng beisammen, ihre linke Brust in seiner rechten Hand. Sie lag mit dem Rücken zu ihm, aber diese Stellung bedeutete keineswegs Abwendung. Eingepflanzt lag sie in der bergenden Höhlung seiner Umarmung.

15

Ja, so zu liegen und einander nahe zu sein. Marco und Julia spielten auch diese Szene nach. Oder spielten sie diese Szene *vor*? Stellvertretend für Schauspieler, die diese Rollen einmal verkörpern würden?

Es sei jedenfalls gut, fand Julia, nicht zu sehr an diese Schauspieler zu denken. Vorläufig waren Marco und sie die Akteure.

Stuntman und Stuntwoman, in Action, aber ganz still liegend. Denn das, sagte Julia, sei keineswegs bloß eine Ausgangsposition für sexuelle Aktivitäten.

16

Marco und Julia verbrachten viel Zeit dort draußen. Aber sie sagten niemandem, wohin sie fuhren. *Siete sempre in giro*, sagte Nino, *il postino*. *Tanto è vero*, wir fahren viel herum, sagte Marco.

Sie hatten ja schon im Vorjahr die Stelle am Fluss nicht verraten, an der sie so gern zu zweit waren. Die Stelle mit dem großen flachen Stein, auf dem es sich so angenehm lag. Aber das war nur *ihre* Stelle gewesen. Mit dem Platz, den sie nun entdeckt hatten, dem Platz, am dem sie ganze Tage und manche Nächte dieses ihres zweiten Aufenthalts in San Vito verbrachten, verhielt es sich noch etwas anders.

Ihn zu verraten wäre ihnen auch als Pietätlosigkeit gegenüber Molly und Mortimer erschienen. Auch wenn sie natürlich nicht sicher wissen konnten, ob die zwei wirklich dort gewesen waren. Anderseits schien dort ganz einfach alles zu passen. Und sie vertrauten ihrer Intuition.

Auch über den Film wollte Marco lieber nicht reden. Nicht einmal mit Paolo, dem kleinen Fotografen. Da er mehr Super-8-Material brauchte, als Paolo lagernd hatte, musste der für ihn Nachschub aus Siena bestellen. Aber auf die Frage, was in aller Welt er denn alles mit der *Bolex* aufnehme, die den Fotografen natürlich auch aufgrund ihrer avancierten technischen Details interessierte, gab Marco nur ausweichende Antworten.

Vorsicht, sagte er, sei die Mutter der Weisheit. Nicht dass er glaube, Paolo oder sonst jemand von den freundlichen Menschen in San Vito würde die Idee klauen. Aber man könne nicht wissen, bei wem sie womöglich lande. Manchmal gibt es bekanntlich blöde Zufälle.

Wer garantiert uns, dass nicht heute oder morgen jemand in diesem netten Städtchen vorbeikommt, der irgendetwas mit Film zu tun hat? Wir müssen nicht gleich an einen Drehbuchautor oder Regisseur denken. Es reicht schon ein Scriptgirl, ein Beleuchter, ein Tontechniker, eine Kostümbildnerin. Die müssen gar nicht lang bleiben, gehen nur ein paar Schritte durch die Via Dante, werfen einen Blick auf die Collegiata, trinken einen *aperitivo*.

Und wollen schon wieder weiterfahren, in irgendeinen Ort, der etwas bekannter und eleganter ist als dieser, etwa Montalcino oder Montepulciano ... Aber da hören sie auf der Piazza oder in einer der Bars, dass von einem Film die Rede ist ... Von einem Film, den irgend so ein schräger Typ aus Turin und seine Freundin aus Wien im Sinn haben ... Für diese zwei interessieren sie sich nicht weiter, aber wenn es um Film geht, spitzen sie unwillkürlich die Ohren.

Sie brauchen gar nicht mehr mitzubekommen, als dass dieser Film von einem amerikanischen Soldaten handelt, der im vorletzten Kriegsjahr mit dem Fallschirm hier im Renaissancegarten abgesprungen und von der Gouvernante einer hiesigen Adelsfamilie versteckt worden ist. Vielleicht brauchen sie nicht einmal das mitzubekommen, sondern nur unsere erste schöne Szene. Wie Mortimer vom Himmel fällt und wie Miss Molly aus dem Fenster schaut. Und ein paar Tage später ist die Idee zu unserem Projekt in Rom, in der Cinecittà.

Und dort sitzt irgend so ein berühmter Egomane, irgend so ein alter, etablierter Sack, der noch nicht weiß, was für einen Film er als Nächstes drehen soll. Und für ihn fällt diese *Idee* gewissermaßen vom Himmel. Und er denkt: Wie gut, dass mir das jetzt gerade eingefallen ist, auf mein Genie ist eben Verlass. Das muss ja nicht gleich Fellini sein, obwohl ihm das durchaus zuzutrauen wäre.

So etwas, sagte Marco, darf nicht passieren. Darum solle bitte auch Julia darauf achten, sich nicht zu verplappern. Dass er die Kamera dabeihatte, ließ sich zwar nicht verbergen, nicht nur Paolo, sondern auch Antonio und seine Freunde interessierten sich sehr für das gute Stück. Aber er bemühte sich, den Anschein zu erwecken, als hätte er als Amateur im besten Sinn des Wortes, als einer, der sich sein Hobby auch einiges kosten ließ, nichts anderes im Sinn, als den sympathischen Ort, die schöne Gegend und seine hübsche Freundin zu filmen – und besonders für Letzteres hatte man viel Verständnis.

17

Meist brachen sie schon sehr früh aus San Vito auf und kehrten erst sehr spät dorthin zurück. Manchmal verbrachten sie auch die Nacht dort draußen. Schlafsäcke hatten sie nicht, aber die hatten ja Mortimer und Molly auch nicht gehabt. Sie hatten immerhin zwei aus Fantinis Wäschekammer entwendete Decken. Außerdem nahmen sie einigen Proviant mit. Sie fuhren mit dem Auto bis an die Stelle, von der aus man das vom Blitz getroffene Haus schon sah. Von dort war der Weg mit den Körben zwar etwas mühselig. Aber sie hielten es für besser, nicht aufs Fischen und Fallenstellen angewiesen zu sein.

Erstens wäre Marco dabei wahrscheinlich nicht so erfolgreich gewesen wie Mortimer. Und zweitens hätte es Julia einige Überwindung gekostet, sich auf diese Weise zu ernähren. Mit dem Töten und Ausnehmen der Fische hätte sie sich vielleicht noch einigermaßen abgefunden. Aber sie war froh, dass sie nicht beim Abhäuten und Ausnehmen von wilden Kaninchen oder Eichhörnchen zusehen oder gar mithelfen musste. Sie bewunderte Molly, die es wahrscheinlich irgendwie geschafft hatte, sich über solche Empfindlichkeiten hinwegzusetzen. Aber die Situation damals, im Juni 1944, war eben doch eine andere gewesen. Außerdem würden die beiden damals nicht nur von Fisch und kargem Fleisch gelebt haben. Gewiss waren sie auch auf der Suche nach pflanzlicher Nahrung durch die Gegend gestreift.

So wie sie jetzt, Marco und Julia. Das war interessant und machte ihnen beiden Freude. Es gab schon Pilze. Zwar hatte es zu wenig geregnet, um wirklich viele aus dem Boden hervorzulocken. Aber ein paar gab es doch (Marco schwor, dass er die giftigen und die ungiftigen voneinander unterscheiden konnte). Und auf den Wiesen gab es wilden Fenchel und Sauerklee. Und auf den Hängen wuchsen hohe, violett blühende Disteln. Ihren Blütenboden freizulegen war zwar eine stachelige Angelegenheit. Aber herausgeschnitten und gesäubert, war er essbar (Marco behauptete sogar, er schmeckte beinah so gut wie der von Artischocken).

Trotzdem war es gut, dass sie einen Sack Kartoffeln aus der *Coop*-Filiale mitgenommen hatten. Die legten sie in die heiße Asche des Lagerfeuers. Und auch auf Salz hatten sie glücklicherweise nicht vergessen. Von Kartoffeln und Salz hatten Mortimer und Molly damals nur träumen können.

Erst recht vom Wein, den Marco und Julia mitbrachten und zwischen den großen Steinen am Ufer einkühlten. Im Juni 1944 wurde hier wohl Wasser aus dem Fluss getrunken. Klar. Was sonst. Es war klares und sauberes Wasser. Marco trank demonstrativ einen Schluck, aber dann wandte er sich lieber wieder dem Wein zu.

18

Trotz solcher Unterschiede gelang es ihnen immer wieder, sich in die Rollen von Molly und Mortimer zu versetzen. Natürlich am ehesten, wenn sie beisammenlagen. Ein Mann und eine Frau in größtmöglicher Nähe zueinander. Halt mich ganz fest, sagte die Frau. Lass mich nicht los. Zieh dich noch nicht zurück. Bleib in mir.

Hätte das Julia von sich aus gesagt? Eher nicht. Sie gehörte einer anderen Generation an als Molly. Ihre Generation sagte manches recht anders oder lieber gar nicht. Aber jetzt kamen ihr solche Worte unwillkürlich über die Lippen.

Eigenartig: Sie war um rund zwanzig Jahre jünger als damals Molly. Und Marco war um rund zehn Jahre älter als der junge Mortimer. Rein äußerlich ähnelten sie den Figuren, die sie da verkörperten, also kaum. Aber manchmal kippten sie buchstäblich in diese Rollen.

In den Nächten geschah das noch leichter als untertags. In den Stunden nach Mitternacht kroch eine feuchte Kälte vom Fluss herauf. Und Stimmen von unbekannten Tieren klangen vom anderen Ufer herüber. *Falls* es sich um die Stimmen von Tieren handelte.

Einmal, im Halbschlaf, glaubte Julia, Schüsse zu hören. Dann wachte sie auf, und es waren wirklich Schüsse. Als sie Marco weckte, sprach sie ihn im ersten Moment mit Mortimer an. Was ist das, Mortimer? Schlaf weiter, sagte Marco, das sind Wilddiebe.

Und dann, eines Morgens, stiegen sie auf die Hügelkuppe, auf die Molly und Mortimer jeden Tag gestiegen waren, um zu sehen, ob San Vito noch stand. Von dort hatten sie nicht den ganzen Ort gesehen, aber seine höher gelegenen Teile. Vor allem den Turm im oberen Teil des Parks. La Torre del Cassero, diesen Turm, den die Deutschen dann vor ihrem Abzug aus dem Ort noch sprengen würden.

Und nun versetzten sich Marco und Julia seit Tagen in Szenen, die noch vor der Sprengung dieses Turms lagen. Und stiegen also auf den Hügel und schauten durch die Augen von Mortimer und Molly. Und da sahen sie den Turm – er ragte hoch über die Wipfel der Steineichen hinaus.

Hast du ihn auch gesehen?, fragten sie einander, als sie wieder unten waren.

Ja, ich habe ihn auch gesehen.

19

Doch dann kam der Tag, an dem der Turm nicht mehr stand. Mortimer und Molly müssen die Detonation gehört haben. Die Detonation und den Krach, mit dem die Trümmer auf die Erde prallten. Eine Erschütterung, die man im Umkreis von vielen Kilometern spürte.

Und dann hörten sie natürlich das Herannahen der Flugzeuge. Und bald würden sie das Rasseln der Panzerketten hören. Und dann würde klar sein: Nun sind die Alliierten in San Vito. Und Mortimer würde sagen: Jetzt müssen wir zurück.

20

Warum?, fragte Molly.
Wir können nicht ewig hierbleiben, sagte Mortimer.
Und warum nicht?, fragte Molly.
Früher oder später würden sie uns finden.

Wer würde uns finden?

Ich weiß nicht, sagte er. Die Leute ... Und womöglich meine *eigenen* Leute.

Bleib bei mir, sagte sie.

Aber das geht nicht, sagte er, der Krieg ...

Was geht uns der Krieg an, sagte sie.

Ich bin Soldat, sagte er.

Du siehst nicht mehr so aus, sagte sie.

Ich werde bald wieder so aussehen, sagte er.

Lass mich nicht allein, sagte sie, aber er wollte kein Deserteur sein.

Versteh mich doch, sagte er, das kann ich nicht. Es ist auch verrückt. Wir können nicht auf die Dauer Tarzan und Jane spielen.

Geh nicht!, sagte sie.

Ich komme ja wieder, sagte er. Wenn der Krieg vorbei ist und ich drüben meine Angelegenheiten geregelt habe ...

21

Und das war nicht einmal gelogen. Er kam wirklich wieder.

Allerdings kam er etwas später, als er vielleicht gedacht hatte.

Und zweifellos kam er später, als sie gehofft hatte.

Er kam nicht ganz zu spät, doch zu spät kam er trotzdem.

22

Erstens dauerte ja der Krieg noch seine Zeit. Der Tag, an dem er sich beim US-Kommando in San Vito zurückmeldete, ein abenteuerlich aussehender Mensch, langes Haar, dichter Bart, doch nichtsdestoweniger salutierend, Name und Dienstgrad laut und deutlich artikulierend, muss ein Tag Ende Juni 1944 gewesen sein. In Oberitalien kapitulierte die Wehrmacht erst im April 1945. Und in Deutschland ging der Horror bis in den Mai weiter.

Mortimer kam also frühestens im Sommer 45 in die Staaten zurück. Nach Northfield, Minnesota, wo nicht nur seine *family*, Vater, Mutter, noch nicht kriegsdienstfähige Brüder und kleine Schwestern, auf ihn warteten, sondern auch die treue Hazel. Sie hatte viel an ihn gedacht und für ihn gebetet. Und jetzt ward er ihr zurückgegeben, mit Gottes Hilfe von Kopf bis Fuß unversehrt, womöglich sogar mit irgendwelchen Medaillen oder Orden dekoriert, und sie konnte auf ihn stolz sein.

Stolz sein auf diesen Bräutigam – denn das war er doch, oder? Schließlich hatte sie sich ihm hingegeben, oder er hatte sie genommen, das ließ sich so oder so interpretieren. Und das war Gott sei Dank ohne Folgen geblieben. Aber es bedeutete doch etwas, er konnte jetzt nicht einfach so tun, als wäre nichts zwischen ihnen gewesen.

Verantwortung, Mortimer! Anstand! Und Dankbarkeit. Schließlich hatte sie sich für ihn aufgespart. Übrigens liebte sie ihn. Für sie stand das fest. Das hatte sie ihm auch in einer Reihe von Briefen geschrieben, aber die hatte er im Chaos des Krieges nie bekommen.

So wurden Mortimer und Hazel noch 1945 getraut. Vielleicht zu Thanksgiving, das wäre ein schönes Datum.

Was meinst du?, sagte Julia. Sind wir weit entfernt von der Realität?

Nein, sagte Marco. Das kann ich mir sehr gut vorstellen.

23

Allerdings sei das nicht ganz das, was man sich unter *seine Angelegenheiten regeln* vorstellt.

Marco zuckte die Achseln. Wir müssen ihm ein bisschen Zeit geben.

Ein bisschen Zeit, sagte Julia. Wie viel ist unter diesen Umständen ein bisschen Zeit? Drei Jahre? Fünf Jahre? Sieben Jahre? Und was wird sich in diesem bisschen Zeit ändern?

Mortimer ist verheiratet. Dann kommen wahrscheinlich Kinder. Sagen wir zwei. *A boy and a girl*, ganz wie es sich gehört. Und die Zeit vergeht. Und vielleicht denkt er ja tatsächlich daran, zu Molly zurückzukehren. Aber erst muss er abwarten, bis die Kinder etwas größer sind.

Und auch dann wird es nicht leicht sein, das seiner Frau beizubringen. Seiner Frau Hazel, die er vielleicht nicht leidenschaftlich liebt, aber der er sicher nicht gern wehtut. Also wird er das Problem vor sich herschieben und auf irgendeine Kompromisslösung hoffen. Kommt Zeit, kommt Rat. Aber wie viel Zeit hat Molly?

Wie viel Zeit, fragte Julia, *bleibt* ihr denn ... Um noch als Partnerin für Mortimer in Frage zu kommen ... In der Rolle, die sie da draußen in der Zweisamkeit mit ihm gespielt hat ... Nämlich als Geliebte, nämlich als Frau, die ihn den Altersunterschied vergessen lässt?

Ja, da draußen, in der Idylle, mag sie sich jünger gefühlt haben ... Aber dann, wieder ins Mauerhaus zurückgekehrt, und zwar ohne ihn, wie wird sie sich da fühlen? ... Vorerst bleibt ihr die Hoffnung, natürlich, vielleicht kommt er bald, vielleicht kommt er noch rechtzeitig ... Doch nach und nach wird das Gesicht der älteren Frau, das sie schon früher manchmal im Spiegel gesehen hat, zurückkehren und bleiben.

24

Sie besuchten Miss Mollys Grab auf dem kleinen Friedhof unterhalb von San Vito Alto. Auf dem Grabstein stand Mollys Name, sonst nichts. Kein Geburtsdatum und kein Sterbedatum. Es gab auch kein Foto wie auf einigen der benachbarten Gräber.

Schade, sagte Julia, ich hätte gern gewusst, wie sie ausgesehen hat.

Sie steckte ein paar Blumen, die sie gepflückt hatte, in die Plastikvase neben dem Grab.

Der Tod ist eine Gemeinheit – irgendwo hatte sie das gelesen. Aber die Zeit, dachte sie, die Zeit ist auch eine Gemeinheit.

25

So empfand sie das damals, so jung sie noch war.

Sechsundzwanzig. Oder schon siebenundzwanzig? War das noch in ihrem zweiten oder schon in ihrem dritten Jahr in San Vito?

Wie die Jahre verflogen – es war unglaublich.

Namentlich die Jahre, in denen sie nach San Vito kamen.

Unser erstes, unser zweites, unser drittes Jahr in San Vito und so fort. So zählten sie, aber in Wahrheit waren das ja immer nur ein paar Wochen. Ein paar Wochen, auf die sie den ganzen Rest des Jahres warteten. Doch *nach* San Vito war auch schon wieder *vor* San Vito, und das war eine schöne Perspektive.

Fünf

1

All diese Jahre ... Im Rückblick darauf schrumpften die Zeiten, in denen sie nicht in San Vito gewesen waren, zu bloßen Zwischenzeiten. Zeiten, aus denen sich auch nur verhältnismäßig wenige Bilder abrufen ließen. Sie erinnerten sich ihrer eher begrifflich: Das war das Jahr, in dem Marco nicht mehr im Spital in Alessandria tätig war, sondern in Parma ... Und das war das Jahr, in dem Julia endlich doch an ihrer Dissertation zu schreiben begann.

Aus den Wochen und Monaten in San Vito hingegen gab es eine Vielzahl von Bildern, die immer wieder in ihrer Erinnerung auftauchten. Etwa das vom Fronleichnamsfest, an dem die Straßenzüge, durch die sich der Umzug bewegte, über und über mit gelben Blüten bedeckt waren. Der Pfarrer, ein im Alltag eher kleiner, unscheinbar gekleideter Mensch, wirkte viel größer im feierlichen Ornat, in den erhobenen Händen die golden glänzende Monstranz. Und alles bewegte sich in einem eigenartig verzögerten, leicht schwankenden Schritt, den die vorausmarschierende, zu diesem Anlass in einer besonders schrägen, sozusagen zartbitteren Tonlage spielende *banda* vorgab.

In einem ganz anderen Farbton die Erinnerung an den Lautsprecherwagen, der um den Platz kurvte und dazu aufrief, an der Enthüllung des Partisanendenkmals gegenüber der Scuola Elementare teilzunehmen. Vorneweg liefen Kinder (die Fahnenträgerin war keine vierzehn), hinten saß ein alter Mann mit baumelnden Beinen und einem Akkordeon. Es war Sonntagvormittag, es nieselte ein wenig, die Fahne flatterte trotzdem, wenn auch in einem schon etwas ausgebleichten Rot. Und über dem Tor zum Park wuchs ein Regenbogen.

Oder das Bild von der Hochzeit, an der Marco und Julia teilnehmen durften, weil der notorische Junggeselle Carlo doch noch eine Frau gefunden hatte. Vielleicht hatten sie auch seine *amici* für ihn gefunden, allen voran Antonio und Luigi, ja, das war sogar ziemlich wahrscheinlich. Jedenfalls saß sie nun neben ihm, eine resolute *donna* aus dem Süden, nach der Zeremonie in der Kirche feierte man in Carlos Gemüsegarten, auf den er sehr stolz war. Rundum alles grün in grün, und Regina, so hieß sie, die den Schleier abgelegt hatte, weil ihr sichtlich heiß war (glitzernde Schweißtropfen standen in ihrem Dekolleté), hatte sehr schwarze Haare und sehr rot geschminkte Lippen.

Und das Bild von dem Begräbnis, auf das sie mitgegangen waren, der Sarg wurde durch die Via Dante getragen, vor dem *Caffè Italiano* war der Rollbalken heruntergelassen. Ein Zettel war daran angebracht, *Chiuso per caso di morte*, daneben die Parte mit dem Foto Pietros. Schwarze Anzüge, schwarze Kleider, schwarze Fahnen vor den Toren der Collegiata, wo der Leichenzug noch hielt, bevor es auf den Friedhof ging. Und sehr klein und schwarz Bruna, die links und rechts von Verwandten gestützt werden musste, und sehr klein und weiß und welk ihre Hand, als ihr kondoliert wurde; Marco und Julia kondolierten auch, obwohl sie ein bisschen gehemmt waren, nicht ganz richtig gekleidet für ein Begräbnis, aber sie waren Freunde.

Es gab auch Erinnerungen, in denen nicht die Bilder dominierten, sondern die Klänge. Angefangen vom trauten Geräusch, das die Besen der Straßenkehrer frühmorgens auf der Piazza verursachten. Dieses leise, fast zärtliche Kratzen der Borsten auf dem Kopfsteinpflaster. Und die dezente Unterhaltung der Straßenkehrer, die anscheinend Rücksicht darauf nahmen, dass das halbe *paese* um diese Zeit noch schlief.

Ganz anders die Abende, an denen die ganze Piazza summte, wie ein Bienenstock. So viel ist allerdings wahr, dass die Musik, die aus der Musicbox der *Bar Centrale* herauf klang, manchmal störte. Besonders die Nummern mit wummernden Bässen. Und die Mopeds, die vor der Bar hielten und deren Motoren natürlich nicht abgeschaltet wurden, konnten richtig nerven.

Was besonders im Ohr blieb, war natürlich die Erinnerung an die Glocken. Die Entfernung vom Campanile der Kirche Santa Maria bis zum Fenster des Zimmers Nummer 11 im Albergo betrug ja kaum mehr als sechzig Meter. Überdies waren das besonders emsige Glocken, die zu jeder vollen Stunde nicht bloß einmal läuteten, sondern zwei Mal. Zuerst fünf Minuten *davor* und dann fünf Minuten *danach* – daran musste man sich erst gewöhnen.

Aber sie gewöhnten sich daran, Marco und Julia, ja mit der Zeit war ihnen dieses Gebimmel geradezu lieb. Als es einmal einen Tag und eine Nacht ausblieb, weil dort drüben im Turm etwas repariert werden musste, ging es ihnen direkt ab. Von einem gewissen Zeitpunkt an, zu dem sich auch die Pfarre San Vito dem Fortschritt nicht mehr verweigern wollte, läuteten die Glocken allerdings nicht mehr selbst, sondern man hörte ihren Klang vom Tonband. Auch läuteten sie dann zur vollen Stunde nur mehr einmal. Aber das kam erst. Und die Basiserinnerungen, die sich den beiden am tiefsten einprägten, waren eben die aus den ersten Jahren.

Es ist schon wahr, dass sie das wirkliche Leben in San Vito damals noch eher als Zuschauer erlebten, in der Via Dante im Spalier stehend oder aus dem Fenster ihres Zimmers auf die Piazza hinunter schauend. Aber bis zu einem gewissen Grad nahmen sie doch schon daran teil. Manchmal politisierte Marco mit Antonio und seinen Freunden, als ob er dazugehörte, obwohl sie ab und zu über seinen piemontesischen Akzent spöttelten. Und dass Julia sich nicht zu den Frauen gesellte, die sie bei solchen Gelegenheiten von den Männern weg zu lotsen versuchten – komm, reden wir über was anderes, sagte Luigis Frau Lisa, die Männer streiten doch nur und es kommt ohnehin nichts dabei heraus –, dass Julia trotz der Sprachschwierigkeiten, die sie anfangs noch hatte, lieber in dieser Männerrunde mitredete, wurde erstaunlich rasch akzeptiert.

Vielleicht lag das auch daran, dass sie aus einem Land kam, das damals in politischen Dingen ein erstaunlich gutes Image hatte. So viel glaubte besonders Luigi mitbekommen zu haben, dass es in Österreich gelungen sei, so etwas wie den *compromesso storico* zu verwirklichen. Julia versuchte das zu relativieren. Aber auf dem Niveau ihrer damaligen Sprachkenntnisse war das nicht leicht. Jedenfalls ist euer Kanzler – wie heißt er? – (Luigi sprach den Namen Kreisky etwas abenteuerlich aus) *un uomo saggio*.

Julia wollte das nicht in Abrede stellen. Ja, es gefiel ihr ganz gut, dass man sie in dieser Runde ein bisschen wie eine Enkelin Kreiskys behandelte. Der dann allerdings bald nicht mehr Kanzler war, sondern nur mehr Exkanzler, was Luigi einfach nicht zur Kenntnis nehmen wollte. Er war übrigens der erste von Antonios Freunden, der zugab, dass er bei der nächsten Wahl die Sozialdemokraten wählen würde – ihm imponierte nicht nur Kreisky, sondern auch Craxi und der war der kommende Mann.

Ein wenig gehörten Marco und Julia also schon dazu. Dass sie immer wiederkamen, wurde zur Kenntnis genommen und gutgeheißen. *Come le rondine*, wie die Schwalben, sagten *Il veloce* und seine Frau Ines, bei denen sie meist gleich, nachdem sie wieder einmal angekommen waren, ein paar Lebensmittel einkauften. Nicht so sehr, weil sie die so rasch brauchten, aber weil es eine Gelegenheit war, freundlich Guten Tag zu sagen.

Come le rondine, dieser Vergleich stimmte zwar nicht ganz, denn meist kamen sie etwas später als die Schwalben. Aber so viel traf zu, dass sie nun schon mehrere Jahre wiedergekommen waren und aller Wahrscheinlichkeit nach weiterhin wiederkommen würden. Auch abgesehen vom Mortimer-und-Molly-Spiel, das ihren Aufenthalten hier natürlich eine besondere Note gab, war San Vito der richtige Ort für sie: *Il posto giusto*. Der Ort, an dem ihre Liebe blühte und gedieh, an dem ihnen nichts widerfuhr, das diese Liebe behinderte und die Freude daran trübte.

Woran immer das lag – es war eine Erfahrungstatsache. Im Gegensatz dazu ging alles irgendwie schief, was sie irgendwo anders miteinander erwogen oder versuchten. In San Vito stand über ihrer Liebe ein guter Stern. Anderswo war dieser gute Stern anscheinend nicht ganz so wirksam.

Wie in Verona. Das wäre ja im Prinzip sehr schön gewesen. Nur leider waren sie dort nicht ganz so zusammengekommen, wie sie es erhofft hatten. Und das passierte ihnen noch mehrere Male. Wenn auch nicht immer nur in Bezug auf das eine – es gab und gibt ja auch andere Enttäuschungen.

2

Wie etwa damals, als Marco doch noch nach Wien kam. Wohlgemerkt zu einer relativ schönen Jahreszeit. Zu Ostern. Allerdings war Ostern in diesem Jahr schon Ende März. Das Wetter war also auch nicht gerade ideal, aber sicherlich besser als im November.

Immerhin war *Der Kuss* von Klimt diesmal nicht verliehen. Marco hatte es kaum erwarten können, dieses Bild zu sehen, also hatte ihn Julia noch am Vormittag nach seiner Ankunft ins Obere Belvedere geführt. *È veramente bello*, hatte er gesagt, als sie Hand in Hand davor standen. Und als sie dann, nach dem Besuch der Galerie, ins Freie traten und das Panorama, auf das sie vom Belvedere-Hügel blickten, fast so aussah wie auf einer der Stadtansichten von Canaletto, in einem schönen, wenn auch etwas blassen Licht, da hatte Julia den Eindruck, dass sich alles recht gut anließ.

Aber leider ging es dann nicht so gut weiter. Die Donau war natürlich nicht annähernd so blau, wie sie sein sollte. Die *cucina Viennese* sagte Marco vom ersten Imbiss an, den sie im *Jägerhaus* im Prater einnahmen, ganz offensichtlich nicht zu, auch wenn er höflich war und etwas von einem *gusto particolare* redete. Und das abendliche Konzert im Musikvereinssaal, für das Julia, verrückt genug, zwei für ihre damaligen Verhältnisse sehr teure Karten besorgt hatte, war eben nicht das *Concerto di capodanno*, durch dessen Übertragungen (jahrelang ein Ereignis, zu dessen Anlass seine Mamma und er gemeinsam vor dem Bildschirm gesessen waren) er offenbar konditioniert war.

Als Alternative zu diesem doch etwas bürgerlichen Programm führte Julia Marco am zweiten Abend in ein Kellertheater. Und, ja, die Premiere des angeblich sehr engagierten neuen Stücks eines erstaunlich lange als jung geltenden österreichischen Dramatikers hätte ihm durchaus zusagen können. Aber erstens verstand er, der, allen guten Vorsätzen zum Trotz, noch immer kaum zwanzig Worte Deutsch gelernt hatte, verbal fast gar nichts. Und zweitens begann er nach der Pause, in der ihm Julia den Autor, den sie infolge ihrer Tätigkeit im Verlag persönlich kannte, vorstellte, darüber zu grübeln, ob sie mit diesem Typ, der sie zur Begrüßung auf beide Wangen geküsst hatte, etwas gehabt hatte.

Er sprach das nicht aus, aber Julia sah es ihm an. Und – so schade das war – es verdross sie ein bisschen. Was die Liebe betraf, so schliefen sie zwar an beiden Abenden miteinander, aber auch das verlief merkwürdig unrund. Julias Bett gefiel Marco, wie er beteuerte, zwar als Möbel sehr gut, aber die Federkernmatratze war ihm ehrlich gestanden ein bisschen zu hart.

3

Julias Besuch in Turin war erst recht kein großer Erfolg. Obwohl auch hier die Voraussetzungen recht gut gewesen wären. Das war im Frühherbst. Die Luft war luzid. Es spazierte sich schön unter den Arkaden. Und die Durchblicke Richtung Alpen waren wirklich sehenswert.

Marco zeigte Julia die Ecke, an der Nietzsche angeblich das durch ihn berühmt gewordene Droschkenpferd umarmt hatte. Gewiss, sagte er, dieser Meisterdenker habe so manchen Gedanken zu Papier gebracht, den man als reaktionär bezeichnen könne. Aber er habe Turin und seine Küche geliebt, die guten piemontesischen Weine nicht zu vergessen, und das mache ihn sympathisch. Julia sagte, sie empfinde eher Sympathie für Lou Andreas-Salomé, die diesem Macho gezeigt habe, was eine starke Frau sei.

Eine starke Frau war allerdings auch Marcos Mutter, die sie gleich anschließend an diesen ersten Spaziergang besuchten. Jedenfalls eine Frau, die spürbar Macht ausübte. Wenn auch indirekt, in der perfekt gespielten Rolle der leidenden Person. Julia war schon klar gewesen, dass der Besuch bei ihr heikel sein werde, aber so extrem hatte sie sich das denn doch nicht vorgestellt.

Diese hinter ihren schwarzen Brillen versteckte alte Dame. Eine hinterhältige Geschlechtsgenossin. Gab sich so, als ob sie fast blind wäre, aber sah, wie sich binnen kurzem herausstellte, ganz gut. Warum tragen Sie so lange Röcke, fragte sie die junge Konkurrentin, die sie ganz deutlich nicht als potentielle Schwiegertochter sehen wollte, haben Sie so hässliche Beine?

Die treue Nelda servierte den anscheinend unvermeidlichen Vin Santo samt den dazu obligaten Cantucci. Greifen Sie nur zu, sagte Marcos Mutter, Sie lieben ja offensichtlich Süßigkeiten. Schön, dass Sie mich besucht haben, sagte sie schließlich, als sich Marco und Julia endlich wieder aus den Lehnsesseln, in denen sie ziemlich tief gesunken waren, erheben durften. Es war mir ein Vergnügen. Nelda wird Sie zur Tür begleiten. Grüßen Sie mir Wien.

4

Einmal trafen Marco und Julia einander in Paris. Und das hatte natürlich was, dort fühlten sie sich beide wohl. Wohnten in einem netten kleinen Hotel, schlenderten an der Seine entlang, saßen in Cafés und Bistros. Da war keine Turiner Mutter, die ihnen die Stimmung verdarb, und da waren keine Wiener Autoren, die Marco verdächtig waren.

Und die französische Küche schätzten sie beide. Allerdings

aßen sie am zweiten Abend ihres dreitägigen Aufenthalts in dieser schönen Stadt ein Muschelgericht, das ihnen nicht bekam. Das war schade, denn in der folgenden Nacht waren sie absolut nicht zur Liebe aufgelegt. Da blieb ihnen nur der Trost, dass sie sich ja bald wieder in San Vito treffen würden.

Sechs

1

Doch dann kam der Sommer, in dem es auch in San Vito schiefging. Dass auch das passieren könnte – nie hätten sie so etwas gedacht. Und dabei hatte alles so vielversprechend begonnen. Anfang des Jahres hatten Marco und Julia noch die schönsten Pläne für ihre gemeinsame Zukunft gemacht.

Dass Marcos Mutter im November davor gestorben war, *la mamma*, die er nicht hatte allein lassen können und die ihn nicht hatte loslassen wollen, war gewiss traurig. Aber natürlich war es auch eine Befreiung. Da ergab sich so manche neue Perspektive. Und nach drei Monaten Pietät ließ sich schon eher unbeschwert darüber telefonieren und schreiben.

Vor dem Ableben der Mamma war der Gedanke an ein gemeinsames Leben da (in Turin) oder dort (in Wien) eine Fata Morgana gewesen, schön, aber realitätsfern. Nun aber lebte dieser Gedanke auf. Vielleicht fand sich ja ein Job für Julia an der Turiner Uni oder in irgendeinem Sprachinstitut. Warum denn nicht? Sie konnte inzwischen gut genug Italienisch, um in Italien Deutsch zu unterrichten.

Oder Marco konnte nach Wien kommen, auch wenn seine erste Begegnung mit dieser Stadt ein bisschen misslungen war. Nach wie vor hatte Wien einen gewissen Ruf als Stadt der Medizin. Vielleicht ließen sich diese beiden Möglichkeiten ja abwechselnd verwirklichen. Erst Turin und dann Wien. Oder auch erst Wien und dann Turin.

Die Frage der Priorität war – zugegeben – etwas heikel. Aber sie waren doch zwei Menschen, die einander liebten, sie brauchten doch bitteschön nicht zu konkurrieren. Sie mussten sich diesbezüglich doch einigen können. Sie würden schon zusammenkommen und dann alles Nötige organisieren.

Dass sie zusammenkommen wollten, nämlich noch enger verbunden als bisher, so viel schien jedenfalls festzustehen. Natürlich ist so etwas nicht unproblematisch: die Verwandlung einer periodischen Sommerliebe (denn das war ihre Beziehung doch bisher im Wesentlichen gewesen) in eine Liebe für alle Jahreszeiten. Aber sie würden das schaffen – wann, wenn nicht jetzt? Sie mussten ja nicht gleich heiraten, davor hatten sie beide eine gewisse Scheu, aber wer weiß, vielleicht ließ sich auch diese Scheu nach und nach ablegen.

Heiraten und Kinder kriegen? Das war eine Frage, die sie einander mit einer gewissen Ironie stellten. Aber warum eigentlich nicht? Julia dachte das manchmal auch im Ernst. Schon wahr, als sie nach Wien gekommen war, dem Elternhaus in Krems und seiner Biederkeit entschlüpft, hatte sie sich so etwas gar nicht vorstellen wollen, alles, nur das nicht, hatte sie damals gedacht, jedenfalls nicht in absehbarer Zeit. Doch inzwischen war sie dreißig geworden, Marianne und Susanne hatten bereits je ein Kind, und obwohl die Männer, die sie sich in diesem Zusammenhang zugezogen hatten, Julia indiskutabel langweilig erschienen, waren die Kinder, ihrem putzigen Alter gemäß, lieb.

Über das alles oder zumindest etwas davon würden sie reden, Marco und sie, wenn sie, diesmal ab Anfang August, in San Vito beisammen wären. Julia setzte die schönsten Hoffnungen in diesen Aufenthalt. Und die ersten Tage waren auch schön wie immer und versprachen, noch schöner zu werden. Sie wohnten nun nicht mehr im Albergo (Fantini hatte schon im vorangegangenen Jahr angekündigt, dass sich mit den wenigen Gästen, die er hatte, der Aufwand ganz einfach nicht mehr lohne), sondern in einem Häuschen etwas außerhalb des Ortes, umgeben von Olivenbäumen und Weinstöcken.

Es ist schon wahr, dass sie sich erst daran gewöhnen mussten. So schön es dort draußen war, ging ihnen das alte Albergo anfangs doch ab. Mit einer gewissen Wehmut dachten sie an das Zimmer mit dem durchhängenden Doppelbett und an das Etagenbad mit der wunderlichen Wanne, vor allem auch an den Blick aus dem Fenster auf die Mauer und auf das Tor des *giardino*. Und auf die Steineichen mit ihrem bedeutungsvollen Gestenspiel im Hintergrund.

Hier war es, objektiv betrachtet, sicherlich schöner. Sie hatten stupende Blicke in die Gegend, sie konnten aus vier Fenstern in vier verschiedene Windrichtungen schauen. Und ganze vier Zimmer standen ihnen zur Verfügung. Und ein *soggiorno*, in dem so viel Platz war, dass man darin hätte Federball spielen können.

Und draußen, ums Haus herum, war es erst recht schön ... Da gab es Rosmarin- und Lavendelhecken, und in zwei großen Vasen aus Terracotta blühte der Oleander. Und unter einem Schatten spendenden Baum stand ein Tisch, an dem man idyllisch frühstücken konnte. – Trotzdem stiegen sie manchmal ins Auto und fuhren zum Frühstück in den Ort.

Der Weg dorthin war allerdings holprig und tat Marcos neuem Auto nicht gut. Er hatte in diesem Jahr nicht mehr die alte Ente, sondern einen Volvo 740, mit dem seine Mutter ihre Freude gehabt hätte. Und er schenkte diesem Fahrzeug erstaunlich viel Beachtung. Auf dem Weg in den Ort und zurück hielt er manchmal an und ging rund um den Wagen, um zu sehen, ob er sich nicht an irgendeinem Stein gestoßen hatte; manchmal putzte er mit einer Ernsthaftigkeit, die Julia ursprünglich für Ironie hielt, am Lack herum, der, von den Ästen der Büsche am Rand des Weges gestreift, womöglich einen kleinen Kratzer abbekommen hatte.

Nun war das vielleicht nur eine Äußerlichkeit, aber Julia registrierte es mit leichtem Befremden. Und manchmal hatte sie den Verdacht, dass sich Marco auch innerlich verändert hatte. Eine gewisse Abwesenheit glaubte sie manchmal an ihm zu bemerken. Woran denkst du, hätte sie ihn dann fragen mögen, aber vielleicht hing er ja noch Gedanken an seine Mamma nach, und daran wollte sie lieber nicht rühren.

Trotzdem hatten sie es, wie gesagt, schön in diesen Tagen. Wie schön sie es doch hatten, versicherten sie einander wiederholt. Sie gingen viel spazieren in der Umgebung. Sie sammelten hübsche, schwarze, vulkanische Steinchen, die oft auf den Wegen, und Stachelschweinstacheln, die manchmal an den Rändern des Ginstergebüschs zu finden waren.

Und sie lagen auf den Liegestühlen, die ihnen die Vermieter noch eigens vorbeigebracht hatten, und blinzelten einander zu. Manchmal beobachteten sie ein nettes, pelziges Insekt mit schwirrenden Flügeln, das manövrieren konnte wie ein Hubschrauber. In der Luft fast stillstehend, tauchte es einen erstaunlichen Rüssel in die Blumenkelche. Und wenn sie die Augen schlossen, hörten sie meist die Amsel singen, die in der Hecke hinter ihnen nistete.

Und sie aßen gut, entweder was sie in der praktisch eingerichteten Küche selbst zubereiteten oder was sie sich in Restaurants, die ihnen nun nicht mehr zu teuer waren, leisteten. Und sie tranken gut, nicht nur in den Restaurants, sondern auch im Haus, das *Il vignaiolo* hieß, also der Weingärtner – die Vermieter boten einen recht gepflegten Rosso di Moltalcino an. Und sie hatten guten Sex, sie waren ja gut aufeinander eingespielt, und das Spiel zu zweit machte ihnen nach wie vor

Freude. Aber etwas stimmte nicht, die Dinge, über die sie hätten reden sollen, zumindest wenn es nach Julia gegangen wäre, kamen eigenartig lang nicht zur Sprache.

Das heißt, sie versuchte sie wohl zur Sprache zu bringen. Aber Marco schaffte es mehr als eine Woche lang auszuweichen. Kam immer gleich wieder auf etwas anderes zu sprechen. Etwa auf Lebensmittel, die sie auf dem Markt einkaufen sollten, weil er, der (zum Unterschied von ihr) gern kochte, ihr die Zubereitung dieser oder jener Spezialität demonstrieren wollte, oder auf Orte, die sie noch nicht kannten, aber besuchen könnten, weil sie ja eigentlich gar nicht so weit von hier entfernt waren.

Sie konnte sich nicht helfen, ihr Eindruck, dass da irgendetwas nicht stimmte, verging nicht. Das war nicht mehr ganz der Marco, den sie kannte und liebte. Was ihr besonders zu denken gab, war die Tatsache, dass er nur wenig auf ihre Anregungen einging, das Fantasiespiel, das sie all die Jahre gespielt hatten, fortzusetzen. Wenn sie ihn doch dazu brachte, dann war er, so jedenfalls ihr Eindruck, nur halbherzig dabei.

2

Und dann kam der 10. August, die Nacht, in der man besonders viele Sternschnuppen erwartet. *La Notte di San Lorenzo*, die Nacht des heiligen Laurentius. In dieser Nacht (oder auch schon etwas davor und noch etwas danach) durchquert die Erde den Meteoritengürtel der Perseiden. Marco wusste das natürlich besser als Julia, jenseits der Alpen, sagte sie, um ihre diesbezügliche Ignoranz, über die er sich wunderte, zu erklären, ist der Himmel selten so klar wie hier bei euch, und daher verursacht dieses Meteoritenspektakel dort weniger Aufregung.

Hier aber, in der südlichen Toskana, würde der Himmel in dieser Nacht ganz besonders klar sein. Jedenfalls versprach das der Wetterbericht. Und da sei es empfehlenswert, sagte Marco, zur Beobachtung des Himmelsschauspiels irgendwo hinaufzusteigen. Obwohl sich Julia ehrlich gesagt nicht vorstellen konnte, dass das in Anbetracht der Entfernung wirklich einen Unterschied machte.

Wie dem auch sei, sie stiegen auf den heiligen Hügel. Das war eine mit Ginstergebüsch und Zypressen bewachsene Anhöhe, die sie so getauft hatten, weil sie tatsächlich so aussah. So nämlich, als hätte es mit ihr irgendeine kultische Bewandtnis. Früher, vor bloß zweieinhalbtausend Jahren, hatten die Etrusker hier gesiedelt, Marco war sicher, dass dieser Hügel irgendetwas mit jenen interessanten Vorfahren zu tun hatte.

Der heilige Hügel war vielleicht siebzig Meter hoch und kaum mehr als fünfhundert Meter von ihrem Häuschen entfernt. Es war also kein Problem, eine Flasche Nobile di Montepulciano mitzunehmen. (Einen sehr guten Jahrgang, den sie extra für diesen Abend besorgt hatten, denn zu so einem Anlass, meinte Marco, musste es schon ein besonderer Wein sein.) Sowie zwei edle, langstielige Gläser und einen Korkenzieher.

Zwar war der Aufstieg mit dem Korb, in dem sie das alles verstauten, dann doch etwas abenteuerlicher, als sie gedacht hatten. Es hatte schon lang nicht geregnet, der Lössboden war staubtrocken, darauf ließ sich nur schwer Fuß fassen. Der abgeblühte Ginster, der links und rechts des schmalen Pfades wuchs, war stachelig. Und manchmal raschelte es darin doch einigermaßen verdächtig.

Auch war es in diesem Dickicht trotz des klaren Himmels dunkler als erwartet. Man konnte leicht vom Pfad abkommen (falls die schmale Schneise, der sie folgten, überhaupt ein Pfad war). Es war gut, dass Marco eine Taschenlampe mitgenommen hatte. Aber schließlich hatten sie es geschafft und waren oben, wo es eine kleine Blöße gab und sogar einen Baumstamm, auf den sie sich setzen konnten.

Da saßen sie dann nebeneinander und schauten in die Höhe. Und sahen tatsächlich einige Sternschnuppen, wenn auch nicht neunzig bis zweihundert pro Stunde. So viele nämlich sollte es angeblich geben. Zumindest behauptete das Marco, der diese Zahlen irgendwo gelesen hatte. Wie dem auch sei, die Sternschnuppen, die sie sahen, reichten auch. Zwar verglühten die meisten sehr rasch, aber da hieß es eben auch rasch sein mit allfälligen Wünschen. Und das ging schon, wenn man sich seine Wünsche rechtzeitig zurechtgelegt hatte. Was zumindest bei Julia der Fall war – einige Wünsche lagen ihr ja gewissermaßen auf der Zunge.

Allerdings durften sie nicht ausgesprochen werden, sonst würden sie nicht in Erfüllung gehen. Anderseits war Julia sehr nach Aussprache. Und vielleicht, dachte sie, war ja gerade das der richtige Moment. Der Augenblick nämlich, als der Wind den Klang der Glocken von der Collegiata herübertrug (erstaunlich eigentlich, dass man ihn so weit hörte: die Glocken schlugen zwölf Mal, es war also Mitternacht) und sie mit dem letzten Schluck, den die Flasche noch hergegeben hatte (redlich geteilt), noch einmal anstießen.

Auf uns, sagte Marco.

Und auf unsere Zukunft, sagte Julia.

Und dann stellte sie, in halb scherzhaftem Ton übrigens, die Frage, wie alles mit ihnen weitergehen sollte.

Also zuerst einmal, *wo* es mit ihnen weitergehen sollte. Turin oder Wien? Vielleicht sollten wir eine Münze werfen, Kopf oder Zahl.

Doch da spürte sie direkt, wie Marco ein Stück auf Distanz ging. Nicht dass er auf dem Baumstamm, auf dem sie immer noch saßen, von ihr wegrückte. Es war nicht körperlich, nein, doch sie spürte es deutlich. In durchaus richtiger Einschätzung ihrer Reaktion auf das, was er dann gleich sagen musste, ging er seelisch schon jetzt in die Defensive.

Bevor er es sagte, schwieg er allerdings. Schwieg lang, und das war natürlich besonders verdächtig. Julia ahnte schon: Er würde ihr etwas antworten, das sie traf. Und so war es. Denn dann endlich rückte er mit seinem Amerika-Projekt heraus.

Dass er jetzt, da er sich nicht mehr um seine Mamma kümmern müsse, eine einmalige Chance habe. Nämlich ein Jahr lang nach San Francisco zu gehen, wo es eine Klinik gab, in der man ganz besondere Operationsmethoden für bestimmte Augenkrankheiten entwickle. Natürlich mit Laserstrahlen, das sei auf diesem Gebiet die Zukunft. Es habe da eine Ausschreibung gegeben, und er habe sich darum beworben – unter einer ganzen Anzahl von jungen, italienischen Ärzten habe nur eine Handvoll den Zuschlag bekommen.

Und das wäre nicht nur für seine Karriere als *medico* wichtig, sondern – hier räusperte er sich einige Male – es sei ihm auch ein Herzensanliegen. Seiner armen Mamma würde es zwar nichts mehr nützen, aber dass er sich speziell mit der Heilung gewisser Augenleiden auseinandersetze, sei gewissermaßen ihr Vermächtnis. Und da könne er doch nicht ganz einfach nein sagen. Der toten Mamma gegenüber wäre das ausgesprochen unfair.

Und mir gegenüber?, sagte Julia. Wie findest du das *mir* gegenüber?

Es sei ja nur ein Jahr, sagte er. Nach einem Jahr komme er doch zurück. Und dann habe er viel bessere Möglichkeiten, sich hier als Arzt zu etablieren. Und dann werde man, was das Privatleben betreffe, schon weitersehen.

Das *Privatleben*! Wie er auf einmal redete!

Und was mache *ich* inzwischen?, fragte sie. Fromm und brav auf dich warten?

Du kannst ja, sagte er, mein Gott, du kannst ja mitgehen, wenn du willst ...

Das klang nicht ganz so, als hätte er das bisher schon im Sinn gehabt.

So! Und was mach ich dort deiner Ansicht nach? Darf ich als Kellnerin in einem *Deli* arbeiten? Und die Greencard bekomme ich einfach auf dem Präsentierteller. Weil ich so lieb bin oder weil ich einen Freund habe, der mich in einem Jahr, wenn wir nach Europa zurückkehren, wahrscheinlich noch immer nicht heiraten will, denn dann muss er wahrscheinlich erst seine Praxis einrichten und so weiter und so fort!

Sie war jetzt richtig wütend. Etwas in ihr bäumte sich gegen ihn auf. Was bildete er sich eigentlich ein? Wieso hatte er ihr die ganze Zeit über nichts davon geschrieben oder am Telefon gesagt? Wenn er sich infolge der Ausschreibung, von der er redete, um diese Ausbildungsstelle beworben hatte, musste das doch schon eine Weile zurückliegen.

Er habe ja nicht gewusst ..., sagte er. Er habe ja eigentlich nicht wirklich mit dem Erfolg seiner Bewerbung gerechnet ...

Ach was, sagte sie. Das sind doch alles faule Ausreden.

Sie fühlte sich von ihm hintergangen. Zumindest getäuscht.

Er versuchte noch etwas zu erklären, aber sie hörte nicht mehr zu.

Hör auf!, sagte sie. Ich hab jetzt genug. Ich will nichts mehr als schlafen.

Und erhob sich und begann den Hang hinunterzusteigen.

So warte doch!, rief Marco, der noch die leere Flasche und die Gläser in den Korb packte.

Sie wartete nicht. Er sollte nur merken, was sie nun von ihm hielt.

Er lief hinter ihr her. Und dann hörte sie auf einmal ein Klirren, so als wäre er mit dem Korb gestrauchelt.

Dieses Klirren und einen verhaltenen Schmerzensschrei. *Ahi* oder *ohi* oder *ahimé*, irgendetwas, das ihr in dieser Situation vorerst völlig übertrieben vorkam. Übertrieben und ganz unpassend pathetisch. Solche Ausrufe kannte sie nur aus Opern, und für Opern hatte sie nicht viel übrig.

Aber sie blieb doch stehen und horchte ins Dunkel. Er jammerte leise und ging nicht weiter. Schließlich stapfte sie ein paar Schritte zurück. Da saß er auf dem Boden und hielt sich den rechten Fuß.

Ich bin umgekippt, stöhnte er. Ich kann nicht mehr auftreten. *La caviglia!* Der Knöchel! *Forse è rotta.* Vielleicht sei er gebrochen, der Knöchel. Es gebe verschiedene Knöchelbrüche. Einfache und komplizierte. Dieser fühle sich kompliziert an.

Das darf doch nicht wahr sein!, dachte sie. Was für ein wehleidiger Mensch! Wäre ihm das vor seinem Geständnis bezüglich seines Amerika-Projekts passiert, so hätte sie ihn bedauert. Sie hätte ihn nicht nur bedauert, sondern mit ihm gelitten, sich Sorgen um ihn gemacht, seinen Knöchel massiert. Aber jetzt dachte sie, zumindest in einem etwas dunklen Bereich ihres Bewusstseins: Geschieht ihm ganz recht!

Sie half ihm dann trotzdem auf und stützte ihn. Er war nicht sehr schwer damals. Vielleicht um die fünfundsiebzig Kilo. Trotzdem war der Abstieg vom heiligen Hügel auf diese Weise alles andere als leicht. Am Himmel über ihnen verglühten noch einige Sternschnuppen, doch denen schenkten sie nicht mehr die dem Datum entsprechende Beachtung.

3

Mit einem gebrochenen Knöchel hätte Marco auch den relativ kurzen Weg zurück zum Haus kaum geschafft. Gebrochen war dieser Knöchel also aller Wahrscheinlichkeit nach nicht. Vielleicht waren die Bänder überdehnt, vielleicht die Sehnen gezerrt, weiß der Teufel. Vielleicht handelte es sich auch um eine Prellung – womöglich sei er, so Marco, im Straucheln auch an einen Stein angerannt.

Bis zum nächsten Morgen war der Knöchel jedenfalls angeschwollen und blauviolett verfärbt. Wie der Hintern eines Mandrills, sagte Julia – Marco fand diesen Vergleich nicht wirklich zum Lachen. Er versuchte, im Haus hin und her zu gehen, aber das tat nicht gut. Er legte sich wieder ins Bett und lagerte das Bein auf mehrere übereinandergestapelte Polster.

Julias Mitleid hielt sich zwar in Grenzen, aber sie machte ihm kalte Umschläge. Kalt und mit *Aceto di Vino Rosso* getränkt. Das ganze Haus roch allmählich nach Essig. Jedes Mal, wenn Julia den alten Umschlag entfernte und mit einem neuen, naturgemäß kälteren, Marcos Haut berührte, verzog er schmerzlich das Gesicht.

So verstrich ein Tag, an dem draußen die Sonne vorbeiging. Ein Tag, an dem der Knöchel das zentrale Thema war. Sonst sprachen sie an diesem Tag wenig miteinander. In der Nacht schlief Julia auf der Couch im *soggiorno* – dorthin war sie schon in der vorangegangenen Nacht übersiedelt, und da wollte sie bis auf weiteres bleiben.

4

Am nächsten Tag fand Marco, dass es ratsam sei, einen Arzt aufzusuchen. Für den Fall, dass vielleicht doch ein Bruch vorlag. Bei ihren bisherigen Aufenthalten in San Vito hatten sie keine medizinische Hilfe gebraucht. Doch sie erinnerten sich vage daran, dass es in der Via Poliziano einen Praktischen Arzt gab.

Dorthin zu kommen, war allerdings unter den gegebenen Umständen nicht so einfach. Da Marco mit seinem Fuß weder das Gaspedal noch die Kupplung betätigen konnte, musste Julia fahren. Sie selbst hatte damals noch kein Auto, sie hatte zwar (noch als Schülerin in Krems) die Führerscheinprüfung gemacht, aber das Fahren war ihr nie ein wirkliches Anliegen gewesen. Sie war, fand sie, eine gute Beifahrerin, besonders gut und gern war sie bisher neben Marco auf dem Beifahrersitz gesessen, aber nun mussten sie Platz tauschen.

Den kurzen, aber holprigen Weg in den Ort zu fahren, war für sie alles andere als ein Vergnügen. Zugegeben, sie hatte wenig Praxis, aber davon, dass ihr Marco ständig dreinredete, wurde es auch nicht besser. Diese absurde Angst um den blöden Volvo! Manchmal war sie nahe daran, auszusteigen und ihn mitsamt diesem ihr unsympathischen Fahrzeug seinem Schicksal zu überlassen.

Dann wieder erschrak sie über solche Gedanken. Was sollte denn das? War er nicht ihr Marco? Sie liebte ihn doch! Und jetzt war er noch dazu so arm mit seinem verletzten Knöchel. Und wer weiß, vielleicht war die Verletzung ja wirklich ernster, als sie geglaubt hatte, und es war enorm wichtig, ihn zum Arzt zu bringen.

Auch dass er ihre Fahrweise bekrittelte, musste sie unter diesen Umständen nicht so krummnehmen. Er hatte Schmerzen, er war gereizt, er war halt nervös. Sie war ja übrigens auch gereizt und das mit gutem Grund. Aber vielleicht konnte man über dieses Amerika-Projekt, das sie vorgestern Nacht so empört hatte, noch einmal sachlich diskutieren – jetzt war es zuerst einmal wichtig, dass der Knöchel versorgt wurde.

Sie fuhr also weiter, und auf der asphaltierten Straße ging es ohnehin besser. Zwar holperte es dann auf dem alten Pflaster in der Via Poliziano wieder einigermaßen, aber im Ortszentrum durfte man ohnehin nur im Schritttempo fahren. Und das Einparken vor dem Haus des Doktors gelang problemloser, als sie befürchtet hatte. Na komm, sagte sie und half ihrem versehrten Freund aus dem Wagen.

5

Doktor Tozzi war ein älterer Herr in einer bordeauxroten Hausjacke mit zu Berge stehenden weißen Haaren. Er wirkte etwas überrascht über das Paar, das da vor seiner Tür wartete. Marco, auf Julias Schultern gestützt, das rechte Bein etwas angezogen, wie ein Tier, das sich einen Dorn eingetreten hat. Wissen Sie, sagte der Arzt, eigentlich ordiniere ich gar nicht mehr.

Und das schon seit mehr als zwei Jahren – die Zeit vergeht! Aber kommen Sie weiter, wenn Sie schon da sind. Sie haben sich also die rechte Hinterpfote verletzt. Nehmen Sie Platz. Legen Sie bitte den Schuh und den Socken ab.

Er betrachtete und betastete Marcos Knöchel. Schöne Farben, sagte er. Und hübsch angeschwollen. Ein Paar Stellen berührte er gezielt mit Daumen und Zeigefinger. Tut es hier besonders weh?, fragte er. Und hier? Na bitte, das sei ja halb so schlimm.

Also, meines Erachtens, sagte er schließlich, ist das kein Bruch.

Siehst du, sagte Julia.

Allenfalls ein Muskelfaserriss, sagte der Doktor.

Aber könnte es nicht ein Bruch in der Höhe des Volkammschen Dreiecks sein?, fragte Marco. Ich meine, ich bin weder Orthopäde noch Physiotherapeut, aber während meiner Ausbildung ...

Aha, lächelte Tozzi, Sie sind also ein Kollege.

Ja, sagte Marco.

Und welches Fachgebiet haben Sie sich ausgesucht?

Die Augenheilkunde.

Wie schön, sagte Doktor Tozzi. Darauf hätte ich mich auch gern spezialisiert, aber als ich studiert habe, hat man hier in der Gegend noch weniger Spezialisten gebraucht als einen Onkel Doktor für alles und jedes.

Das sei schon sein Vater gewesen, erzählte er. Der sei noch mit dem Pferd von Gehöft zu Gehöft geritten. Geburtshelfer (nicht nur für Menschen, sondern gegebenenfalls auch für Schafe und Rinder). Manchmal auch der, der am Sterbebett saß und den Leuten noch gut zuredete. Und der, der für alles dazwischen zuständig war. Für alle ortsüblichen Krankheiten und Abnützungserscheinungen. Vom Schnupfen bis zur Malaria, die wir damals auch noch hatten, vom Hexenschuss bis zum Bandscheibenvorfall. Verstauchungen und Zerrungen und Prellungen und Brüche aller Art.

Mein Vater hätte Ihnen einfach eine seiner selbst gemixten Salben gegeben, sagte Doktor Tozzi. Er hat immer eine Apothekertasche dabeigehabt. Ich werde Ihnen auch eine Salbe verschreiben, wenn auch keine selbst gemixte, und eine elastische Fixierbinde. Aber um sicherzugehen, dass wir nichts verabsäumen, sollten wir vielleicht doch ein paar Röntgenbilder haben.

Und wo können wir die hier machen lassen?, fragte Marco.

Am besten im Krankenhaus oben in Montalcino, sagte der Doktor. Dort kennen mich noch ein paar Leute. Wenn Sie wollen, fahr ich mit Ihnen dort hin. Wenn ich dabei bin, wird man sie schneller drannehmen.

6

So kam es, dass sie mit Doktor Tozzi nach Montalcino fuhren. Dieser Doktor war die Freundlichkeit selbst. Nicht nur, dass er sich einfach Zeit nahm (machen Sie sich deswegen keine Gedanken, sagte er, ich bin Pensionist und habe augenblicklich nichts Besseres zu tun). Er bot Ihnen auch an, mit seinem Wagen zu fahren und ihren inzwischen in seine Garage zu stellen.

Und doch hasste Julia den Doktor nachher. Wären wir doch nie zu diesem Doktor gegangen!, dachte sie. Oder hätten wir zumindest sein Angebot, mit uns nach Montalcino zu fahren, ausgeschlagen. Etwa so: Das ist furchtbar nett von Ihnen, *dottore*, aber Sie sollten unseretwegen Ihre liebe Frau nicht mit dem Mittagessen warten lassen, wir sind erwachsene Menschen, wir schaffen das auch allein.

Das Fatale war ja, dass sie selbst, Julia, über dieses Angebot froh war. Vorerst fühlte sie sich dadurch entlastet. Sie brauchte nicht zu fahren, Gott sei Dank. Nach Montalcino waren es zwar nur fünfzehn Kilometer, aber die letzten fünf davon waren eine sehr kurvenreiche Strecke.

Sie konnte sich, zumindest was das betraf, entspannen, sie brauchte das Auto nur mehr in die Garage zu manövrieren. Dabei hätte sie um ein Haar einen Pfeiler gestreift, der dort unvermutet im Weg stand. An den Kratzer, den sie damit an der immer noch glänzenden Karosserie des Volvo verursacht hätte, wollte sie nachher, in Doktor Tozzis Fiat, lieber gar nicht mehr denken. Merkwürdigerweise schien Marco nicht bemerkt zu haben, wie knapp es war, er hatte vorerst andere Sorgen.

Nämlich des Röntgens wegen. Eine Weile war er eigenartig still. Erst als sie schon aus San Vito draußen waren, auf der alten Cassia, auf der man sehr schön und gemächlich durch die fotogene Gegend fuhr, denn die neue Schnellstraße gab es damals noch nicht, rückte er mit seinen Bedenken heraus. Ist es nicht so, fragte er, dass für ein Röntgen, mit dessen Hilfe man so eine Verletzung definitiv diagnostizieren kann, der Fuß noch einmal verdreht, also in die »richtige« Lage zurückgedreht werden muss? Keine Angst, Kollege, lächelte der Doktor, er brauche keine »gehaltene« Aufnahme, so etwas brauchten vielleicht weniger erfahrene Ärzte, ihm genüge eine ganz normale *radiografia*.

Das war natürlich eine Erleichterung. Julia konnte direkt hören, wie Marco aufatmete. Noch größer war die Erleichterung, als sich dann angesichts des Röntgenbildes herausstellte, dass wirklich nichts gebrochen war. Im Krankenhaus ging alles sehr schnell und glatt. Die Begleitung durch den Doktor hatte tatsächlich den von ihm angekündigten Effekt.

Als sie aus dem Spital traten und über den Parkplatz gingen, um wieder in Doktor Tozzis Auto zu steigen, ging Marco schon etwas flotter. Dass der Schmerz in seinem Knöchel zwar möglicherweise noch ein paar Tage anhalten, aber, wenn er die Salbe brav anwandte, einfach verschwinden würde, stimmte ihn, der noch vor kurzem so besorgt gewirkt hatte, nun geradezu heiter. Kein Bruch, keine Komplikationen, keine Angst vor irgendwelchen operativen Eingriffen, die er sich als sensibler Mensch mit medizinischen Fachkenntnissen wahrscheinlich besonders lebhaft vorstellen konnte. Wie wär's, sagte er, wenn wir noch kurz oben in der Fortezza oder unten im *Caffè Dante* Station machen und ein Glas Brunello trinken würden.

Das sei eine schöne Idee, sagte der Doktor, aber erstens sollte er als Autofahrer lieber nichts trinken. Und zweitens (er schaute auf die Uhr) würde sich seine Frau, wenn sie dann etwas länger beim Wein sitzen blieben, vielleicht doch Sorgen um ihn machen. Er würde Marco und Julia aber gern zur Festung hinaufbringen oder, soweit er dort zufahren könne, in die Nähe der Piazza. Sie könnten dann in aller Ruhe ein Gläschen trinken, vielleicht einen kleinen Imbiss dazu nehmen und dann mit dem Bus, der, wenn er sich recht erinnere, von hier zu jeder vollen Stunde abfahre, nach San Vito zurückkehren – wenn Sie wieder in San Vito seien, sollten Sie einfach bei ihm klingeln, und er werde ihnen die Tür zur Garage öffnen.

7

Warum waren sie nicht auf diesen Vorschlag eingegangen? Das war wahrscheinlich ihr entscheidender Fehler. Sie hätten den Doktor einfach fahren lassen sollen, dachte Julia später, wenn sie sich den Ablauf dieses Tages wieder und wieder vergegenwärtigte. Ihnen hätte es gutgetan, noch eine Weile zu zweit in Montalcino zu bleiben, in der nunmehr erleichterten Stimmung, die sich durch ein Gläschen Brunello gewiss noch gehoben hätte, wären sie vielleicht noch einmal, und diesmal vergleichsweise locker, auf Marcos Amerika-Projekt zu sprechen gekommen.

Manchmal malte sie sich das so aus, als ob es wirklich gewesen wäre. Wie Marco und sie oben in der Weinbar der Fortezza oder vielleicht doch besser unten im *Caffè Dante* mit seiner edlen Patina saßen. Wie der Brunello, rubin- oder granatrot schimmernd, in eleganten Schwenkern serviert wurde. Und wie sie einander zulächelten und zuprosteten.

Wie sie somit genau dort wieder anknüpfen konnten, wo der liebevolle Kontakt zwischen ihnen abgerissen war. (Oder nicht ganz abgerissen, Gott sei Dank, aber – zugegeben – ein wenig gestört.) Wie sie mit den schönen Gläsern anstießen, das gab (zum Unterschied von der irritierenden Disharmonie dort oben auf dem Hügel) einen harmonischen Wohlklang. Auf uns! Auf unsere nachhaltige Liebe! Und darauf, dass wir sie nicht mehr durch kleine Missverständnisse aufs Spiel setzen!

Was nämlich Julias Kränkung durch die unvorbereitete Konfrontation mit Marcos Amerika-Projekt betraf... Vielleicht verhielt es sich damit ja so ähnlich wie mit Marcos Knöchelverletzung... Vielleicht war das, was sie als verletzend empfunden, was ihr wehgetan hatte, halb so schlimm... Vielleicht war er, was diese seine Pläne anlangte, gar nicht so gedankenlos, so rücksichtslos, so überraschend lieblos gewesen, wie sie im ersten Moment geglaubt hatte.

Vielleicht hätten sie sich ja darauf einigen können, dass San Francisco eine *gemeinsame* Perspektive war... Darauf, dass er diese Möglichkeit selbstverständlich von Anfang an mitgedacht habe... (Eine gutartige Lüge, die sie ihm zu seiner Entlastung nahegelegt hätte.) Und vielleicht hätte es ja auch für sie als Psychologie-Dissertantin ein Stipendium oder so etwas Ähnliches in San Francisco gegeben.

Ja, das wäre ihre Chance gewesen. Die Seitentür (die hintere Seitentür eines Fiat 500 genau genommen, denn wie ehemals in Mortimers Auto saßen Marco und Julia auch in Doktor Tozzis Auto nebeneinander auf dem Rücksitz), durch die sie dem, was dann später wie ein etwas zynisches Schicksal aussah, noch hätten entschlüpfen können. Und damit wäre alles anders gekommen. Leider nahmen sie diese Chance nicht wahr.

Frage: Warum ließ sich Marco dann doch noch von seiner Brunello-Idee abbringen?

Antwort: Erstens (das war zumindest das vorgeschützte Motiv) aus Höflichkeit.

Nein, das geht nicht, flüsterte er Julia ins Ohr. Der Doktor ist so nett und hat sich so sehr um mich bemüht – ihn allein zurückfahren zu lassen, wäre ein grober Fauxpas.

Zweitens aber (und diesen Verdacht hatte Julia, je öfter sie später an diesen Tag zurückdachte, umso mehr), weil er, kaum saßen sie erneut in Tozzis Auto, schon wieder um seinen Knöchel besorgt war. Hätte sie der freundliche *dottore* vor der Fortezza oder in der Nähe der Piazza abgesetzt, so hätten sie später, nach dem Brunello, zu Fuß zur Busstation gehen müssen. Desgleichen, zurückgekehrt nach San Vito, von der dortigen Busstation in die Via Poliziano, zum Haus des Doktors, um den Volvo aus der Garage zu holen. Das waren zwar insgesamt kaum mehr als zweihundert Meter, aber so viel Strapaz wollte er seinem Knöchel wohl nicht antun.

Und kleine Ursachen haben manchmal große Wirkungen. Julia hatte solche in geflügelte Merksätze gestanzte Weisheiten nie leiden können. Aber das Folgende war ein Exempel dafür. Die ganze Kettenreaktion, die sich daraus ergab, dass sie, obwohl ihnen diese Gelegenheit geboten wurde, nicht noch aus Doktor Tozzis Auto ausstiegen, sondern mit ihm nach San Vito zurückführen.

8

Und dabei ließ sich alles ganz harmlos an. Darf ich ein bisschen neugierig sein?, sagte Doktor Tozzi, der, durch die zuvorkommende Behandlung des Patienten, den er persönlich zur Röntgenaufnahme ins Krankenhaus begleitet hatte, bestätigt (immerhin wusste man dort oben noch, wer er war), die Kurven zwischen den Weinbergen unterhalb von Montalcino nun geradezu beschwingt nahm. Er wollte wissen, wieso Marco und Julia überhaupt in San Vito gelandet seien. Und woran es liege, dass sie immer wieder dahin zurückkämen.

Denn sie seien ihm – Verzeihung, sagte er, aber das ist eben so in einem kleinen Ort wie dem unseren – natürlich schon früher aufgefallen. Ich bin Ihnen wahrscheinlich kaum aufgefallen, aber ich bin ein uninteressanter alter Mann. Nein, nein, machen Sie mir keine falschen Komplimente, wenn man alt wird, wird man nicht sehenswerter. Sie hingegen sind ein Paar, sagte er, das man bemerkt.

E così. Was für ein interessantes Paar, habe ich gedacht, wenn ich Sie gesehen habe. In der Via Dante oder auf der Piazza oder im *giardino*, in dem ich ja auch ganz gern promeniere. Der Signore, so wie er aussieht, wahrscheinlich ein Künstler (Sie haben ja damals – erinnere ich mich recht? – noch eine etwas kühnere Haartracht gehabt). Und die Signora (oder die Signorina?) seine Muse.

Ich habe ja damals noch nicht gewusst, sagte er zu Marco, was ich erst heute erfahren habe: dass Sie ein Kollege sind. Wie dem auch sei. Auf jeden Fall habe ich Sie ein bisschen beneidet. Verstehen Sie mich nicht falsch, ich bin seit vierzig Jahren glücklich verheiratet. Aber so ein, wenn man etwas genauer hinsieht, doch schon etwas reifer wirkender Mann mit so einer blühenden jungen Person, *quasi una fanciulla* ... *Accidenti*, habe ich gedacht, die Götter meinen es gut mit ihm.

So ungefähr plauderte Doktor Tozzi. Launig. Und das war, muss man zugeben, eine Verführung. Eine Verführung, ebenfalls launig zu plaudern. Und das taten sie. Nicht ahnend, was dabei herauskommen würde.

Dass sie rein zufällig hier gelandet seien, sagten sie, vor nunmehr doch schon einigen Jahren. Aus Siena kommend, wo sie sich erst eine Woche davor kennengelernt hatten. Und dass sie es hier so nett und sympathisch fanden und dass in diesem anregenden Ambiente alles so selbstverständlich schön war, was ihnen miteinander Freude machte. Weswegen sie sich nicht nur noch mehr ineinander verliebt hatten als schon in Siena, sondern auch in den Ort.

Allerdings, sagte Julia, sei noch etwas hinzugekommen. Sollen wir es dem *dottore* erzählen?, fragte sie rhetorisch. Marco schien dessen gar nicht sicher zu sein. Aber sie hielt die Gelegenheit für günstig, auch und gerade ihn daran zu erinnern.

Il mio ragazzo Marco, sagte sie in ihrem fortgeschrittenen Italienisch, hat nämlich nicht nur als Arzt Ambitionen, sondern – insofern liegen Sie, wenn Sie ihn für einen Künstler gehalten haben, nicht ganz falsch – auch als Filmemacher. Und da hat sich hier, wieder durch Zufall, eine sehr interessante Inspiration ergeben. Nämlich durch die Begegnung mit einem alten Amerikaner ... Und schon erzählte sie, wie ihnen Mortimer, der im Albergo im selben Stockwerk gewohnt habe wie sie, vorerst gar nicht, aber dann doch aufgefallen sei, nämlich am Fenster stehend und in den Park blickend, und wie er eines Tages an ihre Tür geklopft und sie zu einem Abendessen in eine Osteria eingeladen habe.

Und dass er dort von seiner Beziehung zu Miss Molly zu reden begonnen habe, erzählte sie. Und dass sie von dieser Geschichte fasziniert waren. Einer doch wirklich ungewöhnlichen und romantischen Liebesgeschichte.

Aber als sie das Wort *Liebesgeschichte* ausgesprochen hatte, begann Doktor Tozzi ganz unpassend zu lachen.

Entschuldigung, sagte er. Aber ich habe die zwei gekannt. Miss Molly und ihren Mortimer, ja natürlich! Das war nach dem Krieg. Da haben die Bianchis Miss Molly das Haus in der Mauer praktisch überlassen. Wohnrecht auf Lebenszeit. Und da hat Miss Molly manchmal auch Gäste einquartiert.

Dieser Mortimer war von einem gewissen Zeitpunkt an ein ständig wiederkehrender Gast ... Lassen Sie mich nachdenken ... Also, ich glaube, das hat Mitte der Fünfzigerjahre begonnen ... Anscheinend war er ein alter Bekannter von ihr ... Aber eine Liebesgeschichte? ... Nein, das kann ich mir nicht vorstellen!

Er war doch um so viele Jahre jünger als sie ... Vielleicht ein Neffe. Sie hat ihn ziemlich bemuttert ... Bemuttert und – ja, das kann man wohl sagen – bevormundet ... Mortimer dies und Mortimer das! Er konnte es ihr kaum recht machen.

Er sollte nicht rauchen oder maximal drei Zigaretten am Tag. Da hat sie ja Recht gehabt. Aber sie hat ihn mit Argusaugen beobachtet. Eigentlich sollte er draußen rauchen, denn sie hat den Rauch im Raum nicht vertragen. Aber wenn er auf die Mauerkrone hinausgetreten ist, um sich eine Zigarette anzuzünden, hat sie ihn gleich zurückgerufen.

Es hätten ja zwei Zigaretten sein können, die er da draußen rauchte. Mortimer!, hat sie gerufen. Wo bleibst du so lang? Ich glaube, da hat er manchmal noch nicht einmal die erste Zigarette ausgeraucht gehabt. Manchmal hat er mir, ehrlich gestanden, ein bisschen leidgetan.

So Doktor Tozzi. Er sei ja öfter auf Hausbesuch bei den beiden gewesen. Miss Molly habe schon in ihrer Jungmädchenzeit in England unter asthmatischen Attacken gelitten. Das sei mit ihrer Übersiedlung nach Italien zwar besser geworden, und eine Zeitlang habe sie das Gefühl gehabt, das Asthma sei fast verschwunden. Aber dann, ab einem gewissen Alter, seien diese Attacken eben verstärkt wiedergekommen.

Bei Mortimer sei es der Kreislauf gewesen, der ihm zu schaffen gemacht habe. Die Gefahr von Thrombosen – eigentlich erstaunlich bei einem noch relativ jungen Mann. Aber das sei am Bewegungsmangel gelegen. Die beiden seien ja kaum aus dem Haus gegangen.

Manchmal habe ich mich gefragt, sagte Doktor Tozzi, was ihn an sie bindet. Vielleicht hat er gehofft, etwas von ihr zu erben. Aber sehr viel zu erben gab es da kaum. Das Haus hat ja nicht ihr gehört, und ich glaube nicht, dass sie weiß Gott welche Summen im Sparstrumpf versteckt hat.

Jedenfalls waren die zwei ein seltsames Paar. Aber doch bitteschön kein Liebespaar! Doktor Tozzi schüttelte den Kopf. Was für eine ulkige Idee! Und dass Mortimer schon früher in San Vito gewesen sein sollte, ja sogar – wie war das? – mit dem Fallschirm hier abgesprungen sein wollte – also, diese abenteuerliche Geschichte höre er zum ersten Mal!

9

Sie saßen im *soggiorno* des Ferienhauses, das so schön war, aber das ihnen so wenig Glück gebracht hatte. An dem großen Tisch aus Olivenholz, der viel mehr Gästen Platz geboten hätte, etwa auch einem Paar mit mehreren Kindern, saßen sie einander gegenüber. Nicht an den Schmalseiten, wie ein altes Ehepaar in einem alten Film. Aber auch wenn sie einander in der Mitte der Längsseiten gegenübersaßen, war der Abstand zwischen ihnen ungewohnt groß.

Bisher war es nie so gewesen – wenn es schön war, konnte man ja draußen sitzen. Im Schatten des Baums war das auch am Nachmittag recht angenehm. Aber nun ging es schon auf Mitte August. Und Mitte August beginnt die Zeit der Gewitter.

Und jetzt war das erste Gewitter auch schon da. Kaum dass sie zurückgekommen waren, hatte es angefangen. Julia hatte den Volvo aus Doktor Tozzis Garage manövriert und ohne besondere Zwischenfälle hierhergebracht. Da hatte der Himmel allerdings schon ziemlich bedrohlich ausgesehen, und als sie an der Kapelle vorbeigefahren waren, die an der Wegkreuzung auf halbem Weg hierher stand, hatten schon Blitze gezuckt.

Ganz trockenen Fußes waren sie nicht mehr ins Haus gekommen. Mit dem verletzten Knöchel konnte Marco einfach nicht rasch gehen. Aber dann hatten sie sich abgetrocknet und eine Flasche vom Hauswein und zwei Gläser aus der Vitrine genommen und sich damit an den Tisch gesetzt. Und da saßen sie nun einander gegenüber, und der Regen prasselte aufs Dach.

Rekapitulieren wir, sagte Marco. Was hat uns dieser Mortimer denn eigentlich erzählt?

Dass er Molly geliebt hat, sagte Julia, oder jedenfalls, dass sie ihn geliebt hat. Erinnerst du dich nicht? *She gave me a love, I had not experienced before.*

Falls wir uns richtig erinnern, sagte Marco.

Ich bitte dich!, sagte Julia. Daran erinnere ich mich ganz genau.

Und falls er es wirklich so gemeint hat, wie wir es verstanden haben ... Das heißt zuallererst, wie *du* es verstanden hast. Denn ich habe es ja damals *nicht* verstanden.

Was willst du damit sagen?, sagte sie. Misstraust du etwa meiner Übersetzung? *A love I had not experienced before*, also: *Un amore che non sapevo (oppure sentivo) prima*. Eine Liebe, die ich nie zuvor gekannt habe. Meinetwegen auch: Eine Liebe, die ich zuvor nicht empfunden oder gefühlt habe.

Siehst du, sagte er. Da gibt es schon verschiedene Interpretationen.

Blödsinn, sagte sie. Das meint doch im Prinzip alles das Gleiche ... Du willst doch jetzt hoffentlich nicht zu tüfteln anfangen. Außerdem solltest du schleunigst besser Englisch lernen, wenn du nach Amerika gehen willst.

Hab ich schon, sagte er.

Was?, fragte sie.

Besser Englisch gelernt, sagte er.

Wo?, fragte sie.

In einem Intensivkurs, sagte er.

Wann?, fragte sie.

Heuer im Frühjahr, sagte er.

Na bravo! Das hatte er ihr also auch verschwiegen.

Das traf sie natürlich, aber sie versuchte vorerst, möglichst cool darüber hinwegzureden.

Ecco, sagte sie. Auf dem Niveau seiner neu erworbenen Sprachkenntnisse könne er das ja nun selbst beurteilen. *A LOVE* – sie betonte dieses Wort jetzt besonders – *I had not experienced before.* Was soll denn das deiner Ansicht nach anderes heißen?

Stimmt schon, sagte er. Es hört sich ganz nach großer Liebe an. Nach Liebe mit allem, was dazugehört ... Aber nach dem, was Doktor Tozzi gesagt hat ... Ich meine, da sollten wir vielleicht doch noch einmal überlegen ...

Was überlegen?

Ob wir da nicht etwas hineinprojiziert haben.

Projiziert.

Ja, sagte er. Vielleicht ein bisschen zu romantisch projiziert. Ich meine, sagte Marco, wir wollten die Geschichte von Mortimer und Molly halt so haben. Aber vielleicht war sie nicht so, sondern etwas anders.

Wie?, fragte Julia.

Vielleicht sogar ziemlich anders, sagte er.

Wie anders?, fragte sie.

Irgendwie platonisch, sagte er.

Irgendwie platonisch, sagte sie. Das find ich ja enorm spannend.

Già, sagte er. *Ma secondo il Dottor Tozzi ...*

Nach Doktor Tozzi ... Wie du daherredest!, sagte sie. Als wäre dieser Doktor eine Autorität. Als Arzt mag er seine Qualitäten haben, zumindest als Knöchelverletzungsdiagnostiker. Aber was weiß er schon von der Geschichte von Mortimer und Molly?

Na, immerhin hat er die beiden gekannt, sagte Marco.

Ach was, gekannt!, sagte Julia. Er weiß doch nicht einmal, dass Mortimer mit dem Fallschirm abgesprungen ist! Für ihn ist Mortimer überhaupt erst nach dem Krieg aufgetaucht.

Ja, eben, sagte Marco.

Das waren die zwei Worte, die Julia endgültig befremdeten.

Damit habe doch bitteschön alles begonnen! Dass Mortimer mit dem Fallschirm abgesprungen und im *giardino* gelandet sei.

Ja, eben, wiederholte Marco.

Das heißt, du glaubst nicht mehr daran?

Ich weiß nicht, sagte er. Ich bin nicht mehr sicher ...

Aber das ergibt doch keinen Sinn, sagte Julia – warum sollte uns Mortimer ein Märchen erzählt haben?

Ja, warum?, sagte Marco. Vielleicht hat er dieses Märchen selbst geglaubt ... Ehrlich gesagt ist seine Geschichte doch schon von Anfang an ziemlich unwahrscheinlich. Diese Landung genau im Zentrum des Gartens … Und dass die Deutschen nichts davon mitgekriegt hätten …

Also, du meinst, sagte Julia, Mortimer ist gar nicht dort gelandet?

Na ja, sagte Marco. Wenn überhaupt, dann vielleicht ein Stück weiter draußen.

Aber dann hätte er nicht im Gewölbe des Mauerhauses Deckung gesucht.

Stimmt, sagte Marco. In diesem Fall eher woanders.

Und wie wäre er dann mit Miss Molly zusammengekommen?

Ja, sagte Marco. Das ist dann allerdings die Frage.

Und erst recht, wenn Mortimer überhaupt erst nach dem Krieg aufgetaucht wäre.

Aber, sagte Julia, das kommt mir vollends verfehlt vor.

Woher denn dann die enge Beziehung zu Molly? Dass die bestanden hat, das hat doch selbst Doktor Tozzi zugegeben. Auch wenn er sie nicht mehr als Liebesbeziehung erlebt hat. Mortimer muss schon früher da gewesen sein, egal ob das der Doktor oder wer immer sonst in San Vito bemerkt hat oder nicht.

Er *muss* im Jahr 1944 im *giardino* gelandet sein, sagte Julia. Vielleicht nicht genau im Zentrum, aber auch nicht allzu weit davon entfernt. Sag doch was, Marco! Ich meine, auf ein paar Meter soll es nicht ankommen. Aber ohne diese Landung wäre alles in Frage gestellt.

Nämlich buchstäblich alles, was daraus folgte. Alles, worauf sie so viel Intuition, Empathie, Fantasie verwandt hatten. Und so viel – ja, doch – so viel mediale Energie, jedenfalls von ihrer Seite.

Das darf doch nicht wahr sein, dass das alles nicht wahr ist!

Wäre Mortimer nicht im Zentrum des Gartens gelandet, oder zumindest in Sichtweite des Mauerhauses, so hätte ihn

Molly nicht landen gesehen. Hätte er nicht Zuflucht im Gewölbe des Mauerhauses gesucht, so wäre sie nicht mit der Petroleumlampe erschienen. Und er wäre nicht hinter ihr die Treppe hinaufgestiegen, und sie hätte ihn, oben angekommen, nicht aufgefordert, ein Bad zu nehmen. Und sie hätte die Hemmung, jemanden anzustarren (noch dazu einen nackten Mann), nicht abgelegt.

Und so weiter und so fort. *Einfach fort.* Die ganze Geschichte wäre auf diese Weise abhandengekommen. Darauf lief das nämlich hinaus, und das nahm Marco einfach hin. Mit einer für Julia unfassbaren Gelassenheit.

Und dein Film?, sagte sie.

Du meine Güte, lächelte er. Mein Film ...

Diese Idee hatte er also auch schon aufgegeben.

Natürlich hatten sie manchmal ironisch davon gesprochen. Aber bei aller Ironie war da immer noch ein Rest zumindest von ihr ernst genommener Hoffnung geblieben.

Das Drehbuch war doch von Jahr zu Jahr gewachsen. Zwar hatten sie beide noch nicht gewusst, wie die Geschichte ausgehen würde, aber sobald er die Probejahre im Spital hinter sich habe, hatte Marco gesagt, könne er gewisse Beziehungen zur jungen Filmszene, die er früher gehabt hatte, vielleicht wieder aufnehmen.

Und jetzt? Eben jetzt wäre es so weit gewesen. Aber jetzt hatte der aussichtsreiche Herr Mediziner andere Perspektiven.

Übrigens, sagte Julia, war das ja nicht nur *dein* Film. Irgendwie habe ich den Eindruck gehabt, dass ich auch etwas damit zu tun gehabt habe. Und das wollte er jetzt einfach alles liegen und stehen lassen. Einfach über ihren Kopf hinweg, in dem dieser Film all die Jahre hindurch ebenso konzipiert und vorweg fantasiert worden war wie in seinem.

Seine Bereitwilligkeit, das Terrain, das ihre Fantasie im Lauf ihrer gemeinsamen Jahre erobert hatte, einfach aufzugeben! Doktor Tozzis desillusionierendes Geplauder hatte ihm offenbar ins Konzept gepasst. Sie hätte nie gedacht, dass er sie so enttäuschen könnte. Es komme ihr so vor, sagte sie, als hätten sie miteinander ein Haus gebaut, und nun, knapp bevor sie das Dach darauf hätten setzen können, sei er ohne weiteres bereit, es niederreißen zu lassen.

Er lächelte. *Per non esagerare*, sagte er. Um nicht zu übertreiben ...

Ma che?, sagte sie. Mit welchem Recht unterstellst du mir, dass ich übertreibe? Ich empfinde es so, *figurati*, stell dir das vor! Oder willst du das nicht mehr, oder kannst du das nicht mehr – sind deine Empathie und deine Fantasie vor lauter Kniefällen vor der so genannten Realität schon so geschädigt?

Sie griff nach dem Weinglas, das sie bisher nicht angerührt hatte.

Na, Prost, sagte sie. *Salute*. Auf deine Zukunft!

Sie trank den Wein jetzt sehr rasch, in zwei grimmigen Zügen.

Schenk mir nach, sagte sie.

Er zögerte.

Ich hab gesagt, du sollst mir nachschenken!

Vorsicht, sagte er. Das ist zwar kein Brunello, aber stark ist er trotzdem.

Fein, sagte sie. Dann werde sie hoffentlich gut schlafen.

Weißt du, was du jetzt für mich bist? Ein Revisionist! Ein Scheißrevisionist! Du willst unsere Geschichte revidieren.

Rekapitulieren wir, sagst du. Für mich klingt das wie: *Kapitulieren* wir. Aber nicht mit mir, sagte sie. Nein. Ich werde das nicht mitmachen ...

Aber wenn die Wirklichkeit nun einmal etwas anders aussieht als die Illusion?, sagte er.

Umso schlimmer für die Wirklichkeit, sagte sie. *Questa realtà non me ne frega un cazzo.*

In den nächsten Tagen nahm die Gewitterneigung zu. Wenn es regnete und der Wind vom Westen her kam, tröpfelte es durchs Dach. Sie stellten Töpfe und Pfannen auf, die sich manchmal erstaunlich rasch mit Wasser füllten. Häufig fiel der Strom aus, und wenn es dann Abend war, mussten sie Kerzen anzünden.

Das hätten sie sonst bestimmt romantisch gefunden. Und außerdem hätten sie es mit Humor genommen. Und früher oder später hätte es im Bett geendet. Und das hätte ihnen nach wie vor Freude gemacht.

Jetzt jedoch klappte das alles auf einmal nicht mehr. Die Kerzen gaben ein trübes Licht, bei dem man nur schlecht lesen konnte. Wenn Julia einen Witz zu machen versuchte, nahm ihn Marco ernst, wenn Marco ironisch war, fand ihn Julia zynisch. Und der Versuch, versöhnlich miteinander ins Bett zu gehen, scheiterte kläglich.

Die Initiative dazu war von ihm ausgegangen. Sie hatte vorerst nur halbherzig mitgemacht. Aber dann war sie doch geneigt, den Widerwillen, den sie im ersten Moment empfand, zu überwinden. Zwar kam ihr der Ablauf der Bewegungen, mit denen er sich an ihr zu schaffen machte, anders vor als sonst, irgendwie unrund, genau, auf ganz ungewohnte Weise eckig, aber das lag wohl am Knöchel, der ihn behinderte, diesem Knöchel, der, eingewickelt in eine elastische Fixierbinde und nach der Salbe riechend, die Doktor Tozzi verschrieben hatte, eigenartig präsent war.

Nach und nach verspürte sie also doch eine gewisse Erregung. Und die Bereitschaft, sich diesem Mann, den sie so gut kannte, zu öffnen, wie schon *so* oft und gern. Doch da versuchte er mit einer Plumpheit, die dem Marco, den sie zu kennen glaubte, überhaupt nicht ähnlich sah, in sie einzudringen, sie zu *nehmen* (nie zuvor wäre ihr beim Liebesspiel mit ihm dieser blöde Ausdruck in den Sinn gekommen). Und als sie das nicht zuließ, sondern ihn wegdrängte und ihm zu sagen versuchte, wie sie das fand, reagierte er, das heißt sein Schwanz, verstört, und dabei blieb es dann leider.

Und was sollte sie dazu sagen ... *Questo cazzo non me ne frega un cazzo?* Das hätte ja nicht ganz der Wahrheit entsprochen. Allerdings war sie der Ansicht, der Schwanz sei gar nicht so wichtig. Schon gar nicht in dieser Situation. Komm, sagte sie, sei einfach lieb zu mir!

Aber das schaffte er nicht. Er genierte sich. Verhielt sich auf einmal wie einer von den Phallozentrikern, von denen er sich bis dahin so wohltuend unterschieden hatte. Aus heiterem Himmel? Nein, vielleicht nicht aus heiterem Himmel. Draußen prasselte der Regen jedenfalls noch immer.

10

Und dann, zwei oder drei Nächte nach dem missglückten Versöhnungsversuch, redeten sie auf einmal über Treue und Untreue. Wie sich das ergeben hatte, wusste Julia später nicht mehr so recht. Wahrscheinlich hatte sie ihm gesagt, dass sie sich von ihm betrogen oder verraten fühlte. Aber sie hatte das vorerst vor allem in Bezug auf ihr Fantasiespiel gemeint, das er jetzt nicht mehr im Ernst mitspielen wollte oder konnte, und natürlich auch in Bezug auf sein Amerika-Projekt.

Du hast es nicht einmal der Mühe wert gefunden ..., sagte sie. Und wer weiß, was du mir sonst alles nicht erzählt hast ... Phrasen dieser Art. Und die provozierten ihn offenbar. Er sei ihr doch – *porca Madonna!* – keine Rechenschaft schuldig über alles, was er denke und tue!

Sie habe ihm sicherlich auch nicht alles erzählt. Sie habe ihm, als er, zugegeben unangekündigt, aber aus Liebe, etwas öfter bei ihr in Wien angerufen habe, sogar einen Vortrag über die Freiheit ihrer Beziehung gehalten, daran solle sie sich nun gefälligst erinnern. Und so ergab ein Wort das andere, und schon waren sie bei Fulvio, mit dem Julia wirklich nichts gehabt hatte, obwohl er sie, zugegeben, schon ein bisschen gereizt habe. Und bei den diversen Autoren, die in diesem obskuren Theaterverlag, bei dem sie damals manchmal noch so verdächtig spät zu tun gehabt habe, aus und ein gingen.

Julia konterte mit Schwester Laura. Der lieben, ach so mütterlichen Schwester, von der sich Marco wahrscheinlich ab und zu habe trösten lassen. Da lachte Marco. Und sie konnte sich nicht helfen, sie fand, er lachte dreckig. Mit Laura, nein, Laura wäre ihm doch ein bisschen zu mütterlich gewesen – da hätten für einen jungen *dottore* wie ihn schon andere Möglichkeiten bestanden.

Ah ja?, sagte Julia. Was du nicht sagst! Zum Beispiel?

Zum Beispiel Lydia. Die Anästhesistin. *Una bella donna. Con occhi lunghi*, sagte Marco. *Occhi lunghi*. Träge hängende Lider.

Aha, mit Schlafzimmerblick!, sagte Julia.

Ein wenig habe sie ausgesehen wie eine Spanierin. Aber die hängenden Lider hatten auch etwas mit ihrer Verfassung zu tun. Sie war nämlich eine Anästhesistin mit Schlafstörungen.

Povera!, sagte Julia.

Ja, sagte Marco, sie war arm, tatsächlich. Die Patienten hat sie perfekt eingeschläfert, aber sie selbst konnte kaum schlafen ... Eine nahezu schlaflose Anästhesistin.

Und ich nehme an, sagte Julia, du hast sie getröstet ...

Tja, sagte er. Er musste ja endlich auch einen Trumpf ausspielen. Danach habe die tragische Schöne dann ganz gut geschlafen.

Du Schuft!, dachte Julia. Sie war gar nicht sicher, ob die Geschichte wahr war. Aber es reichte ihr. Noch in derselben Nacht packte sie ihre Sachen.

11

Früh am nächsten Morgen nahm sie den Bus nach Chiusi. Über den Hügeln lag vorerst noch Nebel, aber auf der Höhe von Monterchi kam die Sonne durch. Da erblühte die Landschaft wieder in den feinsten Pastellfarben. Ausgerechnet jetzt schien sich das Wetter zu bessern.

Zypressen- und Pinienalleen, da und dort eine pittoresk platzierte Eiche auf einer Anhöhe, eine Schafherde in einer Mulde. Vogelschwärme, die aufflogen und sich wieder niederließen. Und dieses Licht, dieses sanfte, goldene Licht. Wie schön diese Gegend doch war, es tat weh, sich von ihr zu verabschieden.

Aber es musste sein. Es nützte nichts. Ist das dein Ernst?, hatte Marco gesagt, ja, das ist mein Ernst, hatte sie geantwortet. Er hatte nicht gut ausgesehen nach der letzten Nacht, tiefe Ringe unter den Augen. Wahrscheinlich hatte er ebenso wenig geschlafen wie sie.

Er hatte sie noch zur Busstation gebracht. Zum ersten Mal wieder hinter dem Volant seines Volvo, verbissen das Gas und die Bremse betätigend mit seinem lädierten rechten Fuß. Manchmal hatte er Julia angesehen, mit einem immer noch verschlafenen, aber hinter diesem Grauschleier tieftraurigen Blick. Schau mich nicht so weidwund an, hätte sie ihm am liebsten gesagt, aber für das tragikomische Wort *weidwund*, das ihr da, wer weiß woher, in den Sinn gekommen war, wusste sie keine Entsprechung auf Italienisch.

Und jetzt fuhr sie eben mit dem Bus und war bereits auf der Höhe von Montepulciano. Und er war zurückgefahren in das hübsche Haus, das ihm jetzt vielleicht trist vorkommen würde, so ohne sie. Aber wahrscheinlich hatte er sich einfach noch einmal ins Bett gelegt, in dem er jetzt genug Platz hatte, um sein Bein auszustrecken oder hochzulagern, der Ärmste, vorläufig ohne Bettgenossin an seiner Seite. Doch das konnte sich ja ändern, und so weit, dass er ihr richtig leidtat, wollte sie es nicht kommen lassen.

12

Und dann war sie schon auf dem Bahnhof und löste ein Ticket. *Vienna, andata*, sagte sie, *senza ritorno*. Direkt könne sie mit dem Zug, der um 9 Uhr 20 aus Rom kam, nicht fahren, sagte ihr der Mann am Schalter. Dessen Zielbahnhof sei Venedig, aber sie habe einen Anschlusszug in Mestre.

Und der Zug kommt pünktlich, und Julia steigt ein und findet einen Platz in einem erfreulicherweise nur locker besetzten Abteil und schaut noch einmal aus dem Fenster. Und da sieht sie unter den Leuten, die am Perron stehen geblieben sind, sei es, weil sie jemanden begleitet haben, sei es, weil sie auf einen anderen Zug warten, einen Mann, der aussieht wie Marco. Und er winkt, aber er schaut nicht wirklich zu ihr her, sondern, so ihr Eindruck, er winkt jemand anderem. Irgendeiner anderen Person, die an einem anderen Fenster steht.

Und jetzt fährt der Zug auch schon los, und dann sieht sie den Mann, der Marco gewesen sein könnte, nicht mehr. Und wahrscheinlich ist es doch nicht Marco gewesen, denkt sie, wahrscheinlich war es doch nicht Marco. Und der Zug gewinnt an Fahrt und ist schon am Stadtrand von Chiusi, das ist ja keine große Stadt. Und eigentlich ist es hier, an der Peripherie mit den üblichen Industriebauten, recht hässlich, und es besteht kein Grund, am Fenster stehen zu bleiben.

13

Kaum hatte sich Julia hingesetzt und ein Buch aufgeschlagen, in dem sie zu lesen begann, ohne mitzubekommen, was sie las, verlangsamte der Zug seine Fahrt allerdings auch schon wieder. Und wurde immer langsamer und langsamer und blieb schließlich vollends stehen. Und dann kam eine Lautsprecherdurchsage, die Fahrgäste sollten ein wenig Geduld haben. Es handle sich um einen kleinen Defekt, der binnen kurzem behoben sein werde, aber ein paar Minuten könne es schon dauern.

Und Julia stand wieder auf und schaute aus dem Fenster. Draußen ein Stoppelfeld, in dem Störche oder Reiher stakten, dahinter eine Zeile Leitungsmasten. Ab und zu sah es so aus, als ob dort etwas fuhr, wahrscheinlich war das die Landstraße. Und da hatte sie die verrückte Idee auszusteigen: Steig aus, sagte ihre innere Stimme, steig aus, Julia, der Zug ist hier nicht zufällig stehen geblieben, das ist die Gelegenheit, die dir noch gegeben wird, mit ein bisschen Courage kannst du noch alles korrigieren, lass diese Gelegenheit nicht vorbeigehen!

Und schon hatte sie die Reisetasche aus dem Gepäcknetz genommen, die Abteiltür geöffnet und hinter sich geschlossen und sich durch den Gang, auf dem einige Leute im Weg standen, zum Ausstieg gedrängt. Und da stand sie dann und war schon drauf und dran, die Schnalle zu drücken, wobei sie die Reisetasche kurz abstellen und etwas in die Knie gehen musste (merkwürdig, wie tief diese Türschnallen in den Zügen angebracht sind). Und las das Wort *attenzione*, das da in roten Buchstaben geschrieben stand, und dass man die Tür während der Fahrt auf keinen Fall öffnen sollte. Aber das war ja jetzt keine Fahrt, sondern ein Halt, wenn auch auf offener Strecke.

Und überlegte, dass sie allerdings Acht geben musste, wenn sie von der letzten Stufe herunterstieg, denn da draußen war ja kein Bahnsteig, sondern nur der Gleiskörper. Und das würde ein relativ großer Schritt sein, bei dem sie sich nicht auch noch den Fuß verstauchen wollte. Womöglich den Knöchel, das wäre besonders originell, wenn sie mit der gleichen Verletzung wie Marco wieder in San Vito ankäme. Wenn sie daran dachte, wie gut sie und Marco dann wieder zusammenpassen würden, musste sie fast lachen.

Aber nein, das sollte sie lieber doch vermeiden. Sie musste ja ein Stück Weg zu Fuß zurücklegen, auch wenn sie hoffte, per Autostopp weiterzukommen, sobald sie die Landstraße erreicht hatte. Und mit der Reisetasche in der Hand und bei dem tiefen Boden, der nach den Regenfällen der letzten Tage zu erwarten war, würde der Weg durchs Stoppelfeld voraussichtlich ohnehin etwas anstrengend. Also besser nicht umkippen, sondern sehr aufmerksam sein, *attento* heißt das auf Italienisch, das war ein Wort, zu dem sie sich immer ein Tier vorgestellt hatte, das die Ohren spitzt und lauscht.

Und dann hörte sie allerdings eine Stimme hinter sich, nicht die innere Stimme, die sie zuvor zu hören geglaubt hatte, sondern eindeutig eine Stimme aus der Außenwelt. *Ma Signorina, che cosa fa? È molto pericoloso!* Und bevor sie die Tür ins Freie noch wirklich geöffnet hatte, berührte sie die Hand des Schaffners, dem diese Stimme gehörte, an der Schulter. Und im nächsten Moment donnerte der Gegenzug auf dem Nachbargleis vorbei.

14

Und dann fuhr der Zug schon seit einer Weile wieder, und Julia saß auf dem Fensterplatz, auf dem sie zuvor gesessen war. Und sie tat so, als ob sie schliefe, aber die zwei Personen, die mit ihr im Abteil saßen, ein älterer Mann und eine ältere Frau, vielleicht ein Ehepaar, vielleicht auch nicht, bemerkten, dass sie weinte. Und sie redeten ihr leise gut zu, na, na, Signorina, so schlimm kann doch das alles gar nicht sein. Und sie wussten ja nicht, was *das alles* war, aber der tröstliche Zuspruch war gut gemeint, und dann öffneten sie mit Geraschel eine mit einer Schleife verzierte Zellophanpackung, die sie vermutlich irgendjemandem hatten mitbringen wollen, aber das hier war ein *caso di emergenza*, ein Notfall, die junge Frau, die ihnen da gegenübersaß, hatte die Stärkung eher nötig, das sahen sie, das spürten sie, darüber waren sie sich einig, und fütterten Julia mit Schokolade.

15

In Florenz stieg das freundliche Paar aus, und Julia blieb allein im Abteil. Sie zog ihre Jacke, die sie an den Haken neben dem Fenster gehängt hatte, übers Gesicht und versuchte zu schlafen. Doch das gelang nicht, es ging ihr zu viel durch den Kopf. Die letzten Tage und Nächte, die Auseinandersetzungen mit Marco, ihr Aufbruch an diesem Morgen ...

Was Marco wohl ohne sie in San Vito machte ... Allein in diesem schon für zwei zu großen Haus ... Allein in diesem schönen, aber doch so sehr mit ihrer Zweisamkeit verbundenen Ambiente ... Aber vielleicht, ja wahrscheinlich war er ja gar nicht mehr in San Vito, sondern ebenfalls schon auf dem Rückweg.

Ja, vielleicht war es so und sollte so sein. Sie fuhr nach Wien zurück und er nach Turin. Und das wäre es dann eben gewesen. So würden sich ihre Wege trennen. Aus, Schluss, basta.

Was allerdings ihre Rückfahrt nach Wien betraf, sollte die länger dauern, als sie gedacht hatte. Denn der Zug blieb noch einige Male auf offener Strecke stehen. Zuerst im Apennin, dann in der Poebene, schließlich noch vor Padua, mit schönem Blick auf die Euganeischen Hügel. Etwa um diese Zeit fuhr ihr Anschlusszug in Mestre davon.

16

Das war der Grund, warum Julia diese Nacht in Mestre verbrachte. In einer kleinen Pension, in der Nähe des Bahnhofs. Zwar hatte ihr der Schaffner, der ihr wahrscheinlich das Leben gerettet hatte, geraten, lieber bis zum Endbahnhof in Venedig mitzufahren und in einem hübschen Hotel im Bezirk Cannaregio, nur einen Katzensprung entfernt vom Canal Grande, zu übernachten, dessen Adresse er ihr für alle Fälle aufschrieb. Aber auf eine Nacht in Venedig hatte Julia an diesem Abend einfach keine Lust.

Sie fühlte sich äußerlich müde und innerlich wund. Auf den Nachtzug zu warten, der irgendwann nach eins in Mestre halten sollte, schien ihr unter diesen Umständen unzumutbar. Nein, sie würde am Vormittag weiterfahren. Morgen ist ein anderer Tag, dachte sie, und hoffentlich ein besserer.

Nun lag sie also in einem sehr ökonomisch eingerichteten Zimmer, in dem es zwischen einem Tisch und zwei Sesseln aus Plastik, einem mit Resopal furnierten Schrank und der mit Vignetten in Fischform verzierten Duschkabine keinen überflüssigen Platz gab, in einem extraschmalen Singlebett. Und hörte das Rollen der Züge, die ankamen und abfuhren. Die Pension lag wirklich sehr nahe am Bahnhof, zuvor war sie froh gewesen, dass sie nicht weit hatte gehen müssen. Doch wenn sie bedacht hätte, dass man hier die Züge so laut hörte, wäre sie vielleicht doch noch ein paar Schritte weitergegangen.

Nicht nur das Rollen der Züge hörte sie, sondern auch die Lautsprecherdurchsagen über alle Abfahrten und Ankünfte. Das waren Durchsagen auf Italienisch und Englisch. Irgendwann fiel ihr auf, dass die weibliche Lautsprecherstimme ein erstaunlich gutes Englisch sprach. Aber das war dann vielleicht schon die Stimme Miss Mollys.

Can a touch last so long? Lässt sich eine Berührung so lange spüren? *Indeed.* Was denn sonst? *What else is there to last?* Weißt du, anfangs, da hab ich es noch gar nicht so recht begriffen. Der Schock, dass er weg war, hat für ein paar Tage oder Wochen alles betäubt.

Doch dann die Zeit, in der es ihr halbwegs klar wurde. Dass er ihr fehlte. Und wie! Und wie lang es dauern würde, bis er wiederkäme. Vorausgesetzt, dass er überhaupt wiederkäme. Wenn sie allein im Bett gelegen sei, habe sie seine Abwesenheit gespürt wie einen Phantomschmerz.

Ach, diese Nächte, diese endlosen Nächte. Nächte, in denen sie immer aufs Neue aufwachte. Und es immer aufs Neue nicht fassen konnte. Wo ist er, habe ich mich im ersten Moment immer wieder gefragt, wieso ist er nicht hier neben mir?

Siehst du, es war, als ob es mein Gefühl nach wie vor nicht glauben wollte. *I just felt, he'd have to come back and lie against me, so I could feel him.* Wie dort unten am Fluss, wie da draußen im Wald, ja, genau so. Und das war eben nicht nur eine körperliche Berührung.

Missversteh mich nicht: Nach den Erfahrungen, die ich da draußen gemacht habe, bin ich die Letzte, die körperliche Berührung unterschätzt. Und was bleibt, ist ja durchaus körperlich spürbar. Du spürst es im Bauch, natürlich, in der Brust, selbstverständlich, du spürst es überall dort, wo du dich ihm geöffnet hast. Aber das ist ja nicht totes Fleisch, in dem du lebst, in dem du liebst, solang du lebst, solang du liebst, sondern beseeltes.

Sex mein Gott Sex natürlich hat mir das Freude gemacht dieses erstaunlich schöne Spiel mit dem Mann der auf einmal da war dem Mann den ich ansehen konnte ohne gleich wieder wegzusehen den ich berühren konnte ohne gleich wieder zurückzuschrecken vor ihm und mir selbst diesem kompakten Mann mit seinen breiten Schultern und den starken Armen und den Haaren auf der Brust und den schönen Rückenmuskeln unter der Haut und dem Hintern der sich gut anfasst und allem was sonst noch dazugehört und an ihm dranhängt etwas weniger klassisch als bei meinen steinernen Lieblingen in Florenz aber lebendiger manchmal ein bisschen *shocking* dann wieder *funny* auf seine spezifische Art besonders auf dem Rückzug so zart und unversehens schüchtern doch wiedererweckbar *a man just a man* ach Sex ich weiß schon dass ich bis dahin keinen gehabt haben soll keinen Sex nämlich ist kaum zu glauben und sicher ich könnte jetzt einiges assoziieren wie ich sublimiert habe von Kind an und was ich sonst noch getan habe wenn das Sublimieren nicht mehr geholfen hat und wenn das Wünschen noch geholfen hätte wen hätte ich mir herbeigewünscht Rudolfo Valentino oder Douglas Fairbanks oder Clark Gable oder vielleicht doch lieber Vivien Leigh eine starke Frau jedenfalls in der Rolle der Scarlett O'Hara oder jemanden nicht aus dem Film sondern gleich aus den Büchern in denen die Fantasie sich freier schweifend *if you know what I mean*

Odysseus hat mir immer gefallen und Sindbad der Seefahrer ohnehin aber was soll's das haben schon andere und das muss ich nicht auch noch bloß weil ich Molly heiße nein das ist nicht ganz meins.

Doch die Berührung, die darüber hinausreicht ... *Can a touch last so long?* Und ob so eine Berührung das kann! ... Das ist die Wahrheit. Eine schöne Wahrheit, aber auch eine traurige Wahrheit ... Denn was machst du, wenn die Berührung bleibt, doch der, der dich derart berührt hat, ist nicht da?

Julia fühlte sich Molly sehr nah in dieser Nacht. Stimmt schon, sie hatte sich ihr auch bisher schon recht nah gefühlt, sich in ihre Rolle versetzt, aber was ihr jetzt widerfuhr, war etwas anderes. In dieser Nacht, in der sie sehr wenig schlief, obwohl sie todmüde war. Jedenfalls kamen ihr die paar Etappen Schlaf, die sie schaffte, immer nur sehr kurz vor, und so gut wie nie versank sie in einen richtigen Tiefschlaf.

Manchmal hatte sie den Eindruck, in einen Zwischenbereich geraten zu sein, in dem sie beinahe Miss Molly *war*. Obwohl das nicht ganz zutreffen konnte, denn sie hörte ja Mollys Stimme wie eine Stimme von außen. Gegen Morgen blieb diese Stimme allerdings weg. Da liefen nur noch Bilder: wie Bilder aus einem Stummfilm.

Molly, wie sie am Fenster stand und in den *giardino* hinausschaute. Und Molly, wie sie verloren durch alle Zimmer des Mauerhauses ging. Molly, wie sie auf der Treppe zum Taubenturm saß, die Ellbogen auf die Knie gestützt, das Gesicht in den Händen verborgen. Und Molly, wie sie im Bett lag, wie jetzt immer noch sie, Julia, und sich von einer Seite auf die andere drehte und wieder andersherum und so weiter und so fort.

17

Dann wachte Julia auf, und das ersparte ihr weitere Bilder. Molly in ihrer Depressionsphase – nicht schön anzusehen. Wie sie in der Küche vor dem Teller saß, mit irgendeiner Speise, die sie sich zwar zubereitet hatte, aber nicht aß. Dick war sie nie gewesen, aber da war sie fast nur mehr Haut und Knochen.

Wer weiß, was passiert wäre, hätte sie in dieser Phase Ferruccio nicht gehabt. Ferruccio, der nach Deutschland deportiert worden war, wo er bis Kriegsende in einem Rüstungsbetrieb gearbeitet hatte, der aber 1946 wieder auftauchte. Sie müssen essen, sagte er, wenigstens einige Löffel Polenta, kommen Sie schon, ich bitte Sie! Ferruccio war es auch, der sie nach ihrem Selbstmordversuch fand und sofort alle Fenster aufriss – das Gas, sagte er später, habe er schon unten, auf den ersten Treppenstufen, gerochen.

18

Julia stand auf, duschte, zog sich an, frühstückte, bezahlte die Nächtigung und die Extras, die sie sich aus der Minibar gegönnt hatte, nahm ihre Reisetasche und ging zum Bahnhof. Es war ein schöner Tag, obwohl das Licht hier oben im Veneto stets etwas diesig war, nie so klar, nie so warm wie unten in der Toskana. Sie stand auf dem Bahnsteig und wartete auf den Zug. Der Zug kam fast ohne Verspätung, sie stieg ein und fuhr Richtung Wien.

Sie hatte eigentlich vorgehabt, auf der Fahrt noch einiges zu Miss Molly zu notieren. Sie begann auch damit, aber in Udine stieg ein Mann zu, der sie nach einer Weile in ein Gespräch zog. Ein Gespräch, das sie zwar nicht besonders interessierte, aber ablenkte. Worüber sie sich zwar einerseits ein bisschen ärgerte, aber wofür sie anderseits auch dankbar war.

Er war Österreicher, er war in Udine auf irgendeiner Messe gewesen. Er sah nicht schlecht aus, er hatte ein ganz sympathisches Lächeln, er fuhr auch nach Wien. Bis dorthin erzählte er ihr Verschiedenes, sie erzählte ihm auch einiges, aber nichts von Mortimer und Molly. Auch später nicht, weder vor noch nach der Hochzeit, denn das war eine ganz andere Geschichte.

Sieben

1

Eines Abends Anfang August 1999, zwischen 18 und 19 Uhr, klingelte in Julias psychologischer Praxis in der Wiener Spittelberggasse das Telefon. Sie hatte vergessen, den Apparat auszuschalten, was sie sonst selbstverständlich immer tat, wenn Klienten bei ihr waren. Entschuldigung, sagte sie und holte das nach. Sie war ein bisschen zerstreut in den letzten Tagen.

Dann signalisierte das Blinklicht, dass die Anruferin oder der Anrufer es noch einmal versuchte. Und dann, dass sie oder er nun aufs Tonband sprach. Julia sah das aus den Augenwinkeln. Die Klienten, ein Mann und eine Frau, die einander sehr ähnlich sahen, weil sie schon viele Jahre beisammen waren, erörterten gerade, was sie einander angeblich angetan hatten, und fielen einander dabei ständig ins Wort.

Das sollte natürlich nicht sein. Obwohl es signifikant war. Als Animatorin regte Julia ihre Klienten durchaus an, sich nicht zu viel Zwang aufzuerlegen, aber als Therapeutin musste sie den Prozess, der dann ablief, doch irgendwie steuern. Sie musste das Gespräch und die Interaktion zwischen den Paaren ja halbwegs im Griff behalten. Das war jedenfalls ihre Auffassung von Paartherapie, es gab Kolleginnen und Kollegen, die das anders machten, mehr Action, Räume, in denen die Klienten sich abreagieren konnten, aber davon hielt Julia nicht viel.

Und die beiden hier trieben es ohnehin weit. Julia schaffte es einfach nicht mehr, ihrer simultanen Darbietung zu folgen. Sie fand sie auch schlicht und einfach unangenehm. Okay, auch dafür, dass sie so etwas aushielt, wurde sie bezahlt, und das gar nicht schlecht, aber heute fühlte sie sich davon überfordert.

Ehrlich gestanden ging es ihr schon eine Weile so. Ihre Konzentration auf die Klienten ließ nach, auch ihr guter Wille, sich auf ihre Probleme einzulassen. Als Paartherapeutin war sie mit Fällen konfrontiert, in denen Leute glaubten, sich trennen zu müssen, aber vielleicht doch lieber beisammenbleiben sollten oder umgekehrt. Aber auf die Dauer war das *faticoso*, ermüdend, eigenartigerweise fiel ihr jetzt zuerst das italienische Wort ein, obwohl sie schon lang nicht Italienisch gesprochen hatte.

Ach was, trennen Sie sich doch, dachte sie manchmal, oder bleiben Sie beisammen, was geht das mich an?! Sie wollte jetzt nicht mehr. Sie brauchte eine Pause. Es war August. Auf dem Kastanienbaum draußen im Hof sang eine Amsel. Wissen Sie was?, sagte sie zu den beiden einander belustigend oder erschreckend ähnlichen Menschen, die da vor ihr ihre eheliche Schmutzwäsche auswrangen: Miteinander streiten können Sie auch zu Hause.

Sie atmete auf, als die beiden draußen waren. Die waren verstört gewesen. Das hatten sie nicht erwartet. Dass sie die Therapeutin mehr oder minder vor die Tür setzte. Aber für diese abgebrochene Therapiestunde hatte ihnen Julia ohnehin nur den halben Preis verrechnet.

Sie rauchte eine Zigarette, um sich ein wenig zu beruhigen. Sie ging hin und her, die zwei Zimmer, die sie als Praxis gemietet hatte, waren ganz geräumig, aber heute fühlte sie sich trotzdem darin eingesperrt. Wie eins der Tiere im Zoo von Schönbrunn, den sie öfter mit Benny besucht hatte, als er noch kleiner gewesen war. Mama, warum laufen die Tiere immer so nervös hin und her?, hatte sie Benny damals gefragt.

Namentlich die Raubkatzen, die sie so liebten. Die Löwen, die Tiger, die Leoparden und Panter vor allem. Die hatten inzwischen ja etwas größere Gehege. Mit Auslauf in ihre Vorgärten sozusagen, aber eingesperrt waren sie trotzdem.

Povere creature, dachte Julia – schon wieder Italienisch. Zum Unterschied von denen konnte sie ja einfach hinaus aus ihrem Käfig. Draußen war der Spittelberg, eine vor dem Abriss, der ehemals schon gedroht hatte, gerettete und adaptierte Biedermeierzeile. Da gab es Lokale, wo man im Freien sitzen konnte, und es war ein lauer Abend.

Sie dämpfte die Zigarette aus und nahm ihre Jacke von der Kleiderablage, denn später würde es vielleicht doch noch kühler. Und dann kam sie wieder am Telefon vorbei und sah das Lämpchen blinken. Ach ja, stimmt, dachte sie, dieser Anruf von vorhin. Und sie schaltete den Apparat wieder ein und nahm den Hörer ab und hörte.

2

Ciao Julia, sagte die Stimme auf dem Tonband, *sono io, Marco*. Ihm sei bewusst, dass sein Anruf vielleicht etwas überraschend komme. Es sei übrigens gar nicht leicht für ihn gewesen, ihre Nummer herauszukriegen. Weil sie ja jetzt einen Doppelnamen habe.

Ma lasciamo da parte queste cose secondarie, aber lassen wir diese Nebensächlichkeiten. Er sei in San Vito. Und er habe neue Nachrichten von Mortimer. Er könne sich vorstellen, dass die auch sie interessieren würden. Du hast nämlich Recht gehabt: Die Geschichte zwischen Mortimer und Molly *war* eine Liebesgeschichte.

Aber davon vielleicht demnächst mehr, sagte er. Das lässt

sich am Telefon nicht so einfach erzählen. Noch dazu, wenn man nur auf Tonband spricht. Weißt du, ich rede nicht so gerne ins Leere.

Julia! Bist du nicht vielleicht *doch* da? ... Julia! Heb ab! ... Julia! Es ist doch hoffentlich nicht so, dass du nicht mehr mit mir sprechen willst?! ... Ich bin, wie gesagt, in San Vito. Ich hab mich hier übrigens in einem sehr hübschen Haus einquartiert ... Ich bin ...

Aber an dieser Stelle war das Tonband zu Ende.

Julia hätte sich die zweite Zigarette fast verkehrt herum angeraucht. Marco! Wie lang hatte sie nichts mehr von ihm gehört? Nach dem verunglückten Sommer von damals hatten sie einander noch ein paar Briefe geschrieben. Bis in den Herbst hinein, als er dann schon drüben in San Francisco gewesen war.

Vorerst lange, traurige, heftige Briefe. Aber nach und nach immer kürzere, resignierte. Dann hatte sie ihm geschrieben, dass sie den Mann heiraten würde, von dem sie ein Kind bekam. *Auguri*, hatte er geantwortet, na dann, beste Glückwünsche.

Benjamin war jetzt zwölf. Das war also fast dreizehn Jahre her. Dreizehn Jahre kein Wort, kein Ton von Marco. Und jetzt rief er ganz einfach an, und zwar aus San Vito! War das nach diesem langen Schweigen eigentlich eine Frechheit, oder war das rührend?

Sie spulte das Tonband zurück. Diese vielen, ihre Nerven strapazierenden Klientenstimmen, die darauf gespeichert waren! Warum bloß hatte sie die nicht längst gelöscht? Endlich wieder Marco. Ja, es war eindeutig seine Stimme. Auch wenn sie ein wenig tiefer klang als in ihrer Erinnerung.

Marco in San Vito. Konnte das wirklich wahr sein? Sie sah nach, ob das Gerät die Nummer gespeichert hatte. Ja, da war sie. Sie wählte die Nummer und hörte das Klingelzeichen. Und dann, als sie schon wieder auflegen wollte, hob jemand ab.

Pronto? Caffè Italiano. – Von dort hatte er also angerufen! – *Chi è?* Wer spricht? Das hätte Julia auch fragen können. Der Kellner, den Bruna nach dem Tod Pietros eingestellt hatte, war das nicht.

Scusi, sagte sie. *C'è per caso il signor Marco?*

Che Marco?, fragte die fremde Stimme. Was für ein Marco?

Un Piemontese, sagte Julia. Einer aus Piemont.

Questo tipo grosso?, sagte die Stimme, die wahrscheinlich einem neuen Kellner gehörte, wenn nicht einem neuen Pächter. Dieser Dicke? Diese Charakterisierung überraschte Julia einigermaßen.

Ich bin nicht sicher, ob wir denselben meinen, sagte sie.

Also, wenn Sie den meinen, den ich meine – der war bis vor einer Viertelstunde da.

Kommt der öfter?, fragte Julia.

Sì, der kommt öfter. Sollen wir ihm was ausrichten?

Ja, sagen Sie ihm ... oder nein ..., sagte Julia. Vielleicht sag ich ihm das besser selber.

3

Am folgenden Vormittag stornierte sie alle für die nächsten Wochen vereinbarten Klententermine, sprach einen Text auf den Anrufbeantworter, in dem sie lapidar feststellte, dass die Praxis aus privaten Gründen bis zum 1. 9. geschlossen sei, packte ein paar Sachen in eine Reisetasche und fuhr. An der ersten Tankstelle an der Südausfahrt tankte sie voll, ließ den Ölstand und den Reifendruck kontrollieren, kaufte noch rasch einen Apfel und zwei Flaschen Mineralwasser und eine Zeitung. Die Zeitung, auf deren Titelseite irgendetwas über die in ein paar Tagen bevorstehende Sonnenfinsternis stand, warf sie auf den Rücksitz, den Apfel und die Mineralwasserflaschen verstaute sie griffbereit neben sich. Und dann reihte sie sich ein in den Korso der nach Süden rollenden Fahrzeuge.

Sie machte noch Station in Kärnten, an dem See, an dem Benjamin diesen Teil der Ferien mit seinem Vater verbrachte. Karl segelte gern, und Benny, der sich schon sehr erwachsen gab, wurde ihm immer ähnlicher. Sie sahen beide gut aus, braungebrannt, mit von der Sonne gebleichten, flachsblonden Haaren. Ich fahr für ein paar Tage nach Italien, sagte Julia, okay, sagte der Junior, er war im Stimmbruch und daher hörte sich das nicht ganz so cool an, wie es wahrscheinlich sonst geklungen hätte.

Julia nahm ihn um die eckige Schulter und küsste ihn auf die Stirn. Er war noch etwas kleiner als sie, aber er würde ihr bald über den Kopf wachsen. Seinen Vater küsste sie nicht, aber sie winkte ihm, der sich, als sie ins Auto stieg, um weiterzufahren, schon wieder am Segelboot zu schaffen machte. Dann fuhr sie noch ein Stück am See entlang, der hellblau unter dem sauberen Himmel lag, schon schön, dachte sie, aber sie war froh, dass sie nicht mehr verheiratet war und hier oder an irgendeinem anderen, immer gleich adretten Ort länger bleiben musste, und als sie über die Grenze fuhr, an der es jetzt keinen Aufenthalt mehr gab, lachte ihr das Herz.

Sie übernachtete in Bologna, in einem Hotel, das ihr von einem Psychologenkongress her, der jetzt auch schon wieder ein paar Jahre zurücklag, in recht angenehmer Erinnerung geblieben war ... Vielleicht hätte sie noch weiterfahren können, aber es hatte ja keinen Sinn, spätnachts in San Vito einzutreffen. Sie wollte dort am Vormittag ankommen, am besten so zwischen zehn und elf. Das war die Zeit, zu der sie und Marco meist im *Caffè Italiano* gefrühstückt hatten.

Im Traum sah sie sich dann auch schon dort sitzen und warten. Und dann kam Marco herein, mit seiner Windjacke und seiner Baskenmütze und seinem schelmischen Lächeln. Und natürlich erkannte sie ihn sofort. In Wirklichkeit war das dann ein bisschen anders.

4

Es hatte sich ja auch sonst einiges verändert. Die letzten zwanzig Kilometer vor San Vito fuhr man nun auf einem Autobahnteilstück, das auf plumpen Pfeilern durch die anmutige Landschaft gelegt war. Als Julia sich dem Ort näherte, von dem sie ein bestimmtes Bild im Herzen trug, ein Bild, auf dem sie zuerst den Turm der Collegiata und die mit sicherem Instinkt für ästhetische Wirkung gesetzten Zypressen sah, standen diesem ersten, schönen Blick, der sich jetzt und jetzt zwischen den Hügeln auftun musste, eine Reihe von Kränen im Weg. San Vito Nuovo, wo offenbar emsig weitergebaut wurde, war deutlich gewachsen.

Auch das *Caffè Italiano* sah anders aus als früher. Die Theke, früher rechts, war nach links versetzt worden und hatte eine Verschalung aus glänzendem Aluminium. Und nicht nur die Theke, die ganze Einrichtung präsentierte sich seitenverkehrt. Die Spiegelwirkung des Aluminiums trug noch etwas zu diesem Eindruck bei.

Hinter der Theke stand ein junger Mann. Der sah Julia an, als hätte er sie schon irgendwann gesehen, und nickte ihr zu, aber ganz sicher war er anscheinend nicht. Ihr ging es so ähnlich. Er kam ihr vage bekannt vor. Erst draußen im Garten dämmerte ihr, dass das wahrscheinlich Alfredo war, Pietros und Brunas ehemals kleiner Neffe.

Der war damals, als sie das letzte Mal hier gewesen war, ungefähr so alt gewesen wie nun Benny. Ein schüchterner Bub. Er wirkte auch jetzt noch zurückhaltend. Durchaus freundlich, aber nicht sehr gesprächig. Er brachte den Cappuccino und die Crostini, die Julia bestellt hatte, lächelte und ging wieder.

Beim zweiten Cappuccino fragte sie vorsichtig nach Bruna. Tante Bruna, sagte Alfredo, sei noch am Leben. Sie komme manchmal am Nachmittag vorbei und helfe noch ein wenig in der Küche. Aber sie sei schon ziemlich schwach auf den Beinen.

Den Kanarienvogel gab es nicht mehr. Aber die Schildkröten waren noch immer da. Es waren sogar noch einige mehr als früher. *E questo cattivo*, sagte Alfredo, *è sempre lo stesso*.

Der Böse war also immer noch derselbe. Das alte Schildkrötenmännchen, das alle anderen terrorisierte. Der Patriarch.

Quanti anni ha, fragte Julia, wie alt ist der?

Alfredo zuckte die Achseln. Sechzig? Siebzig?

Und immer noch war er in Sachen Sex unterwegs. In unwahrscheinlichem Tempo hinter den anderen her. Das Ungeheuer, dessen Gesichtsausdruck Marco ehemals so treffend imitiert hatte. Ein bisschen erschreckend, aber auch ziemlich lustig.

Ach ja, Marco! Julia hoffte doch, ihn zu treffen.

Wo blieb er? Hatte sie ihn falsch eingeschätzt? Kam er nicht mehr um diese Zeit zum Frühstück?

Stand er ohne sie vielleicht früher auf und war schon da gewesen?

Oder frühstückte er in dem hübschen Haus, das er am Telefon erwähnt hatte?

Alfredo wollte sie lieber nicht nach ihm fragen. Es sollte

nicht so aussehen, als ob sie hier auf Marco wartete. Wenn er nicht kommen würde, wäre das peinlich. Nein, sie saß einfach so da und trank inzwischen einen Martini.

Und dann merkte sie auf einmal, dass an einem Tisch in der anderen Ecke des Gartens ein Mann saß. Ein etwas korpulenter Mann, bartlos, mit einem großen Hut auf dem Kopf. Und dann spürte sie seinen Blick – der Kerl beobachtete, wie sie die Schildkröten beobachtete. Und das fand sie ein bisschen unverschämt oder zumindest indiskret.

Sì, sagte er, *fanno sempre l'amore, queste tartarughe.* Ja, diese Schildkröten machen noch immer Liebe. Und das sagte er mit Marcos Stimme. Und da ging ihr auf, dass der Mann, der offenbar schon eine ganze Weile dasaß, Marco war.

5

Er stand auf und kam auf sie zu. Und dann stand er vor ihr.

Auch sie hatte sich unwillkürlich erhoben. Und jetzt standen sie einander gegenüber.

Ein paar Sekunden lang waren sie nicht sicher, ob sie einander umarmen sollten.

Aus der verzögerten Umarmung wurde dann eine vorsichtig abtastende Berührung.

Julia!, sagte er.

Marco!, sagte sie.

Sempre più bella, sagte er.

Das war ein Kompliment, das sie beim besten Willen nicht erwidern konnte.

Übertreiben wir nicht, sagte sie. Du hast dich ein bisschen verändert. Ohne Bart hätte ich dich fast nicht wiedererkannt.

Sie setzten sich.

Tatsächlich musste sie sich erst an den neuen Marco gewöhnen. Sein Gesicht war aus den ihr vertrauten Proportionen geraten. Er hatte einen überraschend kleinen Mund. Und das Kinn wirkte auch nicht gerade bedeutend.

Ja, sagte er. Manchmal tut es mir, ehrlich gestanden, auch ein bisschen leid um den Bart. Aber er war mir schon ein bisschen zu grau, weißt du. Und wenn das noch ein paar Jahre so weitergeht, habe ich gedacht ... Also, ich will nicht, dass mich die Kinder für *Babbo Natale* halten.

So war das also. Er wollte nicht, dass ihn die Kinder für den Weihnachtsmann hielten ... *Die* Kinder. Plural.

Wie viele Kinder hast du denn?, fragte Julia.

Nur zwei, sagte er.

Mit der Anästhesistin?

Ich bitte dich!

Jedenfalls bist du verheiratet.

Ich bin geschieden, sagte er.

Ich auch, sagte sie.

Pause.

Er räusperte sich. Aber jetzt sollten wir auf unser Wiedersehen anstoßen! Was hältst du von einem netten Fläschchen Spumante?

Sekt?, sagte Julia.

Ja, sagte Marco. Findest du das falsch?

Dipende, sagte sie, kommt darauf an. Sie wusste selbst nicht recht, worauf.

Was rede ich daher?, dachte sie. Sie war ein bisschen nervös. Und ganz froh, dass er, um den Sekt zu bestellen, kurz ins Innere des Lokals verschwand. Sie schwitzte ein wenig unter den Haaren im Nacken. Sie konnte die Zeit nutzen, um sich mit einem Papiertaschentuch abzutupfen.

Aber da kam er auch schon wieder zurück. Mit federndem

Schritt. Trotz seiner paar Kilo zu viel. Nein, er war nicht signifikant dick, da hatte der Kellner, mit dem sie am Telefon gesprochen hatte (ein Kellner übrigens, den sie erst später zu Gesicht bekam, denn er half im nunmehr von Alfredo geführten *Caffè Italiano* erst am Abend aus), da hatte dieser Kellner (der seinerseits sehr dünn war und eher aussah wie ein Friseur) ein wenig übertrieben. Aber so viel traf zu: Wie Marco so federnd daherschritt, federte um die Mitte, im Übergangsbereich von Hemd und Jeans, auch ein bisschen Bauch mit.

Und dann brachte Alfredo den Sekt in einem silbrig glänzenden Eimer, wie es sich gehörte. Und zeigte die Flasche und präsentierte die Marke, und es war ein ziemlich teurer Sekt. Und dann knallte es und schäumte, und sie ließen die Gläser einander behutsam berühren, das hatte etwas von einem sehr vorsichtigen Kuss. Und dann sagte Marco: Ich bin froh, dass du gekommen bist!

Hast du damit gerechnet?, sagte sie.

Ich habe es gehofft, sagte er.

Es hätte ja sein können, sagte sie, dass ich nicht gekonnt hätte.

Ja, sagte er.

Es hätte auch sein können, dass ich nicht gewollt hätte.

Ja, sagte er. Aber ich bin froh, dass du gekonnt und gewollt hast.

6

Seit wann bist du überhaupt hier?, sagte sie. Und *wieso* bist du überhaupt hier?

Er sei in der Nähe gewesen, sagte Marco. Bei einem Kollegen in Pisa. Und da sei ihm auf einmal San Vito eingefallen. Und am nächsten Tag sei er, statt gleich nach Norden Richtung

Milano zurückzukehren, wo er jetzt seine Ordination habe, einfach hierhergefahren.

Er habe vorerst nicht vorgehabt, länger zu bleiben. Er wolle nur einmal vorbeischauen, habe er gedacht, *solo ad un salto*, nur auf einen Sprung. *Solo due passi*, habe er gedacht, nur zwei Schritte durch den Ort gehen. Es war Samstagnachmittag, als er hier ankam, Freitagabend war er in Pisa gewesen, für den aufs Wochenende folgenden Montag hatte er einen Flug nach Bukarest gebucht.

Bukarest?

Ja, sagte er. Wegen der bevorstehenden Sonnenfinsternis. Die nämlich in Rumänien ihren Höhepunkt erreichen würde. Achtundneunzig Prozent der Sonnenscheibe würden, von dort aus gesehen, vom Schlagschatten des Mondes bedeckt sein! Und das ganze 2 Minuten und 30 Sekunden!

O Gott, die Sonnenfinsternis, dachte Julia. Der vorzeitige Rummel darum war ihr schon in Österreich auf die Nerven gegangen. Okay, die Sonne würde sich kurz verfinstern und dann wieder leuchten. Ihr leuchtete nicht ein, warum man darum so viel Aufhebens machte.

Aber Marco hatte was übrig für Himmelsphänomene. Er wäre eigens nach Rumänien geflogen, um dieses Phänomen in seiner ganzen Totalität zu beobachten. Einer Totalität nämlich, die hier in Italien, wo der Schatten je nach Beobachtungsstandort nur zwischen achtzig und neunzig Prozent der Sonne bedecken würde, nicht ganz gegeben sei. Wenn schon totale Sonnenfinsternis, dann wolle er sie auch möglichst total erleben.

Dafür habe er sich von Anfang August bis Ferragosto freigenommen. Am Freitagnachmittag und den Samstag davor würde er noch den Besuch in Pisa absolvieren, aber dann sollte es losgehen. Er hatte ein Flugticket nach Bukarest gebucht und ein Mietauto bestellt. Beides für Montag, den 2., also schon zehn Tage vor dem Termin der Sonnenfinsternis, denn in den Tagen unmittelbar davor würde der Andrang sicherlich groß sein.

Mit dem Mietauto wäre er dann in Rumänien herumgefahren, das ja ein schönes und interessantes Land sein solle. Und am 11., kurz nach 11 Uhr, wäre er in Râmnicu Vâlcea gewesen, das sei ein Ort am Südrand der Karpaten. 45 Grad, 5 Minuten nördlicher Breite, 24 Grad, 17 Minuten östlicher Länge. Der Ort, über dem die Sonnenfinsternis sozusagen ihre Klimax erreichen würde.

Doch dann, als er hier in San Vito umhergestreunt sei und ein wenig um San Vito herum ... Und als er sich an so manches erinnert habe, an das sie sich ja wahrscheinlich auch noch erinnern könne ... Eine Anwandlung von Nostalgie, ja, mag schon sein, Sehnsucht nach etwas Verlorenem, das aber vielleicht, wer weiß, noch nicht ganz und gar verloren sei ... Also, da habe sich etwas ergeben, das ihn dazu bewogen habe, das Flugticket nach Bukarest und die Reservierung für das Mietauto verfallen zu lassen.

Er habe da nämlich ein Haus gesehen, das zu vermieten gewesen sei. Ein Anschlag an der Tür des Hauses habe darauf aufmerksam gemacht. *Affittasi, casa bellissima, con due piani.* Zu vermieten, wunderschönes Haus mit zwei Etagen.

Und siehst du, sagte er, das war ein Haus, das mich auf ganz frappante Weise angesprochen hat ... Es ist nicht nur schön, sondern es hat auch ein sehr spezifisches Flair ... Nicht zu vergessen das Ambiente, in dem es steht ... Also, ich könnte mir vorstellen, dass dich dieses Haus auch anspricht.

Aha, dachte Julia, darauf willst du also hinaus. Hast hier irgendwo was Hübsches gemietet und willst mich damit ködern.

Aber glaub ja nicht, du kannst mich so leicht herumkriegen. Nach all den Jahren! Das wäre ja noch schöner!

Ich habe mir gedacht, sagte Marco, diese Gelegenheit muss man beim Schopf packen! Am liebsten hätte er gleich einen Vertrag unterschrieben. Es war allerdings, wie gesagt, Samstagnachmittag, und unter der Telefonnummer, die auf dem Vermietungsaviso gestanden sei, habe sich vorerst niemand gemeldet. So habe er sich also entschlossen, sich in einem der, verglichen mit dem Albergo des alten Fantini, recht komfortablen Hotels einzuquartieren, die es inzwischen hier gab, und bis Montag zu warten.

So war das, sagte er. Damit war das Rumänien-Projekt gestorben. Der Gedanke, dass ihm, was jenes Haus betreffe, jemand zuvorkommen könnte, sei ihm unerträglich gewesen. Also sei er hiergeblieben, und am Montag habe er in der Agentur, die das Objekt vermietete, tatsächlich jemanden erreicht. Und sei hingegangen und habe sich über die Konditionen informiert und habe gleich eine Anzahlung geleistet, und eine halbe Stunde später habe er die Schlüssel in der Hand gehabt.

Das muss ja ein ganz besonderes Haus sein, sagte Julia.

Sì, davvero, sagte Marco, ja, wirklich.

Und wo ist es?, fragte Julia. Irgendwo draußen in der Gegend oder hier im *centro storico*?

Pazienza, sagte Marco, Geduld. Jetzt sollten wir einmal diesen guten Sekt austrinken.

Er schenkte nach und hob aufs Neue sein Glas. Er lächelte. Er merkte, dass er sie jetzt doch recht neugierig gemacht hatte. Da saß dieser neue Marco, den sie zuvor fast nicht wiedererkannt hätte, und lächelte sein schalkhaftes Lächeln. Ein Lächeln, das sie nun doch sehr an den alten Marco erinnerte.

Und jetzt muss ich aufpassen, dachte sie, damit ich nicht wieder auf ihn hineinfalle ... Denn so einfach darf das ja wohl nicht sein, dass ich mich jetzt mir nichts, dir nichts von ihm in irgendein Liebesnest locken lasse, und dort tun wir dann so, als wären wir einander nie abhandengekommen ... Und so attraktiv war er nicht mehr, auch wenn seine Augen, in denen dieses Lächeln begonnen hatte, die Augen, mit denen er sie jetzt fast unverschämt anschaute, beinah noch wie früher waren. Und die Augen, das hatte sie einmal irgendwo gelesen, seien zwar die Fenster der Seele, und das war eine schöne Idee, aber vom Drumherum konnte man trotzdem nicht ganz absehen.

Und natürlich war sie auch nicht mehr die Julia von vor dreizehn Jahren, darüber machte sie sich keine Illusionen. Sie pflegte sich sorgfältig und mit angemessener Zuneigung zu ihrem eigenen Körper, aber manche Veränderungen ließen sich nicht aufhalten. Und doch hatte sie den Eindruck, dass sie noch um einiges besser aussah als er. Doch vielleicht war es unfair, so zu denken, schließlich war sie ja auch um einiges jünger.

Wie dem auch sei. Sie durfte sich nicht durch irgendwelche Tricks beeindrucken lassen. Auch wenn sie, zugegeben, neugierig war. Und das nicht erst jetzt. Wäre sie nicht neugierig gewesen, so hätte sie auf seinen Anruf ganz anders reagiert. Wäre sie nicht neugierig gewesen, so würde sie ihm jetzt nicht vis-à-vis sitzen.

Und was war das mit den neuen Nachrichten von Mortimer?, fragte sie. Du wirst mir doch nicht weismachen wollen, dass er jetzt, nach so vielen Jahren, auf unseren Brief von damals geantwortet hat!

Geduld, wiederholte er lächelnd, *pazienza, Signora*! Gerade darüber könne er ihr in dem Haus, das er ihr nun gern zeigen würde, besser erzählen.

7

Und dann gingen sie durch die Via Dante Richtung Piazza. Und dann gingen sie über die Piazza Richtung *giardino*. Und als ihr Marco in den *giardino* vorausging, dachte Julia vorerst, es sei nur der Erinnerung halber. Ein kleiner Umweg, den er nahm, um ihr zu zeigen, dass hier alles noch an seinem Platz war.

Dass hier alles noch an seinem Platz war und dass es nach wie vor schön war. Die trapezförmigen Beete im Vordergrund, der Kreis in ihrer Mitte, wie das Zentrum einer Zielscheibe. Und im Hintergrund die Steineichen, die die Treppe säumen, die in den oberen Teil des Gartens führt. Und rechter Hand, in der Gartenmauer, die hier mit der Stadtmauer identisch ist, das schmale Haus mit seinem mit mattroten Ziegeln gedeckten Dach und dem Taubenturm.

Sie waren kurz stehen geblieben, vielleicht damit sie dieses Bild auf sich wirken lassen, damit sie es mit dem Bild in ihrer Erinnerung vergleichen konnte. Aber nun würden sie umdrehen, dachte Julia, um zu dem Haus zu gehen, das Marco gemietet hatte, wo immer das war. Doch Marco ging weiter voran, er nahm den Weg an der Mauer entlang. Und dann, vor dem Mauerhaus, warf er Julia kurz einen Blick zu, wieder mit diesem zündenden Funken eines Lächelns in den Augen – und stieg die schmale Treppe hinauf, die zur Eingangstür führte.

Und nun standen sie auf dem kleinen Plateau davor. Da waren sie auch schon früher gestanden, um Fotos zu machen. Und vielleicht hatte das Marco ja auch jetzt im Sinn – wo hatte er bloß die Kamera versteckt? Aber er zog einen Bund Schlüssel aus der Tasche und sperrte die Tür auf.

Nein!, sagte Julia.

Doch, sagte Marco.

Aber wie …?, sagte Julia.

Hab ich dir doch erzählt, sagte er. Ich hab es gemietet.

Von den Bianchis?, fragte sie.

Nein, sagte Marco. Die haben es verkauft. Vermietet wird es durch eine Agentur im Ort. So einfach ist das.

Und dann stiegen sie die Treppe im Inneren des Hauses hinauf. Und die war vielleicht nicht identisch mit der Treppe, die Miss Molly mit Mortimer hinaufgestiegen war, denn die begann ja unten, im Gewölbe. Doch dann waren sie oben im zweiten Stock, und Marco öffnete das Fenster. Und von da hatte man genau den Blick, den Miss Molly gehabt haben musste, als Mortimer gelandet war.

8

Vorausgesetzt, dass die Geschichte sich wirklich so zugetragen hatte. Die wahre Geschichte von Mortimer und Miss Molly. Aber ist die wahre Geschichte immer die wirkliche Geschichte? Oder andersherum gefragt: Ist die wirkliche Geschichte immer die wahre Geschichte?

Sie *hat* sich so zugetragen, sagte Marco.

So?, sagte Julia. Und woher willst du das auf einmal wissen? Würdest du mir freundlicherweise erklären, was zu diesem neuerlichen Meinungsumschwung geführt hat?

Das hat ja noch Zeit, sagte Marco. Jetzt wolle er ihr zuerst einmal das Haus zeigen.

Das Haus, in das sie sich so oft in Gedanken versetzt hatten. Es sah beinahe so aus wie in ihrem Fantasiespiel. Und da und dort war es doch überraschend anders. Es gab Übereinstimmungen, und es gab Abweichungen.

Hier könnte die Stelle gewesen sein, an der Molly Mortimer aufgefordert hatte, seinen Fallschirm und den ganzen militärischen Ballast abzulegen. Und da das kleine Bad, in das sie ihn dann gleich abkommandiert hatte. Die Wanne war natürlich inzwischen eine andere, fein eingebaut und geschmackvoll gekachelt. Wenn man die Sitzbadewanne nicht einfach entsorgt hatte, war sie wahrscheinlich in einen Trödlerladen gewandert.

Und hier war die Küche mit dem Tisch, an dem sie dann einander gegenübergesessen waren. Mortimer und Molly. Damals, an ihrem ersten, gemeinsamen Abend. Mortimer in Jacke und Hose des Gärtners, die ihm zu eng waren. Und Molly – erinnerst du dich? – hatte Mortimer einen Teller Panzanella und ein Glas Wein eingeschenkt.

Ja, ich erinnere mich.

Eine schöne Szene.

Obwohl sie lang nicht wissen, was sie miteinander reden sollen.

An diesem Tisch. Na ja, vermutlich ist es nicht mehr derselbe Tisch.

Aber die Position ist sicher ähnlich. Man kann einen Tisch hier kaum woanders hinstellen.

Mortimer isst und trinkt, ein wenig wie ein Barbar. Und Miss Molly sieht ihm zu und überlegt, wo sie ihn anschließend betten soll. Und da haben wir auch schon das kleine *soggiorno*. Mit Mollys Lesesofa, auf dem er dann schlafen wird.

Erinnerst du dich? Zusammengerollt wie ein Kater. Während Miss Molly im Nebenraum lange wach liegt ...

Und schon hatte Marco die Tür zu diesem Nebenraum geöffnet. *Et voilà:* Da wartete ein entzückendes Zimmerchen mit Doppelbett.

Hübsch, sagte Julia. Und interessant ... Ich frage mich, wie man so ein breites Bett in diesen schmalen Raum bringt.

In zwei Einzelteilen, lächelte Marco ... Zwei Einzelteile, die dann zusammengefügt werden.

Aber das ist nicht authentisch, sagte Julia. Meiner Erinnerung nach hatte Miss Molly ein Einzelbett.

Però ..., sagte Marco.

Nein, sagte Julia, kein Aber. Gibt es in diesem Haus auch ein Schlafzimmer für Singles?

Auch dieses Zimmer war ein sehr hübscher Raum. Mit kleinen Arkaden und einem Schränkchen, hinter dessen Tür sich ein Waschbecken verbarg.

Schön, sagte Julia. Hier werde ich mich also einrichten. Das heißt ..., falls du mich unter diesen Umständen für ein paar Tage beherbergen willst.

Was für eine Frage!, sagte Marco. Selbstverständlich will ich das.

Gut, sagte Julia. Dann hole ich jetzt meine Reisetasche aus dem Auto.

Natürlich ließ sie Marco nicht allein gehen. Und natürlich trug er ihre Reisetasche, wie es sich gehörte.

Obwohl diese Reisetasche ja lächerlich leicht war. Wenn ich etwas länger bleiben sollte, dachte Julia, werde ich mir ein paar Sachen kaufen müssen. Aber sie war sich dessen noch keineswegs sicher. Vielleicht würde sie ja auch nur kurz bleiben und gar nichts weiter brauchen.

Marco wollte noch eine *merenda* bereiten, aber sie sagte, das müsse nicht sein. Sie habe ja spät gefrühstückt, und die Oliven, die sie zum Sekt gegessen hatten, reichten ihr vorläufig. Sie würde jetzt gerne ganz einfach ein Stündchen schlafen. Aus diesem Stündchen wurden volle drei Stunden.

9

Wie Marco dann diesen Abend inszenierte ... Gewiss, das war zweifellos eine reife Regieleistung ... *Aperitivo* auf der Mauerkrone mit rubin- oder granatrotem Sonnenuntergang über Montalcino, das man von hier aus prächtig auf seinem Hügel liegen sah ... Und Taubenflug und Amselgesang und jede Menge Schwalben, die mit jubelnden Jagdschreien in der vorerst noch lauen, blauen Luft kreisten.

Und dann, als der Tramontana aufkam und Julia sich einen Pullover von drinnen geholt hatte, ganz drüben im Westen noch immer die Wolken mit den leuchtenden Rändern ... Und dann, schon im Halbdunkel, einige Fledermäuse ... Und dann, gekonnt eingesetzt und aufeinander abgestimmt, der Klang der Glocken zweier Kirchen ...

Ja, lächelte Marco. Er habe keinen Aufwand gescheut.

Und die Glocken hatten zwar erst acht geschlagen, aber es wurde jetzt doch schon wieder ein wenig früher dunkel. Und Julia fand es zwar schade um den Anblick des nunmehr märchenhaft glitzernden Montalcino, aber er bot ihr seinen Arm. Und das war fast der alte Marco, diese spielerische Ironie in Mimik und Gestik. Gestatten Sie, dass ich Sie ins *Interieur* geleite, Madame, sagte er, *le souper est préparé*.

Und drinnen dann dieser schön gedeckte Tisch ... Weißes Tischtuch, silbern glänzende Kerzenleuchter, gelbe und rote Rosenblätter ... Und Musik aus raffiniert verborgenen Boxen ... Nicht etwa Vivaldi, sondern irgendetwas Exklusiveres, vielleicht Monteverdi.

Und all die Leckerbissen, die Marco vorbereitet hatte ... Prosciutto, aber nicht irgendein Supermarktschinken, sondern einer von einem Züchter dieser schlanken, fast eleganten Schweinerasse Cinta Senese ... Und Pecorino, der nicht aus irgendeiner Schafsmilch hergestellt war, sondern aus der von Schafen, die noch in den *crete* weideten ... Wo sie die schmackhaften Kräuter fraßen, die nur auf diesen besonderen Lehmhängen wuchsen und sonst nirgends.

Marco erwähnte das nur nebenbei. Nicht etwa um sich zu brüsten, aber um klarzustellen, dass dieser Abend auch kulinarisch ein besonderer sein sollte. Und natürlich waren diese netten Antipasti nur der Anfang. Denn wir sind in Italien, Signorina, und das ist ein Kulturland.

Also folgten noch etliche schöne Gänge. Alle kalt, aber exquisit, von der Pasta Fresca über Vitello Tonnato bis zum Roastbeef mit frischen Feigen. Und danach ein Tiramisu, das seinem Namen (*Zieh mich hoch*, was, wenn man sich diesen Namen auf der Zunge zergehen lässt, ja beinah nach einer Droge aus der romantischen Hippiezeit klingt; wie war das gleich, was hatten sie dort in Woodstock gesungen? *I wanna take you higher!*), ein Tiramisu jedenfalls, das seinem Namen mehr als gerecht wurde. Und es war wirklich erstaunlich, wie und wann Marco das alles herbeigehext hatte.

Es war wohl einfach so, dass er fix damit gerechnet hatte, dass Julia kommen würde. Und dass er sich ausgerechnet hatte, wann sie, wenn sie am Tag nach seinem Telefonanruf losfuhr, hier sein konnte. Nämlich, so wie er sie einschätzte (nicht die Frau, die etwas mehr als tausendzweihundert Kilometer einfach durchfahren würde), zwei Tage später. Und das fand sie, so sehr ihr das alles imponierte, wieder ein bisschen ärgerlich.

Dass sie so berechenbar war für ihn. Und dass er sie das jetzt bewusst oder unbewusst merken ließ. Er brauchte nur zu pfeifen oder mit den Fingern zu schnippen, und sie kam. Nach all den Jahren, in denen er es nicht einmal der Mühe wert gefunden hatte, ihr eine Postkarte zu schreiben.

Das war ärgerlich, ja. Und nicht nur ein bisschen. Das holte sie wieder von der schönen Tiramisu-Höhe herunter. Anderseits bewies dieser ganze Aufwand doch, wie viel ihm an ihr lag. Und was er sich alles einfallen ließ, war beeindruckend.

Zum Essen hatten sie vorerst noch Weißwein getrunken. Einen Verdicchio aus Umbrien zur Pasta und zum Vitello. Und dann, zum Roastbeef, einen guten Schluck Chianti Classico. Aber nun präsentierte Marco den Brunello.

Mit feierlicher Miene. Einen Brunello, Jahrgang 1986! Das war das Jahr, in dem sie auseinandergeraten waren. Nachdem sie die Gelegenheit, oben in Montalcino zwei Gläser zu trinken, nicht genutzt hatten. Und das hatte fatale Folgen gehabt.

Aber das war, wie man nun sah, noch nicht aller Tage Abend gewesen. Und jetzt konnten sie das Versäumte nachholen. Dort wieder anknüpfen, wo das Band zwischen ihnen abgerissen war. Die ausgefransten Enden wieder zusammenfügen.

Ungefähr das hatte er anscheinend im Sinn, mit einem dreizehn Jahre alten Brunello! Einem Wein, der um ein Jahr älter war als Julias Sohn Benjamin. Und natürlich hatte Marco diesen edlen Tropfen rechtzeitig geöffnet. So einen Wein muss man atmen lassen, sagte er, für jedes Jahr seines Alters eine Stunde.

Ach ja, das war alles perfekt vorbereitet. Aber war das nicht erst recht wieder ein Beweis für seine Unverschämtheit? Wenn er den Wein tatsächlich vor dreizehn Stunden geöffnet hatte, was hatte das zu bedeuten? Richtig: dass er einfach davon ausgegangen war, dass er das Fläschchen heute Abend mit ihr trinken würde.

Oder hätte er es, wenn sie nicht gekommen wäre, allein ausgetrunken? Das allerdings war ein trauriger Gedanke. Wenn sie sich vorstellte, wie er einsam beim Brunello saß und bei all den guten Sachen, die sie jetzt miteinander genossen hatten …

Da war sie dann doch froh, dass sie ihrem ersten Impuls gefolgt und schon am nächsten Tag ins Auto gestiegen war.

Das alles war doch sehr schön in Szene gesetzt. Und, ja, das wusste eine Frau wie Julia schon zu würdigen. Sie lächelte gnädig und prostete Marco zu. Ein Kuss war jetzt auch angemessen, aber natürlich ein keuscher Kuss – Marcos bartlose Lippen fühlten sich eigenartig glatt an.

Er war trotzdem geneigt, die Position, in die sie somit geraten waren – beide vom Tisch aufgestanden, sein Arm um ihre Hüfte gelegt –, einige Sekunden länger als nötig beizubehalten. Aber dann, als wäre ihm plötzlich etwas eingefallen, ließ er sie los und wandte sich einer hinter dem Tisch stehenden Kommode zu. Öffnete eine Lade und nahm ein Kuvert heraus. Da ist übrigens etwas, sagte er, das ich dir noch zeigen wollte.

Sie setzten sich wieder. Du hast mich ja am Nachmittag gefragt, was es mit den neuen Nachrichten von Mortimer auf sich hat, sagte er. *Dunque*, vielleicht hab ich mich am Telefon etwas missverständlich ausgedrückt. Der Brief, den ich hier gefunden habe, ist nicht neu, sondern fünfzig Jahre alt. Aber für uns ist, was darin steht, neu, auch wenn es die These bestätigt, die wir von Anfang an gehabt haben.

Was denn für eine These?, fragte Julia.

Die, dass die Geschichte von Mortimer und Molly eine Liebesgeschichte war. Ja, eine Liebesgeschichte. Und was für eine!

Und mit diesen Worten schob er ihr das Kuvert über den Tisch.

10

Das Kuvert wirkte glaubwürdig alt, tatsächlich. Abgegriffen, als hätte es jemand oft in den Händen gehabt. Ein bisschen zerrissen, als hätte jemand den Brief, den es enthielt, zahllose Male herausgenommen und wieder hineingeschoben. Rechts oben klebten zwei Briefmarken mit dem Kopf von Präsident Truman.

Der Poststempel war ein bisschen verwischt, nicht zu lesen. Aber der Brief, den Julia dann herausnahm und vorsichtig entfaltete, war datiert.

May 2nd 1949. My beloved Molly ...

Julia las. Und ein wenig kamen ihr beim Lesen die Tränen.

Aber woher hast du diesen Brief?, fragte sie dann.

Ich habe ihn hier gefunden, sagte er.

Hier?

In dieser Kommode. In dieser Lade.

Unglaublich, sagte sie.

Ja, sagte er, unglaublich. Aber wahr.

Unter der Schicht Karton, die man über den Boden der Lade gebreitet habe.

Sie stand auf und trat neben ihn. Er öffnete die Lade.

Den Karton, von dem er gesprochen hatte, gab es tatsächlich. Das Holz darunter war durchsetzt von winzigen Wurmlöchern.

Er schloss die Lade wieder. Julia kehrte auf ihren Platz zurück und las den Brief noch einmal. Besonders die letzten zwei Zeilen gingen ihr nah. *So many words, because I can't touch you, my love. If I could sleep with my arms round you, the ink would stay in the bottle.*

Schenk mir noch ein Glas Wein ein, sagte sie.

Er schenkte ihr ein. Sie trank. Sie schwieg eine Weile.

Ja, sagte sie schließlich, das ist ein sehr schöner Brief.

Hätte *er* ihr damals, vor dreizehn Jahren, so einen Brief aus Amerika geschrieben, sie hätte alles liegen und stehen gelassen und wäre ihm nachgeflogen.

11

Nachher, im Bett, lag Julia noch lange wach. Nein, sie lag nicht mit Marco im Doppelbettzimmer. Wahrscheinlich hatte er doch noch darauf gehofft. Er hatte sie so angesehen. Aber sie war nicht darauf eingegangen.

Sie lag im Singlezimmer. Im Einzelbett. Lag wach und fragte sich, was sie von all dem halten sollte. Von Marco. Von diesem Brief. Und auch von sich selbst. Ein Brief, der ihr zu Herzen ging. Aber konnte sie wirklich glauben, dass er echt war?

Anderseits: Sollte sie glauben, dass ihn Marco gefälscht hatte? ... War das möglich? Aber klar war das möglich! ... Alte Kuverts und Briefmarken ließen sich bei jedem Philatelisten auftreiben ... Dann hätte er nur noch das Problem gehabt, die Adresse der Empfängerin und des Absenders zu manipulieren.

War ihm das überzeugend gelungen? Sie wusste es nicht. So genau hatte sie das Kuvert ja gar nicht angeschaut. Der Brief allerdings ... Sie hatte ihn immerhin zwei Mal gelesen ... War ihr irgendetwas an diesen knapp zwei mit einer gut leserlichen Handschrift bedeckten Seiten verdächtig erschienen?

Ja, vielleicht das: dass sie so schön leserlich waren. Und dass der Brief so gut in die Geschichte passte. In die Geschichte, die Marco damals, vor vierzehn Jahren, verleugnet hatte. Damals sollte diese Geschichte, die sich doch so sehr mit ihrer eigenen Geschichte verbunden hatte, dass die eine ohne die andere für sie kaum mehr vorstellbar war, auf einmal nicht mehr wahr sein.

Und jetzt ... Jetzt hatte er es sich wieder anders überlegt. Aus einer Anwandlung von Sentimentalität, die ihn hier, beim Flanieren in San Vito, erfasst hatte ... Konnte das, realistisch betrachtet, nicht zutreffen? Natürlich, sagte sich Julia, konnte das zutreffen.

Vergilbtes Briefpapier hätte er bei irgendeinem Trödler bekommen. Auch eine alte Füllfeder und alte Tinte. Und dann hätte er sich eben hingesetzt und diesen Brief geschrieben. Einen erstaunlichen Brief, zugegeben, aber er war ja ein fantasiebegabter Mensch.

Die Schrift? Ach Gott, die Schrift war kaum ein Problem. Sie hatten ja keine Schriftproben Mortimers zum Vergleich ... Ein Problem war allenfalls die Sprache, Julia erinnerte sich noch gut daran, wie schwach Marcos Englischkenntnisse gewesen waren ... Aber dann war er ein Jahr in den Staaten gewesen.

Nüchtern betrachtet konnte der Brief, den Marco übrigens wieder an sich genommen hatte, also eine Fälschung sein. Allerdings war Julia in dieser Nacht nicht mehr ganz nüchtern. Wie denn auch? Sie hatten nicht wenig getrunken. Nach dem Brunello noch Grappa, eine sehr gute, sonnengelbe Sorte.

Und vielleicht war der Brief ja auch echt, vielleicht war der Verdacht, der ihr beim zweiten Lesen gekommen war, schlicht und einfach falsch. Dass ihr der Brief fast zu schön vorgekommen war, um wahr zu sein, lag ja vielleicht an ihrer im Lauf der vergangenen Jahre gewachsenen Skepsis. Dazu hatte nicht nur die gescheiterte Liebesgeschichte mit Marco beigetragen, sondern auch ihr Beruf. Die ständige Beschäftigung mit zerstrittenen Paaren ist der persönlichen Romantik nicht wirklich zuträglich.

Wenn sie also ihren Verdacht aussprach, würde sie Marco vielleicht fürchterlich Unrecht tun. Und er wäre zurecht zutiefst betroffen und beleidigt. Vielleicht, fiel ihr ein, sollte sie sich den Brief doch noch näher ansehen, etwa die Schrift darin mit der Marcos vergleichen, um ihrer Sache sicherer zu sein. Aber war das überhaupt ihre Sache: Marco eines allfälligen Betrugs zu überführen, eines Betrugs, der doch, wenn er sich denn beweisen ließ, auch bewies, dass er sie, bei allen Irrungen und Wirrungen, liebte?

Denn warum hätte er sich sonst diese Mühe gemacht? Ja, so gesehen hatte die Möglichkeit, dass er den Brief gefälscht hatte, auch etwas Positives für sich. Eigentlich, dachte sie, wäre das beinahe rührend. Und mit diesem Gedanken schlief sie schließlich doch noch ein.

Acht

1

In den nächsten Tagen taten sie sich viel in der Umgebung um. Suchten die Orte auf, an die sie sich erinnerten und durch die sie an etwas erinnert wurden. Orte draußen in der freien Gegend oder in den kleinen Dörfern der Umgebung. Orte, die zu ihrer Geschichte gehörten, dieser Lovestory mit Unterbrechungen und Fortsetzungen, die sie hier miteinander erlebt hatten.

Weißt du noch?
Ja, ich weiß.
Nein, das weiß ich nicht mehr.
Wirklich?
Das soll ich gesagt haben?
Das haben wir wirklich getan?
Sag bloß!
War das wirklich ich?
Warst das wirklich du?
Wir haben es aber ganz schön getrieben, wir beide!

Und jetzt ... Wie viel Zeit doch vergangen war.

Deine Kinder ..., sagte Julia. Sind das eigentlich Buben oder Mädchen?

Von jeder Sorte eins, sagte Marco. *Un ragazzo è una ragazza.* Marcello und Giada. Er zog Fotos von ihnen aus seiner Brieftasche.

Sahen sie ihm ähnlich? Ja – aber da war auch die Ähnlichkeit mit jemand anderem. Wahrscheinlich war Marcos Ex eine hübsche Frau.

Julia zeigte ihm natürlich auch ein Foto von Benny. Aber das ist voriges Jahr aufgeommen, sagte sie. Jetzt ist er schon wieder ein Stück größer.

Zu Tageszeiten, zu denen es nicht zu heiß war, gingen sie durch die Felder. Die waren schon abgeerntet, hier wogte um diese Jahreszeit kaum mehr das Korn. Über weite Strecken lag die Ackererde offen unter dem Himmel. Aber auch oder gerade das war von ganz eigentümlicher Schönheit.

Grau, braun, blau, violett – ein erstaunliches Farbenspiel. Wie die Wolken über die Hügel zogen! Die Erde war hart und trocken, aber stellenweise sah es so aus, als glänzten die Schollen feucht. Und wenn man darüber hinsah, hatte man manchmal den Eindruck, man könnte sich in dieses Gehügel hineinschmiegen.

Selbstverständlich gingen sie auch am Fluss entlang. Beim alten, verlassenen Travertin-Werk, an dem sie früher ohne weiteres vorbeigegangen waren, war eine Kette gespannt. Daran hing ein Schild mit der Aufschrift *Divieto l'accesso*. Durchgang verboten – natürlich hielten sie sich nicht daran, sondern schlüpften unter der Kette durch.

Das war doch *ihr* Weg, der zu *ihrem* Platz am Fluss führte! Kleine Eichen, *macchia*, auf Lichtungen große, glatte, von der Sonne erhitzte Steine, die Eidechsen, die vor ihren Schritten ins Gebüsch flohen, gab es hier nach wie vor. Wahrscheinlich gab es davon sogar mehr als ehedem, denn der Weg war ja anscheinend kaum mehr begangen. Auch früher hatten sie hier nur wenige Menschen getroffen (nur ab und zu einen Angler oder einen Wilderer im Tarnanzug, der ihnen verschwörerisch zugenickt hatte), aber so wie es nun hier aussah (immer mehr zugewachsen, je weiter und immer mühseliger sie vorankamen), hatten sie den Eindruck, dass hier schon jahrelang niemand mehr gegangen war.

Höchste Zeit, dass wir wiederkommen!, sagte Marco. Doch dort, wo von diesem Weg durchs Dickicht der noch schmalere Pfad abgezweigt war, der durch Heckenrosen und Ginster ans Ufer führte, kamen sie einfach nicht mehr durch. Irgendwo hinter dieser stacheligen, dornigen Barriere musste der Stein sein, der Felsblock im Fluss, auf dem sie so gern gelegen waren. *Ihr* Stein – aber von der Stelle aus, bis zu der sie trotz einiger Kratzer, die sie dafür in Kauf nahmen, vorgedrungen waren, konnten sie ihn noch immer nicht sehen.

Sie umarmten einander trotzdem, sozusagen zum Trost. Aber es blieb eine relativ keusche Umarmung. Und das fand Julia auch ganz in Ordnung. Erstens war in diesem Dickicht, in dem man sich außer Kratzern auch noch Zecken holen konnte, ohnehin nicht im Ernst an Sex zu denken, und zweitens war der richtige Augenblick dafür eben noch nicht da.

2

Auf der Piazza trafen sie Nino, den *postino*. *Ma come mai*, sagte er, ist es die Möglichkeit? *Auguri!* Sie sehen ja beide blendend aus! Der Signore vielleicht etwas – er suchte nach einem Wort – seriöser, aber die Signora, wenn ich das sagen darf, wie ein schöner Sommertag!

Was ihn betraf, war er auch nicht jünger geworden. Sein Haar war offensichtlich gefärbt, so schwarz, wie es früher nie gewesen war, und sein Gesicht war etwas eigenartig gerötet. Aber sonst war er beinahe ganz der Alte. *Posso offrire qualcosa?* Und schon standen sie wieder an der Theke der *Bar Centrale*.

Er sei noch immer bei der Post, aber ja, auf einen wie ihn könne man dort nicht so leicht verzichten. Und Schiedsrichter sei er nach wie vor, selbstverständlich! Auch beim Fußballverband wisse man, was man an ihm habe. Unlängst habe er sogar eine *partita* der Serie B gepfiffen.

Und Sie?, sagte er. Geht auch bei Ihnen alles gut voran? Wo leben Sie denn zusammen? In Turin? Oder in Wien? Sie haben inzwischen sicherlich schöne Kinder.

Ja, sagte Julia, aber nicht miteinander.

Im *Alimentari*-Laden stand noch immer *Il veloce*, wie es sich gehörte. Die Begrüßung mit ihm war sehr herzlich, er kam sogar hinter dem Verkaufspult hervor, um Marco und Julia zu umarmen. Dabei war er allerdings ein wenig behindert, denn er hatte einen bandagierten und anscheinend geschienten Unterarm. *Madonna buona!*, sagte Marco. Was haben Sie sich getan?

Ach das!, sagte *Il veloce* und lächelte, das sei nicht der Rede wert. Nicht der Rede wert!, sagte Ines, seine Frau, nicht der Rede wert! Wissen Sie, was er sich getan hat? Er hat sich beinahe den Daumen abgeschnitten! Ja, sagte *Il veloce*. Aber im Spital haben sie ihn mir wieder angenäht.

Jedenfalls musste jetzt seine Frau den Prosciutto schneiden. Viel flotter als er war sie dabei übrigens auch nicht. Aber das war einmal so. Und daran änderte sich auch später nichts. Wenn man dieses Geschäft betrat, brauchte man einfach Zeit und einen Sinn für Beschaulichkeit.

Und?, fragte *Il veloce*. Werden wir Sie jetzt wieder öfter sehen? *Sarebbe un piacere*. Es wäre uns eine Freude!

Es wäre uns auch eine Freude, sagte Julia, und das sagte sie nicht bloß aus Höflichkeit. Aber wie es mit uns weitergeht – und das sagte sie, schon halb beim Verlassen des Geschäfts, eher in Richtung Marco –, wird sich erst weisen.

In der Via Dante trafen sie Fantini. Er ging langsam, auf einen Stock gestützt, sein Haar, in dem es früher nur ein paar graue Strähnen gegeben hatte, war ganz weiß. Es brauchte ein paar Sekunden, bis er sie erkannte. *Ma che sorpresa!*, sagte er dann. Haben Sie wieder einmal zu uns hergefunden?

Im Oberkiefer hatte er nur mehr einen einzigen Schneidezahn. Ich habe schon geglaubt, sagte er, Sie haben San Vito ganz vergessen. Gerade in letzter Zeit habe ich manchmal an Sie gedacht. Ja, das ist wahr! Sie waren meine liebsten Gäste.

Diese überraschende Freundlichkeit!

Wir waren auch immer gern bei Ihnen, sagte Julia.

Und Sie?, sagte Marco. Sie genießen jetzt Ihre Pension?

Ja, sagte er. Ab und zu arbeite er ein wenig für *Pro Loco*.

Pro Loco. Die Organisation, die sich um die Erhaltung des *centro storico* kümmerte. Man sei gerade dabei, Fresken im Palazzo Bianchi zu restaurieren. Interessieren Sie sich für so etwas? Haben Sie ein paar Minuten Zeit? Kommen Sie, sagte er. Ich zeige Ihnen was Schönes!

Und dann führte er sie tatsächlich in den Palazzo.

Gehört der noch den Bianchis?, fragte Marco.

Nein, die hatten ihn verkauft. Sie hatten endlich einen vernünftigen Preis gemacht. Und da hatte die *comune* die Gelegenheit beim Schopf gepackt.

Fantini führte sie die Treppe hinauf in den ersten Stock. In den meisten Sälen standen noch Gerüste. Aber mit diesem da, sagte er, sind wir schon fertig. Und jetzt schauen Sie! Das hier ist ein Blick in den Himmel!

Und tatsächlich. Hier öffnete sich der antike Götterhimmel. Die Decke war flach, aber sie machte den Eindruck eines Gewölbes. Aus einem pastellblauen Hintergrund kamen Zeus und

Hera auf einem goldenen Wagen. Und rundherum scharte sich die ganze olympische Gesellschaft.

Marco und Julia hatten, ehrlich gestanden, nicht allzu viel übrig für diese Art von Barock. Sie waren jedoch höflich und bewunderten die Arbeit der Restaurateure. Aber nun sehen Sie da hinüber in die linke, obere Ecke, sagte Fantini. Dort oben umarmte ein nackter Faun eine nackte Nymphe.

Und jetzt schauen Sie genau hin, sagte Fantini, schauen Sie den beiden in die Augen. Und gehen Sie dabei langsam von rechts nach links und dann wieder von links nach rechts. Na?, sagte er. Sehen Sie, was ich sehe? Sehen Sie, was ich meine? – Und tatsächlich, jetzt sahen Marco und Julia, dass ihnen die beiden da oben zuzwinkerten.

Was für ein netter Mensch, dieser Fantini, sagte Julia nachher.

Ja, sagte Marco. Ich frage mich nur, warum er früher manchmal so unfreundlich war. Namentlich, wenn wir ihn auf Mortimer und Miss Molly angesprochen haben.

Ziemlich gereizt, sagte Julia.

Ecco, sagte Marco, als hätten wir einen wunden Punkt berührt.

Dann sagte Marco eine Weile nichts mehr. Sie gingen nun wieder durch die Felder. Es war ein schöner Abend. Die Amseln sangen, das Rollen der Autos von der Via Cassia klang weit entfernt. Es war schön, dass es so still war. Aber warum schwieg Marco so ungewöhnlich lang?

Cosa stai combinando?, fragte sie. Was brütest du aus?

Ich denke nach, sagte er.

Worüber?

Über den wunden Punkt.

Über Fantinis wunden Punkt?

Appunto, sagte er, genau.

Und? Kommst du zu einem Ergebnis?

Vielleicht, sagte er. Hör zu:

Fantini hat zu Miss Molly alles andere als ein distanziertes Verhältnis. Irgendwann muss da etwas gewesen sein ... Vielleicht ... ja, vielleicht hat auch er einmal bei ihr zu landen versucht ... Womöglich ganz seriös, mit echt ernsten Absichten ...

Er könne sich vorstellen, sagte Marco, dass Fantini Miss Molly einen richtigen Heiratsantrag gemacht habe. Und das war, musste Julia zugeben, tatsächlich eine interessante Vorstellung. Sie war versucht, darauf einzugehen. Wann könnte das gewesen sein? Natürlich noch vor dem Krieg, darüber waren Marco und sie sich einig.

Am ehesten zu der Zeit, als Miss Molly schon Ex-Gouvernante, aber noch zureichend jung war. Also sagen wir, Anfang der Dreißigerjahre. Das war auch die Zeit, zu der das Hotel florierte. Das Hotel, in dem damals noch Fantini senior der Chef war, aber der Sohn würde das Hotel in absehbarer Zeit übernehmen und damals sah es noch aus wie eine Goldgrube.

Wie Fantini also eines Tages vor dem Mauerhaus steht, der junge Fantini in seinem besten Anzug. Die Haare pomadisiert, den Schnurrbart, der damals in Mode war, frisch gestutzt, ein Stecktuch in der Sakkotasche ... Und weiter? Julia war drauf und dran, auf Marcos Anregung einzugehen und sich diese Szene, gemeinsam mit ihm, weiter auszumalen. Aber dann rief sie ihre Fantasie, die schon halb und halb in dieses neue Fantasiespiel eingewilligt hatte, gewissermaßen zurück.

Nein, sie würde sich auch dadurch nicht so ohne weiteres verführen lassen. Das war doch auch ein Versuch, sie herumzukriegen.

Was ist, sagte Marco. Was hast du? Tun wir nicht weiter?

Vielleicht ein andermal, sagte Julia. Jetzt fühle sie sich ein bisschen müde.

3

Zwei Tage vor der Sonnenfinsternis wurde Marco nervös. Das hing weniger damit zusammen, dass ihn das bevorstehende Ereignis eigenartig erregte, was Julia nach wie vor nicht recht verstand, als damit, dass er die Schutzbrillen, die er sich zur Beobachtung des Phänomens längst besorgt hatte, nicht hier in San Vito hatte, sondern in Mailand. Bereits in den Koffer für Rumänien gepackt, wohin er aber dann eben nicht geflogen war. Dadurch dass er vorher nach Pisa und dann von Pisa nach San Vito gefahren war, und dadurch dass er hier das Mauerhaus gemietet und dann Julia angerufen hatte, und dadurch dass Julia dann wirklich gekommen war, sei alles ein wenig durcheinandergeraten.

Du wirst doch nicht sagen wollen, dass du es jetzt schon bereust, sagte sie.

Unsinn, sagte er. Natürlich bereue er das nicht. Das mit den Brillen im Koffer sei aber zu dumm! Er habe sogar zwei Paar Brillen eingepackt gehabt.

Mit dieser Bemerkung hatte er sich offenbar verplappert.

Aha, sagte Julia, wen hast du denn mitnehmen wollen?

Diese Frage überhörte er lieber. Und sie war klug genug, sie nicht zu wiederholen.

Jedenfalls müssten sie sich solche Brillen besorgen, sagte er. *È una cosa da non sottovalutare.* Eine Angelegenheit, die man nicht unterschätzen dürfe. Er sei schließlich Augenarzt. Er wisse Bescheid über die Gefahren.

Die Beobachtung des Phänomens ohne entsprechenden Schutz könne schwere Schäden verursachen. Ja, sie könne zu einer irreversiblen Erblindung führen. Das Auge sei sonnenhaft, so viel sei schon wahr. Aber gerade der Konfrontation mit der fast schwarzen Sonne respektive der im Zuge einer Sonnenfinsternis besonders intensiv strahlenden Sonnensichel sei es nicht gewachsen.

Julia kam das alles ein bisschen übertrieben vor. Was sie betreffe, sagte sie, müsse sie das Phänomen auch gar nicht beobachten.

Aber Julia, sagte er. Das kann doch nicht dein Ernst sein! Die nächste Gelegenheit, so etwas von Zentraleuropa aus zu sehen, ergibt sich erst im Jahr 2081!

Falls die Welt dann noch steht, scherzte Julia. Natürlich war im Zusammenhang mit der angekündigten Sonnenfinsternis auch Nostradamus wieder einmal ins Gespräch gekommen. Julia hatte an sich nur eine vage Idee von dessen Prophezeiungen. Aber eine Klientin hatte sie eine Therapiestunde lang damit genervt.

Im Jahr 1999 im siebenten Monat
wird am Himmel ein großer Schreckenskönig erscheinen.

Der siebente Monat ist allerdings schon vorbei, hatte Julia gesagt.

Na ja, hatte die Klientin gemeint. Vielleicht hat sich der Mann bloß um einen Monat geirrt.

4

Wie sich herausstellte, waren die Brillen, die den entsprechenden Schutz geboten hätten, in San Vito nicht zu bekommen. Es gab einen Durchlässigkeitsfaktor für UV-Licht, den solche Brillen oder Filter auf keinen Fall unterschreiten durften. Dieser Durchlässigkeitsfaktor war ungefähr doppelt so hoch wie jener der Modelle, die in den kleinen Geschäften des Ortes angeboten wurden. Über den Vorschlag, je zwei Paar davon aufzusetzen, schüttelte Marco nur den Kopf.

Sie fuhren also nach Pienza, aber das dortige Angebot war kaum vertrauenerweckender. In Montepulciano war es etwas besser, aber, nach Marcos Urteil, auch noch nicht überzeugend. Wenn sie schon in Montepulciano seien, meinte er, könnten sie auch nach Chianciano weiterfahren. In Chianciano Terme, das als Kurort einen gewissen Ruf genoss, müsse es, meinte er, seriösere Optiker geben.

Damit hatte er Recht. Jedenfalls gab es dort zwei Optiker, die Brillen mit dem entsprechenden Schutzfaktor gehabt hätten. Nur waren die leider restlos ausverkauft. Man bot Marco und Julia an, solche Brillen zu bestellen. Aber die wären erst nach der Sonnenfinsternis geliefert worden.

Marco seufzte und kaufte Brillen mit einem geringeren, seines Erachtens zu geringen Schutzfaktor. Er hoffte immer noch, anderswo die richtigen zu finden. Er kam sogar auf die Idee, nach Milano zu fahren, um die Brillen, die er im Koffer hatte, zu holen. Aber als er an Julias Miene sah, was sie davon hielt, kam er rasch wieder davon ab.

Es sei doch lächerlich, sagte Julia, wegen dieser blöden Sonnenfinsternis so einen Aufwand zu treiben. Was gebe es, fragte sie, da groß zu sehen? Der Mond schiebe sich für etwas mehr als zwei Minuten vor die Sonne, oder genauer, er werfe seinen Schlagschatten auf die Erde. *E allora?* Na und? Es werde finster, und dann werde es wieder hell.

5

Doch dann kam der Vormittag der Verfinsterung. Sie saßen auf der Mauerterrasse und warteten. Marco hatte beschlossen, dass sie das Phänomen nicht unmittelbar beobachten sollten, sondern indirekt. Und zwar durch eine simple Camera obscura, zu der es sowohl in der *Unità* als auch in der *Repubblica* und im *Corriere della Sera* eine regelrechte Bastelanleitung gab.

Es genüge, stand da zu lesen, eine gewöhnliche Schuhschachtel herzunehmen, den Deckel wegzulegen und ein Loch von zwei Millimeter Durchmesser in die Mitte einer der beiden Schmalseiten zu bohren. Richte man diese Öffnung gegen die Sonne, so würde ein leuchtender Kreis auf der gegenüberliegenden Seite der Schachtel erscheinen. Die Sonne als kleine, aber feine Projektion. Sobald nun der Mond die Sonne zu verdunkeln beginne, würde der leuchtende Kreis im Inneren der Schachtel immer schmäler und schmäler werden, bis am Ende nur noch eine schmale Sichel übrig bleibe.

Auf diese Weise könne man die Sonnenfinsternis in allen ihren Phasen beobachten, ohne sein Augenlicht zu gefährden. Perfekt, sagte Marco. Absurd, dachte Julia. Wenn sie recht verstanden hatte, würden sie ab elf Uhr halb oder ganz abgewandt von der Sonne sitzen und in die Schachtel starren. Und nachher konnten sie sagen, sie hätten ein Jahrhundertereignis beobachtet.

Wenigstens hatten sie eine Flasche Prosecco und zwei Gläser dabei. Es war erst halb elf. Vorläufig durfte man noch unbefangen in die Gegend schauen. Und der Vormittag war strahlend schön. Man sah weit und klar über das Hügelland, Montalcino auf seinem Berg wirkte zum Greifen nah.

Um Viertel vor elf allerdings veränderten sich die Lichtverhältnisse. Und nicht nur die: Bis dahin hatte ein milder Wind geweht. Die Zweige der Bäume im Park und jenseits der Mauer hatten sich sanft bewegt. Nun jedoch wirkte die Luft auf einmal, als wäre sie mitten in der Bewegung stehengeblieben.

Partikel von Sand oder Asche schienen in dieser Luft zu schweben. Alles nahm einen schwefelgelblichen Ton an. Montalcino sah nicht mehr aus wie eine von Menschen bewohnte

Stadt, sondern wie ein Termitenbau. Das Hügelland, das sie noch bis vor wenigen Minuten bis an sehr ferne, blaue Bergkettenränder überblickt hatten, war von einem Moment auf den anderen nichts mehr als eine vage Ahnung.

Die Schwalben, die gerade noch ihre wilden Runden gedreht hatten, schienen mitten im Flug an Jagd- und Lebenslust zu verlieren. Und binnen Sekunden waren sie dann verschwunden. Kein Blatt rührte sich. Kein Vogel zwitscherte mehr. Nur sehr vereinzelt klang aus den Hecken ein banges Piepsen.

Auch die Stimmen von der Piazza, auf der sich halb San Vito versammelt hatte, um durch allerlei improvisierte und nach Marcos Ansicht sicher völlig unzureichende Filter das Verschwinden der Sonne im Schlagschatten des Mondes zu beobachten, auch diese Stimmen, bis vor kurzem ein aufgeregtes, durch den Schalltrichter des Platzes verstärktes Summen, waren inzwischen verstummt. Alles verharrte und erstarrte in banger Erwartung. Und dann ein kühler Windstoß, und nun ergoss sich aus dem bisher vorherrschenden Gelb ein bleigraues Licht. Und dieses Licht war eigentlich Schatten, dieses Licht war beinahe schon Finsternis.

Und – ja, es ist wahr – da wurde Julia einen Moment lang unheimlich zumute. Sie sah Marcos Gesicht über diese dumme Schuhschachtel gebeugt, das Relief der Fältchen, von denen er inzwischen nicht wenige hatte, bei dieser Beleuchtung völlig verflacht. Und sie erschrak: Wahrscheinlich sah sie jetzt auch so aus. Und wahrscheinlich sahen jetzt alle so aus, die dort unten auf der Piazza standen, und wenn sie einander in diesem Augenblick ansahen, erschraken sie vielleicht ebenso.

Und was war das? *Non è la fine del mondo*, sagt man auf Italienisch, wenn man *halb so schlimm* meint, diese Wendung war ihr inzwischen geläufig. Das ist nicht das Ende der Welt – man führt diesen Satz bei vielen kleinen Gelegenheiten und

Ungelegenheiten des täglichen Lebens im Munde. Aber das hier, das jetzt, das war etwas anderes, das war deutlich zu spüren. Und was, dachte Julia, wenn es doch das Ende der Welt wäre?

Was, wenn ihre Klientin und Nostradamus und wer weiß welche Untergangsprophetinnen und -propheten Recht hätten? Bis vor kurzem hatte sie es lächerlich gefunden, so etwas zu denken, aber jetzt ... Sie versuchte die Bangigkeit, die in der Luft lag und die natürlich auch sie nicht einfach ignorieren konnte, zu ironisieren. Es wäre schon blöd, sagte sie zu Marco, wenn ausgerechnet jetzt die Welt unterginge.

Ja, sagte Marco. *Tanto è vero.* Auch seine Stimme klang eigenartig flach.

Was, wenn die Sonne in diesem Schatten verschwände und nicht mehr auftauchte? Man kann doch nicht einfach so dasitzen und abwarten, sagte Julia. Man müsste was tun ...

Und in diesem Moment begannen die Glocken im Campanile elf Uhr zu läuten.

Wolltest du nicht mit mir schlafen?, fragte sie.

Über die Frage gerade in diesem Augenblick wirkte er dann doch ein wenig überrascht. Das sah ihm Julia an, trotz der fahlen Beleuchtung.

Fare l'amore con te?, sagte er. *Sì. Naturalmente.*

Julia nickte. Na schön, sagte sie, *va bene.* Wenn du noch immer willst ..., jetzt wär mir danach.

Ora? Jetzt?

Ja, sagte sie und nahm ihn an der Hand. *Quando se non ora?* Wann, wenn nicht jetzt? Bevor es womöglich zu spät ist.

6

Die Sonnenfinsternis dauerte zwei Minuten und dreizehn Sekunden. Ihre Umarmung dauerte deutlich länger. Als sie danach wieder aufstanden und auf die Mauerkrone hinaustraten, stand die Sonne am Himmel und strahlte wie eh und je. Siehst du, sagte Marco, wir haben sie wieder herbeigevögelt.

FINE